À PROPOS DE L'AUTEUR

Après avoir travaillé comme professeur de fitness et développeur informatique, Gayle Callen a trouvé sa voie dans l'écriture de romances. Figurant régulièrement dans les meilleures ventes de *USA Today*, elle a écrit plus de vingt romans pour Harper Collins, qui lui ont valu des récompenses telles que un Holt Medallion, un Laurel Wreath Award, un Booksellers' Best Award, et ont été traduit dans plus de onze langues. Mère de trois enfants, habile de ses mains, chanteuse occasionnelle, amatrice du grand air, Gayle vit à New York avec son chien Uma et son mari et héros, Jim. Elle écrit également de la romance contemporaine sous le nom d'Emma Cane.

DU MÊME AUTEUR

DANS LA COLLECTION

Victoria

Dans la série « Noces écossaises » :

La méprise du Highlander

Le serment maudit

L'innocente des Highlands

Collection : VICTORIA

Titre original :
LOVE WITH A SCOTTISH OUTLAW

Ce livre est publié avec l'aimable autorisation de HarperCollins Publishers, LLC, New York, U.S.A.

HARPERCOLLINS FRANCE
83-85, boulevard Vincent-Auriol, 75646 PARIS CEDEX 13
Service Lectrices — Tél. : 01 45 82 47 47

www.harlequin.fr

ISBN 978-2-2803-8539-8 — ISSN 2493-013X

GAYLE CALLEN

L'innocente des Highlands

Traduit de l'anglais (États-Unis) par
Catherine Berthet

Victoria

HARLEQUIN

À Laura Lee Guhrke, ma très chère amie et également auteur. Merci pour les longues discussions au téléphone, qui nous permettent d'échanger des idées, et de parler de tout et de rien. Je regrette tellement que nous vivions si loin l'une de l'autre.

Chapitre 1

Écosse, 1727

Elle fut éveillée par le contact de la pluie sur son visage. Pendant un long moment, elle garda les yeux fermés, en proie à une totale confusion et à la douleur. Seigneur, sa tête la faisait souffrir de plus en plus, au fur et à mesure qu'elle reprenait conscience. Les gouttes s'abattaient sur ses paupières, sur ses joues, et allaient se perdre dans ses cheveux. Quelque chose n'allait pas. Elle était allongée sur un sol trempé et inégal. Elle essaya de bouger, remuant les mains, les pieds, roulant les épaules, luttant contre la nausée qui la menaçait. Le froid la fit frissonner, ses dents claquaient, le sang battait douloureusement dans ses tempes.

Que faisait-elle dehors, couchée à même le sol ? Aucune réponse ne lui vint à l'esprit. Vraiment aucune.

Elle battit des paupières, parvint à ouvrir les yeux. Le ciel était gris, assombri par de lourds nuages, un torrent se déversait sur la campagne. Au prix d'un violent effort, elle parvint à tourner la tête et vit une colline escarpée. Des arbustes s'accrochaient çà et là à une terre aride. Le terrain s'enfonçait par endroits, comme si un géant avait plongé ses doigts dans le sol, traçant un chemin vers elle.

Elle roula sur le côté en gémissant et sentit tous ses muscles protester.

Puis elle croisa le regard vide d'un mort.

Elle poussa un hurlement, incapable de détourner les yeux. Le visage figé était maculé de sang, et la tête formait un angle improbable avec le cou.

Elle plaqua les deux mains sur sa bouche pour contenir les violents sanglots qui la secouaient. Le pauvre homme était mort, mais c'était un total inconnu pour elle. Il gisait au pied d'une colline, à côté d'elle, et son visage ne lui disait rien.

De fait, elle devait admettre que son esprit était vide. Elle ignorait qui elle était, et pourquoi elle se trouvait allongée à côté d'un cadavre. Rien n'existait avant le moment où la pluie l'avait éveillée.

Tout en roulant sur elle-même pour s'éloigner du corps, elle se rendit compte qu'elle savait ce qu'étaient les choses qui l'entouraient. Sa mémoire ne l'avait pas complètement désertée. Il y avait le ciel, la pluie, la boue. Elle avait des mains qui tremblaient, un crâne douloureux, et ses hanches la faisaient souffrir lorsqu'elle bougeait.

Avec un grognement plaintif, elle posa les mains sur le sol et parvint à s'asseoir. C'est alors qu'elle vit un autre corps recroquevillé et immobile. En proie à une peur grandissante, elle regarda autour d'elle, cherchant l'ennemi qui avait fait cela. Mais elle était seule au milieu des collines, sous la pluie battante.

L'homme qui se trouvait derrière elle était mort, mais celui-ci ne l'était peut-être pas. Elle rampa vers lui, dans la boue, les doigts écorchés par les cailloux pointus.

— Monsieur ? Vous allez bien ?

Mais, quand elle toucha son vêtement imbibé d'eau, elle

comprit. Il était froid, inerte. Mort. Ses yeux fixaient le vide. Elle ne le connaissait pas non plus.

Submergée par le désespoir, elle recula, croisant les bras sur sa poitrine. Mais elle ne devait pas céder à la peur. Elle ne voulait pas mourir, seule ici. Elle vit que de l'eau coulait dans le ravin et recouvrait les rives. Le sol rocailleux descendait tout le long de la colline, mais plus loin elle aperçut le vert plus profond des vallons parsemés de taillis. Il n'y avait rien d'autre en vue que cette campagne déserte. Pas de maisons, pas de village, pas de route.

Elle reporta le regard sur le haut du ravin. Elle avait dû venir de là-haut, avec ces hommes, et tomber. Ce qui avait peut-être laissé ces traces dans le sol boueux. Mais, s'ils étaient à cheval, les montures avaient disparu, emportant les possessions qui auraient pu expliquer qui elle était et où allait le groupe.

Elle ignorait quand la nuit allait tomber. Mais il fallait qu'elle trouve de l'aide, ou au moins un abri, si elle ne voulait pas mourir de froid.

Elle se leva en vacillant et descendit le long du chemin, s'éloignant du ravin que la pluie faisait déborder. Chaque pas faisait surgir une douleur dans ses membres, mais elle semblait ne rien avoir de cassé. Sa tête en revanche la faisait tellement souffrir qu'elle avait du mal à tenir les yeux ouverts. Sa robe et son manteau imbibés d'eau pesaient sur ses épaules et la faisaient chanceler.

Duncan Carlyle, le chef banni du clan Carlyle, faisait avancer Arran, son cheval bai, lentement sur l'étroit et sinueux chemin de terre qui traversait les collines des Highlands du Sud. Le sentier disparaissait presque entièrement sous l'eau qui dévalait des collines, en direction de la mer. Rien d'inhabituel dans les

Highlands, en cette froide journée de septembre. Son plaid de laine le tenait à l'abri, et sa monture lui communiquait sa chaleur. Il n'avait plus qu'une heure de voyage pour atteindre le campement, mais il se tenait sur ses gardes, redoutant une attaque ennemie. Il avait bien failli être capturé, six semaines plus tôt, et n'avait réussi à semer ses poursuivants qu'au prix d'une course acharnée qui avait duré deux jours. Depuis, ses hommes et lui ne s'éloignaient plus du camp et évitaient les étrangers.

À un détour du chemin, Arran rabattit les oreilles en arrière, et Duncan sentit une tension dans les rênes. Une femme se dirigeait vers lui. Son capuchon était rejeté sur ses épaules, ses cheveux plaqués par la pluie, et… quelque chose d'autre ? Debout sur les étriers, il regarda autour de lui, mais ne vit que les collines des Highlands parsemées de bruyère pourpre. Elle se trouvait beaucoup trop près du campement, ce qui le mit aussitôt mal à l'aise. Des gens l'accompagnaient forcément.

Il mit son cheval au trot pour s'approcher d'elle. Elle s'arrêta en chancelant. Son regard se posa sur les jambes du cheval, puis remonta lentement vers lui. Duncan inspira brusquement en voyant l'affreux hématome sur son front et le sang qui dégoulinait sur ses tempes. Ses yeux étaient cernés de mauve, et elle était d'une pâleur mortelle. Elle le regarda sans le voir, lui laissant à peine le temps d'apercevoir ses prunelles dorées, avant de s'effondrer.

Duncan mit pied à terre en jurant et se pencha avec méfiance au-dessus de la silhouette inerte.

— Madame ? Vous m'entendez ?

Posant une main sur ses épaules, il sentit la finesse du tissu de sa cape. Du bras gauche, il lui souleva le buste, tenant sa tête contre lui afin de la protéger de la pluie. Délicatement, de la main droite, il palpa sa blessure, et elle tenta faiblement de se dérober avec une grimace de douleur.

La méfiance de Duncan augmenta. Il y avait quelque chose de familier chez cette femme, mais il n'aurait su dire précisément pourquoi.

— Où suis-je ? murmura-t-elle avec un accent anglais. Que s'est-il passé ?

Une dame anglaise, perdue dans les Highlands ?

— Vous avez une vilaine blessure à la tête, madame. Vous êtes tombée ?

L'inconnue cligna les paupières, comme si elle était sur le point de s'évanouir.

— Où suis-je ? Que s'est-il passé ?

Déconcerté, il se rappela que les blessures à la tête pouvaient causer une confusion des pensées. Il devait tenter d'arrêter l'écoulement du sang.

— Pouvez-vous tenir debout ?

Elle ouvrit de nouveau ses grands yeux dorés. Ses traits étaient délicats. Ses cheveux sombres, rejetés en arrière, formaient une pointe sur son front.

Un souvenir lui revint en un éclair. C'était à Stirling, plusieurs années auparavant. Il avait lancé un regard noir au comte d'Aberfoyle, un vieil homme méprisant qui passait à cheval dans la rue, piétinant presque une pauvre fille enceinte qui se trouvait sur son passage. La famille du comte séjournait rarement en Écosse, aussi leur arrivée dans les Highlands n'était-elle pas passée inaperçue. Duncan avait vu cette jeune femme chevauchant derrière son père, parée de vêtements raffinés et de fanfreluches convenant à une dame de la noblesse. L'attitude de son père avait paru la désoler.

Catriona Duff était la fille d'Aberfoyle, chef du clan Duff, et ennemi juré de Duncan. C'était à cause d'Aberfoyle que

Duncan était proscrit et devait se cacher pour veiller au bien-être et à la sécurité de son peuple.

Il leva la tête et regarda autour de lui, comme si le comte et ses hommes, tapis dans les fourrés, s'apprêtaient à l'attaquer.

— Où sont vos hommes ?

— Que s'est-il passé ? demanda-t-elle d'une voix éteinte.

— Vous êtes blessée à la tête. Où sont vos hommes ?

— Mes… hommes ?

Elle voulut porter une main à son front, mais il l'en empêcha. La douleur crispa ses traits.

— Je les ai trouvés… morts. Que m'est-il arrivé ?

— Je ne sais pas.

Il ne pouvait que se contenter d'espérer qu'elle disait la vérité. Six semaines après avoir manqué se faire capturer, tout événement inhabituel dans cette partie des Highlands lui semblait suspect. Les cadavres des hommes prouveraient qu'elle ne mentait pas, mais il n'avait pas le temps de partir à leur recherche.

— Je… Je ne me souviens de rien ! dit-elle d'une voix faible.

— Même pas de l'accident ?

— Non. Je ne sais même pas comment je m'appelle.

Duncan se rembrunit. Jouait-elle la comédie ? Son père était bien capable de mettre en scène ce genre de piège.

Elle agrippa le plaid qu'il portait sur les épaules.

— Que m'est-il arrivé ? demanda-t-elle, désespérée.

— Je n'en sais rien. Il faut que je nettoie votre blessure. Si vous pouvez vous lever, je vous hisserai sur mon cheval.

Il se redressa en l'entraînant avec lui, de manière à ce qu'elle puisse s'accrocher à la selle. Une fois à cheval, il se pencha pour la soulever. Il aurait préféré la faire monter en croupe, mais elle était si faible qu'il la cala devant lui. Elle posa la tête contre son torse, et le sang coula sur le plaid rouge et jaune.

Il ne lui fallut pas longtemps pour atteindre l'anfractuosité rocheuse sous laquelle il s'était souvent réfugié. Une fois à l'abri, il fouilla dans le sac de selle mais ne trouva rien qui puisse servir à faire un pansement. Il finit par découper des bandes de tissu dans sa chemise. La blessure avait été nettoyée par la pluie, aussi il enroula les pansements improvisés autour de son crâne en espérant qu'ils arrêteraient l'hémorragie.

Elle le regardait, l'air désarmé, et comme si elle voulait graver ses traits dans sa mémoire. Duncan l'observait également du coin de l'œil. Ses pommettes saillantes accentuaient le creux de ses joues, et elle avait des lèvres pleines. Son visage pâle était d'une beauté pure et figée comme celle d'une statue.

Que faisait-elle dans les Highlands ? D'après ce qu'il avait entendu, elle séjournait rarement dans les châteaux de son père. Précédait-elle un groupe plus important, dont l'intention était de surprendre le peuple de Duncan ? Elle était si proche du campement où il se cachait. S'il la laissait repartir, elle risquait de revenir avec des hommes qui mettraient en péril la sécurité des siens. Il ne pourrait la libérer avant de connaître tous les faits.

Tandis qu'il la regardait, ses paupières s'abaissèrent. Son teint cireux et son front plissé trahissaient la douleur qu'elle éprouvait. Il remarqua la broche sur son épaule, l'insigne des Duff. Il la prit et la cacha dans sa sacoche. Il valait mieux que personne ne sache qui elle était. Certains hommes du clan risquaient de réagir avec violence.

— Il faut partir, grommela-t-il en l'aidant à s'asseoir.

Il vit la panique dans ses yeux et eut tout juste le temps de l'aider à se tourner avant qu'elle vomisse. Duncan avait beau mépriser Aberfoyle, la jeune femme lui inspirait de la pitié. Quand il l'aida à se relever, elle était sans force. Il lui rabattit son capuchon sur la tête pour la protéger de la pluie. Le cheval, qui attendait patiemment, accepta le poids supplémentaire sans broncher et prit naturellement le chemin du campement. Duncan enveloppa la blessée dans son plaid. Il ne pouvait quitter des yeux son visage blême.

Elle représentait tout ce qu'il détestait. C'était la fille d'un homme qui méprisait tant les Écossais qu'il permettait que leurs enfants soient enlevés et vendus comme esclaves dans les colonies américaines et les plantations des Caraïbes. Quand Duncan avait tenté d'attirer l'attention sur cet odieux trafic, le shérif de Glasgow, les magistrats et le comte d'Aberfoyle avaient menacé de le jeter en prison. Ils prétendaient régler ainsi les problèmes des enfants pauvres et orphelins. Après l'enfance que Duncan avait endurée, il ne pouvait pas supporter de voir des enfants maltraités. Peut-être aurait-il pu s'occuper de cette affaire avec plus de subtilité, mais cela aurait pris du temps, et davantage d'enfants auraient été abandonnés à leur triste sort.

Alors qu'il s'était juré de devenir un meilleur chef que son père, il n'avait fait qu'aggraver la situation. Il avait déposé une plainte devant le tribunal, mais les magistrats n'avaient pas permis que les témoins soient interrogés. Duncan avait été jeté au fond d'un cachot. Il aurait été lui-même vendu, laissant son clan sans protection, s'il n'était parvenu à s'évader. Depuis cinq ans, il était recherché et sa tête était mise à prix. Pendant ce temps, le comte d'Aberfoyle et les magistrats continuaient de profiter de la misère des autres.

Depuis ce jour, les Carlyle connaissaient les privations, alors que les Duff profitaient de la richesse du comté. Les luxueux vêtements de Catriona avaient été achetés à Londres, alors que les sœurs de Duncan se contentaient d'étoffes grossières qu'elles tissaient elles-mêmes. Du côté des Duff, les enfants avaient des lits bien chauffés et se couchaient le ventre plein, tandis que les Carlyle se blottissaient dans l'obscurité froide avec leurs parents, craignant à tout instant d'être enlevés à leur affection.

Duncan avait appris la patience. Quand une troupe de chevaux transportant des barriques de whisky pour les Duff avaient traversé les Highlands, Duncan n'avait eu aucun mal à voler les barriques et les chevaux, faisant fuir les soldats ennemis à pied dans les collines. Il avait fait circuler le whisky dans les Lowlands et avait chargé une partie des tonneaux sur des bateaux descendant la Clyde, en direction de l'Atlantique. Avec cet argent, il avait pu faire sortir son peuple de la famine. Il ne volait jamais trop de whisky à la fois, et jamais sur la même route. Il attendait que la méfiance des soldats s'endorme, avant de recommencer. Cela ne résolvait pas son principal problème. Sa tête était toujours mise à prix, et les kidnappings continuaient. Mais c'était une façon d'obtenir vengeance.

Et maintenant, Catriona Duff se retrouvait par hasard sur son chemin. Étant donné la gravité de ses blessures, il allait devoir la garder quelque temps au campement. Alors, les Duff souffriraient, comme les Carlyle avaient souffert pendant toutes ces années. Ce serait l'aboutissement de sa vengeance. Le vieux comte ne saurait pas où était sa fille. Naturellement, Duncan ne lui ferait aucun mal.

Si elle n'était pas venue en espionne, elle verrait de ses propres yeux le mal que son père avait fait pleuvoir sur leur clan.

Chapitre 2

Elle s'éveilla, bercée par la démarche du cheval. L'espace d'un instant, elle se crut en sécurité, et au chaud. Des bras solides la soutenaient, et la douleur dans sa tête s'était un peu atténuée pendant qu'elle se reposait contre le torse viril de l'inconnu, dont elle percevait les battements de cœur réguliers.

Lentement, elle ouvrit les yeux et regarda celui qui l'avait secourue. Tout était sombre, chez lui. Les cheveux noués sur sa nuque, la barbe qui ombrait ses mâchoires carrées, ses yeux si noirs qu'elle distinguait à peine ses pupilles. Pourquoi se sentait-elle en sécurité avec lui ? C'était un inconnu, après tout. Il aurait pu la laisser où elle était, ou bien lui voler ses possessions, ou la battre. Mais il avait choisi de l'aider. Alors qu'elle était une inconnue pour elle-même.

Elle avait espéré que le sommeil l'aiderait à recouvrer la mémoire, mais ce n'était pas le cas. Ses efforts pour fouiller dans ses souvenirs étaient douloureux. Il était plus facile de songer à cet homme, dont elle dépendait entièrement. Il parlait aussi peu que possible, d'un ton bourru. Mais il avait soigné sa plaie avec des gestes délicats. Ses vêtements étaient simples et solides, mais il s'exprimait comme une personne ayant de l'éducation. Il semblait… noble. Quoique traversant une mauvaise passe.

Ses vêtements étaient plus raffinés que ceux de l'inconnu, donc elle venait apparemment d'une famille plus riche.

— Vous m'observez, fit-il remarquer, le regard fixé sur l'horizon.

Elle était si proche qu'elle vit les mouvements de sa pomme d'Adam, au-dessus du col de sa veste. Ses joues s'enflammèrent.

Il posa sur elle son regard sombre et perçant.

— Vous vous rappelez quelque chose ?

— Non, rien. Où suis-je ?

— En Écosse.

— Je suis… écossaise ? Je ne parle pas comme vous.

— Vous avez l'accent anglais.

— Oh ! je vois. Les Anglais et les Écossais ne s'entendent pas très bien.

Duncan haussa les sourcils.

— Je m'en souviens ! s'exclama-t-elle. C'est curieux, de se rappeler des choses sans importance…

— L'animosité entre l'Angleterre et l'Écosse n'est pas importante, selon vous ? demanda-t-il avec une soudaine froideur.

— Non, je ne parlais pas de cela. Je connais le nom des choses, mais je ne sais absolument rien sur moi, même pas mon nom. Pensez-vous que ça va me revenir ?

Elle scruta ses traits, cherchant un peu de réconfort. Mais elle n'en trouva aucun. Il haussa les épaules, sans répondre. Il allait sans doute la déposer dans le village le plus proche, et elle ne pouvait lui en vouloir.

— Où m'emmenez-vous ? demanda-t-elle d'une voix hésitante.

— Dans mon clan.

Une vague de gratitude la submergea.

— Je… Je ne connais pas votre nom.

— Duncan Carlyle.

Ce nom n'éveilla aucun souvenir chez elle. Elle se sentit désemparée, dépendante, et devina qu'elle ne devait pas avoir l'habitude d'éprouver ce genre de sentiment.

— Merci de votre aide, monsieur Carlyle.

Elle ne devait pas céder à la peur. Sa mémoire allait revenir, il fallait juste un peu de patience.

Devant son visage fermé, elle retint les questions qui se pressaient dans sa tête. Ce n'était pas le genre d'homme à bavarder de tout et de rien. Dans le clan où il l'emmenait, il y aurait des gens qu'elle pourrait questionner.

Elle plongea peu à peu dans la somnolence, mais la douleur l'empêcha de sombrer dans un sommeil plus profond. Néanmoins, elle dut dormir tout de même, car elle sentit tout à coup qu'il la soulevait pour la faire passer dans d'autres bras. Elle poussa un petit cri, mais ne parvint pas à ouvrir complètement les yeux.

Un autre homme parla dans une langue qu'elle ne comprenait pas.

— Laissez-moi ! bredouilla-t-elle, affolée.

M. Carlyle avait-il décidé de l'abandonner ?

L'inconnu resserra son étreinte et se mit à parler anglais.

— Écoutez cette jolie voix ! Laird Carlyle, quelles sont vos intentions pour cette *Sassenach* ?

Sassenach ? Elle se raidit. Ce mot écossais désignait les Anglais. Sans savoir pourquoi, elle se sentit offensée et ouvrit les yeux.

Duncan Carlyle se tenait face à elle, les mains sur les hanches. Son torse et ses épaules étaient larges, les muscles de ses bras se devinaient sous sa veste. Ses genoux étaient nus et puissants au-dessus des bas de laine. Elle ne pensait pas avoir l'habitude de voir les jambes nues d'un homme.

— Vous vous sentez assez bien pour tenir debout ? demanda-t-il.

— Vous êtes Laird Carlyle ? Pourquoi ne me l'avez-vous pas dit ?

— Je ne pensais pas que c'était nécessaire. Essaye de la poser sur ses pieds, Ivor. Mais tiens-la bien. Sa blessure à la tête est grave.

Quand ses pieds touchèrent le sol, ses jambes se mirent à trembler, et elle agrippa la veste de l'homme pour ne pas tomber. Elle s'attendait à voir un cottage, ou un manoir, ou une bâtisse sous les arbres qui la protégeaient de la pluie. Mais elle ne vit qu'une muraille de rochers s'élevant haut dans le ciel. En face d'eux se trouvait une ouverture, telle une bouche dans la montagne. Elle ne savait que penser et jeta un coup d'œil à Ivor. L'homme était barbu et avait des cheveux châtains qui lui balayaient les épaules. Il portait le même plaid rouge et jaune que Laird Carlyle.

— Voici Ivor, mon chef de guerre, dit ce dernier.

— Et qui êtes-vous, ma jolie ? ajouta Ivor en lui adressant un clin d'œil.

Elle ouvrit la bouche, mais aucun son n'en sortit. Aucun nom ne lui vint à l'esprit.

— Elle a reçu un coup sur la tête, expliqua Laird Carlyle. Elle n'a pas les idées claires.

Ivor fronça ses sourcils broussailleux et l'examina avec curiosité. Elle leva crânement le menton et essaya de sourire. Mais c'était difficile. Le sang battait douloureusement dans ses tempes. Ivor resserra les doigts sur son bras, et elle se sentit vaciller.

Puis le monde bascula de nouveau, quand Laird Carlyle la souleva dans ses bras. Elle ne protesta pas. Il se dirigea directement vers l'ouverture dans le rocher et pénétra dans la grotte. Elle s'attendait à voir l'obscurité, mais à sa grande surprise un trou dans la voûte laissait entrer la lumière. Des torches accrochées aux parois éclairaient la petite communauté qui vivait là. Il y avait aussi plusieurs feux, au-dessus desquels étaient suspendus des chaudrons. Des tables de bois brut étaient entourées de bancs découpés grossièrement dans des troncs d'arbre. Sur la droite se trouvaient des couvertures et des paillasses, et derrière des coffres et des caisses. Sur la gauche, un ruisselet coulait le long des parois. Un petit pont le traversait, permettant d'atteindre une autre entrée sombre.

Laird Carlyle se dirigea vers cette anfractuosité, la portant comme si elle ne pesait pas plus lourd qu'une plume. Une demi-douzaine de personnes, des femmes pour la plupart, la regardèrent passer. Elle rougit d'être vue dans les bras de cet inconnu, mais que pouvait-elle faire ?

— Laird Carlyle ? lança une femme.

Il ne s'arrêta pas et lança par-dessus son épaule :

— Maeve, apporte tes potions. La fille est blessée.

Il traversa le pont de bois, qui vibra sous ses pas. Une odeur de terre humide lui monta aux narines. Carlyle tourna sur la gauche, l'emmenant dans une petite chambre. Il y avait une paillasse sur le sol, deux coffres, une chaise et une table sur laquelle étaient rangés des livres et des documents. Des vêtements d'homme étaient suspendus à des crochets enfoncés dans la paroi.

Laird Carlyle la déposa sur un matelas confortable.

— Où sommes-nous ?

— En Écosse, répondit-il avec brusquerie.

— Vous savez ce que je veux dire.

Quelqu'un se tenait dans le passage, derrière lui, mais il ne se tourna pas. Il la fixait de ses yeux sombres, les paupières mi-closes.

— Cette grotte est un refuge que mes gens utilisent quand cela devient nécessaire.

— Y a-t-il une guerre, que j'ai oubliée, et qui vous oblige à vous cacher ?

— Non. Cessez de poser des questions. Maeve va vous examiner. Nous parlerons demain, une fois que j'aurai enterré vos hommes.

— Je vous remercie. Ces pauvres hommes... Je ne peux les pleurer puisque j'ignore qui ils sont. Leur famille...

Elle s'interrompit, craignant de céder aux larmes.

— Madame, vous avez subi un accident tragique, mais ce n'était pas votre faute, dit-il d'un ton bourru. Quand vous aurez recouvré la mémoire, nous avertirons leur famille.

— Je ne pourrai jamais vous remercier assez de votre bonté.

Il détourna les yeux, comme si sa gratitude le mettait mal à l'aise.

— Je ne sais même pas où ils se trouvent, ajouta-t-elle.

— Vous n'avez pas pu vous éloigner beaucoup, à pied. Je les trouverai.

Avec un hochement de tête, il sortit.

Maeve entra. Elle portait une robe de laine, avec un fichu sur les épaules, dont les pointes étaient glissées dans les lacets de son corsage. Les bords de son bonnet de lin retombaient sur son front, sans parvenir à dissimuler une cicatrice hideuse sur la partie gauche de son visage. Elle semblait avoir été brûlée. La partie intacte laissait deviner qu'elle ne devait pas avoir plus de trente ans.

Laird Carlyle revint, avec un brasero empli de tourbe. Les deux femmes attendirent pendant qu'il allumait le feu. Puis il ressortit.

Le sourire de Maeve était doux et amical. Elle déposa un plateau sur la table, et quelques vêtements sur la chaise.

— Bonjour, madame. Je m'appelle Maeve. Quel est votre nom ?

— Cela va vous paraître fou, mais… je ne sais pas. Je me suis éveillée sous la pluie. Ma tête me faisait mal, et… c'est tout ce que je sais. Votre laird m'a trouvée errant sur la route.

Elle frissonna. Le visage de Maeve exprima une profonde inquiétude.

— C'est terrible, madame. Vous êtes blessée et trempée jusqu'aux os. Vous allez attraper la mort. Ne vous inquiétez de rien, ne pensez qu'à vous rétablir. Le repos vous aidera à recouvrer la mémoire. Nous allons vous enlever ces vêtements.

Il fallut très longtemps pour ôter les épingles, dénouer, dégrafer. Les lacets mouillés leur résistaient. Mais enfin, elle put revêtir une chemise de nuit propre. Son pansement fut refait, ses plaies nettoyées. Elle voulait des vêtements de jour, mais Maeve insista pour qu'elle reste au lit, et elle ne protesta pas.

Elles trouvèrent une petite bourse contenant des pièces, cachée dans sa jupe. Sans dire un mot, Maeve la glissa sous son oreiller. Si Laird Carlyle avait été malhonnête il lui aurait pris la bourse et l'aurait abandonnée à son triste sort. Mais il l'avait aidée, l'avait mise en sécurité dans une grotte.

Quand elle fut enfin allongée, enroulée dans une couverture, elle se sentit en paix pour la première fois depuis des heures. La douleur dans sa tête était moins violente. Le bol de soupe qu'elle avait avalé l'avait réchauffée, et elle essaya de se persuader que tout allait bien, puisqu'un homme généreux l'avait trouvée et qu'elle n'était pas seule.

Maeve rangea ses remèdes et ses pansements.

— C'est étrange de ne pas savoir qui je suis. Je dois avoir un nom, une famille, peut-être même un mari.

— Vous ne portez pas d'anneau, fit remarquer Maeve.

— C'est vrai. Néanmoins, il faudrait que j'aie un nom, même s'il n'est que provisoire.

— Je pourrais vous suggérer des noms, et vous choisirez celui qui vous plaira ?

— Me donner moi-même un nom ? murmura-t-elle en luttant contre le sommeil. Très bien. Qu'en pensez-vous, Maeve ? Mary ? Elizabeth ? Non, cela ne me rappelle rien…

— Pourquoi pas Fiona ? Margaret ? Catherine ?

— Catherine ! Oui, ce nom me plaît !

— Vous croyez que c'est le vôtre ?

— Je… ne sais pas. Mais il faut bien que j'aie un nom.

— Alors, vous serez Maîtresse Catherine, déclara Maeve en se levant.

Elle déposa un bol d'eau sur la table et s'assura que la mèche de la lanterne était assez longue.

— Je passerai vous voir plus tard, Maîtresse Catherine. Et je m'efforcerai de faire respecter le silence dans le grand hall.

— Le grand hall ?

— C'est une plaisanterie entre nous, dit-elle en riant. Dormez bien, Maîtresse Catherine.

Catherine.

Maeve sortit et tira le rideau derrière elle. Les paupières lourdes de sommeil, Catherine répéta le nom en elle-même. C'était un joli nom, solide et respectable. Elle espérait mériter un tel nom. Mais quel genre de femme était-elle, pour voyager seule avec deux hommes ? L'un des deux était-il le mari qu'elle avait oublié ?

La pluie avait cessé, le soleil se montrait enfin. Cependant, Duncan s'attardait dans l'enclos, peignant son cheval pour le débarrasser de la poussière des chemins. Contrairement aux gens qu'il retrouverait tout à l'heure dans la grotte, l'animal ne posait pas de questions. Le vent se leva, et Duncan redressa la tête, alerté par un étrange gémissement, loin au-dessus de lui. Ce bruit faisait partie de sa vie de tous les jours, mais certains croyaient que le château était hanté. Les gens de son clan se signaient et restaient à distance. Ce qui l'arrangeait, car ils ignoraient où il se cachait. Il n'avait emmené que deux douzaines d'hommes avec lui, dans les grottes, choisissant les plus robustes, les plus habiles et ceux qui n'étaient pas chargés de famille. Le reste du clan Carlyle vivait dans de petits villages des alentours, cultivant de pauvres terres et élevant un peu de bétail. Étant donné le statut de proscrit de leur chef, peu de gens acceptaient de faire du commerce avec eux. Seul le whisky de contrebande préservait son peuple de la famine. Mais son clan ne le savait pas, bien que quelques-uns aient eu des soupçons. Ils croyaient sans doute qu'il dérobait aussi du bétail, mais il préférait voler le comte d'Aberfoyle.

À présent qu'il lui avait volé sa fille, l'homme saurait ce que c'était que de perdre un enfant.

Duncan renversa la tête en arrière et aperçut les tours du manoir familial, qui se dressaient sur la montagne dominant le vallon. Le château était visible à des kilomètres à la ronde, témoignant de la grandeur passée des Carlyle… et de leur chute. Celle-ci avait commencé bien avant la naissance de Duncan. Mais, pour un homme qui avait fait le vœu de restaurer la splendeur de son clan, il avait lamentablement échoué.

Cela faisait des générations que plus personne ne vivait dans le château des Carlyle. Aussi, personne ne penserait à le chercher ici. Cependant, il y avait amené Catriona Duff, la fille de son ennemi. Elle était inconsciente et n'avait pas vu le chemin qu'il empruntait. Il faudrait qu'elle demeure dans la grotte jusqu'à ce qu'il ait la certitude qu'elle n'avait pas menti. Si elle voyait le château, elle pourrait guider les hommes de son clan jusqu'ici. C'était hors de question.

Il avait mis ses gens en danger, en l'emmenant dans leur repaire.

Avec un soupir résigné, il gagna l'entrée de la grotte. Plusieurs hommes, cachés le long du chemin, en surveillaient l'accès. À l'intérieur, ses compagnons soupaient, assis sur des bancs ou sur des pierres. Ces hommes étaient les seuls dans le clan à être admis près de lui. Des gens de confiance, qui lui prêtaient main-forte dans le trafic de whisky et, plus rarement, l'aidaient à retrouver des enfants kidnappés avant qu'ils soient embarqués pour les colonies. Mais Duncan ne pouvait jamais se détendre avec eux. Il était toujours conscient du danger auquel il les exposait, comme le mois précédent lorsqu'il avait failli être capturé. Il était leur chef, ils menaient une vie rude, et il était de son devoir d'améliorer leurs conditions de vie.

Maeve lui apporta un plat de truites, et on lui fit de la place à table. Les hommes ne parlaient pas, et il savait pourquoi.

— L'étrangère ne veut pas manger ? demanda-t-il en gaélique, au cas où la jeune femme aurait écouté.

— Elle doit garder le lit. Je lui ai apporté un bol de soupe.

Les quatre femmes continuèrent de servir, mais les hommes le dévisageaient avec curiosité. La plupart étaient jeunes et célibataires. Ils étaient rudes, habitués aux privations. L'un d'eux, Angus, avait une femme mais pas d'enfants. Melville, une fille adulte qu'il refusait de laisser seule dans leur cottage. Mme Skinner, une veuve dont le fils vivait au camp, cuisinait les repas. Les femmes étaient venues pour les aider, et Duncan en éprouvait de la reconnaissance. Et puis il y avait Maeve, qui n'était pas mariée et gardait ses distances avec les hommes, à cause de la cicatrice qui la défigurait. Duncan et elle étaient amis depuis des années, et il ne voulait pas l'empêcher de les aider à secourir les enfants.

— Tu as amené une fille dans ta chambre, lança Angus.

Il y eut des rires, mais les hommes étaient agacés qu'il ait enfreint les règles qu'il avait lui-même établies. Personne ne devait faire entrer quiconque dans le camp, sans en avoir auparavant discuté avec les autres. Au final, c'était à Duncan de donner son approbation ou non, néanmoins il savait que ses hommes auraient aimé être consultés.

— Elle n'est pas là pour mon plaisir. Vous avez vu les pansements sur sa tête. Elle a été grièvement blessée, et je ne pouvais la laisser errer sur la route. Elle était inconsciente lorsque nous sommes arrivés ici, aussi vous n'avez rien à craindre, elle ne sait rien.

— Tu aurais pu l'emmener au village, marmonna Melville, entre deux gorgées.

— J'aurais pu, mais je ne l'ai pas fait. Elle prétend qu'il y avait deux hommes morts près de l'endroit où je l'ai trouvée. J'irai à leur recherche demain matin, et alors j'en saurai plus. Elle se trouvait trop près de la grotte, je n'étais pas tranquille.

Maeve regarda les hommes en fronçant les sourcils, et Duncan comprit qu'elle dirait sa façon de penser. Elle était comme une mère poule dans le camp, et les hommes la respectaient. Parfois, Duncan avait le sentiment qu'ils étaient deux à diriger ce petit groupe d'hommes. Il appréciait son aide, son bon sens et sa compagnie. Sa famille lui devait beaucoup, et il ne pourrait jamais la récompenser comme elle le méritait.

— Cette jeune femme est perdue et gravement blessée, dit-elle. Laird Carlyle a fait ce qu'il fallait.

— A-t-elle recouvré un peu la mémoire ? s'enquit Duncan.

— Rien. Elle ne sait même pas son nom.

Il y eut encore des murmures dans le groupe. Duncan éprouva un pincement de culpabilité à l'idée qu'il mentait à ses hommes sur l'identité de Catriona. Mais il ne voulait pas les rendre complices de son crime. Car le fait de détenir une noble en captivité était un crime, même si la jeune fille n'avait pas conscience d'être prisonnière, et même si son père méritait d'être tourmenté par sa disparition.

Il avala un morceau de truite et une gorgée de bière, avant de déclarer :

— Ivor, j'aimerais que tu doubles les patrouilles, au cas où quelqu'un serait à la recherche de cette femme. Si tu vois des gens, ne t'en approche pas, mais viens me prévenir. Et quand vous lui parlerez, ajouta-t-il à la ronde, ne lui dites rien sur les raisons de notre présence ici.

— Combien de temps va-t-elle rester ? demanda Ivor.

Duncan posa un regard impassible sur son chef de guerre.

— Je n'en sais rien. Elle est blessée, il faut la soigner. Et il y a le problème de sa perte de mémoire. Nous déciderons au jour le jour. Maeve, as-tu un lit pour moi ? Je vais dormir ici.

— Tu ne partages pas ta chambre avec la fille ? lança Angus en ricanant.

Duncan voulait bien donner de quoi rire à ses hommes, mais il eut du mal à entrer dans le jeu.

— Aucun de vous ne voudrait imposer sa présence dans un lit à une femme blessée. Moi non plus.

Il retourna à son poisson, laissant la conversation se dérouler. À l'aube, il partirait à la recherche des deux morts dont elle avait parlé. Avec un peu de chance, il en saurait alors plus sur les raisons de sa présence dans les parages.

Où son père la croyait-il, en ce moment ? Se sentait-il désemparé, désespéré ? Duncan avait passé plus d'une soirée avec des femmes dont l'enfant avait été enlevé. Le comte ne connaîtrait jamais le chagrin qu'il avait infligé à tant de familles. Un jour ou l'autre, il retrouverait sa fille.

Malgré tout, Duncan éprouva une certaine satisfaction en songeant à l'inquiétude d'Aberfoyle.

Chapitre 3

Il n'avait pas été très aisé de quitter le camp seul, de bon matin, pour aller enterrer les corps. Ivor avait été un peu étonné quand Duncan avait refusé qu'il l'accompagne, lui demandant d'organiser la chasse car ils allaient manquer de gibier. Mais Ivor était loyal, et il n'avait pas protesté.

Dans sa condition, Catriona n'avait pu s'éloigner beaucoup du lieu de l'accident. Il ne fallut qu'une heure à Duncan pour retrouver le ravin qu'elle lui avait décrit, et le ruisseau qui avait débordé. Les deux hommes étaient là, leurs membres s'étaient brisés dans la chute. Ils étaient vêtus simplement, il s'agissait donc de deux gardes, il n'y avait ni mari ni fiancé. Duncan ne pouvait prévenir leur famille. Quand Catriona retournerait dans son clan, il lui dirait où les deux hommes étaient enterrés.

Il examina le chemin, les buissons déracinés, la terre creusée par endroits. C'était un miracle que Catriona ait survécu. Les orages avaient été violents ces derniers temps, et les chevaux, paniqués, avaient pu jeter leurs cavaliers à terre. Mais tous les trois en même temps ? Il ne pouvait le croire. Plus vraisemblablement, les montures s'étaient trop approchées du bord, avaient glissé et s'étaient emballées. Mais, si les chevaux s'étaient enfuis, il ne se passerait pas longtemps avant que quelqu'un les retrouve. Des gens partiraient alors à la recherche de Catriona.

Auparavant, il devait savoir pourquoi ils se trouvaient si proches du campement.

Il n'eut aucun mal à suivre les traces sanglantes des animaux blessés. Aucun n'avait réussi à se traîner bien loin, et il put abréger leurs souffrances.

Ce qui le plongea dans la consternation, ce fut la découverte des bagages. Les hommes avaient emporté peu de choses. Une chemise, des armes, des munitions, de la nourriture pour le voyage. Ils portaient un pantalon, mais n'avaient pas de plaid aux couleurs de leur clan. Catriona en revanche semblait être partie pour longtemps, car ses bagages contenaient des robes, des chaussures, des sous-vêtements. Il ne fallait pas qu'ils soient retrouvés, car cela soulèverait trop de questions. Mais il fallait qu'il puisse les récupérer quand il en aurait besoin. Duncan enterra donc les bagages, à l'aide d'une pelle qu'il avait emportée, et marqua l'endroit avec un rocher à la forme inhabituelle, pour les retrouver sans difficulté. Ensuite, il enterra les deux hommes, tout en réfléchissant à ce qu'il allait dire à Catriona.

Catherine s'éveilla dans l'obscurité, que seule perçait la flamme d'une chandelle. Elle n'aurait su dire ce qui l'avait éveillée, ni si le matin approchait. Elle demeura immobile, puis entendit le bruit qu'elle avait cru appartenir à un rêve. Un long gémissement plaintif, qui ne semblait pas humain. Un frisson se répandit dans son corps. Elle se dressa sur les coudes en grimaçant de douleur. Mais le cri était distant, étouffé par les rochers. Peut-être était-il sorti de son imagination. Après tout, elle ne pouvait prétendre avoir les idées claires.

Si elle s'était endormie pleine d'espoir, ce matin son esprit était toujours aussi vide. Ses souvenirs remontaient à la veille, au moment où elle s'était éveillée sous la pluie, à côté des deux cadavres. Elle ignorait toujours ce qui s'était passé, pourquoi ils s'étaient retrouvés au fond d'un ravin. Était-ce un accident ? Ou bien quelqu'un les avait-il poussés ?

C'était ridicule, elle s'inventait des ennemis pour expliquer un accident. Fermant les yeux, elle se rallongea, et la terrible douleur dans son crâne s'atténua. Son corps était endolori. Elle posa les yeux sur les vêtements que Maeve lui avait laissés, mais elle était si faible qu'elle n'était pas sûre de pouvoir s'habiller. Il fallait pourtant qu'elle se lève, pour aller jusqu'au pot de chambre. Elle s'appuya à la table pour dominer l'étourdissement et ferma un instant les yeux. Elle put se soulager et se redressa en chancelant. Au moment où elle agrippait la chaise, elle entendit des pas.

Maeve poussa le rideau et entra avec un plateau. Quand elle vit Catherine debout, elle le posa vivement sur la table et alla lui passer un bras autour de la taille. Elles regagnèrent le lit, Catherine s'allongea, et elles échangèrent un sourire.

— Bonjour, Maîtresse Catherine. Je vois que vous vous sentez assez bien pour vous lever seule ?

— J'y étais obligée.

— Oui, je vois. Votre nom vous plaît toujours ?

— Oui, merci. J'ai l'intention de guérir vite, afin de vous récompenser de votre hospitalité et de faire ma part de travail.

— Ne vous inquiétez pas pour cela. Ici en Écosse, nous aidons toujours les étrangers qui ont besoin de nous. Et vous êtes notre invitée, même si nous logeons dans une grotte. Voyons, que diriez-vous de manger un peu ?

— Cela sent très bon.

— Ce n'est que du porridge, mais j'y ai ajouté du miel. Avez-vous besoin d'aide, pour vous asseoir ?

Elles calèrent un oreiller derrière Catherine, qui put alors s'asseoir, le plateau sur les genoux. Elle mourait de faim, et le porridge était délicieux.

— J'ai eu une chance incroyable, d'être trouvée par votre chef, dit-elle en finissant son bol. J'étais si désorientée que j'aurais pu tomber dans la rivière. Laird Carlyle s'est montré très bon.

Maeve la considéra avec étonnement, puis sourit.

— Cela me fait plaisir. Je ne connais pas beaucoup de gens qui le décriraient ainsi. Je l'ai connu toute gosse et je sais que sous ses allures bourrues, c'est un homme bon. Même s'il ne le montre pas.

— Pourquoi ?

Maeve eut une brève hésitation, avant d'expliquer :

— Il n'a pas eu une vie facile.

Catherine trouva curieux qu'une femme défigurée par une telle cicatrice dise cela, mais visiblement elle était loyale.

— En effet, puisque son clan doit vivre dans une grotte, dit-elle doucement.

— Pas tout le clan, répondit Maeve en faisant la moue. Mais ce n'est pas à moi de raconter cela, Maîtresse.

— Je ne veux pas être indiscrète. Je n'ai aucun souvenir de ma vie précédente, je ne sais où aller, ni ce que je dois faire. Poser des questions est la seule façon pour moi d'apprendre quelque chose sur le monde.

Maeve prit place dans l'unique fauteuil de la chambre.

— J'ai du mal à imaginer ce que vous vivez. Je vous répondrai comme je pourrai, mais je ne peux dire grand-chose sur Sa Seigneurie.

— Combien de gens vivent dans cette grotte ?

— En ce moment, nous sommes plus d'une vingtaine.

— Où est Laird Carlyle ?

— Il est parti enterrer vos hommes, madame.

— Je ne peux pas rester couchée ici, dit Catherine en crispant les doigts sur la couverture.

— Il le faut. Encore un jour, au moins. Laissez-moi regarder votre plaie.

Maeve hocha la tête en examinant la blessure.

— C'est en voie de guérison. Vous n'aurez pas de cicatrice.

Elle appliqua un baume sur la plaie et enroula un pansement autour de la tête de Catherine.

— Vous voulez bien me raconter comment vous avez eu cette cicatrice ? demanda Catherine d'une voix hésitante. Si ça ne vous dérange pas, bien sûr.

— Il n'y a pas grand-chose à dire, répondit Maeve sans cesser de travailler. J'ai été cruellement brûlée par une méchante personne, quand j'étais enfant.

— Oh ! je suis désolée, dit Catherine en lui posant une main sur le bras.

— C'était il y a longtemps. Voilà, vous devriez dormir, à présent. Je reviendrai vous voir plus tard.

Le sourire de Maeve était aussi doux que d'habitude, et Catherine espéra qu'elle n'avait pas été offensée par sa curiosité. Après avoir placé une nouvelle chandelle dans la lanterne, elle sortit. Catherine entendit des rires dans le « grand hall » et regretta un peu de ne pouvoir se mêler aux autres. Mais ils l'auraient sans doute considérée d'un air suspicieux ou apitoyé. Ou même avec dégoût, puisqu'elle semblait être anglaise.

Mais alors, qu'était-elle venue faire dans les Highlands ? N'aurait-elle pas dû visiter plutôt Édimbourg, dans les Lowlands ?

Puis elle pensa à Laird Carlyle. Était-il déjà en âge de se battre lors de la rébellion jacobite ? Était-ce la raison pour laquelle il se cachait dans une grotte avec son peuple ?

Elle se rappelait certains faits historiques, mais ne savait toujours pas son nom. C'était exaspérant.

— Mon nom est…, chuchota-t-elle en espérant que le dernier mot viendrait naturellement. Mon nom est…

Rien ne lui vint à l'esprit. La tête lui tournait, le sang battait de nouveau à ses tempes. Elle inspira, essayant de balayer ses doutes et de s'abandonner au sommeil. Ce ne fut pas facile, mais elle finit par échapper à la douleur pour sombrer dans le puits obscur de l'inconscience.

Juste avant le souper, Duncan s'aperçut que ses hommes n'écoutaient plus ce qu'il disait. Muets, ils regardaient derrière lui. Quand il se retourna, il vit Maeve, qui aidait Catriona à franchir la passerelle. Les femmes qui cuisinaient levèrent le nez de leurs chaudrons, avant de recommencer à chuchoter entre elles.

Catriona avait toujours un pansement sur la tête, mais ses cheveux sombres en cachaient une partie. De toute évidence il n'était pas le seul à avoir remarqué sa beauté. Même dans ses habits simples, elle était fascinante, avec sa taille fine, ses seins bombés qu'elle s'efforçait de dissimuler sous un fichu. Son expression était déterminée, bien qu'elle s'appuyât sur le bras de Maeve.

Les regards n'étaient pas tous curieux ou admiratifs. Ses hommes avaient entendu son accent anglais, et Melville avait l'air renfrogné. Mais Duncan était leur chef, et sa parole était loi.

Maeve l'aida à s'asseoir sur un banc, au bout d'une table. Un des hommes se leva et partit, un autre glissa à l'extrémité opposée du banc. Tous l'observèrent d'un air méfiant.

Catriona regarda brièvement autour d'elle, puis leva le menton avec une arrogance qui semblait innée. Une manifestation inconsciente. À moins, bien sûr, qu'elle ne simule son amnésie, une éventualité que Duncan n'avait pas encore écartée. Elle n'était là que depuis un jour.

— Maîtresse Catherine demande la permission de dîner avec le clan, Votre Seigneurie, dit Maeve.

— Elle s'est rappelée qui elle était ? demanda Duncan, interloqué.

— Vous n'êtes pas obligé de parler de moi comme si je n'étais pas là, déclara Catriona.

Elle s'exprimait poliment, mais un murmure désapprobateur se répandit parmi ses hommes, à cause de son accent anglais. Lui seul savait qu'elle était écossaise.

— Je ne me souviens de rien, reprit-elle. Mais il fallait bien me trouver un nom.

Cependant, elle avait choisi la version anglaise de Catriona. Cela semblait suspect. Ses hommes voyaient bien qu'elle n'était pas une fille ordinaire. Duncan espéra qu'il n'aurait pas à la protéger contre eux.

— Nous avons envisagé plusieurs noms, expliqua Maeve en regardant les hommes d'un air sévère.

— La consonance de *Catherine* m'a plu. Mais je ne connais pas le gaélique. Je suppose que c'est la langue que vous utilisez avec vos hommes ?

Il acquiesça d'un signe de tête. Ces paroles ne pouvaient même pas le rassurer. Il se pouvait qu'elle mente. Il prendrait donc garde de ne rien révéler d'important en sa présence.

— Puis-je me laver, avant de manger ? demanda-t-elle.

— Nous utilisons le ruisseau. Lavez-vous à la sortie de la grotte et non plus haut, car nous prenons l'eau pour boire.

— Je vous apporterai une bassine, tant que vous ne serez pas guérie, déclara Maeve en réprimandant Duncan du regard.

Ce dernier croisa les bras. Il voulait que Catriona connaisse les règles et s'y soumette comme tout le monde.

— Je peux le faire, protesta Catriona.

— Maeve a raison. Vous pourrez le faire, mais plus tard.

Maeve apporta un récipient plein d'eau avec du savon et aida la jeune femme à se laver.

— Vous êtes pâle, Maîtresse Catherine, dit Duncan en insistant sur le nom qu'elle s'était choisi. Vous devriez rester couchée.

Elle esquissa un faible sourire.

— Peut-être, Laird Carlyle. Mais j'ai passé de longues heures dans le lit et j'espérais que vous me laisseriez souper avec les gens du clan. J'espérais aussi que vous me diriez ce que vous avez trouvé sur les lieux de l'accident, ajouta-t-elle à voix basse.

Comme sur un signal, les quatre hommes assis à sa table se levèrent, donnèrent leurs assiettes vides aux femmes et sortirent. Duncan s'assit face à elle et avala une gorgée de bière.

— Je ne voulais chasser personne, dit-elle doucement.

— Ils ont compris que vous vouliez me parler. Ils ont appris à être discrets.

Elle regarda autour d'elle, comme si elle désirait le questionner à ce sujet. Mais ses yeux revinrent se poser sur lui, et elle le fixa avec détermination.

— Qu'avez-vous trouvé, Laird Carlyle ?

— Deux pauvres hommes morts. Je les ai enterrés et j'ai marqué leur tombe d'une pierre afin de pouvoir les retrouver.

— Rien n'indiquait qui ils étaient ?

Ou qui *elle était*.

— Rien. Vos chevaux s'étaient blessés dans la chute. Je les ai retrouvés, mais aucun ne pouvait être sauvé.

— Pauvres bêtes, murmura-t-elle. Et mes bagages ? Il devait y avoir des sacs ou… quelque chose ?

— Volés, répondit-il, mentant avec facilité.

— Quelqu'un a volé mes biens, mais a laissé les chevaux souffrir inutilement ?

Elle avait l'esprit vif. Il aurait dû lui dire que les chevaux avaient été tués.

— Les voleurs étaient sans doute pressés, ils craignaient d'être découverts. Beaucoup de Highlanders ont du mal à nourrir leur famille, ils sont désespérés.

Elle hocha la tête, tout en l'observant.

— Je suppose que vos hommes savent ce qu'est le désespoir ?

— Vous nous accusez de…

— Non, ne vous méprenez pas, dit-elle en levant la main devant elle. Je disais cela parce que vous vivez ici, dans une grotte. Cela ne laisse rien supposer de bon pour votre clan.

— Seules quelques personnes du clan se trouvent ici.

— C'est ce que m'a dit Maeve. Mais, quand on a perdu la mémoire, il est difficile de porter un jugement quelconque.

Maeve approcha avec un plat de harengs fumés, de chou et de poireaux.

— Mangez lentement, lui recommanda-t-elle. Vous ne devriez avaler que du bouillon.

— J'en ai eu au lunch, Maeve. Il me faut quelque chose de plus solide, mon estomac crie famine.

Maeve hocha la tête et se retira. Plusieurs hommes sourirent d'un air narquois.

— J'ai dit quelque chose ? murmura-t-elle dans un souffle.

— Le lunch. Seules les dames de haute naissance emploient ce mot. Ici, nous déjeunons.

— Oh !

Elle regarda son assiette, et ses épaules s'affaissèrent. Duncan éprouva un brin de compassion, un sentiment tout à fait inattendu.

— Je comprends que vos gens n'aient aucune raison

d'estimer les riches. Je ne sais pas pourquoi je portais ces vêtements raffinés. Je pourrais tout aussi bien être la maîtresse d'un seigneur fortuné.

— À en juger par la façon dont vous vous exprimez, c'est peu probable. Selon toutes apparences, vous êtes une épouse légitime.

La mine de Catriona s'allongea.

— Si c'est le cas, je lui cause bien du chagrin, ainsi qu'à ma famille.

Elle regarda son assiette, découpant le chou avec son petit couteau, mais ne fit pas mine de manger.

— Vous ne portez pas d'anneau. Ne vous inquiétez pas pour ce que nous ne savons pas. Mes patrouilles sauront vite si quelqu'un vous cherche. Soyez tranquille.

Elle soupira et ébaucha un sourire, tout en mangeant un morceau de poisson.

— J'essaye de ne pas m'inquiéter. Je dois avouer que je suis étonnée de ne pas éprouver de panique à l'idée de ne pas savoir qui je suis. Mais… Dans un sens, c'est un défi, un peu comme le fait de reconstituer un puzzle. Je sais des choses que j'ai dû entendre quand j'étais enfant. Mais, chaque fois que Maeve m'a donné quelque chose à manger, je ne pouvais dire si j'allais aimer cela ou non.

Duncan ne pouvait qu'admirer sa force de caractère. Beaucoup de gens à sa place n'auraient pas eu le courage d'affronter le monde.

— Vous rappelez-vous les visages de personnes que vous pourriez connaître ?

— Non, rien. Je serais seule au monde, si vous n'aviez pas été aussi bon pour moi. Je devrais être contente de savoir parler et m'habiller.

Il posa de nouveau les yeux sur son décolleté, dissimulé

sous le fichu. Puis il revint à son assiette. Il remarquait trop souvent sa beauté, et ses yeux emplis de sincérité, dans la profondeur desquels il aurait voulu se perdre. Mais, si son père avait conçu un plan contre lui, cela faisait partie de ses manigances. Il était difficile de ne pas remarquer une femme aussi belle que Catriona.

Maeve s'approcha d'eux.

— Maîtresse Catherine, vous devriez vous reposer, à présent.

— Très bien, admit Catriona dans un soupir. Je me sens fatiguée. Vous m'avez permis d'utiliser votre chambre, Laird Carlyle, et je vous en suis très reconnaissante.

— J'ai l'esprit pratique, déclara-t-il.

Du coin de l'œil, il vit Maeve lever les yeux au ciel.

— Mais je vais prendre quelques affaires avant que vous dormiez, ajouta-t-il.

— Oui, bien sûr.

Il suivit les deux femmes dans le couloir. Catriona s'assit lourdement dans le fauteuil et laissa fuser un soupir.

Sur le point de lui demander si elle souffrait, il se retint. Il ne devait pas paraître trop curieux. Maeve se retira pour aller chercher de l'eau chaude, les laissant en tête à tête. Il fut étonné de voir des vêtements féminins éparpillés dans la chambre, ses chaussures jetées sur le sol, au risque de la faire trébucher, une brosse et des épingles sur la table, des habits entassés au fond du fauteuil dans lequel elle avait pris place. Il dénicha une chemise propre dans son coffre et rassembla le nécessaire pour se raser.

— Il y a de la place dans le coffre, si vous voulez y ranger vos affaires, proposa-t-il.

— Merci. Je suis désolée pour le désordre. J'avoue que je n'avais rien remarqué, précisa-t-elle avec un sourire en coin.

L'amusement avec lequel elle reconnaissait ses défauts aurait dû l'irriter. Mais il était impressionné qu'elle ne rejette pas la faute sur Maeve et n'invoque pas sa maladie comme excuse.

— J'ai demandé à Maeve pourquoi vous viviez dans cette grotte, et elle m'a répondu que c'était à vous de me le dire.

Duncan se redressa et la considéra avec méfiance.

— Vous disiez que la plus grande partie du clan vivait ailleurs ?

— Dans leurs cottages, oui.

— Mais un petit groupe habite ici, car…

Elle laissa sa phrase en suspens.

— Je ne peux répondre à toutes vos questions, madame.

— Oh ! bien sûr, répondit-elle avec un hochement de tête. C'était juste… de la curiosité.

— Comment puis-je en être sûr ? Je suis responsable de toutes ces personnes, et nous avons une bonne raison de vivre ici. Des gens sont à notre recherche. Qu'est-ce qui me dit que vous ne mentez pas, sur votre amnésie ?

— Vous pensez que je mens ? rétorqua-t-elle avec froideur. Pourquoi ferais-je cela ?

— J'ai vu des hommes perturbés après avoir reçu un coup sur la tête. Mais ils n'étaient jamais amnésiques. Je trouve bizarre que vous alliez bien, en dehors de cela. Après tout, je ne sais rien de vous.

— Et moi, je ne sais rien sur vous non plus. Il est normal que je vous pose des questions… puisque je suis à votre merci. Vous pourriez… exiger n'importe quoi de moi.

Elle était blême, raide, sur la défensive. Il admirait son courage, car après tout il avait le rôle le plus facile dans cette affaire. Il éprouvait aussi un certain trouble à l'idée d'admirer la fille d'Aberfoyle.

— Je vous ai conduite jusqu'ici parce que vous aviez besoin

d'aide. Et je me montre aussi honnête que possible avec vous. J'espère que vous ferez de même.

Maeve pénétra dans la chambre avec une bassine d'eau chaude et des serviettes propres, les yeux baissés, comme si elle avait tout entendu.

Duncan soupira.

— Montre à Maîtresse Catherine l'endroit où nous nous baignons, dit-il.

— J'espère que cela ne signifie pas que je sens mauvais, répliqua Catriona avec lassitude.

Duncan réprima un sourire.

— Je vous fais une offre, ce n'était pas une insulte. Bonne nuit, Maîtresse Catherine.

Tout en quittant sa chambre, il songea qu'il était dangereusement facile de sympathiser avec elle alors qu'elle était blessée, seule parmi des étrangers. Néanmoins, elle essayait tout de même de se défendre. Ferait-il pareil, à sa place ?

Il ne devait pas relâcher sa méfiance ou oublier qui elle était.

Peu de gens avaient sa confiance. C'était une leçon que sa mère lui avait fait apprendre à coups de badine. Elle détestait sa vie et se vengeait de son malheur sur toute sa famille. Il n'était qu'un enfant terrifié, que son père aurait dû protéger. Mais son père avait attendu qu'il soit trop tard.

Chapitre 4

Après le départ de Laird Carlyle, Catherine fit de la place sur la table pour la bassine et les serviettes. Maeve évita son regard, et elle se demanda si elle pensait elle aussi qu'elle mentait.

Au début, Catherine s'était sentie à l'aise en présence de cet homme, qui lui avait sauvé la vie. Naïvement, elle avait admiré sa chevelure auburn, en se disant qu'il aurait été superbe, si seulement il avait souri. La sensation de force et de puissance qui émanait de lui la troublait.

Mais ses paroles méfiantes l'avaient déstabilisée, lui rappelant qu'elle n'était qu'une étrangère en ce lieu. Elle ne savait rien sur lui, en vérité. Si ce n'est que lui et ses compagnons se cachaient. Après tout, ils pouvaient aussi bien être une bande de voleurs.

Maeve était en train d'étaler les serviettes et la chemise de nuit. Catherine retint les questions qui lui montaient aux lèvres. Faire confiance à Maeve était probablement une erreur. Sans mémoire, piégée dans cette grotte, elle ne pouvait se fier à personne.

Néanmoins, elle sourit avec lassitude à la servante qui s'efforçait de l'aider.

— Apparemment, j'ai besoin d'un bon bain.

— Oh… Notre laird manque de tact.

— C'est ce que j'ai compris, répondit-elle en se levant. Mais je suis curieuse. Si je comprends bien, l'eau coule à l'intérieur de la grotte ?

— C'est encore mieux que cela, avoua Maeve en souriant. Mais vous devriez attendre et vous baigner une autre fois. Vous êtes fatiguée, il ne faudrait pas glisser dans l'eau.

— Mais…

— Et puis il vaut mieux attendre que les hommes soient partis.

— Oh… Très bien, je m'incline. Mais je vous en prie, montrez-moi où c'est.

Elle suivit la servante dans le couloir, et elles tournèrent dans la direction opposée au grand hall. Maeve portait la lanterne, dont la flamme se reflétait sur les rochers lisses et humides. Un vent froid soufflait dans le passage, et Catherine frissonna. Elle n'imaginait pas passer l'hiver dans ces cavernes.

— Il n'y a pas d'autre petite grotte comme celle où vous dormez, lança Maeve par-dessus son épaule. Mais le ruisseau qui descend des montagnes se sépare en deux cours d'eau en entrant dans la grotte. L'un traverse notre grand hall, et nous nous en servons pour boire.

— C'est très pratique, dit Catherine.

Le bruit de l'eau devenait de plus en plus fort, au fur et à mesure qu'elles avançaient.

— Le deuxième pénètre plus profondément dans la grotte et aboutit… ici.

Elle franchit une sorte de porte, et Catherine la suivit à l'intérieur d'un nouvel espace. La lanterne fit scintiller l'eau d'un bassin, dans lequel se déversait une cascade qui semblait surgir de la paroi rocheuse.

— C'est incroyable ! s'exclama-t-elle, fascinée.

— Oh ! je dois vous prévenir cependant. C'est très beau, mais l'eau est fraîche. Et, si vous décidez de vous baigner, vous devez laisser une chaussure dans le passage pour signaler votre présence. Personne ne vous dérangera.

— Je vous remercie. Pour l'instant, je vais me contenter de l'eau chaude que vous m'avez apportée.

Catherine jeta un dernier regard au bassin naturel, puis Maeve s'engagea de nouveau dans le passage avec la lanterne. Catherine demeura un instant en arrière. La grotte était plongée dans une profonde obscurité. Un noir d'encre, qui cachait le danger.

Comme un symbole de tout ce qui lui était arrivé depuis qu'elle s'était réveillée.

Le lendemain matin, Catherine s'habilla dans l'obscurité, avant l'arrivée de Maeve. Elle entendait des voix masculines, plus loin dans la grotte, mais préféra ne pas affronter les hommes seule. Elle était encore irritée par les accusations de Laird Carlyle, laissant entendre qu'elle mentait peut-être. Pourquoi lui ferait-elle croire qu'elle avait perdu la mémoire ?

Elle portait de beaux vêtements, et cela signifiait qu'elle appartenait à une famille fortunée. Apparemment, il avait quelque chose contre les riches.

Cependant, il était chef de clan et il vivait dans une grotte. Quel mystère ! Il ne voulait pas en parler et avait certainement donné l'ordre à Maeve de garder le silence. Résoudre cette énigme lui donnerait au moins un but.

Sinon, en dehors de cela, elle n'avait absolument rien à faire. Excepté cette lutte incessante pour recouvrer la mémoire. Elle avait l'impression d'être dans une barque, sans rames, sans boussole, et ignorant complètement où elle se trouvait.

Mais elle ne devait pas pour autant se considérer comme un fardeau. Elle n'était pas invalide et elle devait être capable d'aider. Après tout, elle se rappelait comment faire pour s'habiller. Si elle ne cédait pas à la panique, ses souvenirs finiraient par revenir peu à peu.

Assise dans le fauteuil, elle attendait patiemment. Une lueur apparut dans le passage, et le rideau fut écarté. Catherine plissa les yeux, éblouie par la lumière.

Maeve s'immobilisa sur le seuil.

— Bonjour, Maîtresse Catherine. Je pensais vous trouver au lit.

Catherine se leva.

— Non, je me sens beaucoup mieux. Il est temps pour moi de faire quelque chose, afin de vous rétribuer pour votre accueil.

— Nous rétribuer ? Mais vous êtes notre invitée.

— Je ne peux pourtant pas rester assise, à attendre que ma mémoire revienne. Donnez-moi quelque chose à faire. J'apprends vite. Enfin… Je crois.

Elles échangèrent un sourire. La présence de Maeve faisait du bien à Catherine. Elle se sentait à l'aise avec elle, comme si elle avait au moins une amie dans le clan Carlyle.

— Laissez-moi d'abord examiner votre plaie, dit Maeve en la ramenant dans le fauteuil.

Catherine attendit patiemment qu'elle ait fini, grimaçant légèrement lorsqu'elle sentit le bandage coller à son front.

— La blessure est-elle enflammée ?

— Non, nous avons de la chance. Vous avez dû avoir terriblement peur ?

Catherine haussa les épaules.

— Je me souviens surtout de la douleur et de la confusion dans laquelle je me suis retrouvée. Je n'ai pas dû errer longtemps, avant que votre laird me trouve. Mais j'ai une bosse énorme, ajouta-t-elle en se touchant délicatement le front.

— Vous avez déjà l'air d'aller beaucoup mieux. À part vos yeux, bien sûr.

— Mes yeux ? Mais ils ne me font pas mal !

— On dirait que vous avez reçu deux coups de poing. Ils sont mauves, bleus, verts…

— Je dois être très vaniteuse, car cette description ne me plaît pas.

— Nous aimons tous être à notre avantage. Il n'y a pas de honte à cela.

Maeve appliqua du baume sur la plaie, puis enroula un pansement propre autour du front de Catherine.

— Le pansement est-il encore nécessaire ?

— Nous sommes dans une grotte, madame. Il faut protéger la plaie de la poussière et des chauves-souris.

— Quoi ?

Maeve rit de bon cœur.

— Je vous taquine. Il y a longtemps que nous avons chassé les chauves-souris.

— Depuis combien de temps vivez-vous ici ?

— Je ne peux pas parler de cela, lui rappela Maeve en soupirant.

— Avez-vous une maison, ailleurs ?

— J'en avais une.

— Cela signifie que… vous n'en avez plus ?

Maeve garda le silence.

— Je suis désolée, je suis trop curieuse, dit Catherine. Mais j'espère toujours que mes questions vont susciter des souvenirs. J'essaye d'imaginer l'endroit où je vivais, les portes, les fenêtres, ma chambre.

— Et vous y arrivez ?

— Non, pas encore. Mais, si je vous pose des questions

auxquelles vous n'avez pas le droit de répondre, dites-moi d'arrêter.

— Ce n'est pas que je n'ai pas le droit, madame. Laird Carlyle n'est pas un tyran, et j'ai moi-même pris la décision de le soutenir. Il répondra peut-être à vos questions.

— Je ne crois pas. Il pense que je mens quand je dis avoir perdu la mémoire. Et vous ?

— Non, pas du tout, répondit gentiment Maeve. Mais Laird Carlyle a des raisons de ne pas accorder sa confiance à tout le monde.

— Il doit donc mener une vie triste et solitaire ?

— Oh ! oui. Il se fie à nous la plupart du temps, mais il ne dévoile jamais ses pensées, ni ses sentiments.

Catherine voulait bien le croire. Elle garda le silence, tandis que Maeve lui attachait les cheveux sur la nuque.

— Suis-je présentable ? demanda-t-elle lorsque la servante recula pour la regarder.

— Je pense que oui.

— Remerciez celles qui m'ont donné des vêtements, déclara-t-elle en étalant la simple jupe de tissu brun, à laquelle était attaché un jupon.

Elle savait qu'elle portait un jupon à cerceaux à son arrivée, mais celui-ci était probablement trop abîmé pour être récupéré.

— Ces vêtements sont à moi, dit timidement Maeve. Je les ai faits moi-même, et ils ne sont sans doute pas aussi raffinés que ceux auxquels vous êtes habituée.

— Ils sont parfaits, et je les aime d'autant plus que vous avez travaillé pour les faire. Merci, j'en prendrai grand soin.

Maeve hocha la tête en rougissant, cachée sous les volants de son bonnet.

— Et qui peut savoir à quoi je suis habituée ? ajouta

Catherine. Je pourrais tout aussi bien être une voleuse et avoir dérobé ces vêtements.

— Oh ! certainement pas !

— Mais nous n'en savons rien, n'est-ce pas ? répondit Catherine avec amertume. Mais merci de votre confiance, Maeve. Je ne peux m'attarder sur ce passé inconnu. Tout ce que j'ai, c'est le présent. Je veux trouver une façon de vous aider. De cette manière, vous m'aiderez aussi à passer le temps.

— Si vous insistez, concéda Maeve à contrecœur.

Son regard se posa sur les mains de Catherine. Celle-ci les leva à hauteur de ses yeux.

— Quelque chose ne va pas ?

Maeve haussa les épaules.

— Vous avez des mains délicates, qui ne sont pas habituées aux rudes travaux.

— Il est donc temps qu'elles servent à quelque chose.

Maeve inclina la tête et souleva sa lanterne pour guider Catherine dans le passage. Le grand hall apparut, envahi par la fumée grise s'élevant au-dessus de plusieurs feux. L'entrée de la grotte était la seule source de lumière naturelle, aussi les torches restaient-elles allumées toute la journée. Des odeurs de bois brûlé se mêlaient au fumet s'échappant des chaudrons.

Quelques hommes qui s'attardaient devant leur petit déjeuner dévisagèrent Catherine d'un air soupçonneux, quand elle s'assit pour manger. Une femme plus âgée, à la poitrine opulente et aux mains rougies par les travaux, posa une assiette devant elle et dit quelques mots en gaélique, avant de retourner à ses fourneaux.

— Sait-elle que je ne comprends pas le gaélique ? demanda Catherine.

— Elle le sait, mais elle ne parle pas anglais.

— Oh ! je vois.

— C'est la mère d'un de nos plus jeunes hommes. Elle est veuve et elle est venue avec nous pour s'assurer que son fils mangeait convenablement.

Catherine mordit dans une part de gâteau.

— C'est une chance, dit-elle en savourant la pâtisserie.

Elle se crispa en voyant Laird Carlyle entrer dans la grotte. Son regard impassible se fixa aussitôt sur elle.

Il était grand et imposant. Il portait une cape vert foncé, dont un pan était fixé sur son épaule à l'aide d'une broche traditionnelle. Une épée et un pistolet étaient glissés dans sa ceinture. Ses genoux étaient nus, ses bottes boueuses, et ses cheveux auburn étaient négligemment noués sur la nuque. Le regard sombre et menaçant, il se campa devant elle, et Catherine dut faire un effort pour ne pas reculer.

Jamais elle ne manifesterait de peur. Elle était peut-être seule au monde et n'avait nulle part où aller, mais elle ne tremblerait pas devant lui.

— Vous êtes en assez bonne forme pour quitter le lit ? demanda-t-il.

— Je n'appellerais pas cela un lit, répliqua-t-elle d'un ton sec, mais oui je me sens mieux. Je souhaite vous aider, pour payer ma pension.

— Je lui ai dit qu'elle était notre invitée, dit Maeve, mais…

— C'est très gentil à vous, mais j'ai besoin de faire quelque chose.

Laird Carlyle lui prit la main et en examina la paume. Sa peau était rose et douce, entre les doigts rudes du guerrier. Elle tenta de se dégager, mais il ne la relâcha pas.

— Je ne pense pas que vous ayez travaillé une seule journée, dans votre vie, dit-il.

Une voix s'éleva dans un groupe d'hommes qui se tenaient près de la porte.

— Elle travaillait peut-être sur le dos.

Maeve étouffa une exclamation, Catherine eut un haut-le-corps, mais avant qu'elle ait pu se défendre Laird Carlyle prit la parole.

— Melville, je ne tolérerai pas qu'on manque de respect à Maîtresse Catherine, dit-il avec froideur.

Un des hommes tourna les talons et sortit. Catherine le reconnut, car il l'avait longuement regardée la veille, d'un air désapprobateur.

— Ne m'avez-vous pas vous-même manqué de respect, en insinuant que je mentais ? chuchota-t-elle à l'adresse de Carlyle.

— Je ne vous ai pas caché mes soupçons, répondit-il, sans se troubler. Vous ne voudriez pas que l'on vous cache ce genre de choses ?

— Mais vous vous cachez dans ces grottes ? répliqua-t-elle avec une soudaine audace.

Carlyle arqua les sourcils.

— Vous ne savez rien sur nous.

— Et personne ne sait quoi que ce soit sur moi. Je veux vous aider, et c'est tout.

Carlyle lui relâcha la main.

— Très bien, vous pouvez le faire, et cela sera apprécié. Mais il y a des règles dans ce campement, et vous devrez les suivre. Vous ferez ce que Maeve et Mme Skinner vous demanderont. Et vous ne devrez pas sortir de la grotte.

— Je vous demande pardon ? fit-elle en battant des cils.

— Cela pourrait être dangereux pour vous ou pour nous. Personne ne doit savoir que nous sommes là. Donc, si vous ne savez pas où nous nous trouvons, vous ne pourrez informer personne.

— Pourquoi est-ce que personne ne doit le savoir ?

— Cela ne vous concerne pas, madame. En revanche, ces

gens sont sous ma responsabilité, et je les protégerai de mon mieux.

Il se pencha au-dessus d'elle, lourd et menaçant. Elle se rendit compte avec un peu d'étonnement qu'elle éprouvait un frisson d'excitation lorsqu'il s'approchait d'elle. Cependant, il n'était pas un prétendant, mais un homme qui voulait l'intimider. Et il y parvenait.

Par ailleurs, une petite partie d'elle-même était comme un tout petit enfant, recroquevillé dans un coin de son esprit. Un enfant qui avait peur du monde extérieur. Elle n'aimait pas trop cet aspect de sa personnalité.

— Très bien, j'accepte vos conditions, dit-elle d'un ton détaché. Pour le moment.

— Pour le moment ? répéta-t-il.

— Je me réserve le droit de changer ces règles plus tard. Quand vous aurez compris, ainsi que les membres du clan, que je ne veux de mal à personne.

Ne me jetez pas dehors, supplia le petit enfant, dans sa tête.

Laird Carlyle soutint son regard, comme s'il la jaugeait. Catherine ne baissa pas les yeux. Après tout, il n'était qu'un homme, avec des secrets à protéger. Et, bien qu'il détienne le pouvoir en ce moment, ces secrets le rendaient vulnérable. Il le savait, c'est pourquoi il se cachait derrière ces fanfaronnades.

Ou bien tout simplement, c'était un homme qui aimait que tout marche selon sa volonté.

Catherine espérait que sa mémoire reviendrait vite et qu'elle n'aurait pas le temps de découvrir la vérité.

Elle passa la matinée à préparer des choux et des oignons pour le repas de midi. C'était plus facile que de préparer la viande, comme le faisait Mme Skinner. Un peu mal à l'aise, Catherine la regarda découper la viande et la faire cuire. Rien de tout cela ne lui semblait familier.

En revanche, une chose lui semblait naturelle. C'était de dire aux autres ce qu'ils avaient à faire. Plus d'une fois, elle se mordit l'intérieur de la joue, pour ne pas ordonner à l'une des femmes d'aller lui chercher un ustensile. Comme si elle ne pouvait pas le faire elle-même. Le fait de donner des ordres lui paraissait tout simplement aller de soi. Cela était sans doute normal dans sa vie précédente, que celle-ci ait été scandaleuse ou convenable, mais ici, c'était hors de question.

De temps à autre, Mme Skinner lui disait quelque chose en gaélique, puis levait les yeux au ciel parce qu'elle ne comprenait pas. Lorsque Maeve n'était pas là, une jeune femme timide, qui s'appelait Janet, traduisait. Catherine lui souriait pour exprimer sa gratitude, mais Janet se détournait en rougissant, comme si elle craignait d'être vue avec une *Sassenach.*

Pendant la matinée, Laird Carlyle revint quelques fois dans la grotte. Il la surveillait du coin de l'œil, ce qui ne faisait rien pour améliorer sa popularité. Croyait-il qu'elle allait s'emparer d'un des minuscules surins de cuisine pour s'enfuir ? Il savait bien qu'elle n'avait nulle part où aller.

Un des jeunes hommes du clan s'approcha des feux, déroba un petit pain et vola un baiser à la jeune femme qui devait être sa dulcinée.

Catherine les observa sans s'en rendre compte, et Maeve lui chuchota :

— Janet et Angus se sont mariés cette année.

La fille était si petite et si mince que Catherine n'aurait pas pu deviner qu'elle était en âge de se marier.

— Elle l'a suivi… ici ? demanda-t-elle en ramassant un tas de navets.

— Ils voulaient rester ensemble, répondit Maeve en haussant les épaules. Ce n'est pas comme pour Sheena.

Elle désigna une femme plus épanouie et sûre d'elle.

— Sheena est là parce que son père n'a pas voulu qu'elle reste seule.

— Je suppose que Laird Carlyle accepte leur présence, car elles cuisinent pour les hommes ?

— Comme si les hommes n'étaient pas capables de se nourrir seuls ? Vous supposez trop, Maîtresse Catherine.

Cette dernière soupira.

— Pardonnez-moi. Je n'aime pas être accusée de mentir, et cela me rend irritable.

— Vous n'aimez pas que l'on ne vous fasse pas confiance. Nous sommes tous pareils.

Catherine ne put s'empêcher d'observer les deux jeunes femmes qui bavardaient doucement tout en travaillant. L'une d'elles était mariée, pourtant Catherine se sentait plus vieille qu'elles. Se pouvait-il qu'elle soit aussi mariée, ou était-elle célibataire ? Avait-elle décidé de ne pas se marier tant qu'elle n'aurait pas trouvé le grand amour ? Elle pouvait être toutes sortes de femmes, et il était incroyablement frustrant de ne pas se connaître elle-même. Tout en épluchant les légumes, elle réfléchit au mariage, essayant d'imaginer un homme à ses côtés, dans son lit. Quelqu'un avec qui elle aurait pu discuter, qui l'aurait comprise. L'image de Laird Carlyle apparut dans son esprit, et elle la repoussa, agacée. Elle pensait à lui parce qu'il lui avait sauvé la vie, et maintenant il contrôlait tout ce qu'elle faisait.

Mais son esprit était vide, aucun visage n'y apparaissait, en dehors de ceux qu'elle avait vus depuis son arrivée dans la grotte. Cependant, elle continuait de chercher des souvenirs au plus profond d'elle-même.

Quand le laird revint, il était accompagné de tous ses hommes, qui formaient une troupe agitée. Échevelés, mal rasés, ils portaient des hardes raccommodées. La plupart transportaient du bois pour le feu.

Certains la dévisagèrent avec curiosité et avec suspicion, mais elle commençait à s'y habituer. On se méfiait d'elle, mais au moins les femmes toléraient sa présence et acceptaient son aide. Même la vieille Mme Skinner lui avait montré en ronchonnant comment disposer les morceaux de viande sur le gril.

Lorsque tous les hommes furent assis à table, Janet et Sheena leur servirent de la bière, et Mme Skinner donna un plat à Catherine en désignant le lord d'un geste. Donc, elle allait devoir servir cet homme qui la prenait pour une menteuse.

Mais Catherine elle-même avait demandé à rendre service. Et c'était le rôle des femmes de servir les hommes, même si cela l'irritait.

Carlyle n'était pas son époux, aucun de ces hommes n'était proche d'elle. Et, à en juger par leur expression méprisante, ils ne désiraient pas la connaître. Y avait-il un homme quelque part, qui la recherchait désespérément ? Des parents qui avaient peur pour elle ? L'espace d'un instant, elle tenta d'imaginer son enfance, de voir un père et une mère penchés sur elle. Étaient-ils sévères ou bien toléraient-ils les faiblesses de leur petite fille ? Sa mère l'avait-elle tenue sur ses genoux le soir ? Craignait-elle à présent qu'elle ne soit morte ? Le chagrin, à la pensée d'avoir perdu tous ces souvenirs, faillit la submerger.

Mme Skinner claqua des doigts sous son nez, en désignant le chef d'un air impatient. Le message était clair. Laird Carlyle devait être servi le premier.

Tous les hommes, y compris le laird, la regardèrent approcher. Carlyle la dévisagea quand elle déposa l'assiette devant lui.

— Vous êtes sûre de pouvoir travailler autant ? Vous n'avez pas l'air complètement rétablie.

Catherine ne voulait pas lui laisser voir son chagrin.

— Maeve m'a dit que j'avais les yeux au beurre noir.

— Ils sont de plusieurs couleurs, en réalité. Je pensais que vous aviez juste reçu un coup sur la tête, mais il se pourrait que vous ayez été battue.

— Je ne crois pas, répondit-elle en faisant la moue. Je n'ai mal nulle part, seulement sur le front.

À sa grande surprise, il tendit la main et posa ses doigts rugueux sur ses pommettes. Elle se figea, choquée, puis se déroba. Pourquoi l'avait-il touchée devant tous ses hommes ?

— Vous avez eu mal ? demanda-t-il.

Elle n'aurait su dire s'il était inquiet, car il avait perpétuellement les sourcils froncés. Mais son geste était d'une grande douceur. Elle ne savait plus que penser et ne voulait pas l'interpréter de manière erronée.

— Je me sens bien, dit-elle. Mangez à présent, vos hommes attendent que vous ayez commencé pour le faire.

Il lança un coup d'œil à la ronde et prit une bannique. Aussitôt, les hommes se jetèrent sur la nourriture, l'air affamé.

Mais Laird Carlyle ne mordit pas dans son petit pain. Avant que Catherine ait pu s'éloigner, il lui attrapa la main. La jeune femme se raidit et s'apprêta à retirer sa main, mais il contempla les ampoules dans sa paume.

— Maintenant, nous savons que je n'ai jamais cuisiné pour gagner ma vie, fit-elle sèchement.

— Demandez à Maeve de vous soigner, dit-il en la relâchant.

Catherine lui tourna le dos. Il se souciait donc de sa santé ? Il ne voulait sans doute pas qu'elle meure dans le campement.

Cependant, elle continua de le regarder à la dérobée. Il participait à la discussion de ses hommes, mais ne souriait pas et ne semblait pas vraiment faire partie de leur groupe. Bien sûr, il était leur chef. Les hommes observaient peut-être certaines limites. Elle n'en savait rien.

Tout ce qu'elle savait, c'était qu'elle s'intéressait beaucoup trop à lui.

Mais comment aurait-il pu en aller autrement ? Il tenait son sort entre ses mains.

Chapitre 5

Duncan se disait qu'il devait garder un œil sur Catriona. Il avait eu du mal à s'occuper du nouveau poulain ce matin, car il retournait sans cesse à la grotte pour la surveiller. Il ne savait pas trop ce qu'il redoutait, puisqu'elle n'avait pas cessé de travailler avec les femmes. Elle n'avait pas baissé les bras, agacée par son ignorance en matière de cuisine. Même lorsque ses mains délicates s'étaient couvertes d'ampoules.

Elle lui en voulait toujours d'avoir insinué qu'elle mentait au sujet de sa perte de mémoire. Peut-être était-ce pour cela qu'elle s'était concentrée avec obstination sur son travail, toute la matinée. Il l'observa sous ses paupières mi-closes, comme s'il s'attendait à ce qu'un geste la trahisse, révélant qu'elle savait que ces tâches domestiques n'étaient pas dignes de son rang. Mais elle continua d'apporter des plats aux hommes du clan, ignorant leurs regards curieux. L'un d'entre eux agrippa un pan de sa jupe. Duncan était sur le point de pousser une table de côté pour se jeter sur lui, mais Catriona se retourna sans se troubler et lui tendit une bannique, un petit pain écossais qu'il lui avait demandé. C'était encore Melville, qui visiblement n'appréciait pas la présence de cette étrangère parmi eux. Sa fille logeait avec eux dans la grotte, donc peut-être avait-il le droit de se montrer circonspect.

Mais irait-il jusqu'à faire du mal à Catriona ?

Duncan se dit qu'il était ridicule. Aucun de ses hommes ne s'attaquerait à une femme qu'il avait lui-même ramenée au campement. Elle était sous sa protection.

Un peu plus tard, il était assis à table et finissait sa viande, quand Catriona reçut sa première leçon pour le lavage de la vaisselle. Ivor était assis en face de lui.

Son chef de guerre l'observa un moment en silence, puis se mit à parler en gaélique.

— Les patrouilles sont revenues pendant que nous mangions. Ils n'ont pas rencontré d'étrangers. Personne n'est à la recherche d'une femme disparue.

Duncan hocha la tête, soulagé.

— Nous ne nous sommes pas éloignés du camp ces dernières semaines, après l'attaque que tu as subie, continua Ivor. Devons-nous nous risquer plus loin, à cause de la fille ?

— Oui. Mais soyez prudents.

Duncan savait qu'il ne pourrait pas cacher Catriona éternellement. Mais il espérait faire souffrir son père aussi longtemps que possible.

Il lui jeta un coup d'œil, la vit sourire à Maeve et éprouva un choc. Il ne l'avait encore jamais vue aussi détendue. Ses yeux dorés pétillaient, ses lèvres pleines souriaient, laissant apparaître des dents d'une blancheur étincelante. Abstraction faite de sa blessure au front, elle était éclatante de santé et de vitalité. C'était une femme épanouie, qui ne manquait de rien. Naturellement, elle pouvait s'occuper d'elle, grâce à l'argent de son père.

— Tu regardes trop souvent cette fille, dit doucement Ivor.

Duncan reporta son attention sur le guerrier.

— C'est moi qui l'ai amenée ici. Je me sens responsable.

— Pour elle ou pour ton peuple ? Je ne saurais pas le dire.

— Tu sais parfaitement que j'ai passé ma vie à protéger nos hommes, rétorqua Duncan, maîtrisant à grand-peine sa colère. Je ne veux pas les mettre en danger.

— Je comprends que tu n'aies pas voulu la laisser mourir au bord de la route. Mais, dans un sens, cela aurait tout simplifié.

Duncan le toisa en arquant les sourcils.

— Non, je ne l'aurais pas laissée mourir non plus, concéda Ivor avec lassitude. Mais elle représente une faiblesse, et je n'aime pas cela. Nous ne savons pas qui elle est, qui est son peuple.

Duncan le savait. Et leur vulnérabilité ne lui semblait que plus importante. Ivor le considéra en plissant les yeux.

— Tu me caches quelque chose.

Duncan était incapable de mentir à son ami. Ivor était l'homme dont il était le plus proche.

— Quand je pourrai te dévoiler mon plan, je le ferai. C'est promis.

— Car tu as un plan, n'est-ce pas ? Je pense que le mieux serait de la déposer dans le village le plus proche, où des gens la reconnaîtront peut-être.

— Non, je ne peux pas faire cela. Ce serait un abandon. Nous représentons tout ce qu'elle a.

— Tu n'es pas responsable de tous les habitants de ce monde, Duncan Carlyle.

Ivor laissa échapper un soupir las et esquissa un sourire narquois.

— Et, si tu voulais juste une femme, tu n'aurais pas dormi dans le hall avec les hommes, la nuit dernière.

— Non, ce n'est pas la question.

Néanmoins, Duncan ne pouvait se mentir à lui-même. Il trouvait Catriona Duff beaucoup trop désirable. Elle avait beau être la fille de leur ennemi, chaque fois qu'elle s'approchait il sentait ses reins s'embraser. Il ne se rendait pas service en la touchant, même pour examiner les ampoules dans sa main. Était-ce un prétexte pour être auprès d'elle ? Il serait plus sage de ne jamais se retrouver en tête à tête avec elle. Il n'avait jamais imaginé qu'il éprouverait une telle faiblesse. Pas après avoir passé toutes ces années à protéger son peuple.

— Laird Carlyle !

Duncan se leva en voyant le jeune Torcall entrer dans la grotte et se précipiter vers lui. Les sourires des hommes se figèrent, et tous se turent pour écouter ce que Torcall avait à annoncer.

— Il y a un nouveau chargement, dit-il, essoufflé par sa course.

— Ne dis pas un mot de plus, ordonna Duncan. Allons-y.

Il voulait connaître les détails, mais pas devant Catriona Duff.

Comme suivant une chorégraphie bien précise, chaque homme se dirigea vers le coin de la grotte qu'il occupait, pour se préparer et prendre ses armes. Duncan était fier de l'entraînement parfait de ses hommes. Ils prenaient leur mission très au sérieux.

Les femmes s'étaient figées, l'air inquiet et solennel, les doigts crispés sur les assiettes et les torchons. Le regard de Catriona passa des femmes aux guerriers qui s'affairaient et enfin se posa sur Duncan. Il devina ses questions, mais savait qu'il n'avait pas le temps d'inventer des excuses. Il ordonna à deux de ses hommes de rester pour garder le camp. Les autres enfourchèrent leur monture pour suivre Torcall.

Personne ne voulait dire à Catherine où les hommes se rendaient. L'ambiance de camaraderie qui régnait entre les femmes céda la place à un lourd silence, seulement brisé par les ordres lancés sèchement par Maeve ou Mme Skinner. Tous les regards étaient tournés vers l'entrée de la grotte, où les deux hommes devaient déjà monter la garde.

Elles préparèrent un repas simple, que les hommes pourraient manger, quelle que soit l'heure à laquelle ils rentreraient. Puis elles s'assirent à côté du feu et se mirent à coudre, raccommodant des vêtements usés et rapiécés. Catherine tenta sa chance, en proposant son aide. Toutes les femmes apprenaient à coudre, elle devait donc savoir le faire. Ses compagnes semblèrent douter de ses talents, mais elle parvint à réparer un poignet effiloché et à replacer une manche déchirée sur une chemise. Pour qui avait-elle cousu, dans sa vie passée ? Elle se concentra sur son aiguille, tout en s'imaginant en train de coudre dans une autre salle, avec d'autres personnes. En vain. Rien ne revint à la surface.

— Maîtresse Catherine, dit Janet d'une voix hésitante. Vous n'avez vraiment aucun souvenir ?

Catherine leva les yeux et vit Maeve froncer les sourcils, l'air réprobateur.

— Je veux bien répondre à ses questions, s'empressa-t-elle de dire, espérant mettre les autres femmes à l'aise. Appelez-moi simplement Catherine, je vous en prie.

Janet et Sheena échangèrent un sourire.

— Même sa voix est celle d'une grande dame, déclara Sheena à mi-voix.

Catherine essaya de se détendre. Elles la taquinaient gentiment.

— J'ignore si je suis vraiment une dame, fit-elle.

— Vous voulez dire… que… c'est vide ? questionna Janet.

— De toute évidence, je connais le nom des choses, je sais parler, coudre, mais… Quand j'essaye d'imaginer ma vie avant que je me réveille à côté de ces deux hommes morts… Il n'y a que du vide. Je devrais connaître les hommes avec lesquels je voyageais. Je revois sans cesse leur visage, mais ce sont des étrangers pour moi.

Les femmes demeurèrent silencieuses, leur ouvrage posé sur les genoux.

— Ils sont peut-être morts… pour me protéger, chuchota Catherine.

L'un d'eux était-il son mari ? se demanda-t-elle en frissonnant. Elle repoussa cette idée. Comment pouvait-on pleurer un homme dont on ne gardait aucun souvenir ?

— Ou peut-être étaient-ce des brigands qui vous avaient capturée ? suggéra Sheena avec enthousiasme.

Puis, écarquillant les yeux, elle plaqua une main sur sa bouche.

Maeve avait traduit la conversation pour Mme Skinner, mais à présent les deux femmes regardaient les plus jeunes d'un air furieux.

— Je voulais dire…, marmonna Sheena d'une voix éteinte, que sans souvenir on peut imaginer toutes sortes d'histoires extravagantes.

Catherine pencha la tête de côté.

— Vous voulez dire… créer une histoire pour moi ?

— Pourquoi pas ?

Maeve chuchota quelques mots en gaélique, et Mme Skinner considéra Catherine avec compassion.

— Je ne sais pas si m'inventer un passé m'aiderait, mais je n'oublierai pas votre conseil, Sheena. Mais j'aurais pu connaître un sort plus dur. Que me serait-il arrivé, si votre laird ne m'avait pas trouvée ?

— C'est un homme bon, déclara Janet d'un ton solennel. Il veille sur tout le monde, même les plus pauvres et les plus obscurs.

— Et je fais certainement partie de ces derniers, renchérit Catherine.

Janet s'empourpra.

— Ce n'est pas ce que je voulais dire…

— Mais c'est vrai. Je ne fais pas partie du clan des Carlyle. Il aurait pu m'abandonner à mon triste sort.

— Non, il n'aurait jamais fait cela, protesta Sheena avec conviction.

Janet et Maeve échangèrent un sourire attendri, comme si elles comprenaient l'adoration de Sheena.

— Vous n'avez sûrement pas besoin d'une bouche de plus à nourrir, ajouta Catherine.

Sheena déposa son ouvrage sur ses genoux.

— Nous ne voyons pas les choses de cette façon. Nous aidons les gens. Nous sommes là pour cela, et c'est aussi pour cela que nos hommes risquent leur vie.

— Sheena, dit Maeve, réprimandant son amie avec douceur.

Catherine avait espéré que Sheena continuerait de parler et révélerait les secrets des Carlyle. Mais Maeve était vigilante. Catherine obtiendrait plus de renseignements en approchant Sheena et Janet lorsqu'elles seraient seules.

— Il est temps d'aller se coucher.

Maeve se leva, et les trois femmes l'imitèrent. Elles disposèrent les paravents qui séparaient leurs lits de ceux des hommes.

— Puis-je aller me laver dans le bassin ? demanda Catherine. Je n'ai pas encore pu le faire depuis mon arrivée.

Maeve la dévisagea d'un air soucieux.

— Vous sentez-vous suffisamment solide ? Je devrais vous accompagner.

— Non, je ne veux pas vous déranger. Je vous promets de ne pas descendre trop profondément dans le bassin. J'ai juste besoin de me sentir propre.

Maeve hésita, puis soupira.

— Je vais vous chercher du savon et des serviettes. Appelez, si vous avez besoin de moi. Comme les hommes ne sont pas là pour faire du bruit, je vous entendrai.

— Merci.

Quand Maeve lui eut donné ce qu'elle avait promis, ainsi qu'une chemise propre, et qu'elle lui eut recommandé de ne pas se mouiller les cheveux tant que sa blessure n'était pas guérie, Catherine souhaita bonne nuit aux femmes et se retira. Elle se sentait un peu coupable d'être la seule à disposer d'une chambre. S'attardant dans le passage, elle jeta de nouveau un coup d'œil dans le grand hall. Sheena et Janet disposèrent deux couches l'une à côté de l'autre, tout en bavardant à voix basse. Catherine s'éclipsa sans bruit. Elle garderait sans doute cette petite chambre jusqu'à ce que Laird Carlyle exige de la reprendre pour lui. Cela faisait-il d'elle une femme égoïste ?

Après avoir laissé une chaussure devant l'entrée de la grotte, comme Maeve le lui avait recommandé, elle se déshabilla à la lueur de l'unique lanterne. Maintenant qu'elle était seule, l'eau lui semblait sombre et mystérieuse. Elle ne distinguait pas le fond du bassin. La paroi d'où s'écoulait la cascade était noire et luisante. Catherine ignorait si elle était superstitieuse. Mais, si c'était le cas, cette grotte aurait dû lui paraître terrifiante.

Elle s'assit sur le bord et descendit dans le bassin avec une extrême prudence. L'eau lui arrivait à peine aux mollets, mais elle était glaciale. Elle se rendit compte qu'elle ignorait en quelle saison ils se trouvaient. L'espace d'un instant, la tête lui tourna. Elle avait l'impression de partir à la dérive, comme si le temps l'entraînait irrésistiblement vers une contrée inconnue.

Puis elle se secoua, repoussant ces rêveries. Il valait mieux qu'elle se dépêche, car elle ne savait pas quand les hommes reviendraient. Ils seraient probablement sales, après leur course à cheval, et impatients de se baigner. Avançant prudemment le pied, elle s'aperçut qu'il y avait une marche plus profonde. Elle descendit. L'eau lui arrivait à mi-cuisses. Elle se lava rapidement, à l'aide d'un linge. Elle n'osa pas plonger complètement dans cette eau sombre. D'ailleurs, savait-elle nager ? Prudente, elle s'accroupit pour se rincer en frissonnant.

Une fois revêtue de la chemise propre, elle s'engagea sur la pointe des pieds dans le passage, souleva le rideau et pénétra dans sa petite chambre. Celle-ci lui parut douillette comme un cocon, bien qu'elle ne fût pas vraiment chez elle. Son esprit essayait de lui faire accepter ce qui lui était arrivé.

Elle s'allongea sur la couche et ramena la couverture sur sa tête. Où étaient les hommes ? Quel était ce mystérieux chargement ?

Dans son rêve, la pluie la transperçait et pénétrait ses vêtements. Les deux hommes morts s'agitaient désespérément, pour qu'elle les remarque et ne les oublie pas. Des voix masculines la réveillèrent. Mais, pendant un instant, elle resta recroquevillée sous la couverture, triste que son rêve ne lui ait pas révélé qui étaient ces hommes.

Trop anxieuse, elle n'avait pas dormi profondément. Comme elle n'avait pas de robe de chambre, elle était obligée de mettre ses jupons et sa jupe, puis d'enfiler son corsage et de le lacer elle-même. Elle se dépêcha, craignant que les hommes ne s'endorment avant qu'elle ait pu apprendre où ils étaient allés.

Elle souleva le rideau et se figea en entendant des pleurs.

À l'entrée du grand hall, elle s'arrêta pour contempler la scène avant d'être vue. Tous les hommes étaient de retour, les femmes avaient allumé tous les feux du foyer. Elles faisaient bouillir de l'eau et réchauffaient de la nourriture.

Sauf Maeve. Un châle drapé sur les épaules, celle-ci se tenait à côté de Laird Carlyle et d'un petit groupe d'hommes qui entouraient… des enfants. Stupéfaite, Catherine ouvrit la bouche. Les bambins étaient cinq ou six. C'était le plus jeune, âgé de cinq ans environ, qui pleurait. Maeve se pencha pour le prendre dans ses bras, mais il résista, visiblement effrayé par cet environnement inconnu.

Le plus vieux des garçons, qui ne pouvait avoir plus de dix ans, posa les mains sur les épaules du petit et lui dit quelque chose à l'oreille. L'enfant hocha la tête, mit son pouce dans sa bouche et s'efforça de réprimer ses sanglots.

Puis un autre enfant se mit à pleurer.

Catherine ne pouvait rester cachée, sans intervenir. De toute évidence, les enfants avaient subi un choc, ils étaient terrorisés. Elle sortit du passage et s'approcha du petit groupe, en ignorant le regard réprobateur de Laird Carlyle.

Les hommes la toisèrent avec méfiance. Deux d'entre eux s'approchèrent de l'entrée de la grotte, comme s'ils craignaient qu'elle ne s'échappe. Mais pour aller où ? Ne savaient-ils pas qu'elle dépendait entièrement d'eux ? Tout comme ces enfants.

Elle s'adressa directement à Maeve.

— Que puis-je faire ?

— Maîtresse Catherine, vous devriez retourner vous coucher, déclara Laird Carlyle d'un ton bourru.

Sans tenir compte de la remarque, elle prit une coupe des mains de Maeve, s'agenouilla et la tendit au garçon qui se tenait à l'écart des autres, le menton rentré dans la poitrine, les bras croisés. Il évita son regard et se mordit la lèvre si fort qu'elle s'attendit à voir du sang jaillir. Il était couvert de crasse, mais elle distingua la marque de cordes à ses poignets. Il avait donc eu les mains liées. Qui pouvait faire cela à un enfant ?

— Bois un peu, dit-elle avec douceur.

Le regard apeuré du garçon passa des enfants à Laird Carlyle, puis balaya l'ensemble de la grotte. Catherine attendit patiemment qu'il se tourne vers elle. Elle lui sourit gentiment, sans dire un mot.

Lorsqu'il prit la coupe, ses doigts tremblaient. Il but avec avidité, puis la regarda avec insistance, comme si son visage était une carte à déchiffrer. Elle éprouva un peu de gêne en pensant à ses hématomes, mais le laissa regarder autant qu'il le voulait. L'enfant prononça alors quelques mots en gaélique. Catherine se tourna pour solliciter l'aide de Maeve, mais son regard tomba sur le plaid et les genoux de Laird Carlyle. L'homme la regardait, sourcils froncés, les poings sur les hanches.

— Qu'a-t-il dit ? demanda-t-elle.

— Il vous a remerciée.

Maeve déposa des plats de galettes sur une table, et plusieurs enfants se précipitèrent pour aller manger. Le petit garçon à côté d'elle attendit, regardant autour de lui avec la prudence de celui qui a dû compter sur son intelligence pour survivre. Enfin, il gagna la table et prit une galette dans laquelle il mordit. Mais il continua de se tenir sur ses gardes, comme si quelqu'un pouvait lui arracher son repas à tout moment.

Catherine se releva tout en continuant d'observer les enfants.

— Ils meurent de faim. Où les avez-vous trouvés ? Est-ce le « chargement » dont parlait votre homme ?

Le chef de clan ne répondit pas tout de suite, et elle sentit l'impatience l'envahir. Ne devait-elle rien savoir de ces gens, qui l'avaient accueillie chez eux ?

Enfin, il s'éclaircit la gorge, avant d'expliquer :

— Les enfants pauvres et les orphelins écossais sont vendus comme domestiques dans les plantations des Caraïbes. En réalité, ils ne sont rien d'autre que des esclaves, et ce trafic ne sert qu'à gonfler la bourse d'hommes cupides.

Catherine fut choquée et horrifiée. Mais l'amertume qui perçait dans la voix de Carlyle laissait deviner que ce combat était incroyablement personnel pour lui. Elle rangea cette idée dans un coin de son esprit pour y réfléchir plus tard.

Une main plaquée sur la poitrine, elle contempla les enfants qui dévoraient comme s'ils n'avaient rien eu à manger depuis des jours. Une vague de nausée la fit frissonner.

— Ces enfants… C'est le chargement dont parlait votre homme ?

Carlyle acquiesça d'un hochement de tête.

— Et vous les avez secourus ?

Il hocha de nouveau la tête, sans donner de détails. Était-ce par modestie ou simplement pour protéger ses hommes et ses méthodes du danger que Catherine représentait ?

— Comment avez-vous su que cette pratique barbare avait lieu sur ces terres ?

Les paupières mi-closes, il regarda les enfants ingurgiter du cidre et des galettes. Maeve leur ordonna gentiment de prendre leur temps. Puis il se tourna vers Catherine et l'observa. La jeune femme leva crânement le menton, mais ne dit rien. Il pouvait lui faire confiance ou non. Toutefois elle percevait une sorte de lien invisible entre eux, quelque chose qu'elle ne pensait pas avoir déjà connu. Mais comment le saurait-elle, puisqu'elle n'avait aucun souvenir ? Cependant, bien qu'ils fussent entourés de monde, il y avait une certaine intimité entre eux.

Comme s'il avait lui aussi éprouvé un besoin de discrétion, il lui fit signe de se diriger vers le petit cours d'eau, à l'écart du groupe qui s'était constitué autour des enfants. Catherine le suivit. Ils se tinrent devant la passerelle, mais il ne fit pas mine de la franchir.

— Cela est arrivé à un homme de mon clan, dit-il d'une voix sourde. Un pauvre fermier est venu me voir un jour en me disant que son fils avait été enlevé. Au début, j'ai cru que le garçon avait fait une fugue, mais son père avait vu deux hommes s'emparer de l'enfant dans la vallée et s'enfuir à cheval avec lui.

— C'est terrifiant, chuchota-t-elle en cherchant son regard.

— Il s'est rendu dans les villages les plus proches, mais personne n'avait vu ni entendu quoi que ce soit. Aussi, il a fini par venir demander mon aide, puisque j'étais son chef.

Catherine garda le silence, craignant que cette histoire ne se fût mal terminée.

— Lorsque j'ai enfin trouvé une piste, il était trop tard. Le garçon avait disparu, il était séquestré quelque part, et nous n'avions aucune preuve qu'il avait été enlevé. Les habitants des Lowlands pensaient que nous racontions des mensonges afin de couvrir nos propres négligences. Ils prennent généralement le parti des Anglais et nous considèrent comme des sauvages, ajouta-t-il d'un ton dur.

Catherine chancela. Faisait-elle partie de ces Anglais, qu'il méprisait manifestement ?

— J'ai alors découvert que d'autres enfants avaient disparu. Un ou deux par mois en moyenne. Il s'agissait toujours d'orphelins ou de gosses dont les familles étaient trop pauvres pour enquêter. Cela avait commencé par les gamins des rues de Glasgow, qui pouvaient facilement être vendus à des intermédiaires venus des colonies. Mais, quand le stock n'était pas suffisant, ils choisissaient des enfants pauvres qu'ils arrachaient à leur famille. Ce genre de crime est cependant plus difficile à dissimuler. Mais les magistrats, encouragés par le shérif, ne prêtaient pas attention à ces enlèvements. Leur silence était acheté par les plus riches, qui s'enrichissaient encore davantage sur la souffrance de ces pauvres enfants et des familles.

Catherine demeura bouche bée. Sa gorge était si sèche qu'elle ne parvenait même pas à déglutir. La souffrance de ces enfants lui paraissait inimaginable. Enlevés à leur village natal et à l'affection de leurs parents, envoyés par-delà les océans, contraints à travailler dans des conditions certainement abominables. Frissonnante, elle plaqua une main devant sa bouche et lutta contre la nausée qui l'envahissait.

Laird Carlyle lui prit le bras, comme pour la soutenir. Elle fut soulagée de pouvoir concentrer un moment son attention sur lui, plutôt que sur le sort malheureux de ces enfants innocents. C'était la première fois qu'il parlait autant, et la haine et le dégoût perçaient dans ses paroles. Catherine était obligée de revoir l'opinion qu'elle avait de lui. Il lui avait avoué les soupçons qu'il nourrissait à son égard. Elle s'était sentie offensée, mais après tout il ne la connaissait pas. D'ailleurs, elle ne se connaissait pas elle-même. D'un autre côté, il l'avait secourue, comme il avait arraché ces pauvres enfants à un terrible destin.

— Laird Carlyle, depuis combien de temps venez-vous en aide à ces enfants ?

— Plusieurs années, répondit-il en haussant les épaules. C'est la raison pour laquelle nous vivons dans ces grottes. J'ai essayé de présenter ce cas devant le tribunal, mais j'ai alors été jeté en prison.

— En prison ? s'exclama-t-elle, stupéfaite. Pour avoir dit la vérité ?

— Je me suis adressé aux mauvaises personnes. Ils ont voulu me réduire au silence avant que le bruit se répande. Ils tenaient à toucher leur argent. Lorsque je suis parvenu à m'échapper, le shérif et les magistrats m'ont déclaré hors la loi, et mon clan a été puni.

Il jeta un coup d'œil à ses compagnons, qui s'efforçaient de rassurer les enfants secourus.

— Mes gens soutenaient mon action, dit-il d'une voix sourde. Plusieurs hommes m'ont suivi. À cause de moi, ils mènent une vie dure, et leurs familles souffrent. Récemment, j'ai failli être capturé encore une fois, ce qui aurait pu leur faire encore plus de tort. Nous devons absolument demeurer très méfiants envers le monde extérieur.

Il s'en voulait et ne pouvait le cacher. Catherine tenta de le réconforter.

— Je comprends pourquoi vous vivez séparé du reste de votre clan. Mais, de toute évidence, ils pensent aussi que les enfants doivent être protégés.

Duncan se rembrunit.

— Et ce sont les enfants du clan Carlyle qui souffrent des conséquences. Leurs parents sont tenus à l'écart parce que je suis hors la loi et, lorsqu'ils parviennent à vendre quelques têtes de bétail, on ne leur en donne presque rien.

— C'est terrible, je sais. Mais cela vaut mieux que de voir leurs enfants enlevés par ces horribles brigands.

— Oui, concéda-t-il dans un soupir.

— Pourquoi le shérif tolère-t-il un tel trafic ? Cet homme est censé représenter la loi.

— Oui, mais il a lui-même connu la pauvreté. Il s'est hissé à ce poste par tous les moyens, afin de ne plus jamais connaître le dénuement. Chaque pièce accumulée le protège d'une pauvreté qu'il ne peut oublier et qu'il rejette de toutes ses forces. Il possède plusieurs chevaux de prix et une maison meublée aussi luxueusement que s'il était comte.

Carlyle s'interrompit. Catherine regarda le petit garçon qu'elle avait essayé d'aider. Il était assis, la tête penchée, à l'écart des autres enfants. Il ne parlait pas, ne semblait même pas heureux d'avoir été secouru. Maintenant que les quatre autres avaient le ventre plein, ils bombardaient Maeve et Ivor de questions. Mais le petit garçon se comportait comme si cela ne le concernait pas. Il repoussa Janet, qui voulait le débarbouiller. Catherine eut envie de le prendre dans ses bras et de le bercer, comme si elle pouvait le protéger du reste du monde.

— Vous avez fait quelque chose d'important et de courageux, Laird Carlyle, dit-elle doucement. Le soutien des hommes de votre clan, en dépit des désagréments qu'ils subissent, est une preuve de leur courage et de leur grandeur de caractère. Mais, maintenant que vous avez sauvé ces enfants, que va-t-il se passer ?

Elle se demanda s'il allait répondre. Ne la trouvait-il pas trop audacieuse ? Mais ils étaient encore entourés par cette sensation magique d'intimité. Bien que les hommes du clan se tinssent à quelques mètres d'eux, ils se parlaient doucement, comme absorbés dans un monde qui n'appartenait qu'à eux.

— Rassembler des preuves pour les présenter au tribunal se révèle difficile. Les témoignages des enfants n'ont aucun poids devant les magistrats, qui partagent les bénéfices du trafic avec le shérif. Nous ne trouverons pas de preuves écrites de leur bassesse, ils sont bien trop malins pour cela. Mais nous ne cessons jamais de chercher. Chaque fois que nous secourons un enfant, les criminels qui ne sont pas tués retournent chez eux avec des membres brisés ou de graves blessures qui les empêchent de continuer leur odieuse besogne. Tôt ou tard, ils seront à court d'hommes disposés à kidnapper les enfants. Le shérif devra faire lui-même le travail, s'il ne veut pas perdre l'argent promis par un noble trop délicat pour se salir les mains.

Catherine fronça les sourcils, surprise par le brusque changement de ton de Carlyle lorsqu'il avait fait allusion à ce noble.

— En attendant, nous rendons les enfants à leurs familles, qui sont maintenant sur leurs gardes. Quatre de ces garçons vont retrouver leurs parents. Nous tenons le compte des enfants qui vivent dans la région, afin de pouvoir utiliser ces renseignements contre le shérif, le jour où il sera arrêté. Je sais que nous ne pourrons pas mettre un terme à ces agissements dans toute l'Écosse, mais nous pouvons certainement nous occuper de la région où nous vivons. Malheureusement, le garçon auquel vous avez parlé et les autres comme lui ne peuvent être facilement recensés. Pendant le voyage, il nous a avoué qu'il était seul au monde et qu'il vivait dans la rue. Son prénom est Finn, mais il n'a sans doute pas de nom de famille.

— Que va-t-il devenir ?

— Nous espérons lui trouver une famille adoptive. Les Highlanders sont des gens généreux, mais les temps sont difficiles, et les famines récentes ont marqué les esprits. Il nous faudra de la patience.

— En attendant, il restera ici ?

Laird Carlyle la toisa d'un air impassible. Un peu irritée par son attitude, elle se rappela qu'il faisait du bien autour de lui, en prenant des risques pour lui et pour son clan. Elle savait qu'elle posait trop de questions, mais elle ne pouvait pas s'en empêcher. Elle n'était pas très différente de Finn, dans le fond. Ils cherchaient tous deux désespérément un foyer.

— Oui, il restera, dit Carlyle.

— Merveilleux, répondit-elle en souriant.

Il l'observa longuement, comme s'il ne l'avait encore jamais vue heureuse. Maintenant qu'elle connaissait au moins un de ses secrets, elle éprouvait plus d'indulgence pour lui.

— Il semblerait que je sois rentré dans vos bonnes grâces, Maîtresse Catherine, murmura-t-il.

Sans réfléchir, elle posa une main sur son bras, dans un geste de réconfort. Son corps musclé semblait occuper trop de place, capter tout l'air disponible. Elle le sentit se tendre à son contact et elle se rappela tout à coup que des gens les regardaient. Ils se tenaient trop proches l'un de l'autre, parlaient d'une façon trop intime. Et elle l'avait touché, comme si elle voulait flirter avec lui.

Seigneur, ses joues s'étaient-elles réellement empourprées ?

Elle recula si rapidement qu'elle trébucha. Il tendit la main pour la retenir, mais elle le repoussa d'un geste.

— Je vais aider Maeve, annonça-t-elle en tournant les talons. Je vous remercie pour vos explications, Laird Carlyle. J'apprécie votre confiance.

— Ne me la faites pas regretter.

Catherine leva les yeux au ciel, exaspérée.

— Pourquoi gâchez-vous toujours toutes nos conversations ?

Il darda sur elle son regard noir et mystérieux. L'espace d'un instant, il s'attarda sur ses lèvres, puis il se détourna brusquement et s'éloigna.

Catherine eut soudain la gorge sèche. Elle éprouva une tension au plus profond d'elle-même. Peut-être était-ce elle qui avait gâché leur discussion, en le considérant comme un homme désirable, alors qu'elle n'avait pas le droit d'éprouver pareil sentiment.

Chapitre 6

Duncan regarda la noble Lady Catriona Duff aider à servir des enfants sales et sur la défensive, qui n'avaient ni argent ni bonnes manières. Il ne savait plus que penser. Elle ramassa un gobelet et nettoya sans se plaindre la bière renversée, découpa des tranches de pommes que les garçons dévorèrent, leur sourit avec l'assurance d'une femme qui pouvait affirmer que tout allait s'arranger.

Il était soulagé de voir qu'elle s'entendait avec les autres femmes. La grotte était si petite que des querelles entre elles auraient eu des conséquences désastreuses pour tous les occupants. Catriona était différente, il était impossible de le nier. Elle se lavait les mains sans arrêt, comme si elle n'était pas habituée à avoir les ongles sales. Elle questionnait même la traduction des ordres de Mme Skinner. Visiblement, et même si elle ne s'en souvenait pas, Catriona était accoutumée à détenir l'autorité.

Mais elle s'était rapidement intégrée, par son désir de travailler et d'aider les enfants. Les femmes l'avaient acceptée, et bientôt les hommes en feraient autant, en suivant l'exemple qu'il leur donnait. Duncan s'était confié à elle, plus qu'il ne l'aurait dû. Mais il ne pouvait expliquer autrement la présence des enfants qu'ils venaient de secourir. Peu à peu, pris au piège de la compassion qu'elle manifestait, il lui avait livré chaque détail de l'affaire. Et il avait vu ses yeux dorés briller d'approbation.

Lorsqu'elle l'avait touché, il avait éprouvé une irrépressible envie de la prendre dans ses bras. Impossible de détacher les yeux de sa bouche. Il s'imagina l'embrassant, la caressant, l'allongeant sur son lit pour la posséder.

Quel genre de chef était-il, pour se laisser autant troubler par la fille de son ennemi ?

Elle s'affairait, d'un air presque autoritaire, demandant de la nourriture pour les enfants. De toute évidence, elle n'avait jamais joué un rôle subalterne chez elle. N'importe qui pouvait voir qu'elle avait été formée pour diriger une maisonnée. C'était une lady, une dame de la noblesse.

Soudain, une pensée le traversa. Le fait de se comporter ainsi, de retrouver ses anciennes habitudes, risquait-il de faire resurgir de furtifs souvenirs ? Il l'observa attentivement, cherchant un signe que son esprit venait de lui révéler la vérité, de lui souffler que sa place n'était pas ici.

Mais rien ne se produisit. Elle semblait animée par une résolution inflexible, le désir ardent de venir en aide à ces enfants maltraités. Elle faisait preuve envers eux de douceur et de bienveillance. Lorsque leurs gestes devinrent lourds de fatigue, que le sommeil les fit piquer du nez, elle s'affaira avec les autres femmes pour leur préparer des couches confortables près du feu.

Elle ne s'éloigna pas un instant tant qu'ils ne furent pas tous endormis, y compris le petit orphelin silencieux. L'enfant ne prononçait pas un mot, mais ses yeux trahissaient sa peur et sa méfiance. Catriona demeura assise à côté de lui jusqu'à ce qu'il sombre dans le sommeil. Alors seulement, elle souhaita bonne nuit à Maeve.

Il la suivit des yeux, tandis qu'elle gagnait le passage vers la petite grotte. Elle jeta un dernier coup d'œil par-dessus son épaule et rougit en voyant qu'il la regardait. Qu'avait-elle saisi dans son expression ? Il avait fait tellement d'efforts pour dominer son impétuosité, pour devenir un chef digne de confiance, un homme qui demeurait impassible et ne laissait pas voir ses émotions.

Mais, quand il regardait Catriona, il ne contrôlait plus ses sentiments.

Incapable de tenir à distance son inquiétude pour les enfants, Catherine dormit mal. Elle se leva et s'habilla rapidement. Elle revêtit une robe à carreaux de couleur foncée, laissant apparaître le col de sa chemise et ses manches de dentelle. Elle ne portait pas de fichu, mais la chemise cachait le haut de sa poitrine. Elle ne voulait pas exhiber de décolleté devant les hommes du clan.

Sans le vouloir, elle songea à la façon dont Duncan Carlyle l'avait regardée quand elle s'était retirée pour la nuit dans sa chambre. Elle ne se rappelait absolument pas comment avait été son propre lit, mais cela n'avait pas d'importance. L'expression de Carlyle était indéchiffrable, cependant son visage s'était soudain enflammé comme si on avait été au cœur de l'été, alors que la fraîcheur de l'automne se faisait déjà sentir. Elle avait eu l'impression que ses jambes se dérobaient et, une fois au lit, elle s'était sentie terriblement nerveuse.

Elle se reprocha sa propre faiblesse. Cet homme l'avait secourue, il s'était montré bon et généreux, bien qu'il eût conçu des soupçons au sujet de son étrange perte de mémoire. Ce qu'elle ressentait pour lui n'était rien d'autre qu'une gratitude bien naturelle.

Bien sûr, il y avait sa beauté virile, un peu rude, ses cheveux auburn toujours en bataille, ses pommettes saillantes, sa barbe d'un jour, ses yeux sombres qui semblaient contenir tout le poids du monde.

Mais non, elle ne devait plus penser à lui. Mieux valait se concentrer sur ces enfants perdus, désemparés. Lorsqu'elle pénétra dans le grand hall, une lumière grise commençait à peine à filtrer dans l'entrée de la grotte. Sans réfléchir, elle sortit pour contempler l'aube naissante. Mais un des hommes de Laird Carlyle vint se camper en silence devant elle, lui barrant le chemin.

— Oh ! je suis désolée, murmura-t-elle avec un petit sourire gêné, avant de faire demi-tour.

L'homme ne lui rendit pas son sourire. Toutefois, elle commençait à connaître les gens du clan. Celui-ci était Melville, le père de Sheena. De toute évidence, il ne l'aimait pas. Le fait qu'elle ait voulu sortir n'avait sans doute fait que renforcer ses soupçons.

Mais elle avait presque oublié à quoi ressemblait le monde extérieur. Peu d'hommes se trouvaient encore dans la grotte. Les autres devaient être dehors, en train de nourrir les animaux, de ramasser du bois ou de chasser.

Après s'être lavé les mains dans le ruisseau, Catherine se dirigea vers le foyer où les feux étaient allumés et salua les quatre femmes. Puis elle jeta un coup d'œil derrière elles.

Les cinq petits garçons dormaient encore profondément, certains enveloppés dans leur couverture, d'autres étalés de tout leur long sur la couche.

— Ils se sentent enfin en sécurité, dit-elle.

Maeve traduisit pour Mme Skinner et sourit.

— Certains ont fait des cauchemars, mais je les ai consolés.

— Oh ! j'aurais pu vous aider ! s'exclama Catherine.

— Non, ils ne m'ont pas donné beaucoup de mal.

— Alors, laissez-moi au moins m'occuper des petits déjeuners avec vous.

En quelques minutes, elles eurent préparé des bols de porridge, des œufs, du babeurre. Les odeurs appétissantes éveillèrent les enfants, qui eurent de nouveau l'air effrayés, comme s'ils avaient oublié qu'ils avaient été secourus la veille. Pendant que les femmes du clan mettaient la table, Catherine emmena les garçons se laver dans le petit ruisseau. Finn, le petit orphelin, semblait avoir peur de l'eau. À vrai dire, il avait peur de tout. Il refusa de se laver et, comme elle ne voulait pas le bousculer, Catherine n'insista pas, s'assurant simplement qu'il avait les mains propres. Quand Maeve annonça que le déjeuner était prêt, les autres garçons se ruèrent vers la table, mais Finn demeura en arrière.

— Tu n'as pas faim ? demanda doucement Catherine.

Les yeux baissés, il haussa les épaules. Donc, il comprenait l'anglais, songea-t-elle.

— Je m'appelle Catherine. Et toi, c'est Finn, n'est-ce pas ?

Il marmonna quelques mots inintelligibles, mais elle ne le fit pas répéter.

— Finn est un joli nom, dit-elle simplement. Viens goûter le porridge. Tu aimes les œufs ?

Un nouveau haussement d'épaules. Mais Catherine s'assura que tout le monde avait sa part du repas et que personne ne mangeait plus que les autres. Puis elle s'assit et écouta. Les enfants racontèrent qu'ils avaient été attachés dans un chariot, recouverts par une bâche, et qu'ils n'avaient eu que du pain noir à manger pendant plusieurs jours. On les autorisait rarement à se dégourdir les jambes, sauf pendant la nuit, lorsqu'on les enfermait dans une grange. Les quatre autres femmes écoutèrent avec compassion, mais de toute évidence elles avaient déjà entendu ce genre de récits, après d'autres sauvetages. Pour Catherine c'était entièrement nouveau, et elle était horrifiée. Son cœur était gonflé de larmes qu'elle ne contenait qu'à grand-peine.

Finn ne dit rien, naturellement. Il mangeait lentement, les yeux baissés. Il contempla avec curiosité les œufs posés dans son assiette, les toucha délicatement du bout du doigt, puis mordit en hésitant dans l'un d'eux et finit par tous les dévorer. Catherine comprit que c'était la première fois qu'il mangeait un œuf, et sa gorge se noua. Pauvre petit.

— Qu'allons-nous faire, maintenant ? demanda le plus grand, tandis que le plus jeune des garçons, son pouce dans la bouche, regardait autour de lui avec curiosité.

— Je veux rentrer à la maison, chuchota un autre d'une voix tremblotante.

— Nous allons prévenir vos parents, comme l'a dit Laird Carlyle, déclara Maeve. Mais vous savez qu'il nous faudra peut-être quelques jours pour vous ramener chez eux. En attendant vous resterez dans la grotte et vous nous aiderez comme vous pourrez à accomplir les corvées. Ensuite, Laird Carlyle vous donnera peut-être la permission d'aller à l'extérieur.

— Les corvées ? s'exclama le garçon, tout déconfit.

— Les occupations vous aideront à oublier les mauvais souvenirs, expliqua Maeve.

Cela paraissait raisonnable, reconnut Catherine en elle-même. Elle faillit proposer de leur apprendre à lire, mais se ravisa. Les garçons n'étaient là que pour quelques jours. Du moins, elle l'espérait. Son regard se posa sur Finn.

Et soudain, une pensée horrible lui traversa l'esprit. Savait-elle lire ? En était-elle encore capable ? Elle essaya de se rappeler quelques mots, mais la panique la gagna et le vide se fit dans son esprit. Effrayée, elle se demanda ce qu'elle avait oublié, à la suite de son accident.

— Pour le moment, continua Maeve, vous trouverez des bâtons près du ruisseau. Vous pouvez vous fabriquer des bateaux pour jouer.

Les garçons détalèrent, et Finn les imita. Mais il resta en retrait, pendant que les autres s'emparaient des bâtons, des ficelles, et se mettaient à construire de petites embarcations.

Catherine et les autres femmes préparèrent alors le repas des hommes qui devaient revenir à la mi-journée. Tout en travaillant elle surveillait les enfants, qui finirent par se lasser des bateaux et se mirent à jouer aux billes. Finn se tenait toujours à l'écart, et les autres finirent par ne plus essayer de l'intégrer dans leurs jeux. Catherine était sur le point d'intervenir, mais Maeve lui expliqua que les garçons devaient apprendre à régler leurs petits problèmes, afin de se préparer à affronter ceux plus importants auxquels ils seraient confrontés plus tard.

Pour la première fois, Catherine disposa d'un laps de temps pendant lequel elle n'avait absolument rien à faire. Elle fixa avec nostalgie l'entrée de la grotte baignée de lumière et imagina le soleil sur son visage. Elle aurait donné n'importe quoi pour sortir et inhaler l'air frais, oublier l'intérieur étouffant, chargé de fumée et de l'odeur des hommes. Mais cela n'arriverait pas, tant qu'elle n'aurait pas gagné la confiance des occupants de la grotte.

Quelqu'un soupira lourdement à côté d'elle, et elle se tourna en tressaillant. Janet observait les enfants en secouant la tête.

— Que se passe-t-il ? demanda Catherine.

— J'ai essayé de faire jouer les enfants aux échecs avec Angus, mais ils n'ont rien voulu entendre. Ils ne pensent qu'à jouer dans l'eau et dans la boue.

Un mot, un seul, retint l'attention de Catherine.

— Vous avez un jeu d'échecs ?

Janet la dévisagea.

— Vous savez jouer ?

Catherine eut un instant d'hésitation et ferma les yeux, imaginant les pions disposés sur l'échiquier. Elle les déplaça en pensée.

— Oui ! Je crois. Où est l'échiquier ?

Janet alla prendre le plateau, posé sur une caisse contre le mur de pierre. Les pions étaient rangés dans une boîte en bois. Quand Catherine souleva le couvercle et vit les pions d'ivoire délicatement sculptés, elle ne put réprimer une petite exclamation.

— C'est le jeu du chef. Peu de gens l'utilisent.

— Il l'interdit ?

— Non, mais... C'est une chose qui appartenait à sa famille autrefois, quand tout allait bien. Vous voyez ?

Catherine acquiesça d'un hochement de tête.

— Je comprends. Personne ne voudrait abîmer de si beaux objets. Je ferai attention.

En outre, cet exercice mental l'aiderait peut-être à recouvrer la mémoire.

— Vous jouez, Janet ?

La jeune femme répondit par la négative.

— Je pourrais vous apprendre.

Mais Janet jetait déjà des regards en coin aux autres femmes, comme si elle avait hâte de s'échapper pour les rejoindre.

— Allez-y, je ne veux pas vous retenir.

Avec un sourire de soulagement, Janet s'éloigna. Catherine posa un doigt sur le roi et eut la surprise de constater qu'il portait trois couronnes superposées. Mais chaque artiste avait sans doute son style particulier. Ces pions aux formes arrondies étaient hauts et frêles. Il fallait les manipuler avec précaution pour ne pas les renverser pendant le jeu.

Avec qui pourrait-elle jouer ? Elle jeta un regard à la ronde.

Les femmes bavardaient tranquillement, à côté des enfants. La seule autre personne était le garde qui se tenait à la porte, pour l'empêcher de sortir. C'était Angus, le jeune époux de Janet, qui selon elle savait jouer aux échecs. Catherine voyait bien qu'il se concentrait sur la surveillance de l'entrée, mais il ne pouvait s'empêcher de poser de temps à autre un regard attendri sur sa femme. Cet homme avait besoin de distraction. Et Catherine avait besoin de s'en faire un ami, si elle voulait pouvoir un jour voir la bruyère sur la lande, avant que l'automne ait balayé les dernières fleurs.

Angus se raidit, l'air suspicieux, en la voyant approcher.

— Angus, j'ai appris que vous saviez jouer aux échecs.

L'homme regarda autour de lui, comme s'il cherchait un soutien, avant d'acquiescer d'un air de regret.

— Oui, je sais jouer, mais…

— Voulez-vous jouer avec moi ? Votre femme vient de me montrer l'échiquier.

— Celui de Laird Carlyle ?

— Cela pose un problème ? Est-il interdit de s'en servir ? Il l'a pourtant laissé à la vue de tous.

Comme s'il existait un endroit dans la grotte où il aurait pu le cacher !

— Non, mais…

— Ayez pitié de moi, Angus. Je me rappelle les règles du jeu. Nous ne quitterons pas l'entrée de la grotte. J'apporterai l'échiquier ici, et vous pourrez même rester debout pour jouer.

Sans attendre sa réponse, elle alla chercher les pions et le plateau, et les déposa contre le mur, près de l'entrée. La tête lui tourna lorsqu'une brise légère apporta jusqu'à elle des senteurs d'herbs, de terre et de bruyère.

Angus continuait de regarder tour à tour les femmes et l'entrée, comme un petit garçon craignant de se faire attraper alors qu'il commet une sottise. Catherine l'ignora et s'assit sur une souche, prenant un pion dans la boîte. Le cavalier.

L'ivoire était fin, si translucide qu'elle voyait les traces du couteau du sculpteur.

— Ce cavalier est magnifique, chuchota-t-elle.

Mais il n'était pas question de perdre son temps à admirer le jeu, alors qu'Angus risquait de changer d'avis d'une seconde à l'autre. Elle plaça les pions sur l'échiquier sans réfléchir, puis s'étonna d'avoir su le faire sans la moindre hésitation. Elle essaya de se rappeler une partie qu'elle avait disputée dans son ancienne vie. Qui était assis face à elle ? Mais rien ne lui revint à l'esprit. Elle finissait par s'habituer à ces petites défaites. Sa mémoire lui échappait.

Elle fit avancer un pion, puis leva les yeux vers Angus.

— À vous ! lança-t-elle avec enthousiasme.

Le garde détourna de nouveau les yeux, et elle s'aperçut que Janet les observait avec curiosité. Mais, lorsque sa femme hocha la tête, Angus se pencha pour déplacer un pion noir, puis se redressa et se plaça de nouveau près de l'entrée.

La façon dont il avait joué prouvait à Catherine qu'il n'était pas un joueur très expérimenté. Comment savait-elle cela ? Elle se posa la question et adapta sa stratégie à la situation. Il ne lui fallut pas très longtemps pour laisser Angus gagner. Le jeune homme lui sourit d'un air de triomphe, et elle lui rendit son sourire. Peut-être parviendrait-elle dans peu de temps à obtenir quelques minutes de liberté à l'extérieur. Son intention n'était pas de s'évader, mais elle se sentait enfermée et avait de plus en plus l'impression que le plafond l'écrasait. Pourtant, elle n'était là que depuis quelques jours ! Depuis combien de mois, ou d'années, Laird Carlyle logeait-il ici ?

Et soudain, le chef lui-même entra et passa devant eux. Angus se raidit et regarda Catherine en fronçant les sourcils. Celle-ci tira doucement la petite caisse le long du mur, afin qu'il ne puisse être accusé d'avoir touché au jeu. Le regard de Laird Carlyle balaya la grotte et se posa sur elle. Ses joues s'enflammèrent. Elle n'allait tout de même pas se sentir coupable d'avoir joué aux échecs ! D'autres hommes arrivèrent, s'interposant entre elle et lui, et elle en profita pour ranger rapidement les pions dans la boîte et poser celle-ci sur l'échiquier. En revanche, elle ne prit pas la peine de rapporter le jeu et la caisse où elle les avait trouvés, car elle espérait pouvoir jouer avec tous les gardes qui se succédaient à l'entrée. Mais pour l'instant, les hommes avaient faim et ils s'assirent tous en attendant d'être servis.

Catherine s'empara d'un pichet pour remplir leurs chopes de bière. La plupart d'entre eux s'exprimaient en gaélique, mais passaient à l'anglais quand elle s'approchait. Avait-elle fini par gagner leur respect ?

Quand elle se pencha à côté du laird pour le servir, elle se sentit gênée, comme si elle n'avait encore jamais approché un homme. Peut-être avait-elle été élevée chez les nonnes ? Carlyle soutint son regard, mais elle ne voulait pas lui donner l'occasion de parler du jeu d'échecs.

— Puis-je vous apporter autre chose, Laird Carlyle ? demanda-t-elle, le souffle court.

— Non, la bière me suffit, répondit-il du ton bourru dont il usait toujours. Comment allaient les enfants ce matin ?

Elle se détendit. Tout allait bien.

— Ils avaient envie de sortir, bien entendu. Mais Maeve est très ingénieuse, elle les a retenus, en leur suggérant de fabriquer de petits bateaux pour les faire flotter dans le ruisseau.

— Elle a l'habitude, dit-il sèchement.

— A-t-elle eu autant de garçons kidnappés à garder ? À moins qu'elle n'ait eu aussi des enfants à elle ?

— Non, elle n'a jamais été mariée.

Catherine lança un coup d'œil en coin à Maeve. Avec ses manières douces, elle se faisait aimer de tous dans le clan. Aucun homme ne lui avait donc fait la cour, à cause de la cicatrice qui barrait son visage ? À moins que le fait de vivre dans une grotte n'incitât pas au mariage ?

— Combien de temps faut-il généralement, pour ramener les enfants à leurs parents ?

— Quelques jours ou quelques semaines. Tout dépend des renseignements que le gosse peut nous fournir. Nous avons de la chance que le plus jeune soit le frère de l'aîné de la bande. Le village de leurs parents n'est pas très éloigné. Nous les ramènerons demain matin, ainsi les femmes auront moins de travail.

— Cela nous est égal, répondit-elle distraitement.

Fronçant les sourcils, elle observa Finn. Assis à la table des enfants, celui-ci contemplait le feu au lieu de parler avec ses camarades.

— Je me fais du souci pour Finn, avoua-t-elle à voix basse. Il ne se mêle jamais aux autres.

— Ah oui, le petit qui ne parle pas. Une fois secourus, certains enfants oublient rapidement ce qui leur est arrivé. Mais d'autres mettent du temps avant de recommencer à vivre normalement.

— Comment le leur reprocher ? murmura-t-elle. J'ai vu les marques de cordes sur leurs petits poignets.

— Oui, les kidnappeurs les laissent ligotés jour et nuit pour éviter qu'ils s'échappent. Je ne peux pas supporter que l'on fasse cela à un enfant, ajouta-t-il d'une voix étranglée. Je sais très bien quelles conséquences ce genre de traitement peut avoir sur un être jeune.

Catherine le dévisagea avec surprise, mais il ne dit rien de plus. Ivor réclama de la bière, et elle retourna à son travail. Avait-on fait du mal à Laird Carlyle, lorsqu'il était enfant ?

Elle y réfléchissait encore, tout en déjeunant et en nettoyant les plats avec les autres femmes. De loin, elle vit le laird dire quelque chose à Ivor puis s'engager dans le passage qui menait à la chambre qu'elle occupait, et qu'il n'avait toujours pas récupérée.

Les femmes se mirent à la couture, tandis que Maeve filait à l'aide d'une quenouille. Catherine s'empara d'une grande chemise brodée, dont le poignet était déchiré. Elle se mit à la raccommoder, sans même penser à ce qu'elle faisait.

— Vous savez broder, fit remarquer Maeve.

Catherine leva les yeux et regarda le poignet brodé d'un air un peu déconcerté.

— En effet. Je ne m'en étais même pas rendu compte.

— Cette chemise appartient au laird.

— Comment a-t-il pu déchirer un aussi joli vêtement ?

— Il porte ce qu'il a, comme nous tous, expliqua Sheena.

Catherine leva la chemise à hauteur de ses yeux et remarqua les coutures usées.

— Elle est très vieille, dit Maeve. Apportez-la à Laird Carlyle, pour prendre ses mesures avant de la repriser.

Janet et Sheena se regardèrent en écarquillant les yeux, et Janet pouffa. Catherine espéra qu'elle n'avait pas rougi.

— Je reviens tout de suite, fit-elle en emportant la chemise.

Elle hésita un moment devant le rideau qui fermait la chambre. Il n'y avait pas de porte à laquelle toquer. Elle se pencha pour écouter, afin de s'assurer qu'elle ne tombait pas à un mauvais moment. Mais elle n'entendit qu'un bruit de papiers froissés.

— Vous respirez fort, lança-t-il, de l'autre côté du rideau.

Catherine tressaillit.

— Pardonnez-moi, Laird Carlyle, je craignais de vous déranger.

Il tira le rideau si brusquement qu'elle tressaillit de nouveau.

Elle se retrouva face à son visage sombre. La lueur de la lanterne placée derrière lui donnait à ses traits un aspect encore plus mystérieux.

— Que voulez-vous ?

Elle lui montra la chemise.

— Je raccommode votre chemise, car les coutures des manches sont déchirées.

Il recula et lui fit signe d'entrer.

La chambre semblait différente, et il lui fallut quelques secondes pour comprendre pourquoi. Il avait plié tous ses vêtements et les avait empilés sur le lit. Naturellement, ses affaires avaient dû le gêner. Elle n'aurait su dire pourquoi elle les laissait traîner. C'était une chose qu'elle faisait naturellement. Était-elle désordonnée ou habituée à avoir des servantes pour les ramasser ? Et si elle avait des domestiques, ce qui était vraisemblable à en juger par sa belle robe, elle n'avait aucun problème à leur donner du travail.

Des documents étaient rangés en tas sur la table, à côté d'un livre. Elle éprouva une vague de panique et murmura :

— Je ne suis même pas sûre de savoir lire.

— Prenez le livre, et vous verrez bien.

Elle souleva la couverture de cuir et poussa un soupir de soulagement en déchiffrant naturellement le titre.

— *Les techniques d'élevage en Angleterre*, par Robert Child. Oh ! merci mon Dieu !

— Vous auriez eu du mal à feindre un tel soulagement, fit-il remarquer d'un ton sec.

— Je ne comprends pas, murmura-t-elle. Ah… Vous me soupçonnez toujours de mentir.

Croisant les bras, il s'adossa nonchalamment à la paroi de pierre.

— Si je ne pensais pas que vous disiez la vérité, je ne vous aurais pas parlé de notre mission.

— Oh ! quelle chance, j'ai donc gagné votre confiance ! rétorqua-t-elle, sarcastique.

Carlyle lui prit le bras et l'attira vers lui.

— Suis-je donc censé vous croire sur parole, alors que la sécurité de mon peuple repose sur mon seul jugement ?

Il était penché au-dessus d'elle, beaucoup trop proche. Elle pouvait sentir son odeur masculine se mêlant aux parfums de la campagne. La colère et la frustration se lisaient sur son front plissé, ses lèvres pincées.

Son regard quitta le sien et glissa sur sa bouche. L'attirance fit surgir en elle une vague de chaleur qui se propagea dans sa poitrine, sur ses joues, puis descendit le long de ses cuisses. Elle laissa échapper une petite exclamation en prenant conscience de ses doigts sur son bras, de son pouce qui effleurait ses seins. Elle aurait dû exiger qu'il la relâche, mais aucun son ne franchit ses lèvres. Elle aimait sentir ses mains sur son corps, sur sa poitrine.

Il inclina la tête davantage, et elle eut le souffle coupé. Ses cheveux auburn se mêlaient aux siens, elle percevait la chaleur de sa joue près de la sienne. Son souffle toucha ses lèvres, et elle poussa un gémissement. Il aurait suffi qu'elle tourne légèrement la tête pour que leurs bouches se rencontrent. Elle en avait désespérément envie. Elle avait besoin de se sentir proche de cet homme plein de contradictions. La colère voisinait en lui avec l'assurance d'être dans son droit, l'intensité avec la réserve, l'empathie avec la méfiance.

— Je veux vous embrasser, dit-il d'une voix douce. Mais ce serait abuser de la situation.

Catherine leva les yeux et rencontra son regard de braise.

— Sauf si je vous en donne la permission, chuchota-t-elle.

Il prit ses lèvres avec une douceur qui la surprit. Poussant encore un gémissement, elle s'abandonna contre lui en lui offrant ses lèvres. Il déposa sur elles des baisers délicats, comme si elle n'était qu'un papillon fragile. Mais elle lui rendit son baiser avec une ardeur inattendue, et ce fut lui qui gémit en prenant possession de sa bouche. Le choc et la passion la firent frissonner quand elle sentit le contact de sa langue. Elle n'avait jamais rien éprouvé de tel. Elle était tout à la fois désespérée, nerveuse, et toutes ses inquiétudes s'évanouirent. Plus rien ne comptait en dehors de cette bouche virile qui l'enflammait comme une torche.

Elle aurait voulu être plus proche de lui. Comme s'il avait lu dans ses pensées, il la plaqua contre lui. Ses seins se pressèrent contre son torse, et elle sentit ses bras l'entourer. Enfin, elle pouvait le toucher, nouer les bras autour de son cou, enfouir les doigts dans ses cheveux. Le nœud de son catogan se défit, et elle attira son visage vers le sien en tirant doucement sur ses cheveux.

Il finit par relever la tête, et ils se dévisagèrent, haletants. Catherine aurait aimé le ramener vers elle, mais il recula tout à coup, l'obligeant à relâcher son étreinte. Un long silence s'établit entre eux. Ses idées s'éclaircirent, et elle se rappela pourquoi elle n'aurait jamais dû l'embrasser. Elle ignorait qui elle était, ce qu'elle était. Une épouse, une fiancée, une maîtresse ? Lorsqu'elle aurait recouvré la mémoire, serait-elle horrifiée par son comportement ? Car elle aurait des regrets, si elle laissait les choses aller plus loin.

Et lui, que ressentirait-il, quand il découvrirait qui elle était ? Catherine ne voulait pas qu'il regrette un jour de l'avoir aidée. Ou qu'il pense qu'elle s'était servie de leur attirance mutuelle.

— Je n'aurais pas dû faire ça, dit-il en étrécissant les yeux.

— Vous n'étiez pas seul.

— Cela ne se reproduira pas.

— Non, il ne faut pas.

Sa voix manquait de fermeté, aussi elle s'éclaircit la gorge et se redressa.

— Nous ne savons pas qui je suis.

Son regard se posa sur le livre, et elle ajouta :

— Je ne sais même pas de quoi je suis capable. Ma mémoire pourrait revenir d'un moment à l'autre, ou pas du tout. Il faut que je me construise un avenir.

Ici, parmi ces personnes généreuses ? lui souffla une petite voix intérieure. Ce serait beaucoup trop facile, sans risque. En outre, elle savait trop peu de chose sur lui.

— Est-ce que…, balbutia-t-elle, hésitante. Y a-t-il… une femme… dans votre vie ?

— Vous voulez savoir si je suis marié ? Non, il n'y a personne.

Une chaude vague de soulagement déferla en elle.

— Je ne m'engagerai jamais envers une femme tant que je n'aurai rien d'autre que cela à offrir.

Il fit un geste de la main, et elle devina qu'il ne parlait pas seulement de la grotte, mais aussi de la vie qu'il menait.

— Vous ne vivrez pas toujours ainsi. Vous méritez aussi d'être heureux.

Il la regarda un peu trop longuement, mais elle ne put déchiffrer son expression. Voulait-il se punir lui-même ?

— Je n'y pense pas, reprit-il. Pour l'instant, seuls ces enfants me préoccupent. Je veux mettre un terme à ce trafic. Mais je n'ai pas oublié votre douloureuse situation, madame.

Catherine. Mon nom est Catherine. Elle se rendit compte qu'il l'appelait rarement par le nom qu'elle s'était choisi. Comme s'il ne pouvait pas oublier que ce nom était un mensonge. Ce qu'elle savait aussi.

— Mes hommes vont continuer de visiter les villages des

environs, pour demander si une femme a disparu. Vous n'êtes là que depuis quelques jours.

— Mais ils n'ont encore rien appris, répondit-elle en essayant de cacher son découragement. Je n'habite peut-être pas la région, je ne faisais que traverser le pays.

Avec seulement deux gardes pour l'accompagner à travers les montagnes des Highlands ? Même elle trouvait cela étonnant.

— Même si c'est le cas, quelqu'un finira bien par aller à votre recherche.

Parfois, elle avait l'impression d'être un embarras pour lui. D'autres fois, elle se sentait plus proche de lui que de n'importe quel autre homme. Ce désir, qui la poussait à le regarder à chaque occasion, était trop vif, trop unique. Mais il n'y avait pas que du désir en elle.

— Je n'aime pas me sentir aussi dépendante, dit-elle en croisant les bras. Je sais au moins cela sur moi.

Carlyle ne répondit pas.

— Je ne veux pas venir m'ajouter à toutes les personnes dont vous vous sentez responsable, poursuivit-elle avec amertume. À présent, vous croyez que je dis la vérité. Si vous me laissez aller à l'extérieur de temps en temps, cela m'aidera peut-être à recouvrer la mémoire.

— C'est dangereux.

— C'est dangereux pour tous les gens qui vivent autour de vous. Mais cela serait trop dangereux pour moi ?

Il se rembrunit.

— Ils savent ce qu'ils font, et comment se protéger.

Catherine éprouva une peur soudaine. Elle ne savait rien sur elle. Mais… Peut-être ne lui disait-il pas tout. Après tout, la plupart des femmes avaient besoin d'être protégées.

— Votre campement est bien gardé. Donc, il n'y a pas que cela, répliqua-t-elle en soutenant son regard. Vous ne voulez pas que je sache où nous nous trouvons. Vous vous cachez et vous ne pouvez pas faire confiance à une étrangère.

Carlyle ne répondit pas. C'était inutile.

— Je voudrais être en colère contre vous, mais je n'y arrive pas, dit-elle avec lassitude. J'ignore quels risques je représente pour vous. Il se peut que j'aie une famille, inquiète pour moi, qui me recherche et met votre campement en danger. Ou peut-être pas.

— Je suis certain que vous avez une famille qui s'occupe de vous, répondit-il. Vous portiez de très beaux vêtements.

— Cela ne veut rien dire. Je pourrais être riche et absolument seule au monde.

Elle marqua une pause, et un silence inconfortable s'installa entre eux. Catherine le vit jeter un coup d'œil à sa plume et ses papiers, abandonnés sur la table. Il voulait certainement finir ce qu'il était en train de faire, se débarrasser d'elle et de ce sentiment déplacé, qui ne pouvait exister entre eux.

Puis elle vit la chemise posée sur le lit. Le fait de la lui faire essayer pour prendre des mesures lui parut soudain une tâche trop intime et terriblement gênante. Mais comment pouvait-elle aller retrouver les autres sans avoir accompli ce travail, surtout après être restée si longtemps seule avec lui ? Elle ne se rappelait pas grand-chose de sa vie d'avant, mais elle savait que la réputation d'une femme était une chose importante.

— Montrez-moi votre dos, dit-elle en ramassant la chemise. Je vais prendre vos mesures.

Il considéra le vêtement d'un air dubitatif.

— C'est un bel ouvrage, remarqua-t-elle en caressant la dentelle du bout des doigts. La femme qui a fait cela devait vous aimer.

— C'était il y a longtemps.

— Ce qui explique qu'elle ne vous aille plus.

Il se retourna, lui présentant ses larges épaules. Elle tint la chemise devant lui, essayant de situer les coutures de son vêtement sous le plaid.

Avec un soupir d'impatience, il repoussa le lourd tissu et le fit retomber à sa taille, afin d'enlever sa veste. Catherine éprouva un frisson d'angoisse. Mais il garda sa chemise, ce qui la rassura.

Ses muscles étaient durs et chauds sous le vêtement. Elle s'efforça de se concentrer sur son travail de couture, mais elle ne pouvait s'empêcher d'imaginer ses épaules nues, elle se vit posant les mains et les lèvres sur sa peau…

Ses lèvres sur lui ? Quelle pensée choquante ! D'où avait-elle surgi ? Encore heureux qu'il ne puisse voir son visage empourpré.

Elle se racla la gorge avant de parler.

— Est-ce votre mère, qui a fait cette chemise ? Ou peut-être votre sœur ?

— Ma mère est morte il y a des années. Mes sœurs sont mariées et ont leur propre maison à tenir.

— Vous avez sans doute des tantes ? Des grands-mères ?

— Je ne les vois pas souvent.

— Des frères ?

— Non, j'étais le seul garçon. Cela pose un problème ?

— Pas du tout. Mais vous me semblez bien seul.

— Vous connaissez peut-être ce sentiment ?

Catherine soupira.

— C'est possible. Mais ce n'est qu'une impression, pas un souvenir.

— Les femmes du clan sont d'excellentes couturières. Mais je pense que cette chemise m'a été offerte il y a des années, par la femme d'un chef du clan Carlyle. Si elle n'est pas réparable, vous n'avez qu'à en faire des chiffons, ajouta-t-il avec un haussement d'épaules.

Catherine posa la chemise sur son bras.

— Je n'ai pas dit cela. Je vous laisse écrire votre courrier, Laird Carlyle.

Il lui jeta un regard de côté, comme sur le point de dire quelque chose. Voulait-il qu'elle l'appelle par son prénom ? *Duncan ?*

Mais il la congédia simplement d'un geste, comme si elle était une servante, et non une femme qu'il venait d'embrasser passionnément.

Catherine sortit et tira le rideau derrière elle, se reprochant en elle-même son comportement.

Chapitre 7

Quand Catherine se retira dans la petite grotte ce soir-là, elle vit que Duncan avait laissé une pile de lettres bien rangées sur la table. Le livre était posé à côté d'elles. Les vêtements qu'il avait ramassés sur le sol et pliés se trouvaient toujours sur le lit. Il fallait qu'elle fasse un effort pour laisser la chambre en ordre. Elle souleva le couvercle de la malle qu'il lui avait conseillé d'utiliser pour ranger ses affaires. Elle y découvrit des chemises pliées, des bas, un plaid. Le fait de les toucher lui sembla trop intime. Elle les poussa soigneusement sur le côté et eut la surprise de trouver une liasse de papiers sous le linge.

Intriguée, elle souleva les documents. Ceux-ci étaient anciens et fragiles, mais le premier se déplia facilement. C'était une lettre adressée au laird, mais à en juger par la date il s'agissait du père de Duncan. Il y était question de récoltes, de bétail, de semences. Curieuse, elle lut la deuxième missive qui faisait référence à une querelle concernant des terres, et qui impliquait la génération précédente. C'était comme une fenêtre qui s'ouvrait sur un monde différent, dans lequel le chef n'était pas hors la loi, où les Carlyle étaient des Écossais normaux, avec des problèmes de fermiers et de terres à cultiver, comme partout ailleurs. L'idée que Duncan conservait ces lettres en souvenir de son père la toucha. Elle n'aurait pas dû lire des lettres aussi personnelles. Mais, alors qu'elle s'apprêtait à replier la troisième missive, elle fut frappée par des mots tracés d'une écriture ferme et signés d'un simple *A*. Ce correspondant semblait menacer le père de Duncan et exiger qu'il gardât le silence. Des menaces ? Les sourcils froncés, elle lut avec plus d'attention le contenu de la missive.

A affirmait au père de Duncan que l'enfant disparu au sujet duquel il s'inquiétait était simplement décédé. Le vieux laird s'était-il aussi intéressé au cas de ces nombreux enfants disparus ? Elle parcourut le reste des lettres et découvrit une importante correspondance des chefs de clan, traitant de ces kidnappings. Elle eut le cœur serré à la pensée que ce trafic durait depuis si longtemps.

Par bonheur, Duncan allait faire en sorte de mettre un terme à ces pratiques diaboliques. Il consacrait sa vie à cette mission, prenait des risques considérables pour que les enfants de son clan soient en sécurité. Son père aurait été fier de lui.

Mais tout cela ne la regardait pas, et elle se sentit soudain coupable d'avoir lu ces lettres. Elle était à la merci du clan Carlyle et elle ne voulait pas qu'ils pensent qu'elle mettait le nez dans des affaires qui ne la concernaient pas. Elle replia vivement les lettres et posa ses vêtements sur les documents avant que quelqu'un la voie.

Pendant les trois jours suivants, Catherine remarqua que Duncan l'évitait. Certes, il ne quittait pas le grand hall quand elle sortait de la chambre, mais il ne lui parlait pas à moins d'y être obligé et il évitait son regard. Naturellement, on ne pouvait pas prétendre qu'il était sociable avec les autres non plus. Avec ses hommes, il parlait le plus souvent en gaélique. Une autre façon de tenir Catherine à l'écart. Celle-ci savait qu'il avait beaucoup de préoccupations, et elle se sentait un peu coupable d'ajouter à ses soucis. Il l'avait amenée chez lui, l'avait mise à l'abri, mais ce baiser rendait maintenant la situation terriblement gênante.

Chaque nuit, elle s'agitait et se retournait dans son lit, sans dormir. Elle s'attendait sans cesse à ce qu'il exige de reprendre sa chambre et s'efforçait de la tenir en ordre. Plus d'une fois, elle avait demandé à Maeve si elle devait proposer de la libérer, mais la jeune femme lui répétait avec insistance qu'elle était l'invitée du clan.

Les yeux grands ouverts au milieu de la nuit, elle imaginait le laird, entrant à pas de loup dans la chambre. Que ferait-elle ? Elle n'aimait pas se sentir aussi obsédée par cette question. Les autres femmes avaient-elles ce genre de problèmes ? Par chance, ses journées ne lui laissaient pas beaucoup de temps pour regarder le chef du clan Carlyle. Deux des enfants avaient été ramenés chez eux, et la famille d'un troisième avait pu être retrouvée et prévenue. Le quatrième garçon avait donné suffisamment de détails, et Maeve était certaine que les hommes ne tarderaient pas à retrouver ses parents.

Restait le petit Finn. Catherine se sentait des affinités avec cet enfant de Glasgow, qui se protégeait en gardant ses distances. Il parlait rarement, n'avait pas eu la moindre éducation et était complètement réfractaire à la propreté. Quand il comprit que les gens disaient *merci* lorsqu'ils recevaient quelque chose, il consentit à marmonner ce mot. Les femmes avaient fini par persuader les autres garçons de prendre un bain dans le bassin naturel de la grotte. Mais Finn refusa catégoriquement de se joindre à eux. Catherine était inquiète pour lui. Sa vie dans les rues avait dû lui laisser des cicatrices qu'il s'efforçait de dissimuler. Elles parvinrent à le convaincre de changer de vêtements, en le laissant seul dans la petite grotte. Catherine demeura à l'entrée, l'oreille aux aguets, craignant qu'il ne tombe dans le bassin, car il ne savait sûrement pas nager. Le garçon observa un silence absolu, ne trouvant visiblement aucun plaisir à se laver. Elle apporta ses vêtements sales à Maeve, qui les emporta à l'extérieur pour les faire bouillir. Elle confia par la suite à Catherine qu'elle avait été étonnée de ne pas les trouver infestés de poux.

Mais quand il ressortit, débarrassé de sa couche de crasse, pâle, ses cheveux mouillés collés sur la nuque, Finn semblait encore plus fragile. Pendant toute une journée, il se replia encore plus sur lui-même, tournant le dos aux autres, comme s'il se sentait nu sans sa crasse pour le protéger. Catherine essayait sans cesse de le ramener vers les autres, notamment en lui proposant de jouer aux échecs, mais cela ne l'intéressait pas. Espérant toutefois qu'il regarderait le jeu, elle proposa une partie à Torcall lorsque les autres hommes s'absentèrent. Le garde se balança d'un pied sur l'autre en hésitant et en regardant derrière elle.

Catherine se retourna, mais ne vit personne d'autre que Finn. Accroupi sur le sol, ce dernier jouait avec des pierres, feignant de les ignorer. Mais Catherine ne fut pas dupe.

— Torcall, savez-vous jouer aux échecs ? répéta-t-elle.

L'homme ouvrit la bouche mais, avant qu'il ait pu répondre, Angus passa devant eux pour sortir. Il les regarda et posa les yeux sur la boîte contenant les sujets.

— Vas-y, Torcall, joue avec elle, dit-il. Tu lui donneras une leçon.

Catherine réprima un sourire. Apparemment, elle avait réussi à faire croire à Angus qu'il était un excellent joueur.

Torcall hocha la tête et attira vers lui la caisse sur laquelle était posé l'échiquier. Ils se penchèrent au-dessus du jeu, se surveillant mutuellement du coin de l'œil. Finn s'approcha, tout en continuant de jouer avec ses pierres.

Catherine comprit très vite qu'elle était cette fois encore plus douée que son adversaire. Elle prit un malin plaisir à le tromper, en le laissant gagner. Où avait-elle appris à jouer aussi bien ? Elle essaya de s'imaginer dans un autre lieu, apprenant à jouer aux échecs avec un expert. En vain. Aucun souvenir ne remonta à la surface.

— Échec et mat, déclara Torcall avec satisfaction.

Elle n'eut pas besoin de feindre la surprise, car elle avait laissé ses pensées dériver brièvement.

— Bien joué, dit-elle en lui souriant.

Il lui rendit son sourire avec bonne humeur puis, se rappelant son devoir, lança un coup d'œil à l'entrée.

— Personne n'est entré en cachette, je vous assure, chuchota-t-elle.

— C'est mon devoir de surveiller, pas le vôtre.

Elle ne s'offusqua pas de son ton bourru. Son seul espoir était d'endormir sa méfiance, songea-t-elle en coulant un regard nostalgique vers l'extérieur.

Apparemment, elle avait manqué de discrétion, car Torcall marmonna :

— La campagne des Highlands est dangereuse, Maîtresse Catherine. Vous êtes plus en sécurité ici.

Elle acquiesça d'un hochement de tête, l'air raisonnable, et se tourna vers Finn.

— As-tu compris les règles du jeu, Finn ? Je pourrais t'apprendre à jouer, si tu veux.

Mais le garçonnet lui tourna le dos et retourna sans prononcer un mot vers le ruisseau. Catherine soupira.

— Ce pauvre petit a dû souffrir.

— C'est triste, murmura Torcall. Mais il ne court plus aucun danger maintenant, n'est-ce pas ?

Elle repoussa la caisse contre le mur, tout en se disant que Finn ne devait pas se sentir vraiment en sécurité.

Par chance, elle le surveillait toujours sans en avoir l'air une heure plus tard, car elle seule le vit franchir l'entrée de la grotte. Comme elle ne voulait pas attirer l'attention sur lui, elle profita d'un moment où Torcall était occupé à aiguiser son poignard pour suivre le petit garçon.

Elle chancela en arrivant au soleil et dut mettre la main en visière pour se protéger. Mais sa vision s'adapta juste à temps à la luminosité, pour qu'elle puisse voir l'enfant partir vers la gauche. Elle suivit la paroi rocheuse et trouva Finn accoudé à la rambarde d'un enclos, en train de regarder les chevaux. Quand elle s'arrêta à côté de lui, il tressaillit et remonta les épaules comme s'il voulait rentrer dans sa coquille.

Catherine eut le cœur brisé en voyant sa réaction. Elle était seule au monde en ce moment, mais elle savait qu'il n'en avait pas toujours été ainsi. Ce petit garçon, en revanche, n'avait connu que les rues de Glasgow.

Elle aurait aimé le prendre dans ses bras, lui promettre qu'elle allait le protéger, mais elle ne pouvait rien faire de tel. Elle n'avait aucun pouvoir, elle n'avait que sa compréhension à lui offrir. Quand elle s'agenouilla à côté de lui, il la dévisagea d'un air soupçonneux, mais ne fit pas mine de s'enfuir.

— J'avais besoin de voir le ciel, expliqua-t-il d'une petite voix.

Catherine jeta un coup d'œil au ciel bleu parsemé de légers nuages blancs.

— Nous avons de la chance aujourd'hui, car je crois que le temps est souvent pluvieux dans les Highlands, répondit-elle.

Finn posa les mains sur la clôture et hocha la tête. Ils passèrent quelques minutes à regarder paître les chevaux. Des animaux grands et majestueux, qui semblaient parfaitement heureux de leur sort. Catherine aurait aimé éprouver le même contentement, ne plus s'inquiéter pour sa mémoire perdue. Finn et elle pouvaient sans doute prendre exemple sur ces chevaux et profiter de l'instant présent.

— Es-tu déjà monté à cheval ? demanda-t-elle.

Finn secoua la tête, l'air grave.

— Non, mais j'ai failli être piétiné plus d'une fois par un de ces animaux.

Catherine étouffa une exclamation, puis se rendit compte que Finn l'observait avec une lueur de malice dans ses yeux bleus.

— Tu te moques de moi ?

— Non, madame.

Néanmoins, elle était sûre qu'il avait pris un malin plaisir à la surprendre. C'était bon signe.

— Tu es sorti de la grotte pour te sauver, Finn ?

L'enfant écarquilla les yeux.

— Non ! Où voulez-vous que j'aille ? Regardez toutes ces montagnes, et ces vallons ! Je me perdrais ou je serais avalé par un marécage. C'est ce qu'a dit le laird.

Laird Carlyle avait donc fait peur aux enfants, dans leur propre intérêt. Elle aurait dû le désapprouver, mais de toute évidence la ruse avait fonctionné. Il savait ce qui marchait, avec les enfants.

— Mais je ne sais pas où j'irai, quand je devrai partir, murmura le garçon.

— Nous pourrions prendre la décision ensemble. Moi non plus, je ne sais pas où aller.

— Ils disent que vous avez perdu la tête, répondit l'enfant.

Catherine lui sourit avec douceur.

— Non, pas la tête, mais la mémoire. Je ne sais pas qui

je suis, ni d'où je viens. Laird Carlyle m'a offert l'hospitalité, comme à toi.

— Il vaut peut-être mieux que vous ayez oublié, déclara l'enfant d'un ton solennel.

Elle n'avait encore jamais considéré les choses sous cet angle. L'idée que ce garçon ne voulait sans doute pas se rappeler sa vie d'avant l'attrista.

— Je n'ai aucun souvenir, si ce n'est que je me suis réveillée il y a quelques jours sous la pluie, lorsque Laird Carlyle m'a trouvée.

Finn la regarda pour la première fois, droit dans les yeux. Il sembla sur le point de dire quelque chose, puis pressa les lèvres et reporta son attention sur les chevaux.

— Je pense que tu pourrais monter à cheval, si tu demandais la permission, suggéra Catherine.

L'enfant élargit les yeux.

— Je n'ai jamais appris.

— Mais tu pourrais apprendre, maintenant.

Il porta les doigts à sa bouche, et elle vit que ses ongles étaient rongés.

Elle laissa l'idée faire son chemin et se rendit compte que c'était sa première sortie à l'air libre, depuis une semaine. Elle inspira profondément. Cela faisait des jours qu'elle était confinée et ne respirait que l'odeur des hommes, des feux de tourbe et du chou bouilli. L'air était chargé du parfum des bruyères, des feuilles qui commençaient à jaunir et de l'odeur des chevaux. Elle se redressa et regarda autour d'elle. La grotte était située au sommet d'une colline. Un vallon verdoyant, parsemé de rochers épars, s'étendait devant elle, entre deux montagnes brunes. Elle distingua du bétail, qui lui parut trop maigre, et un troupeau de moutons. Un village se trouvait sans doute dans le vallon, car des volutes de fumée s'élevaient dans le ciel, s'échappant de cheminées invisibles.

— Je ne pourrai pas rester toujours ici, dit brusquement Finn. D'ailleurs, il ne le voudra pas.

— Finn…

— Ils me placeront chez des étrangers.

— Ils veulent te trouver une famille, dit-elle en lui posant une main sur l'épaule.

Le garçonnet se dégagea. Il retourna en courant vers la grotte, et elle ne tenta pas de le retenir, se tournant simplement pour le suivre des yeux.

C'est alors qu'elle vit Laird Carlyle campé solidement face à elle, les bras croisés.

Duncan la vit rougir. Catriona savait qu'il lui avait interdit de quitter la grotte, mais elle avait désobéi. Et il n'allait pas se laisser attendrir par ses joues enflammées, ni par ses boucles soulevées par le vent. Mais il avait beau s'efforcer de rester indifférent, il ne pouvait s'empêcher de penser à ce qui s'était passé dans la chambre. À la façon dont elle s'était blottie entre ses bras, lui offrant sa bouche avec une ferveur innocente.

Et il l'avait embrassée, alors même qu'il savait qui elle était, lui refusant le réconfort de la vérité.

Il n'était pas fier de lui. Mais ce que le père de Catriona avait fait, ce qu'il avait autorisé les dépassait. Leur attirance ne pouvait mener à rien.

Cependant… Il l'avait embrassée. Il n'avait pas pu s'en empêcher, pas pu contenir le désir intense qu'il éprouvait pour cette femme.

Les mains nouées dans le dos, dans une vaine tentative pour paraître à l'aise, Catriona déclara :

— Ce vallon est superbe, Laird Carlyle. J'ai constaté avec soulagement que je connaissais le nom des plantes et des arbres. C'est très frustrant de se rappeler des choses aussi prosaïques, alors que je ne…

— Je vous avais pourtant dit que vous ne deviez pas sortir, parce que c'était dangereux, déclara-t-il d'une voix dure.

Elle pinça les lèvres, mais soutint son regard avec audace.

— Je sais. Vous auriez préféré que je laisse Finn s'échapper ? Je suis la seule à l'avoir vu se faufiler à l'extérieur.

— Si cela se reproduit, contentez-vous de prévenir le garde.

— Pour effrayer cet enfant encore davantage ?

— Il sait qu'il n'a rien à redouter ici.

— Il sait aussi que vous le confierez à une famille quand vous l'aurez décidé. Il a peur, et c'est bien normal. Vous n'auriez pas peur, à sa place ?

— Et vous compatissez avec lui, parce que vous pensez que je finirai par vous renvoyer, vous aussi ?

Les épaules de la jeune femme s'affaissèrent.

— Non, je pense que j'aurai mon mot à dire. Mais peut-être pas.

— Vous faites votre possible pour entrer dans les bonnes grâces de mes hommes, afin d'avoir un jour voix au chapitre.

Catherine se raidit.

— Vous croyez que je ne sais pas que vous avez essayé de vous mettre tous les gardes dans la poche, en faisant semblant de mal jouer aux échecs ?

— Je ne savais pas que vous me surveilliez, répliqua-t-elle d'un ton de défi.

— Je ne vous quitte jamais des yeux.

Il réprima une grimace, conscient d'avoir trop parlé. Catherine battit des cils, et une légère rougeur envahit ses joues lorsqu'elle pensa elle aussi au baiser qu'ils avaient échangé.

— Je suis désolée de ne pas être plus douée pour les échecs, dit-elle d'un ton un peu trop rapide.

— Oh ! nous savons très bien tous les deux que vous n'avez pas encore trouvé d'adversaire digne de vous.

— Et vous avez compris tout cela en me surveillant du coin de l'œil ? lança-t-elle en lui coulant un regard de côté.

— Je ne vous surveille pas. Mais vous n'avez fait aucun effort pour cacher ce que vous faisiez.

Catherine inclina la tête sans répondre et porta le regard vers le vallon, en partie dissimulé par les arbres. Sur les collines au loin elle pouvait distinguer les bruyères mauves, mais les villages étaient cachés. Duncan la laissa contempler ses terres, les gens pour lesquels il avait enfreint la loi et avait été banni. Finalement, elle leva les yeux et poussa une exclamation de surprise.

Bien qu'il sût parfaitement ce qu'elle avait vu, il leva aussi la tête. La tour du château était si haute qu'elle disparaissait en partie derrière les nuages. Elle se dressait au-dessus des falaises, telle une sentinelle veillant fièrement sur le domaine des Carlyle. Sur les côtés, les murs s'effondraient peu à peu, mais la tour tenait encore bon.

— C'est… extraordinaire, murmura-t-elle, subjuguée. Cette tour vous appartient ?

— C'est le château de mes ancêtres. Mais il est en ruine, à présent. Un symbole un peu ironique de mon pouvoir, vous ne trouvez pas ?

— Je ne suis pas de votre avis. Vous avez beau être hors la loi, vous accomplissez une tâche héroïque. Vos ancêtres seraient fiers de vous.

Les paroles de Catriona lui firent l'effet d'un coup de poing à l'estomac. Héroïque ? Il faillit en rire de dégoût. Si elle savait ce dont il était capable, ce qu'il lui avait fait, au nom de sa famille et de la vengeance ! Si c'était à refaire, il n'aurait rien changé. Le père de Catriona devait comprendre ce que ressentaient les parents de ces enfants kidnappés. La disparition de Catriona pourrait contribuer à mettre un terme aux enlèvements.

Le vent se leva, et les gémissements familiers s'échappèrent de la tour.

— Ce bruit vient de là-haut, n'est-ce pas ? dit-elle. La nuit, c'est terrifiant.

Duncan haussa les épaules.

— J'y suis tellement habitué que je ne les entends plus.

— Je pensais que c'était ma blessure à la tête qui provoquait des hallucinations et me faisait entendre des bruits, avoua-t-elle avec un demi-sourire. Qu'est-ce que c'est ?

Il leva les yeux et se rendit compte qu'il cherchait à éviter son regard, car il allait mentir encore une fois.

— C'est juste le vent qui passe entre les pierres.

— Pouvons-nous monter là-haut ?

— Non, je viens de vous dire que ces collines étaient dangereuses.

— Oh ! très bien. Vous avez grandi ici ?

— Nous avions un manoir, dans un village des environs.

— Et votre père gouvernait depuis son manoir ?

— Si l'on peut appeler cela gouverner.

Elle le dévisagea avec curiosité, et il comprit que son sarcasme était trop révélateur.

— Quelle qu'ait été votre relation, dit-elle doucement, il serait fier de vous.

— Non, sûrement pas. Je me suis promis d'être un meilleur chef que lui, bien qu'il eût été difficile de faire pire. Mais je n'ai pas réussi.

Elle se rembrunit, prête à le contredire, mais il enchaîna :

— Je ne suis pas un homme honorable. Je le sais.

— Je n'ai aucune idée de ce que vous avez fait, ni pourquoi vous vous punissez, mais vous ne pouvez pas m'empêcher d'avoir une bonne opinion de vous. Vous m'avez secourue, ainsi que ces enfants. Vous m'avez accueillie, alors que je n'avais nulle part où aller. Et Finn finira bien par comprendre qu'il peut vous faire confiance.

Après tout ce que le père de Catriona avait fait, il ne pouvait se sentir coupable. Cependant, son sentiment de culpabilité s'amplifia, à tel point qu'il eut l'impression d'étouffer.

Cependant, il la désirait tout de même. Les cernes sous ses yeux, qui étaient passés du violet au jaune, lui rappelèrent qu'il ne la désirait pas seulement pour sa beauté. Ce qu'il aimait, c'était elle. Cette femme qui avait tout perdu, et qui pourtant servait ses hommes avec patience et gratitude. Son traumatisme aurait pu la rendre craintive, méfiante. Mais elle s'efforçait de faire sa part de travail parmi eux, de les aider dans leur mission.

Tandis qu'elle parlait, il regardait sa bouche et avait envie d'en prendre possession. Chaque gracieux petit mouvement de son corps le poussait à la prendre dans ses bras, à donner libre cours à sa passion. Il voulait qu'elle se sente aussi désespérée, aussi impuissante que lui face à ce sentiment.

Mais il se contenta de la regarder s'éloigner, en essayant de se maîtriser et en pensant à tout ce qui était en jeu.

Deux jours plus tard, tous les garçons avaient quitté la grotte, à l'exception de Finn. Un peu avant le petit déjeuner, celui-ci regardait Catherine essayer de faire cuire des galettes d'avoine sur la grille. Maeve lui avait cédé sa place devant les fourneaux, et les femmes la guettaient du coin de l'œil en riant. Sauf Sheena. Catherine n'avait pas réussi à s'en faire une amie, et le dédain de la jeune femme était de plus en plus évident. Catherine ne savait pas ce qu'elle avait bien pu faire pour mériter une telle hostilité.

Lorsqu'elle fit brûler la deuxième fournée, Finn ne put s'empêcher de rire. Catherine eut du mal à cacher la joie que lui procurait ce rire inattendu. Elle n'avait jamais vu l'enfant aussi heureux et détendu. Il s'ouvrait peu à peu, rassuré par les attentions dont il était l'objet. S'il apprenait à se détendre en présence des autres, il finirait par accepter, et même par apprécier, une nouvelle famille.

Elle poussa un soupir exaspéré en regardant le gril noirci.

— Je suis une femme, je devrais savoir cuisiner. Après tout, je sais coudre !

— Je croyais que tout le monde savait cuisiner, répliqua le garçon.

Catherine réprima un rire. Ils étaient tous deux dans la même situation, attendant un nouveau départ dans la vie. Apparemment, Finn se rassurait en pensant qu'elle était en moins bonne posture que lui !

Ou bien il aimait aider les autres, car il aplatit lui-même une autre boule de pâte et surveilla la cuisson avec plus de succès qu'elle. Pendant une heure, ils travaillèrent ensemble, agréablement. Finn était devenu son ombre, ils se soutenaient mutuellement.

Puis Duncan arriva, et Finn se fit tout petit et s'éclipsa.

Le laird le suivit des yeux et parut se renfrogner.

— Que lui arrive-t-il ? Je ne l'ai jamais battu, marmonna-t-il.

— Mais d'autres hommes l'ont fait.

Elle s'exprimait à voix basse, et il s'approcha pour l'entendre.

— Peut-être ceux qui l'ont kidnappé ou bien les gens qui vivaient dans la rue avec lui.

— Il ne vous a jamais parlé de sa famille ?

Catherine fit un signe négatif de la tête.

— Sincèrement, je ne pense pas qu'il en ait une. Un peu comme moi. Car, si j'avais des parents, vos hommes auraient depuis longtemps rencontré des gens à ma recherche.

Elle s'efforça de parler d'un ton neutre. Elle ne voulait pas qu'il sache que ces idées l'empêchaient de dormir la nuit. Tout d'abord, elle s'était demandé si elle manquait à sa famille, et maintenant elle craignait de n'avoir personne au monde. Les deux hommes qui l'accompagnaient étaient peut-être sa seule famille.

— Cela ne fait que huit jours, dit tranquillement Duncan. Vous étiez en voyage. Si vous deviez faire une longue route, il est normal que votre disparition n'ait pas encore été remarquée.

Catherine haussa les épaules, jeta un coup d'œil au gril et laissa échapper un juron.

— Oh ! je les ai encore laissés brûler !

Elle retira les galettes noircies du feu et s'aperçut que Duncan la regardait sans sourire. Toutefois, ses yeux étaient moins sombres, comme si elle l'amusait malgré lui. À moins qu'elle ne croie voir trop de choses, chez cet homme à l'allure impénétrable.

— Vous avez pris les expressions des gens du clan, dit-il sèchement.

Elle ne releva pas sa remarque et déclara d'un air abattu :

— Je peux servir les repas, mais je ne pourrai jamais rivaliser avec Mme Skinner pour la cuisine. Il doit y avoir d'autres choses que je peux faire. La lessive, peut-être ? Vous ne craignez plus de me laisser sortir, à présent.

Il lui prit la main et la souleva, comme pour lui montrer qu'elle était blanche, délicate et inutile. Elle se dégagea et brandit les doigts sous son nez.

— Vous ne voyez pas ? Je commence à avoir des cals.

Encore une fois, ils se tenaient trop près l'un de l'autre.

Cela arrivait trop souvent. Elle regarda autour d'elle et vit que presque tous les yeux étaient braqués sur eux. La plupart étaient bienveillants. Les gens du clan s'intéressaient à eux, mais seul Melville semblait vraiment se demander ce qu'ils faisaient ensemble.

— Savez-vous pourquoi Melville me déteste autant ? demanda-t-elle à voix basse.

— Je crois qu'il espère que je vais épouser sa fille.

Catherine ouvrit la bouche de surprise. Elle dut faire appel à toute sa volonté pour ne pas se tourner vers Sheena.

— Et qu'est-ce que cela a à voir avec moi ?

— Je n'ai jamais embrassé sa fille, répondit-il en inclinant la tête de côté.

Elle sentit ses joues s'empourprer.

— Oh ! mais… Il ne sait pas que nous nous sommes embrassés. Je ne l'ai dit à personne.

— Mais il n'est pas idiot.

— C'est ma faute, murmura-t-elle en baissant les yeux. J'essayerai d'être plus prudente. J'ignore si j'avais déjà embrassé un homme, et cela m'a paru merveilleux. J'ai dû montrer ce que je ressentais, sans le vouloir, et…

Les mots s'éteignirent sur ses lèvres. Duncan ne dit rien, et elle risqua un coup d'œil dans sa direction. Il contemplait ses lèvres avec un désir non dissimulé.

Maeve intervint alors. Elle alla débarrasser la table du petit déjeuner avec les autres femmes et envoya les hommes accomplir leurs tâches quotidiennes. Finalement, Catherine et Duncan se retrouvèrent seuls.

Catherine demeura où elle était, un peu embarrassée, et s'approcha de lui en hésitant, tel un oiseau sur la défensive. Il ne recula pas. Elle entendit sa respiration accélérer, tout comme la sienne.

— Qu'est-il arrivé au visage de Maeve ? demanda-t-elle doucement, dans une tentative pour dissiper la gêne qui s'installait entre eux.

Il regarda le visage de son amie d'un air impassible. Puis donna une réponse totalement inattendue.

— C'est ma mère qui lui a fait cela.

Catherine écarquilla les yeux, mais le visage de Duncan demeura inexpressif.

— C'était un accident ? suggéra-t-elle d'une voix étranglée.

— Non, c'était un acte délibéré.

Son estomac se contracta, et elle éprouva une nausée.

— Mais… Pourquoi ?

Duncan regarda encore une fois en direction de Maeve, qui ne pouvait les entendre.

— Ce n'était pas la faute de Maeve. Elle a fait cela à cause de sa mère, qui était la gouvernante du manoir. Ma mère considérait cette femme comme une menace.

— Mais Lady Carlyle était l'épouse du laird, la femme la plus puissante du clan. Pourquoi se serait-elle sentie menacée ?

— C'était une personne égoïste, qui avait été mariée de force par sa famille. Elle ne voulait pas que quiconque oublie cela. Elle aurait voulu un mari plus puissant, plus ambitieux. Mon père était un homme faible, qui évitait la confrontation. Il n'était pas beaucoup respecté. Surtout pas par elle.

Bien qu'il parût dénigrer son père, la conduite de sa mère semblait bien plus grave à Catherine.

— Il avait un lien d'amitié avec notre intendante. À ce jour, je ne puis croire qu'il y avait autre chose entre eux. C'était une femme agréable, qui avait du cœur. Sa fille Maeve était une de mes compagnes de jeu. Tout le monde l'aimait, et sa mère l'adorait. Pour punir mon père et l'intendante, ma mère lui a brûlé le visage avec un des fers à repasser posés sur la braise.

Catherine laissa fuser malgré elle une exclamation horrifiée. Duncan demeura de marbre.

— Voilà quel genre de femme était ma mère. Pour mon père, ça a été le geste de trop. Il avait toléré trop longtemps qu'elle maltraite les domestiques, ses propres enfants, et même lui.

Ses enfants ?

Duncan comprenait-il les souffrances des enfants qu'il secourait, parce qu'il avait lui-même été maltraité ?

— Qu'a fait votre père ? demanda-t-elle dans un souffle.

— Il l'a tuée.

Chapitre 8

Cette nuit-là, le silence régnait dans la grotte, quand Catherine émergea lentement d'un sommeil profond. L'esprit confus, un peu étourdie, elle s'éveilla tout à fait en sentant un mouvement près d'elle.

Elle se dressa sur un coude, mais ne put rien distinguer.

Quelqu'un était là.

Le cœur battant à tout rompre, elle fit mentalement la liste des objets posés sur la table. Lequel pourrait-elle utiliser pour se défendre ?

— Je ne voulais pas vous déranger, dit une voix d'homme.

Duncan. Avec un soupir, elle se renversa sur le lit et tenta de respirer normalement. Mais comment faire ? Non seulement cet homme tenait sa vie entre ses mains, mais chaque fois qu'elle le regardait elle songeait à son baiser enivrant.

Et maintenant, ils se trouvaient seuls, dans l'obscurité.

— Vous avez le droit d'être là, murmura-t-elle. C'est votre chambre.

— Je ne veux pas la reprendre. Je dois partir avec mes hommes et je venais récupérer quelque chose dans le coffre. J'aurais pu le sortir de la chambre hier soir, mais il n'y a pas beaucoup d'espace dans le grand hall.

— Vous partez ? Au milieu de la nuit ?

— L'aube approche déjà.

Sa voix, dans l'obscurité, paraissait proche, créant une sensation d'intimité. Catherine était couchée dans son lit et ne portait qu'une chemise de nuit. Elle n'avait jamais considéré les vêtements comme une protection, mais en fait les couches de jupons, de corsets et de tissus servaient à cela.

Et puis ils s'étaient embrassés. Elle n'aurait sans doute pas dû rester allongée là, dans le noir, à se rappeler ce baiser. Mais elle était si troublée par sa présence qu'elle avait du mal à respirer.

— Vous pouvez allumer une bougie, dit-elle. Je ne veux pas que vous trébuchiez dans l'obscurité. J'ai essayé de mettre de l'ordre dans la chambre, mais... cela me donne un peu de mal.

Il alluma une bougie, et la flamme illumina ses traits virils, ses pommettes bien dessinées, ses lèvres dures. Il posa la bougie sur la table, sans la regarder.

— Un nouveau chargement ? demanda-t-elle.

— Peut-être.

Il se pencha au-dessus du coffre, souleva le couvercle et fouilla à l'intérieur.

D'autres enfants enlevés à leurs parents. Elle frissonna et pria pour que Duncan et ses hommes parviennent à les secourir sans qu'il y ait de sang versé.

— Combien de temps serez-vous parti ?

La vulnérabilité perçait dans sa voix.

Duncan lui jeta un coup d'œil par-dessus son épaule.

— Ce n'est pas parce que vous dormez dans mon lit que vous pouvez me poser des questions comme si vous étiez mon épouse.

La pensée d'être la femme de cet homme fit surgir en elle un désir brûlant. Il parut avoir la même pensée qu'elle, et son désir s'en trouva encore plus aiguisé. À la lueur de la bougie, elle voyait ses mâchoires crispées, ses poings serrés, sa respiration saccadée. De toute évidence, il s'efforçait de repousser ces pensées. Mais ils étaient seuls dans la chambre, et le souvenir de ce baiser était plus puissant que jamais.

Elle ne devait pas l'embrasser, alors qu'elle ne pouvait lui offrir le moindre détail sur elle.

Il poussa un soupir, referma le coffre et se redressa. Elle vit son grand corps viril se tourner dans sa direction.

— Je ne peux pas vous reprocher de penser que nous ne devrions pas nous retrouver dans une situation aussi intime. Je vous ai confié des choses sur ma famille, dont je ne parle jamais.

La tension céda la place au chagrin. Elle frissonna en songeant aux révélations qu'il lui avait faites concernant son père et sa mère. Elle avait passé la journée à essayer d'imaginer son enfance, entre des parents qui se détestaient. Une mère si vindicative qu'elle avait exercé sa jalousie sur une enfant. Et enfin ce terrible crime. Rien d'étonnant à ce qu'il éprouve autant de compassion pour les enfants qu'il secourait. Il voulait leur éviter les malheurs qu'il avait traversés.

— Vous aviez probablement besoin de vous confier. Et j'étais heureuse de pouvoir vous aider, après tout ce que vous avez fait pour moi. Je saurai garder le silence.

— Tout le monde ici sait ce qui s'est passé.

— Votre père a-t-il été arrêté ?

— Vous avez probablement oublié les règles des clans des Highlands. Mon père était le chef. Il avait le droit de vie et de mort sur ses sujets, y compris son épouse. Elle avait commis une faute grave, en blessant une enfant. Personne n'a contesté son droit à décider de la punition qu'elle méritait.

Catherine ne demanda pas plus de détails. Cet épisode avait dû être infiniment douloureux pour lui. Son père avait tué sa mère. Quelle que soit la raison de cet acte, c'était l'horreur pour un enfant.

Elle lui prit le bras. Il était en chemise, et sa peau était tiède sous ses doigts.

— Je suis désolée que vous ayez autant souffert.

Il se crispa.

— Je ne veux pas de votre pitié.

— Mais vous avez toute ma compassion, Laird Carlyle. À moins que je ne puisse vous appeler Duncan ? Il paraît un peu étrange de s'appeler *laird* et *madame*, après avoir discuté comme nous l'avons fait.

Il retira son bras.

— Je préfère que nos relations demeurent formelles.

— Oui. Je suppose que vous avez raison.

Il s'arrêta devant la porte, la main sur le rideau.

— Nous reviendrons dès que nous le pourrons. Je ne laisserai pas la grotte sans protection. Vous êtes en sécurité ici.

Sur ces mots, il sortit.

Comment aurait-elle pu se sentir en sécurité, alors qu'elle ne savait pas qui elle était ? Alors que toutes ses tentatives pour recouvrer la mémoire échouaient ? Elle souffla la bougie et roula sur le ventre, posant la joue sur l'oreiller. Duncan ne voulait pas le montrer, mais il éprouvait des sentiments pour elle. Les hommes étaient-ils tous comme lui ? Prenaient-ils des airs bourrus et intimidants pour cacher leurs sentiments ?

Il ne voulait pas se laisser attendrir par elle, c'était évident. C'était un chef hors la loi, et il faisait son possible pour protéger son clan. Il n'avait pas de temps à perdre avec une femme qu'il ne pourrait jamais posséder.

Mais elle s'imaginait pourtant blottie entre ses bras virils, à l'abri du danger.

Poussant un grognement de contrariété, elle se retourna sur le dos et posa le coussin sur son visage, comme pour étouffer ses fantasmes. Quel homme prendrait le risque de s'intéresser à elle, alors que tous les éléments de sa vie demeuraient inconnus ?

La caravane apparut dans le brouillard de l'aube, les chevaux émergeant de la brume blanche les uns après les autres. Les tonneaux accrochés sur leur dos se balançaient, tandis qu'ils avançaient sur l'étroit sentier descendant de la colline. Duncan et ses hommes attendaient en silence. Le chef de clan estima que le groupe était constitué de deux douzaines de chevaux chargés de whisky et d'une demi-douzaine d'hommes à cheval. Les Duff avaient ajouté deux gardes pour accompagner ce chargement et avaient emprunté une nouvelle route vers le sud. Mais le comte et ses hommes avaient sous-estimé la détermination de Duncan. Ce dernier avait laissé passer plusieurs convois, en attendant que la méfiance des Duff se relâche et qu'ils reprennent confiance. Comme si Carlyle pouvait abandonner. Cela n'arriverait jamais. Le comte devait comprendre que cette cargaison ne lui rapporterait aucun profit.

Le brouillard pesait dans le vallon, tandis que les bêtes avançaient prudemment sur la pente glissante. Duncan et ses hommes se tenaient en embuscade derrière un éboulis de rochers. À son signal, un long sifflement, ils se dressèrent, et le brouillard se dissipa autour d'eux. Les chevaux qui se trouvaient en tête se cabrèrent, un des hommes tomba de sa selle, et Ivor en assomma un autre. Duncan assena un coup au premier, avec la poignée de son glaive. Les chevaux de tête, poussant des hennissements désespérés, essayèrent de fuir. Mais ils étaient attachés les uns aux autres. Un des animaux tomba, un tonneau de whisky se brisa, et le liquide se répandit sur les rochers.

Plusieurs gardes se précipitèrent vers eux. Armés d'épées et de massues, les Carlyle eurent rapidement le dessus et remportèrent le combat sans avoir à déplorer de morts.

Quand les hommes du camp adverse furent allongés dans le chemin, gémissant de douleur, Duncan essuya son glaive.

— Soignez les blessés les plus graves et attachez-les.

Ils abandonnèrent le groupe des vaincus, en emmenant leurs montures. Les hommes parviendraient tôt ou tard à se détacher, et ils devraient s'aventurer à pied dans les collines, pour chercher de l'aide.

Mais le whisky appartenait désormais aux Carlyle. Tout en ramenant la caravane vers la Clyde et leur repaire, Duncan formait déjà des projets, se promettant de faire signe au capitaine qui venait régulièrement décharger sa cargaison dans le Firth of Clyde.

Duncan avait déjà réfléchi des dizaines de fois à ces choses-là. Mais il aurait fait n'importe quoi pour ne pas penser à Catriona, qu'il imaginait endormie, au chaud dans son lit.

Son corps l'avait trahi. Il aurait dû se contenter de récupérer rapidement les vêtements dont il avait besoin. Mais il avait dû faire appel à toute sa volonté en entendant sa respiration. Quand il avait allumé la bougie, son regard doré lui avait semblé lumineux. Certes, elle ne s'était pas découverte. Mais le fait de savoir qu'elle était à peine vêtue était terriblement érotique. Il avait eu envie de l'attirer de nouveau contre lui, de lui détacher les cheveux, d'enfouir les doigts dans ses longues boucles soyeuses.

Le pire, c'était de savoir qu'elle n'aurait pas repoussé ses avances. Il avait espéré que le fait de connaître son horrible passé la pousserait à garder ses distances. Mais cela n'avait fait que l'encourager. Il se répétait sans cesse qu'elle était la fille de son ennemi. Et qu'elle pouvait recouvrer la mémoire d'un moment à l'autre. Alors, tout serait changé.

Mais si cela n'arrivait pas ? Que se passerait-il, si elle ne guérissait jamais ? Elle ne se rappellerait pas sa famille, ses amis, elle n'aurait plus que lui et son clan. Cependant, il ne pourrait l'empêcher indéfiniment de retourner vers le comte. D'ailleurs, ce n'était pas son intention. Toutefois, il n'avait aucune preuve que quelqu'un était à sa recherche. C'était un fait qu'il ne pouvait ignorer.

Pourtant… Il continuait de penser à elle, au lieu de se concentrer sur la cargaison de whisky. Ivor fronça les sourcils en le regardant, et Duncan s'obligea à oublier Catriona.

Pendant une journée et demie, elle avait été en proie à la peur. L'inquiétude que Catherine éprouvait pour Duncan et pour son clan la rongeait. Elle tenta de se distraire de ses sombres pensées en aidant à faire la lessive à l'extérieur ou en apprenant quelques mots de gaélique avec Maeve, mais ses tentatives échouèrent. Le deuxième jour, en fin de matinée, elle éprouva le besoin de s'échapper, de rester seule avec ses peurs et avec ses doutes, pour recouvrer le calme dont elle avait besoin et une apparence d'indifférence. Elle quitta la grotte et, à sa grande surprise, personne ne tenta de l'arrêter. Angus la suivit toutefois à bonne distance. Mais quelle importance ? L'essentiel était de respirer l'air pur et de sentir le vent sur son visage.

Elle ne pouvait pas rester cachée dans la grotte, en attendant que sa mémoire revienne. Elle emprunta donc le seul chemin qu'elle connaissait, celui qui longeait la falaise et menait à l'enclos des chevaux. Ces derniers disposaient d'une écurie ouverte sur le côté, où ils pouvaient s'abriter du mauvais temps. À l'intérieur, elle découvrit des brosses et des étrilles. Elle s'en empara et, dès qu'un des chevaux s'approcha pour la pousser du bout du museau, elle se mit à le toiletter. Tout en travaillant, elle offrait son visage au soleil et à la brise, laissant ses pensées défiler et flattant l'animal en murmurant des mots qui lui venaient spontanément à l'esprit.

— Vous vous entendez parler ?

Duncan. Catherine pivota brusquement en serrant l'étrille contre sa poitrine, comme pour s'empêcher de lui sauter au cou. Il paraissait en parfaite santé et posa les coudes sur la barrière de l'enclos pour la fixer avec intensité, de ses yeux sombres.

— Je… ne disais rien d'important.

— Mais vous parliez avec un très léger accent écossais.

— Vraiment ? fit-elle en haussant les sourcils. Je ne l'ai pas fait exprès.

— Mais je vous ai entendue.

— Je ne dis pas le contraire.

Sans le lâcher des yeux, elle continua de flatter le cheval, qui posa la tête sur son épaule, comme pour ramener son attention vers lui. Elle lui jeta un coup d'œil et sourit.

— Vous savez vous y prendre avec les animaux, fit-il remarquer, comme à contrecœur.

— Donc, je sais m'y prendre avec les chevaux, et il se peut que je sois écossaise. Voilà deux nouvelles indications.

— Vous étiez à cheval lorsque vous avez fait une chute dans le ravin et vous êtes en Écosse. Ces deux indications ne sont donc pas du tout inattendues.

Catherine leva les yeux au ciel.

— Vous ne pouvez pas comprendre. Tous les détails me concernant sont si importants pour moi.

Elle laissa un petit silence s'installer et le dévisagea.

— Avez-vous encore ramené des enfants kidnappés ?

Il fit un signe négatif, et la crainte lui contracta l'estomac.

— Vous êtes arrivé trop tard ?

— Non, il n'y avait pas d'enfants à récupérer cette fois.

Nous avons secouru le groupe de Finn la semaine dernière, et c'est encore un peu tôt pour un nouveau convoi. Il leur faudra quelque temps pour trouver de nouveaux hommes, car nous avons fait en sorte que ceux qui convoyaient les garçons ne puissent plus monter à cheval, et encore moins enlever des gamins, pendant un certain temps. Le shérif finira par ne plus avoir d'hommes disponibles, et il se trahira.

Catherine hocha la tête et s'appuya contre le cou du cheval, qui la laissa faire.

— Donc, je sais m'y prendre avec les chevaux. Puis-je vous en emprunter un pour aller me promener ?

Elle crut le voir se raidir.

— Non.

— Il y a un village dans les environs. J'ai vu la fumée des maisons. Comment s'appelle-t-il ?

— Vous n'en avez sûrement jamais entendu parler.

— Comment pouvez-vous le savoir ?

— Si vous viviez près d'ici ou si vous étiez déjà venue, j'aurais entendu parler de vous et je saurais d'où vous venez.

— Donc, je n'ai toujours pas le droit de savoir où je me trouve ?

Duncan se rembrunit.

— C'est mieux comme ça.

— Je ne révélerai jamais quoi que ce soit qui puisse mettre votre clan en danger, dit-elle à voix basse.

Il ne répondit pas, et elle eut une sorte de prémonition, comme si elle devinait qu'une autre raison le poussait à demeurer dans le vague. Elle l'observa attentivement, essayant de déchiffrer son expression, mais c'était sans espoir. Ses traits impassibles semblaient taillés dans le marbre.

— Maîtresse Catherine !

Finn déboula en courant sur le chemin et se figea en voyant Duncan. Son regard bleu et animé se ferma brusquement.

— Je vous demande pardon, monsieur, murmura-t-il.

— Ne t'excuse pas, répondit Duncan en faisant entrer son cheval dans l'enclos.

Mais Catherine lui prit les rênes des mains.

— Nous allons nous en occuper. Cela fera du bien à Finn. Il apprendra que prendre soin de son cheval après une longue chevauchée est une obligation importante.

Duncan ne lâcha pas les rênes immédiatement.

— Vous n'avez pas confiance en moi ? s'enquit-elle d'un ton taquin.

— Mon cheval est très important pour moi, dit-il en finissant par lui abandonner les rênes. Je vous le confie.

Était-elle censée le remercier de lui faire un tel honneur ? songea-t-elle, narquoise. Mais peut-être considérait-il cela effectivement comme un honneur. Son cheval était un compagnon de tous les instants et son unique moyen de transport. Aussi hocha-t-elle la tête, réprimant un sourire.

— Je pense que je vais lui enlever sa selle, suggéra-t-il.

— Non, nous pouvons nous en charger.

Duncan arqua les sourcils.

— Appelez un de mes hommes, si vous avez besoin d'aide.

— Ce ne sera pas le cas, mais je vous remercie.

Duncan tourna le dos et sortit de l'enclos. Finn ne bougea pas, mais Catherine crut le voir se tasser quand le chef passa près de lui. Duncan l'avait sauvé, il lui avait donné la preuve de ses bonnes intentions. Pourquoi Finn avait-il toujours aussi peur de lui ?

Quand Duncan fut hors de vue, elle fit signe à Finn d'approcher. Le petit garçon contempla le cheval, les yeux écarquillés.

— Il ne te fera pas de mal.

— Mais il pourrait me marcher dessus sans le faire exprès.

Finn était marqué par tout ce qui lui était arrivé autrefois, dans les rues. Elle ne pouvait lui en vouloir d'être prudent.

— Veux-tu t'asseoir sur son dos, avant que nous enlevions la selle ?

— Non ! protesta-t-il en reculant, l'air effrayé.

— Je ne t'obligerai pas. C'est à toi de décider. Mais approche un peu, pour que je ne sois pas obligée de hausser la voix.

Pendant au moins une heure, elle lui parla des chevaux, de leur équipement, des soins à leur prodiguer. Finn ne parut pas s'ennuyer, mais plus d'une fois il lui décocha un coup d'œil sceptique.

— Allons, vas-y, pose-moi les questions qui te tracassent, dit-elle patiemment.

— Eh bien, vous êtes une dame, dit-il avec gravité. Vous deviez avoir des domestiques, chez vous. Mais vous savez quand même vous occuper des chevaux.

— Si tu veux monter à cheval, tu dois être capable de prendre soin de ta monture lorsque tu voyages.

Soudain, un souvenir lui traversa l'esprit. Elle vit un cheval alezan dans une belle écurie et ressentit une profonde affection pour l'animal pendant qu'elle le pansait. L'image s'évanouit, et elle se demanda si elle venait de voir un moment de son ancienne vie. Elle aurait voulu éprouver de l'espoir, car ses souvenirs allaient peut-être revenir, finalement. Mais la tristesse l'envahit. Si ce cheval existait vraiment, il avait dû tomber dans le ravin et faisait partie de ceux dont Duncan avait dû abréger les souffrances.

Elle se réconforta en apprenant à Finn ce qu'elle savait. Si elle parvenait à instiller en lui l'amour des chevaux, il serait fier de ce qu'il avait appris, et cela lui fournirait une occupation.

*
* *

Pendant quelques minutes, Duncan continua d'observer Catriona et Finn. Il n'arrivait pas à faire autre chose que cela, depuis quelque temps. Elle faisait preuve d'une grande douceur avec le garçon, et Duncan ne comprenait pas son attitude. Son père était un homme terrible, qui vendait de pauvres enfants innocents.

Il se dit que le fait d'avoir perdu la mémoire avait probablement changé sa personnalité. Elle était la fille d'un comte, riche et choyée. Si elle apprenait ce que Duncan faisait, elle le haïrait. Il ne devait jamais oublier qu'ils étaient ennemis.

Car, lorsqu'il la regardait s'occuper du petit garçon, il se sentait troublé, il se laissait attendrir. Or, il s'était toujours vanté de garder un point de vue objectif sur la vie.

Cependant, face à Catriona, il perdait son objectivité.

Et il ne pouvait cesser de la regarder. Ce soir-là, au lieu de se retirer dans la chambre comme d'habitude, elle resta avec les hommes rassemblés autour du feu. Ils célébraient le succès de leur expédition et portaient des toasts avec le whisky dérobé aux Duff. Mais elle ignorait cela. Elle ne voyait que leur joie. Et, maintenant qu'elle n'était plus tout à fait prisonnière dans la grotte, sans doute estimait-elle pouvoir se réjouir un peu avec les autres.

Mais pour lui, il n'y avait rien là de réjouissant. Il était obligé de la regarder sourire à Ivor, à Angus, à Torcall. Même les regards hostiles de Melville ne parvenaient pas à doucher sa bonne humeur. Ils la poussèrent en riant à goûter au whisky, et elle finit par céder. Ses joues s'empourprèrent sous l'effet de l'alcool, et les hommes éclatèrent de rire. Finn lui-même se mit à glousser.

À sa grande surprise, elle leur réclama une seconde rasade.

Les hommes la servirent en poussant des cris de joie, et cette fois elle avala l'alcool sans s'étrangler. Puis elle écouta leurs récits sur la vie dans les Highlands, les petits matins glacés au bord d'un loch, le bétail qu'ils volaient parfois, les soldats anglais auxquels ils avaient échappé.

Elle était si grisée par l'alcool qu'elle était prête à apprendre les chansons les plus paillardes qu'ils entonnaient en chœur. Quand elle se leva pour trinquer avec eux, elle chancela et se rattrapa à l'épaule d'Ivor.

À ce moment, Duncan se leva à son tour.

— Je crois que nous allons en rester là, mesdames.

Les femmes protestèrent sans conviction.

— Ne nous gâchez pas notre plaisir ! s'exclama Catriona.

— Je ne gâcherai pas le leur, seulement le vôtre. Vous ne serez pas très heureuse, quand vous vomirez toute la nuit.

Elle fit une grimace si drôle qu'il eut du mal à retenir un sourire, tandis que les hommes du clan riaient à gorge déployée.

— Eh bien, messieurs, je me retire, annonça-t-elle avec un parfait accent écossais.

Les rires redoublèrent. Elle fit un pas vers le passage, au fond de la grotte, et vacilla tellement qu'Ivor lui prit le bras pour l'empêcher de tomber. Duncan alla vers elle et la souleva dans ses bras. Elle était douce et chaude, avec des courbes voluptueuses. Il l'avait déjà tenue ainsi, à l'époque où elle n'était qu'une étrangère pour lui. Maintenant, il en savait trop sur elle. Elle lui faisait éprouver un désir désespéré. Et pas seulement à cause de son corps.

— Ahhh ! cria-t-elle en renversant la tête en arrière.

Elle s'agitait en battant des pieds. Cela n'était pas aussi facile que de tenir la jeune femme choquée et endormie qu'il avait transportée le jour de leur première rencontre. Elle gigotait en se blottissant contre lui, et il sentait ses reins s'embraser à son contact. Les autres femmes les regardaient avec curiosité, mais il était certain que Maeve souriait.

Maeve ne lui avait jamais caché qu'elle pensait qu'il avait besoin d'une femme « pour se stabiliser ». Comme s'il pouvait proposer à une future épouse de vivre dans une grotte ! Et choisir Catriona par-dessus le marché ? En fait, il se servait d'elle pour se venger. Et plus tard, sa punition serait de ne pas pouvoir posséder cette femme douce, intelligente, pleine de compassion. Si Maeve avait su…

Quelqu'un avait déjà allumé une bougie dans sa chambre, et le mouvement du rideau fit danser la flamme qui se refléta sur les parois rocheuses.

— Comme des esprits qui dansent dans la nuit, marmonna-t-elle en gloussant.

Encore cet accent écossais, qui refaisait surface peu à peu. Il se demanda si d'autres détails allaient commencer à lui revenir en esprit.

— Je me suis rappelé quelque chose aujourd'hui, annonça-t-elle, comme si elle avait lu dans ses pensées.

Sur le point de la déposer sur le lit, il se figea. L'estomac contracté, il contempla son visage enflammé et attendit. Si elle s'était rappelé quelque chose d'important, elle n'aurait pas passé la soirée à boire et à rire avec ses ravisseurs ?

Elle toucha les boucles auburn qui retombaient sur sa joue et sourit.

— Ce n'est rien de grave. Juste un cheval, qui était peut-être le mien, dans une belle écurie.

Duncan ne pensait pas qu'une autre femme se soit un jour amusée à toucher ses boucles. Les femmes qu'il avait connues intimement n'avaient pas compté. Il n'avait eu que de brèves étreintes dans l'obscurité, destinées à satisfaire un besoin.

Mais Catriona, bien qu'elle fût ivre, était assez à l'aise avec lui pour le taquiner. Et en même temps elle le plongeait dans le désarroi, en laissant entendre que sa mémoire revenait peu à peu. Lorsque tous ses souvenirs auraient réapparu, cette femme qui se prélassait dans ses bras se transformerait en mégère. Et, au lieu de lui tirer gentiment les cheveux, elle lui enfoncerait les ongles dans le visage.

— Que pensez-vous, pour ma mémoire ? s'enquit-elle d'un ton léger.

Il voulut se redresser, mais elle agrippa sa veste et le maintint face à elle. Il dut mettre un genou à terre pour ne pas perdre l'équilibre.

— Duncan ?

L'usage de son prénom dénotait une bien trop grande familiarité, mais il ne releva pas ce détail.

— Votre mémoire n'est pas très fiable.

Le sourire de la jeune femme s'évanouit.

— Je crains que cette jument n'ait été celle que vous avez dû achever pour abréger ses souffrances. J'ai même fait un rêve la concernant, alors qu'elle vivait ses derniers moments. Il y avait un orage, et la terre s'ouvrait sous nos pieds. C'était juste cela… Je n'ai pas revu la chute. Je pensais que ce n'était qu'un rêve, un souvenir que j'avais moi-même créé. Mais le cheval était le même.

Cela faisait deux souvenirs. Et son accent devenait plus présent. Le moment de la séparation approchait-il à grands pas ? Il fut étonné par l'ampleur de la mélancolie que provoqua cette pensée. Au début, sa présence dans leur campement lui paraissait gênante, ou déplacée. Au fil des jours, elle était devenue une aide agréable, dont les sourires et l'enthousiasme avaient fini par séduire les plus cyniques des hommes, lui compris. En la voyant avec Finn, il avait songé à la famille dont il se privait. Chaque fois qu'il entrait dans la grotte, il avait hâte de la voir, de profiter de sa présence, de la toucher.

— Je suis désolé pour votre chagrin, dit-il d'une voix étouffée.

Il était toujours penché au-dessus d'elle. Il aurait dû se relever, s'écarter, mais elle était tout alanguie et rougissante. Les lacets du corset comprimaient sa poitrine, gonflant son corsage. Il éprouva le désir d'explorer du bout de la langue la vallée entre ses seins.

— Vous n'avez pas à être désolé, dit-elle en lui posant la main sur la joue.

Ses reins s'embrasèrent. Il n'était pas loin de perdre le contrôle de lui-même.

— Vous avez fait tout ce que vous pouviez pour m'aider, chuchota-t-elle. Si je ne me rappelle jamais rien d'autre, je serai tout de même contente.

— Contente ? répéta-t-il, déconcerté. Comment pourriez-vous être contente de ne pas retrouver votre famille ?

— Parce que j'ai compris que ma famille, ce sont les gens avec lesquels je décide de vivre.

Ses yeux dorés cherchèrent les siens, et il ne put résister plus longtemps. Il se pencha et l'embrassa, explorant la douceur de ses lèvres et de sa bouche. Les doigts fins de Catriona se crispèrent sur ses vêtements, et elle l'attira vers elle. Avec un grognement, il approfondit son baiser. Glissant un bras sous sa nuque, il fit descendre son autre main sur sa hanche, caressant les rondeurs qui apparaissaient sous les jupes et les jupons. Puis ses doigts remontèrent sur le côté de son corsage.

Était-il le genre d'homme à abuser d'une femme sans mémoire, enivrée par le whisky ? Interrompant son baiser, il posa le front contre le sien et s'efforça de calmer sa respiration.

— Duncan.

Il frissonna en l'entendant prononcer son nom.

— N'arrêtez pas, supplia-t-elle en lui effleurant le menton des lèvres.

— Il le faut. Nous ne devons pas…

— Mais c'est si bon, d'être dans vos bras…

Elle gémit doucement, et il dut faire appel à toute sa volonté pour songer à son honneur ou, du moins, au peu qu'il lui en restait.

Il se redressa, et elle laissa ses mains retomber.

— Bonne nuit, dit-il en inclinant respectueusement la tête.

La jeune femme croisa les mains sur sa poitrine et le dévisagea avec une telle intensité qu'il se détourna.

— Voulez-vous que je vous envoie Maeve, pour vous aider à vous déshabiller ?

Il était persuadé que Catriona aurait préféré que ce soit lui qui lui ôte ses vêtements.

— Non, je vous remercie, répondit-elle en secouant la tête. Bonne nuit.

Il s'engagea d'un pas hésitant dans le passage et regagna la grotte à contrecœur. La plupart des hommes étaient si occupés à boire qu'ils ne lui prêtèrent pas attention. Seuls deux ou trois d'entre eux lui lancèrent des regards entendus, ou même amusés. Il les ignora.

Son whisky était resté où il l'avait laissé, sur la table. Il l'avala d'un trait, et l'alcool fort lui brûla la gorge. En fait, il n'avait pas envie que Catriona se rappelle sa vie d'avant. Il voulait se persuader qu'un jour ils pourraient être ensemble malgré ce qui les séparait.

C'était un rêve ridicule, il n'aurait jamais dû s'y abandonner. Mais son corps ne le laissait pas en paix. Auprès d'elle, il se sentait vivant. Malgré son devoir, sa colère, son désir de vengeance. Avec elle, il retrouvait l'espoir d'avoir une famille, des enfants, une épouse qui attendait son retour.

Il n'était qu'un imbécile. Il ne pourrait jamais l'avoir.

S'il faisait cela, il passerait le reste de sa vie à attendre avec appréhension que la mémoire lui revienne. Qu'elle comprenne qu'il l'avait piégée, qu'il s'était servi d'elle pour se venger du comte, son père.

Et, un jour peut-être, le regard de désir qu'elle posait sur lui se transformerait en haine.

Chapitre 9

Aux premiers bruits de voix dans le grand hall, Catherine ouvrit les yeux… et gémit. Le sang lui battait douloureusement aux tempes, et elle savait que la journée qui s'annonçait ne serait pas agréable.

Alors que les souvenirs de la veille revenaient en masse, elle plaqua une main sur son front et grimaça. Elle s'était pratiquement jetée au cou de Duncan. S'il n'avait pas eu la force de se maîtriser, ils se seraient sans doute réveillés nus, enlacés dans ce lit.

Pendant un moment, elle ne vit pas ce qu'il y avait de mal à cela. Ils étaient en Écosse. Et elle savait qu'il existait dans ce pays des mariages à l'essai. Au bout de un an, les gens pouvaient changer d'avis.

Elle s'assit brusquement, en réalisant où ses pensées l'avaient conduite. Le mariage ? Elle ne le connaissait même pas depuis quinze jours ! Et, étant donné le peu qu'elle savait sur elle-même, elle devait être folle. Effarée, elle enfouit la tête entre ses mains. D'accord, elle était folle. De désir. Et elle essayait de trouver comment protéger sa réputation, tout en couchant avec Duncan.

C'est-à-dire un chef de clan en exil, qui campait dans une grotte avec ses hommes.

C'était ridicule. Elle devait aller parler avec lui, s'excuser, établir une sorte d'entente.

Après avoir allumé une bougie, elle se lava, puis entreprit de s'habiller. Tout en enfilant ses vêtements, elle songea à la soirée de la veille. Les hommes l'avaient acceptée parmi eux, et pour la première fois elle s'était sentie parfaitement à l'aise. Ils avaient parlé en anglais, et aussi un peu en gaélique. Comme Maeve lui avait appris quelques mots, Catherine avait pu en comprendre certains, au fil de la discussion. Mais quelque chose dans la conversation de ces guerriers lui avait paru étrange. Cela avait quelque chose à voir avec le whisky. Elle savait que la plupart du temps le whisky distillé dans les Highlands était de l'alcool de contrebande, afin d'échapper aux taxes très élevées sur le malt. C'était une pratique si répandue que tout le monde était au courant. Les Britanniques n'intervenaient pas souvent dans ce trafic. Donc, les hommes cachaient sans doute la provenance de leur whisky.

Il y avait une chose encore plus importante qu'elle devait faire. Une fois habillée, elle se rendit dans le grand hall. Beaucoup d'hommes dormaient encore, enroulés dans leur plaid ou dans une couverture. Naturellement, toutes les femmes étaient debout et rassemblées devant les chaudrons ou devant les tables. Ne voyant Duncan nulle part, elle sortit de la grotte.

Le soleil venait juste de se lever, mais le brouillard maintenait encore le vallon dans la pénombre. Duncan ne se trouvait pas dans l'enclos des chevaux. Avec Angus qui ne la quittait pas des yeux, elle n'osa pas s'aventurer plus loin.

Alors qu'elle regagnait l'entrée de la grotte, elle vit Duncan approcher, venant de la direction opposée. Torse nu, la peau encore humide, il portait un plaid enroulé autour des hanches. Ses boucles auburn, mouillées, retombaient sur ses épaules. Il avait dû aller se baigner à l'extérieur plutôt que d'utiliser le bassin dans la grotte. Avait-il craint de la réveiller ? Quand il la vit, il s'arrêta. Ses joues étaient rasées de près, et il fronçait les sourcils. Catherine essaya de garder les yeux fixés sur son visage, mais elle avait du mal à ne pas laisser le regard glisser sur son corps.

— Ah, vous voilà, dit-elle d'un ton ferme.

— Vous me cherchiez ?

— Je voulais vous parler, au sujet d'hier soir.

Elle décocha un coup d'œil à Angus, qui se raidit et retourna à l'intérieur de la grotte.

— Vous voudriez que je m'excuse ? demanda Duncan.

— Bien sûr que non. Si quelqu'un doit s'excuser, c'est moi. Je sais que nous sommes attirés l'un vers l'autre, mais cela ne me donne pas le droit de vous encourager.

Un sourire presque imperceptible se dessina sur ses lèvres viriles.

— Je ne suis pas sûr d'avoir déjà entendu une femme s'exprimer avec autant d'audace.

— Les femmes devraient pouvoir dire ce qu'elles pensent, comme les hommes.

Il s'approcha, en la dévisageant.

— Et qu'avez-vous envie de dire ?

— Eh bien… Exactement cela. Il y a quelque chose entre nous. Mais je pense qu'il vaut mieux ne pas compliquer la situation en agissant en conséquence… Pas tout de suite.

Duncan inclina la tête de côté.

— Pas tout de suite ? Donc, il arrivera un moment où vous claquerez des doigts, et je devrai alors comprendre que j'ai le droit de commencer à vous faire la cour ?

— Oui… Enfin, non ! Dit de cette façon, cela paraît un peu froid.

Duncan laissa le regard glisser sur son corps et répliqua :

— Quand je vous regarde, je ne me sens pas vraiment froid.

Troublée, elle baissa les yeux, évitant de s'attarder sur la toison brune de son torse, qu'elle aurait tellement aimé toucher. Elle inspira.

— Je comprends. Mais… Nous ne savons pas qui je suis, murmura-t-elle.

Sa vie n'était qu'un grand vide, derrière elle. Le fait de ne pas se connaître soi-même était effrayant, accablant. Elle devait faire appel à toute sa force intérieure pour tenir son angoisse en échec. Mais, chaque fois qu'elle embrassait Duncan, toutes ses craintes surgissaient et semblaient vouloir l'engloutir.

L'expression chaleureuse disparut brusquement dans les yeux de Duncan, et elle crut avoir rêvé.

— Oui, oui, vous avez raison, dit-il en passant devant elle pour entrer dans la grotte.

La seule pensée qui lui vint alors à l'esprit fut qu'elle ne voulait pas être sage ou raisonnable. Elle voulait être jeune, fantasque, et exercer son charme sur un grand et beau hors-la-loi écossais.

Après la confession de Catriona, la journée de Duncan se déroula fort mal. Son messager rentra, porteur des missives de deux nobles qu'il avait sollicités, afin qu'ils l'aident à convaincre les magistrats de lever la sanction qui le frappait. Mais les deux hommes ne souhaitaient pas s'associer au clan Carlyle, et ils avaient rejeté sa demande. Maussade, il gagna le seul endroit d'où il savait qu'il ne serait jamais banni : la maison de sa sœur.

Winifred, sa sœur aînée, avait épousé un homme de loi qui avait grandi dans le clan Carlyle, puis était parti s'établir à Glasgow. La seconde, Muriel, était mariée à un homme du clan qui élevait du bétail et cultivait des terres. Ils vivaient à Ardyle, un village proche.

Quand il arriva, Muriel travaillait dans son jardin potager, agenouillée dans une rangée de salades. Son plus jeune enfant était allongé à l'ombre, sur une couverture. Duncan alla s'asseoir sur un banc, près du bébé endormi et l'observa d'un air méfiant.

Comme Muriel ne faisait pas attention à lui, il lança :

— Où sont tes autres terreurs, Muriel ?

La jeune femme poussa un petit cri de surprise et tomba à la renverse.

— Duncan Carlyle, pourquoi t'amuses-tu toujours à me faire peur ?

— Parce que c'est facile, répondit-il avec un sourire en coin.

Muriel regarda autour d'elle en fronçant les sourcils.

— J'ai demandé à Robby d'aller me chercher un pichet d'eau fraîche, il y a déjà quelque temps. Robby ! Où es-tu ?

Le garçonnet de quatre ans émergea des buissons, comme s'il attendait qu'on l'appelle. Son visage était sale, ses cheveux plaqués par la sueur.

— Oui, maman ? J'étais en train de suivre un ver de terre.

— Et mon eau ? dit-elle patiemment. Ton oncle aimerait boire, lui aussi.

Robby regarda Duncan en clignant les paupières.

— Bonjour, mon oncle.

— Bonjour, mon cher neveu. Un peu d'eau me rafraîchirait.

Muriel se leva, alla jeter un coup d'œil au bébé qui dormait paisiblement, puis vint s'asseoir sur le banc, à côté de son frère. Elle prit le pichet et la louche que lui tendait Robby, servit le garçon, puis Duncan, et enfin but à son tour.

— Ah, merci, mon garçon. Tu peux retourner chasser les vers de terre, à présent. Mais ne saute pas par-dessus…

Robby sauta à pieds joints au-dessus de la couverture et du bébé, qui continua malgré tout de dormir.

— Par-dessus Alice, marmonna Muriel avec lassitude. Cet enfant ne marche pas, il ne sait que courir. Il finira par m'épuiser avant que sa sœur ait son âge.

— Son père n'est pas non plus du genre à tenir en place.

— Je t'interdis de me dire que tu m'avais prévenue.

Duncan leva les mains devant lui en signe d'apaisement.

— Je n'ai rien dit. Mais tu répondais qu'un homme comme lui préférerait toujours travailler dur plutôt que de rester assis à ne rien faire.

— Et c'est vrai, concéda Muriel, avant d'avaler encore une longue gorgée d'eau. J'ai entendu dire que nous avions une invitée, à la grotte ?

Duncan grimaça.

— J'imagine que Maeve t'en a parlé ?

— Maeve est toujours ma meilleure amie mais, en fait, c'est Ivor qui m'a mise au courant lorsqu'il a rendu visite à sa mère.

— Le traître. J'espère qu'il n'a pas répandu de commérages parmi les gens du village.

— Il n'en a parlé qu'à moi. Tu ne voulais pas que nous sachions que tu gardes une belle dame prisonnière dans ta grotte ? ajouta-t-elle, partagée entre l'amusement et la curiosité.

— Eh bien, pourtant je suis là, non ?

— Donc, tu avais l'intention de m'en parler ? remarqua-t-elle avec un peu de scepticisme. Hum. Pas étonnant que tu ne m'aies pas rendu souvent visite ces derniers temps. Remarque, cela ne change pas beaucoup.

— Tu sais bien pourquoi je ne viens pas plus souvent.

— Oui. Parce qu'il faut nous protéger. C'est ce que tu dis.

Muriel leva les yeux au ciel et ajouta :

— Mais nous ne sommes pas hors la loi, Duncan. Tu es le seul à être banni.

— Je ne veux pas que le clan soit puni plus qu'il ne l'est déjà, à cause des erreurs que j'ai commises. Donc, je continuerai de vous éviter, autant que possible.

— Notre village est éloigné de tout. Personne n'y vient, en dehors des Carlyle.

— Des étrangers pourraient retrouver la trace du bétail que ton mari a dérobé.

— James respecte la loi ! protesta-t-elle d'un air faussement offusqué. Mais, si les Anglais et les gens des Lowlands nous empêchent de nourrir nos familles correctement, ils auront ce qu'ils méritent.

Ils gardèrent le silence pendant quelques minutes, observant les sommets montagneux qui entouraient le vallon. Ils se sentaient bien, ensemble. Quand il n'était encore qu'un tout petit enfant, Muriel avait fait ce qu'elle pouvait pour le protéger des colères de leur mère, quitte à recevoir des coups à sa place. Leur sœur aînée, Winifred, était plus douée qu'eux pour amadouer leur mère et lui dire ce qu'elle avait envie d'entendre. Lorsque leur père avait tué leur mère, Winifred était déjà mariée et vivait loin du manoir familial. Muriel et Duncan s'étaient retrouvés seuls, s'appuyant l'un sur l'autre tandis que leur père sombrait dans la culpabilité.

Muriel fixa son frère d'un air déterminé.

— Bon d'accord, j'accueillerai ta belle dame sous mon toit. J'attendais que tu te décides à venir me demander ce service.

— Ce n'est pas pour cela que je suis venu te voir.

La jeune femme passa de la détermination à l'étonnement.

— Quoi ? Elle va rester dans cette grotte, au milieu de tous ces guerriers ?

— Il y a aussi des femmes. Maeve s'occupe d'elle.

— Bien sûr. Personne ne sait veiller sur un invité et le mettre à l'aise comme Maeve. Mais… Tu n'as pas envie de te débarrasser d'une femme qui ne garde aucun souvenir de sa vie passée ?

Duncan eut un instant d'hésitation. Puis il comprit qu'il ne pouvait pas mentir à sa sœur, fût-ce pour la protéger.

— Je ne peux pas me débarrasser d'elle, justement parce que je sais qui elle est.

Muriel étrécit les yeux et l'observa, comme s'il était un des vers de terre de Robby.

— Continue, ordonna-t-elle.

Duncan laissa échapper un soupir. Puis il lui raconta comment il avait trouvé Catriona et avait compris qu'elle était la fille du comte d'Aberfoyle.

Muriel écarta les bras, stupéfaite.

— Et tu n'as pas cru bon de lui révéler la vérité ? Ou d'avertir quelqu'un ?

— Au début, j'ai cru qu'elle mentait à propos de sa perte de mémoire. Je craignais qu'elle ne révèle où se trouvait notre cachette, si je la renvoyais chez son père.

— Mais ensuite, quand tu as compris qu'elle avait vraiment perdu la mémoire ?

— Maintenant, son père sait le chagrin qu'on éprouve quand un enfant disparaît. Comme ces pauvres gens du clan Carlyle, qui sont victimes de sa cupidité et de sa méchanceté.

Sa voix était froide et dure. Sa sœur détourna les yeux et croisa les bras.

— Oh ! Duncan, qu'as-tu fait ? gémit-elle en baissant la tête.

— J'ai fait ce qu'il fallait. Je lui ai sauvé la vie. Elle ignore qu'elle appartient au clan des Duff. Quand j'estimerai que son père a assez souffert, je la renverrai chez lui.

— Je crains que tu ne fasses une erreur terrible.

— Ce ne sera pas la première. Mais tu dois me jurer de n'en parler à personne. Je n'aurais pas dû te le dire et t'obliger à garder un tel secret. Mais je ne pouvais pas te mentir.

— Cependant tu as menti à tous les autres. À tous ceux qui croient en toi.

— Ils comprendraient, répliqua-t-il d'un ton obstiné. Maintenant, tu vois bien pourquoi je dois refuser ton offre. Tu ne peux pas recevoir cette femme. Elle se sent en sécurité avec nous, et je dois garder un œil sur elle.

— Duncan Carlyle, quand elle recouvrera la mémoire et qu'elle comprendra ce que tu as fait…

— Je réglerai la question lorsque cela arrivera… Si jamais ça arrive un jour.

Muriel étendit les jambes et se renversa contre le dossier du banc. Elle ferma les yeux à moitié, mais sans perdre Robby de vue. L'enfant avançait à quatre pattes dans l'herbe, surveillant les contorsions de son ver de terre.

— La pauvre petite n'est pas terrifiée, entourée par tous ces hommes ? demanda-t-elle doucement.

— Au début, elle avait peur. Mais elle s'est bien adaptée à la situation.

Muriel leva les yeux au ciel.

— Que fait-elle, toute la journée ?

— Elle travaille avec les femmes.

Sa sœur se redressa en poussant une exclamation horrifiée.

— Tu la traites comme une servante ?

— Oui, rétorqua-t-il d'un ton sarcastique. C'est exactement la pensée que j'ai eue en la trouvant blessée, sous la pluie. Quelle chance ! Une servante de plus, pour aider le clan.

— Comment veux-tu que je sache ? marmonna Muriel en croisant les bras. Après tout, c'est ton premier kidnapping.

— En fait, c'est elle qui a insisté pour nous aider. Elle

prétend qu'elle nous est redevable pour l'avoir recueillie. Je lui ai pourtant assuré qu'elle était notre invitée, je lui ai donné la seule chambre disponible…

— Ta chambre ?

Duncan garda les yeux fixés sur le bébé endormi, afin que Muriel ne puisse lire dans ses pensées et deviner ce qui s'était passé, au milieu de la nuit, dans cette chambre.

— Oui, pourquoi pas ? Après tout je dors au milieu de mes hommes, lorsque nous sommes sur les routes.

— Mmm.

Alice commença à s'agiter. Muriel souleva la fillette et la cala contre son épaule en lui murmurant des paroles apaisantes. Elle lança un coup d'œil à son frère, par-dessus la petite tête couverte d'un bonnet de laine.

— Tu l'as prise sous ta responsabilité, je comprends. Mais que se passera-t-il si elle ne recouvre jamais la mémoire ? Vas-tu la ramener à son père ? Tout le monde penserait alors que sa réputation est détruite. Tu serais obligé de l'épouser.

Duncan se raidit. Il avait beau désirer Catriona, il n'y aurait jamais autre chose entre eux que ce désir non satisfait.

— Non, je ne ferai pas cela. Nous sommes entourés en permanence de deux douzaines de personnes au moins. C'est la preuve qu'elle est en sécurité.

À présent, il avait conscience de mentir à sa sœur.

— Et, même si elle le voulait, je n'accepterais jamais de prendre une femme alors que j'ai aussi peu à lui offrir.

Le visage de Muriel se crispa de chagrin.

— Oh ! Duncan, ne dis pas des choses pareilles. Tu es le chef du clan Carlyle. Un jour, tu trouveras un moyen de rétablir ta position. Ces nobles, auxquels tu as écrit…

— Ils m'ont déjà répondu qu'ils ne m'aideraient pas.

— Alors, tu trouveras une autre solution.

Son regard se concentra sur Robby, qui venait de disparaître derrière le puits. Elle tendit Alice, encore endormie, à Duncan. Sa petite couverture s'était déroulée, et sa tête penchait en avant.

Duncan se renversa contre le dossier lorsque Muriel déposa le bébé contre sa poitrine.

Puis, soulevant le bord de sa jupe, elle contourna le puits.

— Robby ! Viens ici, tout de suite !

Alice était légère comme une plume. Duncan eut l'impression que la brise la plus douce aurait pu l'emporter. Il la regarda bâiller, arrondissant ses petites lèvres parfaites. Puis elle se cala contre lui et replongea dans le sommeil.

Pendant de longues minutes, la voix de Muriel qui grondait Robby lui parvint, de loin. Mais il était seul avec Alice. L'enfant avait autant besoin de sa mère que le clan avait besoin d'un chef. Il était conscient de ses responsabilités.

Le comte d'Aberfoyle avait-il le même sentiment, concernant Catriona ? Si c'était le cas, pourquoi ne s'était-il toujours pas mis à sa recherche ?

Chapitre 10

Catherine n'avait eu aucun mal à s'éclipser pour faire un tour à l'extérieur. Elle avait besoin d'échapper à l'odeur des corps, des feux de cuisine, et notamment à celle d'un ragoût de viande qui avait brûlé. Angus la suivait toujours comme son ombre. Mais, quand elle lui promit qu'elle ne s'éloignerait pas de la grotte, il ne protesta pas. Elle passa donc devant l'enclos et trouva un sentier qui montait sur le côté de la falaise et menait probablement au château en ruine. Du moins, c'est ce qu'elle espérait. Lorsque Angus l'appela, elle marqua une pause, cherchant une excuse pour le persuader de la laisser avancer. Mais il lui dit simplement d'être prudente, car le sentier était escarpé.

— Je suis prête à relever le défi ! lui lança-t-elle, en réponse.

Elle l'entendit dire à quelqu'un où elle allait et elle allongea le pas avant qu'Ivor, ou un autre, décide de ne pas la laisser partir seule.

La montée était raide, mais elle éprouva un regain d'énergie à l'idée d'utiliser ses muscles, en inspirant à pleins poumons l'air chargé des senteurs de bruyère. Bien que le château fût déserté par ses habitants, il était évident que quelqu'un empruntait ce chemin régulièrement. Probablement Duncan, songea-t-elle. Celui-ci se sentait responsable de son clan, et il devait éprouver le même sentiment pour la demeure de ses ancêtres. C'était un homme honorable. Le genre d'homme que toute femme serait fière de prendre comme mari.

Très vite, ses pensées s'éparpillèrent, alors qu'elle s'essoufflait et que des gouttes de sueur apparaissaient sur son front. Elle trébucha contre une pierre et tomba sur les genoux, mais cela ne l'arrêta pas. Le ciel était exceptionnellement dégagé, et le soleil dardait sur elle ses rayons impitoyables.

Et soudain, au détour d'un rocher, le château s'éleva devant elle, comme par magie. Il était fait de pierres grises et irrégulières, assemblées par un maître maçon. Les murailles étaient carrées, et des tours s'élevaient à chaque angle de la bâtisse. Des brèches entamaient les parois en plusieurs endroits, et l'entrée majestueuse n'était pas fermée par une porte. Le sentier qui menait au château était envahi par de hautes herbes. Catherine s'y fraya un chemin, tout en admirant les ruines romantiques, qui témoignaient de la splendeur passée du clan Carlyle.

Elle approchait de l'entrée, quand elle entendit quelqu'un l'appeler par son nom. Elle se retourna et vit Duncan se diriger vers elle, l'air sombre. Loin derrière lui, Angus lui fit un petit signe amical, avant de redescendre dans le chemin.

Catherine s'arrêta pour attendre Duncan.

— Je ne vous ai pas donné la permission d'explorer le pays, déclara-t-il avec froideur.

Une semaine plus tôt, cette voix dure l'aurait peut-être effrayée. Mais plus maintenant. Le chef de clan pouvait être impitoyable avec ses ennemis, mais pas avec elle.

Elle lui adressa un sourire radieux.

— Je sais, répondit-elle d'un ton conciliant. Mais vous m'avez autorisée à me promener autour de la grotte, et j'obéis. De plus, Angus m'accompagnait.

Il lui lança un regard furieux.

— Vous entraînez cet homme dans votre mauvaise conduite.

— J'avais juste envie de bouger, de me dégourdir les jambes et de respirer l'air pur. En outre, je viens d'avoir une révélation et j'étais tout excitée à cette pensée.

— Quelle révélation ?

— Quand Ivor m'a dit que vous alliez rendre visite à votre sœur, un souvenir m'est brusquement revenu en mémoire. J'ai un frère !

Le visage de Duncan se ferma.

— Je sais, c'est choquant ! s'exclama-t-elle joyeusement. Je ne me souviens pas de lui, je ne revois même pas son visage, mais au fond de mon cœur je sais que j'ai un frère.

Elle posa une main sur le bras de Duncan.

— C'est la preuve que ma mémoire revient lentement. Je me sens tellement heureuse, à cette idée ! Même si je suis consciente qu'à ce rythme il me faudra peut-être un an pour rassembler tous mes souvenirs. Mais j'espère que cela ira plus vite.

Duncan garda le silence.

— Comment va votre sœur ?

— Bien, merci.

— Bien ? À vous entendre, on pourrait croire que seul votre devoir familial vous oblige à lui rendre visite. Cela me fait de la peine.

— Je n'y vais pas par devoir. Elle me donne de bons conseils parfois, ce que j'apprécie.

Il prononça ces mots d'un ton impénétrable.

— La conseillez-vous aussi ?

Duncan arqua les sourcils.

— C'est une femme mariée, et elle a trois jeunes enfants. Je ne pense pas pouvoir lui être d'une aide considérable.

— Ce n'est pas vrai. Vous êtes un homme recherché par le shérif et cependant vous prenez le temps d'aller la voir, bien que vous risquiez votre liberté en le faisant. Je suis sûre qu'elle apprécie vos visites.

Pour toute réponse, il haussa les épaules.

De toute évidence ses remarques le mettaient mal à l'aise, aussi se tourna-t-elle vers le château.

— Puisque je suis là, j'aimerais entrer.

— Et si je vous l'interdis ?

— Vous ne ferez pas cela, n'est-ce pas ? L'histoire du pays me fascine.

— Un autre détail que vous vous rappelez ? demanda-t-il sèchement.

Catherine leva crânement le menton.

— Il n'est pas question de mémoire, cette fois. Je suis fascinée, en ce moment. Quand ce château a-t-il été construit ? Enfin, si vous le savez.

— Bien sûr, je le sais. Sa construction a été terminée en 1230.

— Cela fait donc…

Les mots s'étranglèrent dans sa gorge, et elle se rendit compte qu'elle ne savait pas en quelle année ils étaient.

— Dans trois ans, cela fera cinq cents ans, dit-il d'une voix radoucie.

— Ah, donc nous sommes en 1727 ! Au moins, je sais toujours compter.

Elle prononça ces mots d'un ton dégagé, mais sa tristesse était palpable.

— Très bien, nous allons entrer dans la cour, concéda-t-il. Mais, quand je vous dirai que c'est trop dangereux, il faudra m'écouter. Sinon, je vous hisserai sur mon épaule, pour vous faire sortir.

Elle contempla ses larges épaules et se sentit tentée par cette possibilité. Mais elle ne pouvait le lui avouer.

— J'obéirai aux ordres, promit-elle.

Duncan leva les yeux au ciel, et elle fit mine de s'offusquer.

— Vous mettez ma parole en doute ?

Sans répondre, il se dirigea vers la porterie, et elle lui emboîta le pas. Sous les voûtes, une odeur âcre d'humidité et de pourriture les assaillit.

— Personne n'a abaissé la herse ? demanda-t-elle en levant les yeux.

— Avec les trous dans les murailles, cela ne serait d'aucune utilité.

Elle grimaça, contrariée d'avoir dit une sottise. Apparemment, elle souffrait du péché d'orgueil. Ils débouchèrent dans la cour, où les mauvaises herbes poussaient en abondance. Le corps principal du bâtiment se trouvait face à eux, et des dépendances s'étendaient sur les côtés. Toutes les portes avaient disparu, et les herbes avaient envahi aussi l'intérieur.

— Quand le château a-t-il été détruit ?

— Pendant la guerre entre les Royalistes et les Covenantaires, il y a un siècle. Une fois que les brèches dans les murailles ont été formées, ma famille a tout de même essayé de rester. Mais la guerre entre l'Écosse, l'Angleterre et l'Irlande a éclaté, et il devenait dangereux de résider dans un lieu aussi mal protégé. À la fin de la guerre, mon grand-père est allé s'installer dans un manoir, et nous avons vécu là-bas depuis ce temps.

Ce qui signifiait qu'ils n'avaient jamais eu les fonds nécessaires pour effectuer les réparations dans le château.

— Vous avez dû monter la garde, car les dégâts ne se sont pas étendus.

— Les rumeurs selon lesquelles le château est hanté ont certainement joué un rôle important dans sa préservation.

— Des fantômes ? répéta-t-elle, étonnée. Comme c'est intéressant !

Le vent se leva, et les gémissements étranges qu'elle avait entendus depuis la grotte résonnèrent.

— Ah, je vois. Vous l'avez fait exprès. Comment faites-vous ?

Il garda le silence. Sans attendre de réponse, elle se dirigea d'un pas vif vers l'entrée principale du château.

— Catherine, attendez...

Elle fit semblant de ne pas l'entendre et pénétra sous la voûte. Les fenêtres ouvertes aux quatre vents laissaient entrer la lumière. Des meubles cassés et des débris de toutes sortes étaient éparpillés sur le sol. De la poussière se souleva sur son passage et la fit éternuer. Les hurlements continuaient, et elle se rendit compte qu'il n'y avait pas qu'un seul son, mais une combinaison de plusieurs gémissements qui à eux tous formaient une étrange cacophonie. Elle se dirigea vers l'escalier en colimaçon qui s'élevait dans un angle.

— Je vous ai dit d'arrêter !

La voix de Duncan résonna comme un rugissement dans le vaste hall de pierre.

Catherine s'immobilisa sur la première marche et se retourna.

— Alors, expliquez-moi ce que c'est.

— Ce sont des roseaux.

— Quoi ?

— Des roseaux séchés et creux.

Il avança vers elle. Perchée sur la première marche, elle était exactement à sa hauteur. Soudain, elle fut envahie par l'envie de poser les mains sur ses épaules, de s'abandonner contre lui, de se blottir entre ses bras...

Tout cela alors qu'elle avait fait le vœu de garder ses distances avec lui ? Elle se secoua, dissipant l'envoûtement qui la paralysait, et entendit une partie de sa réponse.

— ... Dans chaque fenêtre, à l'étage.

— Euh... Les roseaux sont accrochés à chaque fenêtre ?

— C'est ce que je viens de dire. Quand le vent se lève, il souffle dans les roseaux, et c'est ce qui produit ce son étrange et irréel.

— C'est très ingénieux. Avez-vous trouvé ce système vous-même ?

— Ma sœur et moi avions pris l'habitude de jouer avec les roseaux.

— La sœur à laquelle vous avez rendu visite aujourd'hui ?

Il hocha la tête, et ce seul mouvement la fascina. Avait-elle déjà été aussi attirée par un homme ? Elle aurait aimé le savoir. Une petite voix, exprimant sa faiblesse, lui souffla de prendre ce qu'elle voulait, puisqu'il le voulait aussi. Elle ne pouvait pas s'arrêter de vivre parce qu'elle avait perdu la mémoire. Celle-ci ne reviendrait peut-être jamais.

Mais elle ne pouvait pas lui faire cela. Et s'ils découvraient qu'elle était mariée ? Comme toujours, son cœur se mit à battre à un rythme accéléré, à la pensée qu'elle ne saurait sans doute jamais qui elle était. Mais… Elle se rappelait l'existence d'un frère. Au lieu de la réconforter, cette idée l'étourdit. Si elle avait un époux, n'aurait-elle pas dû se rappeler son existence avant celle de son frère ?

— Pourquoi ne puis-je pas monter plus haut ? demanda-t-elle, afin d'orienter ses pensées dans une autre direction.

— C'est beaucoup trop dangereux.

— Mais je peux aller sur les remparts ?

— Surtout pas.

— Vous ne voulez pas que je voie la campagne environnante.

— Il y a beaucoup de châteaux en ruine, perchés sur des collines. Non, je pense avant tout à votre sécurité.

Elle ne le croyait pas, mais elle comprenait son désir de protéger son clan. Bien qu'elle eût envie de désobéir, elle y renonça.

— Très bien. Mais faites-moi entrer dans la tour.

— Pour quelle raison ? Parce que vous vivez depuis trop longtemps enfermée dans une grotte ?

Catherine sourit, mais il ne l'imita pas. Elle essaya d'imaginer un large sourire éclairant son visage. Impossible. Cet homme était grave, stoïque. Le faire éclater de rire relevait sans doute de l'exploit.

— J'avoue que cela me fait du bien de sortir et de voir des choses différentes, répliqua-t-elle en souriant.

Pendant un long moment, il la considéra d'un air revêche. Puis, au moment où elle croyait avoir perdu la partie, il déclara d'un ton brusque :

— Bon, très bien. Mais à condition que je passe devant pour vous montrer le chemin. Et vous avez interdiction de vous approcher des fenêtres.

Finalement, c'était plus facile à dire qu'à faire. Mais elle était si contente qu'il ait cédé qu'elle se garda bien de se plaindre. Ils déambulèrent dans des pièces vides, dépouillées de tout leur mobilier. Plus ils avançaient, et plus elle ressentait de la tristesse. Elle croyait voir des silhouettes d'enfants courir dans les corridors, des mères les poursuivant, des pères les regardant avec fierté. Les gémissements mystérieux ne firent qu'accroître son humeur maussade. Rien d'étonnant à ce que les gens n'osent pas approcher du château.

Ce devait être encore pire pour Duncan, dont les ancêtres avaient construit ce château, et qui ne pouvait plus y habiter avec les gens de son clan. Elle ne lui demanda pas s'il avait songé à le reconstruire. Il avait certainement envisagé cette possibilité, mais le fait d'être hors la loi ne le lui permettait pas. Il ne disposait sûrement pas des fonds nécessaires. Elle avait entendu les hommes parler et elle savait qu'il était difficile de survivre dans les Highlands. Or, Duncan ne pouvait même pas s'exprimer au nom de son peuple, sans courir le risque d'être jeté en prison.

Pourtant, il venait en aide aux plus vulnérables et délivrait les enfants kidnappés, alors qu'il aurait pu rester tranquillement à l'abri dans son repaire.

Du coin de l'œil, elle le vit examiner, impassible, les débris d'une majestueuse estrade dans le grand hall. Ses ancêtres avaient régné ici, autrefois. Mais il n'était pas homme à se lamenter sur la gloire passée. Ce qui dénotait chez lui une certaine noblesse.

Il fallait qu'elle fasse attention. Sinon, elle finirait par ressentir des sentiments trop profonds pour cet homme solitaire.

Passant d'une pièce vide à l'autre, Duncan eut la sensation de perdre le contact avec la réalité. Ce château avait été construit pour le clan Carlyle. Pour abriter son peuple, le protéger, rassembler les familles pour de joyeuses célébrations, ou les réconforter lors des épreuves. Une femme comme Catriona était faite pour diriger une telle demeure. Son père, le comte, avait sûrement pour projet de lui faire épouser un noble possédant des terres, des châteaux, et des milliers d'hommes sous ses ordres.

S'en souviendrait-elle bientôt ? Il avait frémi quand elle lui avait annoncé qu'elle savait avoir un frère. Chaque jour les rapprochait du moment où elle recouvrerait la mémoire. Et où elle partirait. Le plan que Duncan avait conçu pour punir le comte en la privant de sa fille se retournait contre lui. Un jour, il souffrirait lui-même d'avoir perdu la présence lumineuse de Catriona.

Depuis que sa sœur avait parlé de mariage, il ne pouvait plus penser à autre chose. Même s'il savait que cela n'arriverait jamais avec Catriona. Ici, dans ce château qui était le symbole de la ruine du clan Carlyle, elle était d'une beauté éthérée et éblouissante, laissant entrevoir tout ce qui aurait pu être.

Quand ils commencèrent la descente du sentier escarpé, Duncan fut obligé de la toucher, bien qu'il fît son possible pour éviter tout contact. Il dut lui tendre la main pour l'aider à franchir un passage difficile. Une autre fois, elle perdit l'équilibre et glissa contre lui. Malgré ses jupes, leurs membres s'emmêlèrent, et son désir surgit aussitôt. Elle avait commencé la descente d'humeur joyeuse, mais à la fin, épuisée, elle hésitait même à croiser son regard. Cette proximité ne l'aidait pas non plus à tenir sa promesse.

Arrivée au bas de la colline, elle inspira longuement.

— Eh bien… Moi qui croyais que la descente serait plus facile que la montée ! Heureusement que vous étiez là.

Elle lui sourit. Leurs regards se croisèrent et se soutinrent un long moment. Il était fasciné par ses prunelles dorées.

Il ignorait ce qu'il cherchait, mais il savait qu'il ne pourrait jamais l'obtenir avec elle.

Chapitre 11

Pendant les deux jours suivants, Catherine s'efforça de respecter la promesse qu'elle s'était faite et de garder ses distances avec Duncan. Elle pansait les chevaux, apprenait le gaélique tout en faisant du savon avec Maeve, s'occupait de Finn. Duncan et elle s'évitaient mutuellement, et cela devenait si évident qu'elle craignait que leur attirance réciproque ne saute aux yeux de tous. Elle aurait dû le traiter comme n'importe quel autre homme.

Un soir, alors qu'il buvait son whisky tout en regardant Finn jouer seul avec ses pierres, Catherine posa l'échiquier sur la table, à côté de lui.

Plusieurs secondes s'écoulèrent, avant qu'il consentît enfin à lâcher Finn des yeux. Catherine aurait aimé lui parler du petit garçon, de sa mémoire qui ne revenait toujours pas, de toutes les choses qui la contrariaient. Mais il n'était pas son confident.

— Vous voulez encore être battue aux échecs ? lâcha-t-il d'un ton sec.

— Je gagnerai peut-être, cette fois.

Elle avait l'air sûre d'elle, alors qu'elle savait fort bien qu'elle ne gagnerait pas cette partie. Une victoire sur le laird réduirait à néant tous les efforts qu'elle avait accomplis pour gagner la confiance de son clan.

— Vous pouvez toujours essayer.

Il mit en place les pions noirs, et elle prit les blancs. Plusieurs personnes les observèrent avec curiosité, mais elles n'approchèrent pas.

— Pourquoi le roi a-t-il trois couronnes ? demanda-t-elle en lui montrant le pion.

Duncan prit le roi noir et l'observa.

— D'après certains, il représente Jacques Stuart, prétendant au trône d'Écosse, d'Irlande et d'Angleterre.

— J'ai beau ne pas me souvenir des détails de ma propre vie, je me rappelle qu'il existe une animosité entre l'Angleterre et l'Écosse. Bien que les deux pays soient censés être unis désormais… Je sais qu'une des raisons pour lesquelles on a refusé au roi Jacques l'accès au trône est le fait qu'il était catholique. L'êtes-vous aussi ?

— Oui.

— Croyez-vous que les Stuart aient le droit de monter sur le trône ? Êtes-vous un jacobite ?

— Je ne le dirai pas à haute voix, car je tiens à ma tête, répondit-il avec un sourire en coin en déplaçant un pion. Mais je risque ma vie d'autres manières. Donc, je suppose que ça ne peut pas être pire.

Catherine déplaça un de ses pions.

— Il me semble qu'il y a eu une révolte contre l'Angleterre, quand j'étais plus jeune. Ne me demandez pas pourquoi je me souviens de l'histoire du pays, alors que j'ai oublié mon propre nom.

— Il s'agit de *The Fifteen*, la révolte qui a eu lieu en 1715.

— Vous en faisiez partie ?

— Non, j'étais trop jeune, répondit-il en déplaçant son fou.

— Vous semblez le regretter ?

— C'est vrai. Après l'Union, l'Angleterre est revenue sur les promesses qu'elle avait faites. Elle a refusé l'entrée des Écossais à la Chambre des lords et a accablé d'impôts les habitants de l'Écosse. Un homme se doit de défendre son pays.

Ils gardèrent le silence un moment, tout en continuant de jouer. Catherine commit délibérément une ou deux erreurs, en se demandant s'il allait s'en apercevoir.

— Pour une femme sans mémoire, dit-il en se renversant dans son fauteuil, vous semblez avoir de bonnes connaissances en histoire.

— Je vous ai dit que j'étais incapable de l'expliquer, rétorqua-t-elle sèchement. Et de toute façon, quelle importance ? J'ignore de quel côté était ma famille. C'est comme si j'avais lu un livre d'histoire, sans avoir vécu ces épisodes, ni même en avoir entendu parler dans mon entourage. J'essaye d'imaginer mon père me racontant ses expériences pendant la révolte de *Fifteen*, mais je ne vois rien… Je ne sais même pas si je suis anglaise ou écossaise. Mais naturellement, mon accent pourrait nous donner une indication.

— Peut-être. Ou bien, il nous révèle simplement que vous avez été élevée en Angleterre.

Elle sourit, en secouant la tête. Puis, se concentrant de nouveau sur l'échiquier, elle s'aperçut qu'elle l'avait mis sans le vouloir en situation d'échec. Diable. Il fallait qu'elle déplace ses pions avant qu'il s'en rende compte.

— Vous m'avez battu, mon petit, dit-il en souriant.

Elle le dévisagea en écarquillant les yeux.

— Ce n'est pas possible. Je ne l'ai pas fait exprès, c'est un accident.

Duncan se leva.

— Ne vous sous-estimez jamais. Et je ne suis pas le genre d'homme à râler parce que j'ai perdu contre une jolie femme.

Il sortit de la grotte, et elle le suivit des yeux, fascinée par le balancement de son plaid impeccablement plié, par ses mollets musclés et la largeur de ses épaules.

Plaçant une main sur son front, elle poussa un grognement de contrariété.

Le lendemain, une rouquine qu'elle n'avait jamais vue apparut à l'entrée de la grotte. Tout le monde semblait la connaître. Maeve l'embrassa, et elles parlèrent longuement à voix basse, comme si elles ne s'étaient pas vues depuis longtemps.

Maeve fit signe à Catherine de les rejoindre. Celle-ci était en train de coudre une chemise pour Finn. Elle posa son ouvrage et s'avança, saluant l'inconnue d'une révérence. La jeune femme la dévisagea avec une évidente curiosité et lui rendit son salut.

— Maîtresse Catherine, dit Maeve, je vous présente Maîtresse Muriel, la sœur de notre chef.

Cela capta l'attention de Catherine. Cette femme avait grandi avec Duncan, elle avait connu les mêmes épreuves que lui. Elle sourit à Catherine, avec une chaleur et une joie dont Duncan était incapable.

— Maîtresse Catherine, Duncan m'a raconté ce qui vous était arrivé. Il faut que vous le sachiez, puisque je suis venue pour faire votre connaissance.

Duncan avait parlé d'elle ? Catherine ne savait si elle devait être flattée ou intriguée.

— J'espère qu'il ne vous a pas trop ennuyée avec mon histoire.

— J'avoue qu'il a plutôt éveillé ma curiosité. Je n'avais encore jamais rencontré quelqu'un qui avait perdu la mémoire.

— Moi non plus. Oh… C'est-à-dire que… je ne sais pas.

Les deux femmes échangèrent un sourire, et Catherine balaya la grotte du regard.

— Ma première réaction serait de vous inviter à prendre le thé dans le salon, mais…

Elle s'interrompit, un peu embarrassée.

— Je peux vous apporter du thé, proposa Maeve. Allez donc vous asseoir dehors, sur le banc.

— N'oublie pas d'apporter une tasse pour toi, ajouta Muriel avec une feinte sévérité.

Catherine se dit qu'elle n'aurait aucun mal à aimer la sœur de Duncan. Alors qu'elles attendaient Maeve sur le banc, à l'ombre d'un arbre, Muriel l'observa.

— Je suis contente de voir que le violent coup que vous avez reçu à la tête n'a pas laissé de marques.

Catherine posa une main sur sa tempe un peu douloureuse.

— J'ai encore une petite bosse.

— Et une ravissante nuance de vert qui souligne vos jolis yeux, remarqua Muriel.

Catherine toucha ses joues en grimaçant.

— Je l'ignorais. Ils ont tous la gentillesse de ne pas le dire. Ce sont des gens adorables, mais vous devez le savoir.

— Ce sont les hommes les plus jeunes et les plus violents du clan. Ils veulent en découdre avec les Anglais et défendre leur laird. Je me demandais quelle attitude ils adopteraient envers une dame.

— Mais nous ne sommes pas sûrs que je sois une dame, n'est-ce pas ?

Muriel détourna vivement le regard.

— Bien sûr que si. Même avec votre simple robe de laine, la façon dont vous parlez, dont vous marchez, dont vous vous comportez, montre que vous appartenez à une classe supérieure. Je m'en suis rendu compte au premier coup d'œil.

— Oh ! mon Dieu !

Catherine devait admettre qu'elle se sentait différente des

autres femmes. Mais elle n'aimait pas songer que c'était aussi flagrant.

— C'est plus fort que vous, naturellement, et personne ne se sent offensé. Mais il est évident que votre expérience du monde ne se limite pas à ce vallon encaissé entre les montagnes.

Vraiment ? Catherine avait pris l'habitude de ne pas s'attarder sur les détails qu'elle ne pouvait pas changer. Elle colla un sourire sur ses lèvres.

— Les hommes se sont montrés très respectueux.

— J'ai appris que vous aidiez les femmes à les servir à table. Ils ont intérêt à bien se tenir, déclara Muriel en secouant la tête.

— Cela m'est égal. Je ne pourrais pas rester assise dans un coin, pendant que les autres travaillent. Si je suis une dame, je m'ennuyais peut-être chez moi. En revanche, je crois savoir m'occuper des chevaux, ce qui est très utile.

— Quels sont vos projets ?

Catherine inspira et relâcha lentement son souffle.

— Pour l'instant, je n'en ai pas. Votre frère a envoyé des hommes en patrouille, pour voir si quelqu'un s'était mis à ma recherche. Jusqu'à présent, ils n'ont rien trouvé.

Muriel lui prit doucement le bras.

— Je suis désolée. Essayez de ne pas trop vous inquiéter. Quand vous saurez la vérité, tout se mettra naturellement en place.

— Vous avez sûrement raison.

Avec sa compassion et ses paroles réconfortantes, Muriel se comportait comme une amie. Maeve arriva à ce moment-là, avec un plateau et du thé.

— Vous avez tout dans cette grotte ! s'exclama Catherine, incrédule, en regardant le service à thé en porcelaine.

— Cela fait déjà quelque temps que nous vivons ici.

Maeve et Muriel échangèrent un regard, et Maeve servit

le thé. Elles étaient à l'aise, comme deux vieilles amies qui n'ont pas besoin de parler pour se comprendre. Catherine ne voulait pas être indiscrète, mais elle ne pouvait laisser passer cette occasion d'en apprendre davantage.

— Depuis combien de temps ?

Maeve remua son thé.

— Je suis là depuis trois ans, mais cela fait déjà cinq ans que le laird a été déclaré hors la loi.

— Duncan a vécu seul ici pendant deux ans ?

— Vous l'appelez Duncan ? releva Muriel. C'est très familier.

Le visage de Catherine s'enflamma.

— Laird Carlyle me paraissait long et cérémonieux. C'est moi qui ai décidé de l'appeler ainsi, mais il ne m'en a pas vraiment donné l'autorisation.

Les deux autres femmes sourirent, et Catherine se sentit terriblement mal à l'aise.

— Vous êtes audacieuse, déclara Muriel. Cela me plaît.

Son sourire s'effaça, et elle reprit :

— Après son évasion, ils l'ont pourchassé pendant presque un an. Ils étaient nombreux. Mais Duncan changeait sans arrêt de campement et ne revenait jamais sur ses terres, de peur de mettre en péril la vie des gens de son clan. C'était horrible de le savoir seul, nuit après nuit, sans ami ni personne de confiance.

— Comment est-il arrivé ici ?

— Il a fini par tomber malade, expliqua Maeve. À l'époque, il se trouvait dans le vallon voisin. Une nuit, il est venu frapper à ma porte. Il était en proie à une forte fièvre.

— Il n'avait pas voulu venir chez moi, de peur de contaminer mes enfants, dit Muriel gravement. Quel idiot !

— C'est un homme prévenant, protesta Catherine. Il aime tellement les enfants. S'il était arrivé malheur aux vôtres, il n'aurait pas pu se le pardonner.

Les deux femmes la dévisagèrent, Maeve avec amusement, Muriel d'un air réfléchi.

— Laird Carlyle n'a passé qu'une nuit chez moi, continua Maeve. Ensuite, il s'est retiré dans cette grotte pour y passer sa convalescence et il a fini par y rester. L'un après l'autre, les hommes l'ont rejoint, pour l'aider à secourir les enfants.

— Il m'a parlé de son enfance. Maîtresse Muriel, croyez-vous que le sort de ces enfants le tourmente autant parce que votre mère ne s'est pas montrée bonne envers vous ?

— Dire qu'elle ne s'est pas montrée bonne est un euphémisme. Mais appelez-moi simplement Muriel, je vous en prie. Ce sera beaucoup plus facile.

— Vous êtes très généreuse.

— Ce n'est pas une question de générosité. Puisque Duncan vous a confié ces secrets de notre passé, je peux répondre sans remords à vos questions. Oui, nous avons tous été marqués par la haine que nous portait notre mère. Elle n'avait pas choisi d'épouser père et elle tenait à ce que personne ne l'oublie. Elle était cruelle, impatiente, irritable et malheureuse. Nous aurions pu avoir de la peine pour elle, si elle n'avait pas été aussi indifférente et égoïste. Père… était une créature pitoyable. Aussi malheureux que notre mère, à sa façon.

— Mais il ne s'en prenait jamais aux autres, protesta Maeve d'un ton solennel.

— Non, mais il ne tenait jamais tête à sa femme. Ni à personne d'autre, d'ailleurs. Et cela, Duncan ne pouvait le lui pardonner. Lors de la révolte de *The Fifteen*, père n'a pas emmené son clan affronter les Anglais. Et Duncan était trop jeune pour aller se battre. Une fois, mère l'a surpris alors qu'il s'apprêtait à aller rejoindre les autres clans, et elle l'a battu avec tant de cruauté qu'il n'a pas pu s'asseoir pendant une semaine. Père n'était pas un guerrier, ni un meneur d'hommes, et Duncan n'a jamais pu le lui pardonner. Il ne voyait pas que père avait des qualités qui lui étaient propres, comme l'intelligence et la compassion. Ou, s'il le voyait, il s'en moquait.

— Il était jeune et entêté, à l'époque, dit Maeve.

Muriel donna un coup de coude à Catherine.

— On le surnommait « le sauvage ». Il avait l'esprit si rebelle que les hommes pensaient qu'il ne deviendrait jamais un bon chef. Il embrassait les servantes, faisait des farces, parcourait la campagne avec les garçons de son âge. Mais, après la mort de père, il a eu la peur de sa vie.

Muriel ne fit pas allusion au fait que leur père avait tué leur mère, mais Catherine n'en fut pas surprise.

— Il a failli ne pas être élu chef, reprit Maeve d'un ton tranquille. Il n'avait pas su gagner le respect de ses hommes, et ces derniers ne lui ont accordé l'honneur de devenir chef que parce qu'il était le fils du seigneur précédent. Cela l'a changé, et l'a obligé à devenir un homme.

— Alors qu'il était encore si jeune, dit tristement Catherine.

— Mais il a rapidement fait ses preuves, enchaîna Muriel avec fierté. Ceux qui le connaissaient savaient qu'il en était capable. Il s'est opposé aux magistrats et au shérif, en prenant la défense des plus faibles. Et maintenant encore, il ravitaille les villages des Carlyle, pour ne pas les laisser mourir de faim en hiver.

Catherine dressa l'oreille.

— Il ravitaille les villages ? Tout en vivant ici ? Comment fait-il ?

Muriel évita son regard. Pressant une main contre sa poitrine gonflée de lait, elle s'exclama :

— Mon Dieu, je me suis trop attardée. Alice doit avoir besoin de téter. Il faut que je m'en aille. Je suis enchantée d'avoir fait votre connaissance, Catherine.

— Vous ne vouliez pas voir votre frère ? demanda Catherine, décontenancée.

— Non, c'est pour vous que je suis venue.

Muriel sourit et pressa la main de Catherine dans la sienne.

— Je suis contente. Je sais que nous nous reverrons bientôt.

Muriel embrassa Maeve sur la joue, prit les rênes du cheval que Torcall lui amena et se hissa sur la selle. L'animal s'engagea dans l'étroit sentier, et elle se retourna pour leur faire un signe de la main.

Maeve continua de sourire, bien après que Muriel eut disparu.

— Vous êtes très proche d'elle.

Tirée brusquement de ses pensées, Maeve cligna les paupières.

— Oui. J'ai travaillé toute ma vie dans leur maison. Au début, Muriel était ma maîtresse, puis elle est devenue mon amie.

— Et Laird Carlyle est aussi votre ami.

— Non, ce n'est pas pareil. C'est notre chef, notre laird.

— Pourtant, vous semblez être des amis proches.

Maeve secoua la tête en souriant.

— Si vous avez une question, posez-la, Maîtresse.

— Appelez-moi Catherine.

— Catherine.

Il lui parut soudain très important d'avoir elle aussi une amie, de ne plus se sentir aussi seule.

— Maeve, comment fait Laird Carlyle pour approvisionner les villages ?

— Il faudra que vous lui posiez vous-même la question.

Catherine soupira.

— J'étais sûre que vous alliez me répondre cela.

La journée lui parut très longue. Les hommes rentrèrent juste avant le souper, exténués par la chasse. Après avoir pris un rapide repas, ils s'installèrent autour du feu pour raconter leurs exploits de la journée. Alors seulement, Catherine put s'approcher de Duncan et l'attirer à l'extérieur pour lui parler en toute tranquillité.

— Maintenant, tout le monde va croire que vous avez des plans machiavéliques me concernant, dit-il en croisant les bras.

Le soleil venait de disparaître à l'horizon, embrasant les collines d'un halo doré.

— Si c'était vrai, je vous aurais entraîné dans la chambre.

— Devant tout le monde ? Non, vous être trop timide.

— Vraiment ?

Ils se dévisagèrent. Soudain, le bourdonnement des insectes sembla s'intensifier dans le silence qui les enveloppa. Ses traits virils étaient dans l'ombre, mais une lueur brillait dans ses prunelles.

Catherine s'éclaircit la gorge.

— Votre sœur nous a rendu visite aujourd'hui.

— Que voulait-elle ?

— Faire ma connaissance.

Elle crut le voir grimacer dans la pénombre.

— Cela ne m'étonne pas, dit-il avec lassitude. Elle est d'une incroyable curiosité.

— C'est une qualité.

— Pas toujours.

— Pas chez les femmes ? demanda-t-elle, agacée.

— Chez tout le monde. La curiosité peut attirer de sérieux ennuis, et Muriel en a souvent récolté sa part.

— Je suis contente que vous n'ayez pas de préjugés contre les femmes curieuses. Je trouve que les femmes ne sont pas traitées de la même façon que les hommes, et ce n'est pas juste.

— Avez-vous des exemples en tête ? s'enquit-il en haussant les sourcils.

— Eh bien… Non, je ne crois pas. C'est simplement quelque

chose que je pense, au plus profond de moi. Et naturellement, je ne vois jamais les hommes aider les femmes à la cuisine, ajouta-t-elle en fronçant les sourcils.

— Je ne vois pas non plus de femmes se joindre à nous pour aller chasser, rétorqua-t-il sèchement.

Les poings sur les hanches, elle se pencha vers lui.

— Leur avez-vous demandé de vous accompagner ?

Comme elle s'en doutait, il ne trouva rien à répondre.

— Je suppose que les femmes du clan seraient prêtes à faire n'importe quoi pour aider leur peuple. En fait, elles vous accompagneraient même quand vous…

Elle laissa les mots s'éteindre sur ses lèvres et attendit sa réaction.

— Quand je quoi ? répliqua-t-il, impassible.

— Quand vous faites le nécessaire pour subvenir aux besoins du clan, répondit-elle en écartant les mains.

— Les gens du clan cultivent la terre et élèvent du bétail.

— Non. Que faites-vous pour les aider ?

— Que voulez-vous dire ? Nous les protégeons et nous allons à la chasse pour eux. Une partie de la viande que nous avons rapportée aujourd'hui leur sera distribuée.

— Votre sœur m'a dit que vous aidiez les villages des Carlyle, que vous les empêchiez de mourir de faim, et je ne crois pas que le produit de la chasse soit suffisant pour cela. Quand elle s'est rendu compte de ce qu'elle avait révélé, elle s'est empressée de filer. Et Maeve m'a dit que je n'avais qu'à vous questionner.

— Trop de curiosité, une fois encore.

— C'est une activité que vous devez avoir la nuit, continua-t-elle en songeant à la fois où les hommes étaient revenus, sans être accompagnés d'enfants.

— Il y a beaucoup de choses que je fais la nuit.

Sa voix grave et douce comme du velours sembla caresser sa peau.

— Vous le faites exprès, lança-t-elle d'un ton accusateur.

— Quoi donc ?

Ses yeux sombres glissèrent sur elle, et elle eut l'impression qu'il voyait à travers le fichu qui protégeait son décolleté. Elle croisa les bras.

— Vous essayez d'égarer mes pensées.

— Est-ce que j'y parviens ?

— Oui… Non ! Vos hommes célébraient quelque chose, le soir où j'ai bu trop de whisky avec eux. Ils parlaient en gaélique, mais Maeve m'apprend votre langage, et j'ai compris quelques mots. Il était question du whisky que nous buvions…

La nuit les enveloppait, mais elle distingua tout de même son expression.

— C'est le whisky, n'est-ce pas ? Vous faites de la contrebande pour ne pas payer de taxes aux Anglais ?

— Pourquoi voulez-vous le savoir ?

Elle ouvrit la bouche pour répondre, mais aucun son ne franchit ses lèvres. *Pourquoi* était-il si important pour elle de tout savoir sur les Carlyle ? Sur Duncan ?

— Parce que je vis ici, dit-elle doucement. Parce que je ne connais rien d'autre que vous et votre clan.

Il posa sa main chaude et rugueuse sur sa joue.

— N'ayez pas peur. Vous êtes en sécurité, ici. Il ne vous arrivera rien de mal.

Ce n'était pas ce qui l'inquiétait. Mais elle oublia tout quand il lui prit la nuque et l'attira vers lui pour l'embrasser longuement. Elle se sentait à la fois désespérée, submergée, effrayée et en paix. Tous ces sentiments se bousculaient en elle. Des émotions qu'elle n'éprouvait qu'entre ses bras. Il la plaqua contre la paroi recouverte de lierre et se pressa contre elle, tandis qu'elle explorait sa bouche, comme s'il pouvait lui livrer tous ses secrets en un baiser.

Prenant son visage dans ses mains, il lui embrassa le front, les joues, le cou. Son cœur battit plus fort lorsqu'il lui mordilla tendrement le lobe de l'oreille. Elle inclina la tête de côté, et il déposa une série de baisers dans son cou.

Puis il s'agenouilla, plaçant les mains sur ses hanches, et continua d'explorer sa poitrine. Elle crispa les doigts dans ses cheveux pour le maintenir contre elle, poussant un petit cri quand il lui ôta son fichu et posa les lèvres sur le renflement de ses seins. Ses cheveux sombres brillaient dans les rayons pâles de la lune qui resplendissait au-dessus de la montagne. Lorsqu'il fut arrêté par le bord de sa robe, elle éprouva une intense frustration.

— Je voudrais…

Elle s'interrompit. Elle ne savait pas ce qu'elle voulait.

Il effleura de la langue la vallée entre ses seins, la faisant frissonner.

— Je vous veux, dit-il.

Sa voix était rauque, étouffée, son souffle tiède contre sa peau.

— Duncan…

— Je ne vous posséderai pas. Mais je peux vous donner du plaisir.

Il plaça les mains sur ses hanches et les fit remonter sur son corsage. Au-dessus du corset, ses seins n'étaient couverts que par la chemise de batiste et la robe. Quand ses doigts se posèrent là et serrèrent délicatement ses seins, puis ses mamelons, elle eut l'impression d'être frappée par la foudre. Elle tressaillit entre ses bras, traversée par une flèche brûlante.

— Duncan ! chuchota-t-elle dans l'obscurité. Que faites-vous…

Mais elle n'alla pas plus loin. Elle n'attendait pas de réponse, ne voulait surtout pas qu'il cesse ses caresses.

Pendant un long moment, il enfouit le visage dans son cou et l'embrassa, tout en laissant ses doigts poursuivre leur exploration. Elle avait désespérément envie de dénouer les lacets de sa robe, de sentir ses mains sur sa peau nue. Comme s'il avait lu dans ses pensées, il tira doucement sur les lacets. C'était ce qu'elle voulait, mais pourtant c'était trop, puisque rien ne pourrait jamais être normal entre eux.

Elle n'allait pas l'épouser, ne coucherait pas non plus avec lui. Ce n'étaient… que des caresses.

— Ouvrez les yeux, murmura-t-il.

Elle obéit. Elle le regarda, dans la clarté de la lune, tandis qu'il repoussait sa chemise et dénudait ses seins, qui se dressaient au-dessus du corset. Elle aurait dû éprouver de la gêne, mais ce n'était pas le cas. Elle se sentait à la fois fière et humble, à la pensée de lui faire éprouver du désir. Les pointes de ses seins se tendirent, effleurées par la brise.

— Mon Dieu ! chuchota-t-il.

Il se pencha et les toucha du bout de la langue. Une vague chaude de plaisir se répandit en elle. Poussant un grognement, elle l'attira vers elle, et il prit le mamelon complètement dans sa bouche. Elle se cambra, s'offrant totalement.

Puis ils entendirent des voix à l'entrée de la grotte.

Tous deux se figèrent instantanément. Oh, Seigneur, s'ils étaient surpris ! Les hommes penseraient qu'elle n'était qu'une…

— Ils ne peuvent pas nous voir, murmura Duncan. Ne bougez pas.

— Ce n'est pas possible. Quand vous me faites cela, mon corps ne m'appartient plus.

Il inspira longuement. Catherine avait peur de bouger. Ses seins étaient complètement dénudés, et les hommes continuaient de parler à côté d'eux. Puis leurs voix se turent.

— Où sont-ils ?

Duncan déposa un baiser sur sa poitrine.

— Les gardes ont changé de poste. L'un d'eux est rentré, et l'autre est allé se poster dans l'enclos. Nous sommes seuls à présent.

Et telle une pécheresse, elle avait envie qu'il la touche de nouveau. Pendant un long moment, ils observèrent un silence total. Les mains de Catherine reposaient toujours sur ses épaules. Comme de leur propre volonté, elles glissèrent sur sa nuque large et virile.

Il se releva en soupirant. Pressant une joue contre la sienne, il lui murmura :

— Tout mon corps s'enflamme pour vous, ma chérie. Mais je… Nous ne pouvons pas.

Elle hocha la tête et se détourna, pour rajuster sa chemise et sa robe. Ses doigts tremblaient lorsqu'elle tira sur les rubans et arrangea son corsage. Quand ce fut fait, elle n'osa pas lever les yeux vers lui, mais il la prit dans ses bras et posa la joue sur ses cheveux. Toutes les raisons pour lesquelles elle ne pouvait s'offrir à lui lui vinrent alors à l'esprit. Elle se sentit triste et honteuse.

Mais elle posa les mains sur ses bras, et ils restèrent ainsi, dans la clarté laiteuse de la lune.

— Duncan…

— Mmm ?

— Si vous faisiez passer votre propre whisky en contrebande, je ne crois pas que vous me l'auriez caché.

Elle crut le sentir se crisper.

— J'ai raison, n'est-ce pas ?

Au bout d'un long moment, alors qu'elle pensait qu'il ne répondrait plus, il murmura simplement :

— En effet.

— Donc, vous volez du whisky, vous le faites passer en contrebande et vous partagez les bénéfices avec les gens du clan ?

— C'est cela. Et je n'en ai pas honte. Nous le volons au noble qui protège le shérif et les magistrats dans leurs entreprises diaboliques. L'homme qui a préféré me faire bannir plutôt que de mettre fin aux enlèvements d'enfants. Donc, indirectement, il subvient aussi aux besoins de mon peuple et il finance nos recherches et nos efforts pour faire cesser ce trafic.

— Je comprends cela. Merci de me l'avoir expliqué, bien que rien ne vous y obligeât.

Il pressa encore la joue contre ses cheveux et continua :

— Cet homme et le shérif doivent être punis pour ce qu'ils ont fait à mon clan et à ces enfants innocents. Pour l'instant, c'est le seul moyen que j'ai trouvé.

— Qui achète le whisky ?

— Les gens des Lowlands. Une partie est envoyée clandestinement vers le sud, par bateau. Nous ne tuons pas les hommes de ce noble. Nous leur volons leurs chevaux et nous les ligotons, si bien qu'il leur faut très longtemps pour retourner chez eux.

— Les tonneaux ne sont-ils pas marqués ?

Elle leva les yeux et vit qu'il la considérait avec stupeur.

— Vous vous y connaissez, en whisky ?

— Je ne sais pas, répondit-elle en haussant les épaules. J'ai dit cela sans réfléchir.

— Ces tonneaux ne sont pas marqués, ce qui signifie que ce noble fait passer son propre whisky en contrebande.

— Eh bien, il mérite donc ce qui lui arrive, déclara fermement Catherine. Que puis-je faire pour vous aider ?

Duncan chercha son regard.

— Catherine…

— Je veux me battre moi aussi contre cet homme, qui tolère que des enfants soient kidnappés. Vous avez été traité d'une façon injuste, alors que vous vouliez seulement protéger votre peuple.

Duncan ferma brièvement les yeux.

— En aidant mes hommes, vous défendez notre cause, dit-il avec lassitude. C'est suffisant.

Elle aurait voulu le contredire, mais il s'était montré si sincère avec elle qu'elle n'en eut pas le courage.

— Merci de votre confiance, chuchota-t-elle. Je n'aurais jamais cru que quelqu'un prendrait le risque de se confier à moi, alors que j'ai perdu la mémoire.

— Catherine…

Elle lui posa les doigts sur la bouche, pour le faire taire.

— Le soir, quand j'essaye de dormir, l'énormité de ce que j'ai perdu apparaît devant moi. Mais quand je pense que je suis acceptée par votre clan, que vous me faites confiance… je suis sereine.

Elle se haussa sur la pointe des pieds pour lui embrasser la joue, puis regagna rapidement la grotte, avant de fondre en larmes devant lui. La plupart des hommes étaient déjà couchés et ronflaient, enveloppés dans leur couverture. Seule Maeve lui lança un regard inquiet. Catherine parvint à lui sourire faiblement pour la rassurer, avant de traverser la passerelle et de disparaître dans le passage. Mais, quand elle eut tiré le rideau derrière elle et qu'elle se retrouva dans la petite chambre éclairée par une bougie, que Maeve avait pensé à lui apporter, Catherine se laissa tomber sur le sol en étouffant ses sanglots. Elle n'avait peut-être plus de souvenirs, mais elle n'était plus seule.

À cette pensée, elle éprouva un immense soulagement.

Chapitre 12

Étourdi, le cœur serré, Duncan s'éloigna de la grotte, laissant le hasard guider ses pas. L'obscurité l'enveloppait, et le ciel sombre semblait contenir des milliers d'yeux qui le suivaient en scintillant.

Qu'avait-il fait ? Catriona était perdue, elle était innocente, et malgré tout il profitait d'elle. Non seulement il l'avait kidnappée, mais maintenant elle dépendait de lui. Bon sang, il était allé jusqu'à lui dire qu'il la désirait. Il la laissait croire qu'elle était chez elle parmi eux et qu'elle avait une place dans sa vie. Il serait sans doute même allé plus loin, s'ils n'avaient pas été interrompus. Adossé à la paroi de rochers, il frissonna. Comme s'il pouvait offrir quelque chose à une femme, pire encore à la fille de son ennemi, alors que sa tête était mise à prix !

Mais, quand il la tenait dans ses bras, tout cela n'avait plus aucune importance. Elle était douce, passionnée, et pendant un moment il s'était laissé leurrer. Elle savait qu'il ne lui avait pas tout dit au sujet de la contrebande. Et il n'avait pas voulu lui mentir davantage. Il lui avait dit ce que son père avait fait, sans lui dévoiler le nom du comte, de crainte de raviver des souvenirs. Mais, si un jour elle recouvrait la mémoire, elle aurait vite additionné tous ces renseignements, pour arriver à ses propres conclusions. Et alors, elle risquait de le trahir. Comment pourrait-il le lui reprocher ?

Et, pour couronner le tout, elle avait demandé comment elle pourrait l'aider… en agissant contre son propre père ! Après tout ce que le comte avait fait, tous les enlèvements d'enfants dont il était coupable, Duncan aurait dû être satisfait d'avoir retourné sa fille contre lui. Ce serait son ultime revanche.

Loin de le satisfaire, cette perspective le rendait malade. Il ne pouvait pas faire cela à la jeune femme.

Mais apparemment, il était prêt à lui faire du mal d'une autre manière et il devait mettre un terme à cette situation.

La seule façon de le faire était de découvrir pourquoi personne ne s'était mis à sa recherche. En attendant, il prenait de grands risques en restant auprès d'elle. Il fallait absolument qu'il redevienne objectif, qu'il comprenne et qu'il accepte le fait que Catriona n'était pas une femme pour lui.

Donc, il était temps de découvrir la vérité.

Bien qu'elle se fût endormie avec des larmes dans les yeux, quand elle s'éveilla Catherine éprouva un sentiment de paix. Elle avait pleuré de soulagement en comprenant qu'elle n'était pas seule au monde et que Duncan ne l'abandonnerait pas. Elle ignorait ce que l'avenir lui réservait, mais elle consentait à cesser de s'inquiéter, à accepter d'être une femme comme les autres.

Quand elle alla aider à servir le petit déjeuner aux hommes, elle ne vit pas Duncan. Au bout d'un moment, elle demanda discrètement à Ivor où était leur chef.

Le guerrier la dévisagea longuement.

— Il avait des affaires à régler, Maîtresse Catherine. Le chef n'a pas à donner d'explications sur ce qu'il fait.

Catherine battit des paupières, un peu mal à l'aise.

— Je sais cela, monsieur. C'était de la simple curiosité.

Plusieurs hommes ricanèrent, et Sheena ne se gêna pas pour afficher un sourire de supériorité. Catherine se raidit, contrariée. Puis elle sentit quelqu'un la tirer par la manche et se retourna. Finn la regardait.

— Venez voir les chevaux avec moi, Maîtresse Catherine, suggéra-t-il en la prenant par la main.

Elle ne put réprimer un sourire. S'était-il aperçu qu'elle avait besoin de se changer les idées ? C'était un enfant intelligent. Il était discret et gardait le silence la plupart du temps, mais de toute évidence rien ne lui échappait.

Elle passa presque toute la journée avec lui, d'abord dans l'enclos, puis à l'intérieur pour lui apprendre à lire. Elle ne vit pas Duncan, mais ne posa plus de questions.

Ce soir-là, après le souper, un cavalier leur apporta des nouvelles. Catherine eut tout d'abord une appréhension, craignant qu'il ne soit arrivé malheur à Duncan. Elle n'avait pas à s'approcher d'Ivor pour recevoir les nouvelles. Après tout, elle n'était pas l'épouse du chef de clan, et ce n'était pas son rôle. Aussi, elle resta avec les autres femmes, les mains sur les épaules de Finn, et regarda de loin Ivor parler à voix basse avec le messager. Les hommes attendaient, en marmonnant entre eux.

Finalement, Ivor se retourna.

— On nous annonce un chargement ce soir.

La tension et l'excitation se répandirent dans le groupe. Catherine sentit les épaules de Finn se raidir. Il y eut des coups d'œil lancés dans sa direction, et elle eut la certitude que les hommes ignoraient qu'elle savait la vérité.

— Des enfants ou du whisky ? demanda-t-elle d'une voix forte et claire.

Maeve la regarda en élargissant les yeux, et Ivor fronça les sourcils.

— Laird Carlyle m'a parlé du whisky de contrebande, avoua-t-elle.

Ivor se rembrunit encore davantage.

— Cela ne vous concerne pas.

— Si vous allez secourir des enfants, nous devons nous préparer à les recevoir, déclara calmement Maeve.

Celle-ci voulait probablement arranger les choses, mais Catherine doutait fort que sa stratégie fonctionne.

Néanmoins, Ivor hocha la tête.

— Des enfants, convoyés de Stirling jusqu'à la côte. Préparez-vous à partir, ordonna-t-il aux hommes.

Ceux-ci se dispersèrent. Échappant à Catherine, Finn courut vers Ivor.

— Je veux venir avec vous.

— Non, répondit brusquement le guerrier. J'ai besoin d'hommes entraînés, pas de petits garçons.

— Mais qui expliquera aux enfants que vous ne leur voulez pas de mal ? demanda doucement Finn. Quand vous êtes venus nous délivrer, je croyais que vous ne valiez pas mieux que les autres. Ils penseront sans doute la même chose. Je peux vous aider.

L'expression d'Ivor s'adoucit, et il posa une main sur la tête de l'enfant.

— Mon garçon, je te félicite pour ton courage. Mais nous faisons cela depuis des années, sans ton aide. Il n'est pas nécessaire de risquer ta vie.

Finn ne dit rien et serra les poings en regardant les hommes partir. Quand Catherine voulut se pencher pour lui parler, il esquiva son geste et courut à l'extérieur. Elle ne le retrouva pas tout de suite. Alors que les hommes sellaient les chevaux et se rassemblaient, elle craignit que Finn ne se soit enfui, dans l'espoir de retrouver Duncan. Elle retourna dans la grotte prendre la cape que Maeve lui avait prêtée et, quand elle ressortit, les hommes s'éloignaient tous à cheval.

C'est alors qu'elle repéra Finn, essayant en vain de seller une vieille jument, qui continuait de paître paisiblement. Catherine s'approcha, mais ne fit pas mine de retenir le garçon. Au bout de trois tentatives, il parvint à poser la selle sur le dos de l'animal, mais elle glissa aussitôt de l'autre côté.

Finn grommela un juron, qu'il avait appris avec les hommes du clan.

— Finn…

Le garçon posa le front contre le flanc de la jument.

— Il faut que j'y aille ! Ils vont avoir peur.

Elle lui posa une main sur l'épaule, mais il se dégagea et souleva la selle pour faire une nouvelle tentative. Il réussit cette fois et se mit à serrer la sangle.

— Vous avez fait de votre mieux pour m'aider, Maîtresse. Maintenant, aidez-moi à faire la même chose pour les autres. Aidez-moi à remercier le clan Carlyle pour sa générosité.

Catherine regarda le chemin que les hommes venaient d'emprunter en se mordant les lèvres, puis reporta son attention vers la grotte. Angus ne la surveillait pas, il était parti avec les autres. Tout le monde semblait l'avoir oubliée. Et Finn la regardait, avec ses grands yeux bleus, sensible au malheur des autres, alors qu'il aurait pu devenir aigri et replié sur lui-même, après toutes les épreuves qu'il avait vécues.

— Très bien, dit-elle fermement. Je vais t'accompagner. Les enfants ont besoin de nous. Mais, si nous ne voulons pas perdre les hommes de vue, il va falloir faire vite !

*
* *

Le château de Kinlochard était la principale résidence du clan Duff. Les comtes d'Aberfoyle vivaient là depuis des générations. Toutefois, le comte actuel préférait loger dans ses domaines d'Angleterre. Mais, à sa grande surprise, Duncan constata que la bannière du comte flottait au-dessus du château, ce qui signifiait que le maître était présent. Il contempla les tours et les remparts, conscient qu'il allait pénétrer dans le repaire de son ennemi. Naguère, il aurait craint de s'emporter contre Aberfoyle, mais il devait remplir une mission pour Catriona, et cela l'aidait à contenir sa colère.

La forteresse semblait aussi imprenable que si elle avait été construite récemment, alors qu'elle était vieille de plusieurs siècles. Mais des douzaines de personnes à pied et de nombreux chariots allaient et venaient sous l'immense voûte de l'entrée, aussi Duncan franchit-il à son tour le pont en arc qui traversait les douves. Aux gardes qui le questionnèrent, il déclara qu'il était un voyageur appartenant au clan des McDonald et qu'il demandait l'hospitalité pour la nuit. Il n'était pas sûr que sa ruse marcherait mais, apparemment, même le comte d'Aberfoyle croyait encore à la générosité légendaire des Highlanders.

Duncan ne les inquiéta pas beaucoup, car il ne portait que son épée et son poignard. La loi du *Disarming Act*, établie par les Anglais après la dernière rébellion, avait obligé les Highlanders à cacher leurs armes à feu. Duncan se sentait nu sans son pistolet, mais il ne voulait pas attirer l'attention sur lui. Après tout, il était hors la loi, et sa tête était mise à prix. A priori, il avait passé tant d'années à se cacher que personne ne pourrait le reconnaître. Mais il devait tout de même agir avec précaution.

La cour du château était vaste. Dans la partie réservée à l'entraînement, des hommes se battaient à l'épée en se protégeant avec un petit bouclier rond fixé sur leur avant-bras. Ils semblaient exercer là une routine, se rafraîchissaient en buvant l'eau contenue dans des bacs et parlaient en riant entre deux combats. Des hommes et des femmes circulaient entre des rangées d'échoppes et faisaient leurs emplettes, comme si tout était normal. L'atmosphère était étrangement calme. La curiosité et le malaise de Duncan augmentèrent. Il demanda un emplacement à l'écurie pour Arran, son cheval, et on lui désigna une stalle où il pourrait panser et nourrir sa monture.

Il avait bien minuté le moment de son arrivée, et quand il franchit les larges portes du grand hall les domestiques se préparaient déjà à servir le souper. Au-dessus de la majestueuse cheminée était exposée une impressionnante collection d'armes, comprenant des glaives anciens et des boucliers. Plusieurs personnes lui lancèrent des regards intrigués.

Il trouva une place sur un banc, devant une table assez éloignée de l'estrade réservée aux maîtres. Duncan ne s'attendait pas à voir le comte d'Aberfoyle souper en compagnie des gens du peuple, mais il espérait surprendre quelques conversations sans se faire remarquer. Quelqu'un lui apporta une chope de bière, et Duncan sirota le liquide ambré en regardant autour de lui. Les visages étaient sereins, les sourires bon enfant. Comment était-ce possible, alors que ces gens vivaient sous le joug d'un des chefs les plus détestés d'Écosse ?

D'autres personnes s'assirent à la même table que lui, mais par malchance il était trop loin d'eux pour leur faire la conversation. Il devrait attendre un meilleur moment.

Une servante aux cheveux gris et frisés apporta un plateau de banniques. Alors qu'il prenait un de ces petits pains, elle l'observa d'un peu plus près, sous le rebord de son bonnet.

— Je ne crois pas t'avoir déjà vu par ici.

— Je ne suis qu'un voyageur qui a demandé l'hospitalité pour la nuit, expliqua-t-il. Je m'appelle Duncan McDonald.

— Et moi Rona. Si tu voyages, tu dois avoir faim, déclara-t-elle en déposant une autre bannique dans son assiette. Je vais repasser avec du chou et du mouton.

— Je te remercie, répondit-il avec un vague sourire.

Il rompit le pain chaud et le mâcha pensivement. Quand Rona revint, il prit une tranche de mouton et lui dit :

— Je n'aurais jamais cru pouvoir m'asseoir dans le grand hall d'un comte.

— Oui, c'est un titre prétentieux, et le comte est distant, mais il est bon, malgré tout.

Bon ? Duncan s'efforça de dissimuler son scepticisme.

— Sa femme est plus familière.

— C'est donc une bonne maîtresse ?

— Ah, pour sûr ! C'est une McCallum, un clan ennemi des Duff depuis longtemps, mais elle a établi la paix entre les deux camps. Tu as dû t'en rendre compte, en voyageant.

Duncan fronça les sourcils mais, avant qu'il ait pu poser plus de questions, la femme repartit avec son plat de mouton. La paix entre les deux clans ? Il ne savait plus que penser.

Quoi qu'il en soit, personne ici ne paraissait s'inquiéter de l'absence de Catriona. Donc, elle avait dû s'absenter pour une longue période, au moins quinze jours. Le vieux comte ne se doutait pas qu'elle avait eu un accident, il ne ressentait pas encore le chagrin des parents auquel on avait enlevé un enfant.

Soudain, les gens se levèrent autour de lui, et il les imita. Un homme et une femme montèrent sur l'estrade. Ils avaient à peu près son âge, et il devina que l'homme était Owen Duff, le futur comte. Ce dernier fit un signe aux gens réunis dans le hall.

— Asseyez-vous et mangez ! déclara-t-il.

Ces paroles furent saluées par une ovation.

Rona revint, avec un plat de chou. Pendant que Duncan se servait, elle lui dit :

— Ils sont tellement rayonnants d'amour ! Comment pourrait-il ne pas y avoir la paix entre nos clans ?

Duncan ne comprenait pas très bien. Était-ce donc le mariage dont elle avait parlé plus tôt, entre un Duff et une McCallum ? Cette femme était-elle la nouvelle maîtresse du clan ? À moins qu'elle ne tienne ce rôle que parce que le vieux comte et la comtesse ne venaient jamais au château ?

— Cet homme sera le prochain comte ? demanda Duncan, prenant un air admiratif.

Rona eut un sourire surpris.

— C'est le comte ! Il est devenu le chef des Duff, il y a quelques mois.

Elle secoua la tête et s'éloigna en marmonnant dans sa barbe, s'étonnant de l'ignorance des gens de la campagne.

Mais Duncan ne lui prêtait déjà plus attention. Cet homme était donc le nouveau comte d'Aberfoyle. Le vieux comte, qui avait dominé cette partie de l'Écosse et détruit tant de familles par cupidité était donc mort et enterré. Et sans doute brûlait-il en ce moment en enfer.

Duncan ne l'avait pas su, car il n'avait pris aucun risque après avoir échappé de peu à la prison. Il avait limité les patrouilles aux alentours de la grotte et n'avait pas envoyé ses hommes au-delà du vallon.

Le nouveau comte savait-il que son père avait été un criminel ? Tolérait-il les mêmes injustices ? Duncan l'observa, assis à côté de sa femme. Les deux jeunes gens n'avaient d'yeux que l'un pour l'autre et semblaient très épris. Cet homme ne savait sûrement pas que sa sœur avait disparu. Et, s'il était innocent des crimes de son père, il ne méritait pas de souffrir comme celui-ci. Mais Duncan ne savait pas encore à quoi s'en tenir.

Tant qu'il n'avait aucune preuve, sa vengeance était dérisoire. Que devait-il faire ?

Devait-il ramener Catriona chez elle ?

Tout son être se rebella à cette idée. La jeune femme n'avait aucun souvenir de ce château, ni de ces gens. Elle ne se souciait que de Finn, elle travaillait avec lui et l'aidait comme ne l'aurait jamais fait une dame de la noblesse habituée à se rendre dans les bals et les concerts.

Mais, à cause de Duncan lui-même, elle en savait trop sur le clan et ses activités. Ce qui pourrait représenter un danger pour son peuple et sa famille.

En réalité, tous ces prétextes ne servaient qu'à cacher la vérité. Tout au fond de lui, Duncan ne voulait pas que Catriona s'en aille. Il voulait la garder pour lui, égoïstement. Et, tant qu'elle n'aurait pas recouvré la mémoire, elle serait à lui.

Mais pourrait-il vivre en sachant cela ?

Il tourna cette pensée dans sa tête, en fixant des yeux la cheminée.

— Bonsoir, dit une voix en face de lui.

Duncan tressaillit. Lady Aberfoyle elle-même se tenait devant lui et le dévisageait. Elle avait des yeux de couleurs différentes, l'un était bleu, et l'autre vert. Cela lui donnait une apparence saisissante et mettait en valeur ses traits purs.

— Je ne crois pas vous avoir déjà vu, dit-elle d'un ton aimable mais appuyé.

Duncan se leva et s'inclina.

— Madame, je ne suis qu'un voyageur de passage. Je me rends à Glasgow, mon nom est Duncan McDonald.

— Asseyez-vous et mangez, je vous prie, dit-elle avec un geste de la main. Enchantée de faire votre connaissance, monsieur McDonald.

— Vous êtes très généreuse d'offrir l'hospitalité aux étrangers, madame.

— C'est une tradition des Highlands, comme vous le savez sûrement.

Il inclina brièvement la tête.

— Donc, vous vous rendez à Glasgow. La sœur de mon époux s'y trouve en ce moment, en visite chez des amis.

— J'espère qu'elle est heureuse de son séjour.

Duncan était étonné qu'elle ait elle-même parlé de Catriona, aussi facilement. Mais il profita de cette chance incroyable. S'il avait choisi une autre ville, le nom de Catriona n'aurait jamais été prononcé. Néanmoins, si elle était censée rendre visite à des amis, ils devaient attendre une lettre de la jeune femme après ces deux semaines d'absence. Peut-être une réponse à celle qu'ils avaient déjà envoyée. Donc, dans peu de temps, le jeune comte déploierait beaucoup d'efforts pour retrouver sa sœur.

Lady Aberfoyle le considérait d'un air amical, mais aussi avec une grande attention.

— Votre visage me semble… familier, dit-elle lentement.

Il but une gorgée de bière, avant de se renverser en arrière et de la dévisager d'un air étonné.

— Je n'étais encore jamais venu ici.

— N'êtes-vous jamais allé non plus à Larig Castle, la résidence des McCallum ? Mon frère est le chef du clan.

— Non, madame.

Elle sourit, mais inclina la tête et continua de fixer sur lui son regard perçant.

— Je vous ai pourtant déjà vu quelque part. Peut-être ai-je rêvé.

Devait-il prendre cela comme une plaisanterie ? Comme une menace. Le soupçonnait-elle d'être un hors-la-loi ?

Il lui sourit de nouveau, et avec un simple hochement de tête elle le quitta pour aller discuter avec d'autres hôtes.

Duncan resta seul pendant le reste de la soirée, se tenant à côté de groupes d'hommes qui buvaient, comme s'il était l'un des leurs, afin de ne pas se faire remarquer. Il avait prévu de quitter le château de Kinlochard tout de suite après le repas. Mais il craignait que cela ne paraisse étrange, surtout après sa conversation avec Lady Aberfoyle. À plusieurs reprises, il eut l'impression qu'elle le surveillait, mais il ne prit pas le risque de regarder dans sa direction.

Il passa la nuit enroulé dans son plaid, sur le sol, près du feu, avec plusieurs autres voyageurs. Quand les portes du château furent ouvertes, à l'aube, il se prépara à partir sans attendre que le repas du matin soit servi.

— Monsieur McDonald ! lança une voix, alors qu'il approchait des portes.

Sa première réaction fut de s'enfuir, mais il se maîtrisa et s'obligea à se retourner posément. C'était seulement Rona, la servante de la veille.

— Monsieur, ma maîtresse m'a demandé de vous préparer des provisions pour votre voyage, dit-elle en lui tendant un sac.

Duncan respira plus librement.

— C'est très généreux. Remerciez-la pour moi.

— Si vous attendez un instant, vous pourrez le faire vous-même.

— Je ne peux pas m'attarder. Un long voyage m'attend.

La servante ne tenta pas de le retenir, et il traversa le jardin intérieur la gorge serrée. Il n'était pas encore libre. Beaucoup de gens allaient et venaient dans la cour, mais la plupart se dirigeaient vers le grand hall pour prendre leur petit déjeuner. Dans les écuries, un palefrenier sortit paresseusement d'une stalle, ignorant Duncan. Le responsable de l'écurie n'était nulle part.

Duncan retrouva sa selle et le reste de son équipement dans un coin de la stalle, mais pas à l'endroit où il les avait laissés. Au moment où il se penchait pour voir si rien ne manquait, quelqu'un entra dans l'écurie, et il surprit une conversation.

— Nous ne pouvons pas interroger un invité, simplement parce que vous avez peut-être rêvé de lui, Maggie.

Duncan se figea et demeura tapi dans l'ombre, au fond de la stalle, derrière Arran. Le comte était là, accompagné de la comtesse. Pourquoi évoquait-elle encore un rêve ?

— Je ne suis pas seule à avoir rêvé de lui, Owen. Votre sœur aussi. Et vous savez que mes rêves se réalisent.

— Pas toujours, répondit son époux d'une voix plaisante.

Duncan était sous le choc. Que devait-il penser de cette discussion ? La situation semblait irréelle.

Lady Aberfoyle ricana.

— Que se passe-t-il, dans votre rêve ? continua le comte.

— Eh bien… Pas grand-chose, reconnut-elle. Je les vois simplement parler ensemble, et elle est heureuse.

Duncan ferma les yeux, les paupières crispées.

— Heureuse d'être avec un McDonald ? s'exclama Lord Aberfoyle, amusé.

— Qui aurait cru que vous seriez heureux avec une McCallum, vous, le chef des Duff ?

— Oui, qui l'aurait cru ? murmura-t-il.

Il y eut un silence.

— Je crois que nous avons raté M. McDonald, dit Lady Aberfoyle d'un air de regret. Je voulais lui demander s'il connaissait Cat.

— Il est en route vers Glasgow. Il la rencontrera peut-être là-bas.

— Je lui écrirai pour lui parler de lui. Oh ! ne me regardez pas ainsi, je n'interviendrai pas. Elle n'a pas besoin de savoir que j'ai fait un rêve. Je n'ai pas reçu de lettre d'elle, depuis son départ. Et vous ?

— Pas encore. Elle doit être trop occupée par les bals et les réceptions pour penser à nous écrire.

— Mmm.

Pendant plusieurs minutes, Duncan n'entendit plus rien. Il se releva avec précaution et jeta un coup d'œil par-dessus son cheval. Ils étaient partis. Il sortit de la stalle et les vit traverser la cour en se donnant le bras, penchés l'un vers l'autre et se parlant doucement. Il y avait quelque chose de spécial entre eux, un amour et une sérénité qui étaient étrangers à Duncan.

Il sella Arran et traversa la cour au pas, poussant un soupir de soulagement quand il eut franchi les portes. Alors qu'il traversait le pont au-dessus des douves, il croisa plusieurs douzaines de personnes qui entraient dans le château.

— Votre Seigneurie ?

La tension que Duncan avait sentie se dissiper lentement resurgit en une seconde. Aberfoyle était à l'intérieur du château. Combien de lords pouvaient se trouver en même temps que lui sur le pont ? Il fut tenté de partir au galop. Mais l'homme avait parlé dans un murmure, comme s'il ne voulait pas attirer l'attention sur lui. Duncan arrêta son cheval et jeta un regard en arrière.

Un homme seul, vêtu de hardes, ôta le bonnet qui protégeait son crâne dégarni.

— Je ne vous connais pas, dit froidement Duncan en posant la main sur la poignée de son épée.

— Non, Votre Seigneurie. Mais vous avez sauvé le fils de ma sœur, et je voulais que vous sachiez que je ne l'oublierais jamais.

Duncan hocha la tête, un peu mal à l'aise. Ce qu'il avait fait, n'importe quel homme honorable l'aurait fait aussi.

— Avez-vous recommandé aux autres familles de protéger leurs enfants ?

— Oui, Votre Seigneurie. C'est une chose terrible qu'un homme comme vous soit poursuivi pour avoir fait ce qui était juste.

Duncan crut voir l'un des gardes les observer d'un air soupçonneux.

— Je dois partir.

— Faites bon voyage, Votre Seigneurie.

Duncan mit sa monture au trot et ne regarda pas derrière lui. Il aurait voulu se lancer au galop comme s'il avait eu les Anglais à ses trousses, mais cela l'aurait rendu encore plus suspect.

Pendant tout le reste de la journée, il résista à cette envie et modéra l'allure de son cheval. Sa rencontre involontaire avec le comte et la comtesse l'avait déstabilisé. Il ne savait plus quel rôle Catriona tenait dans sa vie, ni ce qu'il devait faire à son sujet.

Une partie de lui cependant était impatiente de la retrouver. Il éprouvait un sentiment d'urgence qu'il n'avait encore jamais connu.

Quand il arriva à la grotte, par un des chemins détournés que lui seul connaissait, la nuit était tombée depuis longtemp,s et la plupart des chevaux manquaient.

Il enleva sa selle à Arran, le brossa sommairement et gagna au plus vite la grotte enfumée. Il n'y trouva que quelques hommes et les quatre femmes du clan. Catriona n'était pas là.

Maeve l'accueillit d'un air grave, ce qui ne fit qu'exacerber son inquiétude.

— Que s'est-il passé ?

— Nous avons appris qu'un convoi d'enfants allait arriver, la nuit dernière. Les hommes sont partis aussi vite qu'ils ont pu.

— La nuit dernière ? Et ils ne sont pas encore rentrés ?

Elle fit un signe négatif de la tête.

Duncan regarda autour de lui, puis franchit la passerelle et s'engagea dans le passage menant à la chambre. Elle était vide. Aucune lumière ne lui parvint du bassin. Retournant dans le grand hall, il demanda d'une voix dure :

— Où sont Catherine et Finn ?

Maeve se rembrunit et soupira.

— Partis, Votre Seigneurie. Nous pensons qu'ils ont suivi les hommes pour secourir les garçons avec eux.

— Mais vous n'en êtes pas sûrs ?

— Le cheval qui plaît tant à Maîtresse Catherine a disparu. Torcall est parti tout de suite après eux. Il devait revenir nous avertir s'il ne les trouvait pas avec nos hommes. Dans le cas contraire, nous devions comprendre qu'ils étaient tous ensemble.

— Quoi ?

Pivotant sur les talons, il passa une main dans ses cheveux, et défit le ruban qui les retenait sur la nuque.

— Savez-vous où le convoi devait arriver ?

Maeve secoua la tête.

— Nous ne pouvions pas quitter la grotte seules, ajouta-t-elle.

— Je sais.

Les mâchoires serrées, il s'obligea à prendre une longue inspiration.

Cela ne parvint pas à le calmer. Il était paniqué, désorienté. Dans quel pétrin Catriona s'était-elle mise ? Il s'était servi d'elle pour sa vengeance, il l'avait manipulée en lui laissant croire qu'il avait confiance en elle, qu'il était parfaitement sincère.

Lui avait-il fait croire qu'il pouvait y avoir quelque chose entre eux, malgré tout ce qu'il avait fait ?

Dans ce cas, il se mentait.

Catriona était une jeune femme innocente. Et elle aurait été en ce moment avec sa famille, si Duncan ne s'était pas emparé d'elle pour assouvir sa vengeance.

Chapitre 13

Duncan connut l'une des nuits les plus tourmentées de sa vie. Catriona était quelque part dans la nature, probablement seule, risquant sa vie pour une de ses missions, alors qu'il n'était pas là pour la protéger. Comment un monstre tel qu'Aberfoyle avait-il pu engendrer une femme aussi extraordinaire ? Peut-être avait-il été un père lointain, distant, n'ayant aucune influence sur sa fille ? À moins que sa blessure à la tête n'ait fait d'elle une femme différente, révélant celle qu'elle était réellement ? Duncan l'avait secourue, et ils étaient devenus proches, bien qu'il ait tenté de résister. Mais il n'avait pas été assez fort, et maintenant il se sentait pris au piège, en proie à des sentiments qu'il n'avait plus éprouvés depuis longtemps... Ou qu'il n'avait même jamais connus.

Il s'intéressait aux enfants qu'il sauvait, il était horrifié que l'on puisse kidnapper des innocents. Il aimait ses sœurs et vivait dans la peur que ses exploits ne finissent par leur faire du tort. Mais aucun de ces sentiments ne pouvait se mesurer à l'obsession qu'il ressentait pour Catriona.

Longtemps après le souper, alors que le soleil venait de disparaître, un garde vint l'avertir qu'un groupe approchait. Duncan se précipita à l'entrée de la grotte.

— Laird Carlyle ! lança Maeve. Vous devriez attendre d'être certain que ces hommes sont les nôtres.

Elle avait raison, mais il était trop impatient. Il sortit dans la nuit froide, sous un ciel aux tons pourpres. Les bras croisés, il attendit. Torcall, qui devançait le groupe en éclaireur, apparut entre les arbres.

Duncan saisit les rênes de son cheval.

— Maîtresse Catherine est-elle avec les autres ?

— Oui, Votre Seigneurie.

Il tenta de se persuader qu'il était soulagé, uniquement parce que Catriona était sous sa responsabilité. Ses hommes sortirent les uns après les autres du bois touffu qui masquait l'entrée de la grotte. Ivor apparut le dernier, avec Catriona et Finn. Duncan s'attendait à ce que la jeune femme soit un peu mal à l'aise. Mais ce fut Finn qui lui lança un regard gêné avant de détourner les yeux.

Catriona mit pied à terre avec l'aisance d'une cavalière émérite et courut vers lui d'un air exubérant. Elle s'arrêta net à quelques pas de lui.

— Duncan, il s'est passé quelque chose de merveilleux ! s'écria-t-elle.

Elle plaça vivement une main devant sa bouche et baissa la voix.

— Nous avons secouru trois enfants et les avons déjà rendus à leur famille.

Il frémit en pensant à ce qui aurait pu se passer si quelqu'un l'avait reconnue.

— Je n'ai pas assisté aux retrouvailles avec les familles, dit-elle.

Son expression s'assombrit, comme si elle avait lu dans ses pensées.

— Ivor a insisté pour que je me tienne à l'écart. Je n'ai pris aucun risque, ajouta-t-elle en lui décochant un regard en coin. Ce n'était pas une cargaison de whisky, bien entendu. Ivor dit qu'il ne m'emmènera jamais jusqu'à l'endroit où ils entreposent les tonneaux, même si je le lui demande.

Elle s'interrompit enfin.

— Vous avez fini de jacasser ?

Catriona déglutit, regarda autour d'elle et se rendit compte qu'ils étaient seuls. Il entendait les hommes dans l'enclos. Le dernier arrivé prit les rênes de la jument et alla rejoindre les autres.

— Je peux m'occuper de ma monture ! protesta-t-elle.

— Non, vous ne pouvez pas, rétorqua Duncan d'un ton ferme. Nous avons à parler.

Loin de se mettre sur la défensive, elle croisa les mains et le considéra avec calme.

— Voulez-vous que je vous fasse un rapport, à la place d'Ivor ?

L'accent écossais perçait de nouveau dans sa voix. Les deux jours passés avec ses hommes avaient sans doute contribué à le faire resurgir. Deux jours, seule, en compagnie d'une troupe de guerriers ! Il avait envie de l'étrangler.

Bien sûr, elle avait déjà passé deux semaines dans la grotte en compagnie de ces mêmes hommes. Mais alors, il était là pour la surveiller et la protéger. Sauf de lui-même…

— Non, je réserve le rapport à Ivor, répondit-il. Ce que j'attends de vous, c'est une explication.

Elle finit tout de même par baisser les yeux, l'air un peu contrit.

— Dans l'excitation du moment, j'étais si heureuse de ce nouveau sauvetage que j'ai oublié… les circonstances.

— Les circonstances. Parlons-en. Qu'est-ce qui a bien pu vous pousser à suivre mes hommes, avec ce garçon, alors qu'ils partaient pour une mission dangereuse ?

Il la dominait de toute une tête et il ne put s'empêcher de hausser le ton. Elle leva les yeux, les lèvres pincées.

— C'était mal, je sais, reconnut-elle en agitant les mains devant elle.

— Mal ? C'est tout ce que vous trouvez à dire ?

Ses yeux dorés lancèrent des éclairs dans la lumière grise du crépuscule. Il ne voulait pas retomber sous son charme. Il était le chef du clan, et aussi le sien.

— Votre Seigneurie, c'est ma faute.

Duncan et Catriona se retournèrent d'un même mouvement. Finn émergea du sentier qui menait à l'enclos des chevaux. Les traits du garçon étaient tendus par la peur et l'appréhension. Duncan détestait provoquer de tels sentiments chez un enfant, mais c'était parfois nécessaire, pour la sécurité des garçons.

— Finn, commença Catriona.

— Non, Maîtresse, vous n'avez pas à me protéger. C'est moi. Je voulais aider les autres garçons, monsieur. Maîtresse Catherine a voulu me retenir, mais je ne l'ai pas écoutée. Alors, elle est partie avec moi pour me protéger.

Catriona regarda le garçon en fronçant les sourcils, mais ne le contredit pas.

— Tu ne t'es pas rendu compte que vous pouviez mettre mes hommes en danger ?

Duncan n'était plus aussi en colère qu'auparavant, mais il ne voulait pas qu'ils s'en aperçoivent.

Finn déglutit et secoua la tête d'un air pitoyable.

— Non, je voulais les aider. Je me suis souvenu que j'avais eu très peur de vos hommes, car je me demandais ce qu'ils allaient me faire. Je me suis dit que je pouvais parler aux autres enfants, pour qu'ils aient moins peur.

— C'est ce que tu as fait ?

L'enfant leva légèrement le menton.

— Oui, Votre Seigneurie.

— Alors file et va panser le cheval de Maîtresse Catherine et le tien. Et réfléchis à la façon dont tu aurais dû agir.

L'air décontenancé, l'enfant s'éloigna en emmenant sa jument.

Duncan se tourna vers Catriona. La lune apparaissait dans le ciel et l'enveloppait d'un halo de lumière blanche. Elle était si belle qu'il eut tout le mal du monde à résister à son désir. Il voulait la prendre dans ses bras, l'embrasser avec une passion mêlée de regrets et de doutes. Il ne savait plus ce qu'il devait faire d'elle, maintenant, et il ne pouvait assumer les sentiments qu'elle lui inspirait.

Il allait donc se borner à la garder en sécurité.

— Et vous, qu'auriez-vous dû faire ?

— Je ne crois pas que j'aurais pu agir différemment, répliqua-t-elle avec audace. S'il n'y avait eu que du whisky à récupérer, Ivor affirme qu'il ne m'aurait pas permis de les accompagner. Il m'a dit que je ne devais pas être mise au courant de ces choses-là, que ce pourrait être dangereux. Il prétend que le comte d'Aberfoyle est impliqué dans ce trafic, que c'est son whisky que nous dérobons, à cause de ce qu'il fait à ces pauvres enfants.

À l'instant où elle prononça le nom de son père, Duncan inspira profondément, attendant que ce nom ravive chez elle les souvenirs enfouis. N'avait-il pas recommandé à Ivor de ne rien révéler ? Elle ne devait rien savoir ! Mais elle continuait de le regarder innocemment. Elle ne savait rien de sa véritable identité. Le titre de son père n'évoquait rien pour elle. La terreur qu'éprouvait Duncan finit par se dissiper, et il respira plus facilement.

Mais il ne cessait de penser au danger qu'elle avait couru en suivant ses hommes. Peut-être même n'avaient-ils pas été tout de suite conscients de sa présence derrière eux.

— Vous semblez contrarié. Finn avait besoin de moi. Il voulait se rendre utile, aider les enfants comme lui. Mais il voulait surtout vous remercier de tout ce que vous avez fait pour lui.

— Je suis désolé, pardonnez-moi d'avoir souhaité vous protéger tous les deux, rétorqua sèchement Duncan.

Elle s'approcha de lui dans l'obscurité et posa sa main délicate sur sa poitrine. Duncan s'efforça de contenir son trouble. Il ne voulait pas qu'elle sache à quel point il était sensible à son charme. Mais autant empêcher un aigle de voler…

— Je sais ce qu'il ressent, Duncan. Finn et moi voudrions juste… faire partie de quelque chose. Savoir que nous comptons, que nous pouvons vous aider, plutôt que de rester assis dans cette grotte comme des créatures fragiles et protégées.

— Ce n'est pas le cas, maugréa-t-il. Vous êtes notre invitée et cependant vous avez travaillé pour trois depuis que vous êtes là.

Catriona leva les yeux au ciel.

— Vous vous moquez de moi.

Il avait envie de l'entendre prononcer de nouveau son prénom. Lorsqu'elle l'appelait ainsi, de sa voix douce et féminine, il avait l'impression d'être un homme comme les autres, seul dans la nuit avec une femme. Deux personnes avec des perspectives, un avenir possible.

Bon sang, il n'était qu'un imbécile.

— Vous avez l'air si sombre, murmura-t-elle.

Elle tendit la main et la posa sur son front. Il eut le souffle coupé.

— J'aimerais pouvoir faire disparaître ces rides sur votre front…

Il frissonna en sentant ses doigts frais glisser sur sa peau moite.

— Apaiser vos tourments…

Duncan ferma les yeux, incapable de contempler cette beauté éclatante, qui l'attirait comme un aimant.

Mais cette lumière aurait dû le mettre en garde, comme celle d'un phare éloignant une frégate des rivages dangereux.

Cette femme devenait trop importante pour lui. Elle faisait naître en lui des pensées sauvages, il imaginait la vie qu'ils pourraient avoir ensemble, si elle ne recouvrait jamais la mémoire. C'était un rêve impossible.

Mais, maintenant qu'il n'était plus nécessaire de punir son père, Duncan devait faire confiance à la justice de Dieu. Pouvait-il espérer blanchir son nom ?

Mais même s'il était innocenté, si sa réputation était rétablie, la famille de Catriona n'accepterait jamais une union entre eux, pas après ce qu'il lui avait fait.

Catriona lui prit le visage à deux mains. Il s'était senti froid, vide à l'intérieur, jusqu'à ce qu'elle arrive dans sa vie et qu'elle fasse renaître ses désirs.

Il lui agrippa les poignets pour la repousser. Mais elle laissa les mains tomber sur ses épaules et les fit glisser lentement sur son torse. Duncan demeura figé, incapable de la repousser.

Personne ne l'avait touché avec douceur depuis très longtemps. Le contact de Catriona le tourmentait et faisait surgir un désir qui le submergeait. Il s'en voulut de cette réaction. Il aurait souhaité détester la jeune femme, lui faire peur, la chasser.

Il resserra les doigts sur ses poignets, qu'il ramena derrière son dos. Le mouvement la renversa légèrement en arrière, et elle se cambra contre lui, plaquant les hanches contre les siennes. Il la serra davantage, et ses seins se pressèrent sur son torse. Il aurait dû la repousser, l'éloigner, car il n'avait même plus confiance en lui.

Mais elle soutint crânement son regard dans la pénombre.

— Vous voudriez m'effrayer, mais je n'ai pas peur.

Duncan la secoua doucement et se pencha sur elle.

— Vous avez tort. Je ne suis pas un prétendant docile.

— Je serais déçue si vous l'étiez.

— Vous parlez avec trop d'audace. Cela finira par vous attirer des ennuis.

— Pas avec vous. Vous avez toujours été bon pour moi.

— Il n'y a rien de bon dans la façon dont je vous tiens, dont je vous embrasse. Je vous désire.

— Je vous désire aussi, mais je sais que je n'ai rien à vous offrir, car mon passé est obscur. Je représente un risque pour vous.

Duncan la relâcha, il se méprisait lui-même. Mais, au lieu de s'écarter, elle glissa les bras autour de sa taille et se pressa contre lui.

— Mais Duncan, vous me faites éprouver des sensations délicieuses. Quand vous êtes là, mon corps s'enflamme comme une torche.

Il ferma les yeux, luttant de toutes ses forces pour garder le contrôle de lui-même. Ses seins ronds et fermes se pressaient contre son torse, il sentait son souffle chaud sur sa nuque. Ses petites mains s'aventurèrent sous sa veste, explorant son dos.

Alors, il l'étreignit et l'embrassa avec ferveur. Il la dévora de baisers, comme s'il pouvait ainsi ramener l'espoir et la paix dans son cœur. Il toucha son corps comme s'il lui appartenait, comme s'il avait été créé pour lui. Il l'attira à l'écart, l'emmenant sous le couvert des arbres. Lorsque leurs jambes s'entrecroisèrent, elle poussa un gémissement. Il plaqua les mains sur ses hanches et la serra contre lui.

— Vous souvenez-vous d'avoir déjà fait cela avec un homme ? demanda-t-il.

Il n'avait pas entendu parler d'un éventuel mari, mais soudain il était un peu hésitant.

— Non.

Il lui mordilla le cou, et elle rit doucement.

— J'ai l'impression de vous rendre un peu fou.

Il l'embrassa de nouveau, laissant les mains courir sur son corps, puis s'empara de ses seins.

— Oui, fou…

Elle poussa une petite exclamation.

— Je voudrais me débarrasser de mes vêtements pour que vous puissiez me toucher.

— Non, je ne le souhaite pas. Je suis faible, vis-à-vis de vous, vous ne devez pas l'oublier. Mais…

Il n'alla pas plus loin et saisit ses jupes à pleines mains.

Il l'entendit inspirer violemment, alors qu'un délicieux sentiment d'anticipation les envahissait tous les deux. Dès que sa main virile effleura sa cuisse nue, il retint son souffle à son tour. Ses doigts remontèrent sur ses hanches rondes, puis s'insinuèrent entre ses cuisses, avant de remonter sur son ventre. Elle tremblait.

— Voulez-vous que j'arrête ? murmura-t-il, les lèvres dans ses cheveux.

— Non. Oh ! non, je vous en prie.

Il ne distinguait pas ses traits dans l'obscurité, mais il lui embrassa le nez, les lèvres, le menton, tout en continuant d'explorer entre ses jambes.

La respiration de la jeune femme s'accéléra, et elle poussa de petits soupirs qui faillirent avoir raison de sa résistance. Il eut envie de soulever son plaid et de laisser libre cours à son désir primitif. Mais il se contenta d'insinuer un doigt en elle et de la caresser.

Elle étouffa un cri contre son épaule.

— Seigneur ! Je veux… Je veux… Je ne sais pas, chuchota-t-elle.

— Cela, dit-il avec assurance en poursuivant ses caresses.

Elle agrippa les pans de son plaid, frissonnant violemment à chaque caresse. Duncan lui renversa la tête et prit ses lèvres, les mouvements de sa langue imitant ceux de ses doigts. Instinctivement, elle écarta un peu les jambes pour mieux s'offrir. Il poursuivit ses caresses sans tenter de la déflorer.

Ses cris se firent un peu plus aigus, et il la soutint de son bras lorsqu'elle atteignit en frissonnant le summum du plaisir.

Puis elle s'affaissa entre ses bras, posant la tête sur son épaule. Il savait qu'elle le regardait dans la pénombre, comme pour essayer de pénétrer ses pensées. Il retira la main à regret et laissa retomber ses jupes, comme un voile entre eux.

— C'était…

Elle ne put en dire davantage, car il l'embrassa de nouveau, lui mordillant délicatement les lèvres. Elle toucha doucement le bout de sa langue, avant de s'écarter.

— Est-ce que… c'est ainsi entre les hommes et les femmes ?

— En partie, murmura-t-il d'une voix rauque.

— Je peux vous toucher comme vous l'avez fait ?

— Non, répliqua-t-il vivement.

— Ce ne serait pas bon ?

Il fut surpris lui-même de laisser échapper un rire bref. Depuis quand n'avait-il pas ri ?

— J'éprouverais le même plaisir que vous. Mais je ne peux prendre ce risque.

— Pourquoi ?

— Parce que je vous prendrais votre virginité.

— Ou bien ce qui appartient à mon époux… Si j'en ai un, ajouta-t-elle avec une pointe de tristesse.

— Vous n'en avez pas.

— Comment le savez-vous ?

— Je viens d'avoir la preuve que vous étiez vierge, je l'ai

senti. Ne vous tourmentez pas, Catherine. Vous n'êtes coupable de rien.

— Je ne suis donc pas mariée, dit-elle dans un souffle. Mais je pourrais être fiancée ?

Ils demeurèrent enlacés pendant un long moment. Duncan eut l'impression qu'un nuage de culpabilité l'enveloppait et l'absorbait lentement.

— Duncan, vous m'avez fait éprouver du plaisir. Je voudrais en faire autant pour vous.

L'idée qu'elle pourrait le toucher aussi intimement…

— Vous avez du mal à respirer ?

— J'essaye de ne pas vous imaginer nue pendant que je goûte à votre corps…

— Vous voudriez me… goûter ?

— Partout.

Elle eut une hésitation, puis murmura :

— Je veux faire pareil.

Et tout à coup, elle posa la main sur son plaid et le toucha audacieusement à travers le tissu. Il repoussa vivement sa main, la saisit et la posa sur sa poitrine.

— Ne puis-je vous donner le plaisir que vous m'avez donné ?

— Je vous en prie, ne me le demandez plus, je ne serai peut-être pas capable de résister. Vous n'êtes pas ma femme, Catherine, et je n'ai pas le droit d'agir comme si vous l'étiez.

— Nous ne faisons de mal à personne.

Elle se trompait. Duncan lui faisait du mal, mais elle ne le savait pas. Plus leur relation devenait intime, plus elle risquait de le haïr, plus tard.

Si jamais elle recouvrait la mémoire. Il n'avait pas le droit d'espérer que cela n'arriverait pas et d'imaginer qu'ils pourraient avoir une vie normale ensemble. Ce n'était pas envisageable. Mais il s'entendit demander :

— Si vous saviez qui vous étiez…

— Je resterais avec vous, déclara-t-elle avec une tranquille assurance.

Un tel sentiment de honte envahit Duncan qu'il ne put répondre.

— Retournez dans la grotte, ordonna-t-il d'une voix dure.

Elle tourna les talons, puis lui jeta un coup d'œil par-dessus son épaule.

— Avez-vous peur de moi, Duncan Carlyle ?

Il garda le silence.

— Je connais vos secrets désormais. Et j'entends faire partie de votre vie.

Il lui tourna le dos et posa une main sur l'arbre, la tête penchée, comme s'il s'efforçait de se maîtriser. Ses secrets… Elle était loin de connaître les pires d'entre eux. Et cependant, il l'attachait de plus en plus à lui, avec ses missions, ses gens, ses besoins égoïstes. Une petite partie de lui s'obstinait à croire que les choses finiraient par s'arranger et qu'ils pourraient vivre ensemble.

Malgré sa fatigue, Catherine eut du mal à s'endormir cette nuit-là. Elle avait été enchantée de sortir de la grotte, enthousiaste à la pensée qu'en se retrouvant sur la route elle se souviendrait peut-être de quelque chose. Cela ne s'était pas produit. Mais à peine avait-elle surmonté sa déception qu'elle avait dû affronter la colère de Duncan.

Cependant, cette colère s'était rapidement transformée…

Il avait eu peur pour elle. Certes, elle avait commis un acte irréfléchi en suivant Finn. Mais le petit garçon était si déterminé, si attachant. De plus, il ne s'était pas trompé sur la réaction des enfants kidnappés. Les garçons étaient terrifiés lorsqu'ils avaient été secourus. Ivor avait été obligé de tuer un des bandits, ce qui n'avait rien arrangé. La présence d'une femme et d'un enfant avait donc fortement contribué à rassurer les garçons et à les persuader qu'ils étaient désormais en sécurité. Catherine avait été excitée par l'aventure, soulagée que tout se soit bien déroulé. Toutefois, elle appréhendait la confrontation avec Duncan. Et elle avait raison.

Mais sous les fanfaronnades et les airs renfrognés se cachait un homme qui avait été blessé par la vie et qui craignait de souffrir de nouveau. Toutefois, malgré son statut de hors-la-loi, il allait au secours des enfants kidnappés.

Et il éprouvait des sentiments pour elle. Du moins, il s'efforçait de lui donner du plaisir.

Avec un soupir, elle plaqua les mains sur son visage enflammé et laissa les souvenirs la submerger. Elle ignorait que des caresses intimes pouvaient procurer autant de plaisir. Ses mains glissèrent sur ses seins, puis entre ses cuisses. Mais la sensation n'était pas la même que lorsqu'il avait posé ses mains viriles sur elle. Il savait ce qu'il faisait et connaissait son corps mieux qu'elle-même.

Il avait dû faire ce genre de choses auparavant, avec d'autres femmes. Mais cela lui était égal. Sa peau était encore sensible, son corps plus apaisé qu'elle ne le croyait possible. Il lui fallut un temps infini pour s'endormir, puis elle rêva de l'avenir avec Duncan. Pour être avec lui, elle aurait pris n'importe quel risque. Était-elle tombée amoureuse de lui ? Comment pouvait-elle faire confiance à ses sentiments, alors qu'elle n'avait aucune expérience sur laquelle s'appuyer ?

Après tout, Duncan lui avait sauvé la vie. Aussi, peut-être prenait-elle la gratitude et le désir pour des sentiments plus profonds ? Il fallait qu'elle soit patiente, qu'elle laisse le temps décider.

Le lendemain, c'était jour de lessive. Maeve et les autres femmes étaient encore dans la grotte quand elle se leva, et rassemblaient le linge à laver. Dehors, l'eau commençait à bouillir dans les grands chaudrons. Catherine apporta les sacs de voyage que Duncan avait ramenés. Elle avait l'impression de se comporter comme une épouse. Mais elle n'avait même pas pensé à lui demander où il était allé. Ils avaient été trop occupés à s'embrasser, songea-t-elle en rougissant.

Au fond du sac, quelque chose lui piqua le doigt, et elle poussa une exclamation étouffée. Elle retira la main et vit du sang perler au bout de ses doigts. Elle s'essuya sur son tablier, puis sortit la chemise sale avec son autre main. Quelque chose luisait au fond du sac. Avec des gestes prudents, elle plongea la main dans le sac et en retira une broche. C'était la reproduction du blason d'un clan, et l'agrafe ressemblait à celle avec laquelle Duncan fixait son plaid sur l'épaule. Mais ce n'étaient pas les armoiries du clan Carlyle.

Soudain, cette broche lui parut familière. Une lumière se fit dans son esprit, et elle ne fut plus consciente des arbres qui l'entouraient, ni des chaudrons ni du vent frais qui lui effleurait les joues.

La broche lui appartenait. Elle portait les armoiries de sa famille. Elle vacilla, tandis qu'un flot de souvenirs déferlait en elle telle une vague puissante. Elle avait choisi Catherine comme nom, sans savoir qu'il était similaire au sien.

Tout le monde l'appelait Cat. Mais elle était Lady Catriona Duff.

Chapitre 14

Cat fit quelques pas en vacillant, serrant la broche et le sac dans ses mains. Elle voulait s'éloigner avant que les femmes arrivent et lui posent des questions. Un torrent d'images et de souvenirs se déversait pêle-mêle dans sa tête. Tout d'abord son enfance, puis très vite les années qui avaient suivi. Elle revit son frère, Owen, son visage adoré. Des larmes de soulagement perlèrent sous ses paupières. Ils avaient souffert ensemble, avec des parents qui les tenaient le plus possible éloignés de leur domaine, qui voulaient à tout prix les transformer en les faisant entrer dans l'aristocratie anglaise. Ils avaient presque réussi.

Son père l'avait promise en mariage dès sa naissance, pour établir la paix entre les clans des Duff et des McCallum. Cat n'en avait rien su, jusqu'à ce que son père change d'avis et pousse son fiancé à enlever une jeune fille qu'il avait fait passer pour elle, sa chère cousine Riona. Riona et Hugh McCallum étaient finalement tombés amoureux, au grand soulagement de Cat. Mais leur mariage ne correspondait pas au contrat passé entre les deux familles. Owen avait donc proposé d'épouser Maggie, la sœur de Hugh, pour rétablir la paix. Cat avait trouvé la conduite de son frère si honorable ! Mais il avait fallu quelque temps pour convaincre Maggie.

Bizarrement, Cat avait alors eu l'impression d'être mise

à l'écart. Bien qu'elle eût été soulagée de ne pas être obligée d'épouser un inconnu, elle constatait qu'autour d'elle les gens tombaient amoureux et se mariaient. À présent, les deux couples attendaient un enfant. Elle était heureuse pour eux, enthousiaste à l'idée d'avoir des neveux, mais... il n'y avait personne dans sa vie. Il était temps pour elle de trouver un époux, et la seule façon de le faire était de rencontrer des gens. Aussi avait-elle décidé de se rendre à Glasgow pour séjourner chez des amis. Ensuite, elle envisageait de se rendre à Édimbourg, et enfin à Londres.

Alors que tous les souvenirs apparaissaient, elle commença à se rappeler ce voyage avec deux hommes du clan qui l'escortaient toujours dans ses déplacements. Ils étaient plus des amis que des gardes. Les yeux embués de larmes, elle se rappela l'orage qui menaçait, puis la violente tempête qui les avait surpris. Ses hommes avaient essayé en vain de la mettre à l'abri, et soudain le terrain s'était fissuré et avait glissé sous leurs pieds. Après cela, elle ne se rappelait plus rien. Sinon qu'elle s'était réveillée dans les bras de Duncan. Soit son esprit avait été grandement endommagé, soit elle cherchait inconsciemment à se protéger de la mort de ses amis.

Duncan.

Elle inspira, chassant de son esprit les tristes souvenirs, absorbant lentement l'idée qu'elle savait à présent qui elle était, et qu'elle était libérée de ses doutes et de ses hésitations. Elle n'était ni mariée ni fiancée. Elle pouvait en toute sincérité se donner à Duncan et l'aider à échapper à son passé. Ils pouvaient être ensemble, se marier...

C'est alors que ses yeux se posèrent sur la broche qu'elle serrait au creux de sa main. Les doutes et une crainte grandissante l'assaillirent. Le bijou... se trouvait au fond du sac de Duncan. Or, elle portait toujours cette broche quand elle voyageait, le blason était la preuve qu'elle appartenait à son clan, et elle en était fière.

Duncan… avait dû la lui prendre, pour la cacher. Elle essaya faiblement de se persuader qu'il devait vouloir faire des recherches, découvrir à qui étaient ces armoiries, d'où elle venait.

Elle plaqua une main devant sa bouche, et les larmes surgirent dans ses yeux. Chancelante, elle s'éloigna de la grotte… et de ce qui lui apparaissait comme la vérité.

Elle ne pouvait plus chercher d'excuses à Duncan. Il ne pouvait pas avoir oublié un indice aussi important pour découvrir son identité. Il l'avait délibérément caché, pour l'empêcher de savoir qui elle était. Sa respiration s'accéléra, alors qu'elle luttait contre les larmes. Elle appuya un bras contre un arbre pour ne pas perdre l'équilibre, sous le choc, la déception, le chagrin… et la colère. Oh, Seigneur, cette colère enflait en elle, de plus en plus brûlante, réduisant en cendres ses espoirs d'affection, d'amour.

Elle avait failli tomber amoureuse d'un homme qui la retenait en captivité, et formait des plans contre elle et sa famille. Il n'était pas seulement un contrebandier… Il était un brigand et un kidnappeur !

Et elle l'avait aidé.

S'adossant à l'arbre, elle s'efforça de réprimer une nausée. Certes, elle savait que son père était coupable et qu'il méritait d'être puni. C'était un homme cruel. Il avait laissé sa cousine Riona se faire kidnapper pour éviter que Catriona soit donnée en mariage à un « sauvage Highlander ». Elle se souvenait encore de l'avoir entendu prononcer ces mots.

Son père avait profité du trafic d'enfants innocents, arrachés à leur famille et maltraités. Elle avait vu la souffrance et la peur dans leurs yeux, les marques des liens sur leurs poignets.

Finn avait éprouvé une terreur telle qu'il était incapable de l'exprimer par des mots.

Agrippant une branche pour se soutenir, elle rendit son petit déjeuner. Puis elle s'essuya la bouche du revers de la main et se laissa tomber assise au pied de l'arbre. Elle connaissait la cruauté de son père. Elle aurait fait n'importe quoi pour réparer ses fautes, elle aurait aidé Duncan, mais ce dernier ne lui en avait pas donné l'occasion. Il lui avait caché la vérité, l'avait séduite. Elle frissonna.

S'il ne l'en avait pas empêchée, elle se serait donnée à lui. Elle ne savait pas s'il l'avait fait parce qu'il se sentait coupable ou parce qu'il avait d'autres projets pour elle. Cela n'avait pas d'importance. Son chagrin et sa déception étaient insupportables.

Que devait-elle faire, à présent ?

Duncan ne fut pas surpris de voir Ivor s'avancer vers lui, une fois que tous les autres hommes eurent quitté la grotte, ce matin-là.

— Oui, Ivor ?

— J'ai des nouvelles. Un des bandits a laissé entendre qu'il y avait un autre convoi d'enfants, prêt à partir.

Duncan jura tout bas.

— Il a donné des détails ?

Ivor fit un signe négatif.

— Il a peut-être simplement dit ce qu'il pensait que nous avions envie d'entendre, dans l'espoir que je renoncerais à lui briser son autre jambe.

— C'est possible. Recommande aux patrouilles d'être encore plus vigilantes que d'habitude.

Ivor demeura campé face à lui, les épaules rigides, l'air grave. Duncan se rembrunit.

— Il y a autre chose ?

— J'ai contrevenu aux ordres, Laird Carlyle.

— Quels ordres ?

— Ceux concernant Maîtresse Catherine. J'aurais dû la renvoyer à la grotte dès que nous avons découvert qu'elle nous suivait avec le gamin.

— Pourquoi ne l'as-tu pas fait ?

— Les kidnappeurs étaient en vue. Je craignais de perdre leur trace, si je la faisais escorter jusqu'à la grotte par nos hommes.

Duncan posa une main sur l'épaule du guerrier.

— Tu as fait ce qu'il fallait, mon ami.

Ivor sembla se détendre, mais il secoua la tête d'un air penaud.

— C'est une jeune femme très volontaire, dit-il.

— En effet.

— Tu es sûr de savoir ce que tu fais ?

Ivor ne s'exprimait plus comme un soldat mais comme un ami, à présent. Duncan hésita un instant.

— Non, je ne suis plus sûr de rien, avoua-t-il.

— Elle est douce, mais…

Ivor se balança d'un pied sur l'autre, avant de poursuivre :

— Mais quand elle veut obtenir quelque chose, elle a une volonté de fer. Et peut-être… est-ce toi qu'elle veut ?

Duncan soupira.

— Je ne veux pas me mêler de ce qui ne me regarde pas, s'empressa d'ajouter Ivor.

— Tu n'es pas indiscret, et j'apprécie ta sollicitude. Et je suis beaucoup trop sensible au charme de cette fille. Ne la blâme pas, c'est moi qui suis incapable de tenir mes distances avec elle.

— J'ai appris que ta sœur avait proposé de la prendre chez elle.

— Muriel t'a dit cela ?

Ivor se contenta de s'éclaircir la gorge, sans répondre.

— Catherine est sous ma responsabilité. Si je la confie à

Muriel, il faudra l'attacher pour qu'elle se tienne tranquille. Il vaut mieux que je la surveille de près, dorénavant.

— Nous le ferons tous.

— Tu l'as vue, ce matin ?

— Je croyais qu'elle était avec toi. Maeve dit qu'elle a commencé à faire la lessive avec les autres femmes, mais maintenant elles ne savent plus où elle est.

— Je vais la trouver.

— Et la garder attachée dans la grotte ? demanda Ivor avec un sourire en coin.

— Seigneur, non ! protesta Duncan en grimaçant.

Cette suggestion contenait trop d'allusions érotiques.

Devant l'entrée de la grotte, Maeve, Janet et Sheena remuaient l'eau savonneuse dans laquelle trempait le linge. Leurs cheveux humides frisottaient sur les tempes, et leurs visages étaient rougis par la chaleur.

— Mesdames ! lança Duncan, pour capter leur attention.

Elles observèrent toutes une pause et levèrent les yeux sur lui.

— Où puis-je trouver Maîtresse Catherine ?

— Elle était censée nous aider, Votre Seigneurie, dit Sheena. Mais elle a disparu. Ce n'est pas une grande travailleuse.

Maeve lui lança un coup d'œil désapprobateur, puis se tourna vers Duncan.

— C'est la première fois que cela arrive. Elle s'était portée volontaire pour ce travail.

Duncan fronça les sourcils, entra dans la grotte, franchit la passerelle et gagna sa chambre. Celle-ci était en désordre, comme toujours, mais Catherine n'y était pas. Il alla jusqu'au bassin, mais la petite grotte était plongée dans l'obscurité.

— Catherine ? appela-t-il, à tout hasard.

Sa voix résonna dans les salles vides.

Dans le grand hall, les hommes qui aiguisaient leurs poignards levèrent le nez lorsqu'il passa devant eux. Son expression ne devait rien laisser augurer de bon, car ils retournèrent à leur travail sans prononcer un mot. Catriona n'était pas non plus dans l'enclos, mais en revanche le cheval qu'elle avait déjà monté s'y trouvait.

Quand il retourna vers les femmes, Maeve souleva une chemise.

— Je crois que ceci vous appartient, Votre Seigneurie.

— Oui, et alors ?

— Je l'ai trouvée sur le sol, mais aucune d'entre nous ne l'avait apportée. Donc, nous pensons que c'est Maîtresse Catherine.

Son malaise grandissait de minute en minute. Catriona travaillait toujours volontiers avec les autres membres du clan.

— Comment se sentait-elle, ce matin ?

Les femmes s'entre-regardèrent et haussèrent les épaules.

Il ne restait plus qu'un lieu, où il avait une chance de la trouver. Il jeta un coup d'œil à la tour qui dominait la falaise. Abandonnant les femmes dont les regards brillaient de curiosité, il s'engagea dans le sentier et grimpa à vive allure vers le château. Catriona aurait-elle eu l'audace de retourner dans les ruines, alors qu'il lui avait interdit de s'y rendre seule ?

Alors qu'il se dirigeait vers l'entrée de la cour, un mouvement attira son attention. Il vit la silhouette de Catriona se découper sur le ciel orange et rose du matin. Elle se tenait au bord de la falaise comme si, de ce point de vue, elle dominait le monde. Le vent enroulait ses jupes et les longues mèches de ses cheveux bruns autour d'elle.

Dans un sens, il se sentit soulagé. Pourquoi l'avait-il crue capable de quitter seule le campement ?

Cependant, elle se tenait immobile si près du bord que son cœur tressauta et qu'il hâta encore l'allure. Craignant de l'effrayer s'il l'appelait, il fit rouler quelques cailloux sur le sol pour signaler sa présence. Elle tressaillit et regarda par-dessus son épaule, morne et impassible.

— Je sais que je n'aurais pas dû monter seule ici, reconnut-elle en se retournant complètement.

Quelque chose lui parut étrange dans sa façon de parler, et il se rendit compte que son accent écossais avait de nouveau disparu. Il avait aimé l'entendre s'exprimer comme les gens de son peuple, et non comme la fille à l'allure aristocratique de son ennemi. Peut-être était-ce mieux ainsi. Cela l'aidait à se rappeler qu'elle n'était pas une femme pour lui.

— Dans ce cas, pourquoi l'avez-vous fait ?

Il parvint à sa hauteur, et ils contemplèrent ensemble les Highlands. Une succession de sommets, dont les plus hauts étaient déjà couverts par les premières neiges.

Catriona soupira.

— Je ne sais pas. J'ai soudain ressenti le besoin de contempler la campagne, de voir un lieu pur où les kidnappeurs d'enfants et de femmes n'existent pas.

Ses paroles résonnèrent dans le silence. Il sut sans l'ombre d'un doute qu'elle avait recouvré la mémoire. Elle se rappelait qui elle était et elle comprenait tout ce qu'il avait fait.

Duncan serra les mâchoires et se prépara à perdre quelque chose de précieux… qu'il n'avait jamais vraiment possédé.

— Vous vous souvenez.

— Oui, je me souviens, répliqua-t-elle avec un ricanement amer. Je suis Lady Catriona Duff, et vous le saviez depuis le début. Vous m'avez menti. Vous avez trouvé ma broche et vous l'avez cachée, pour me garder dans l'ignorance, dépendante de vous.

Sa voix se brisa, et elle enfouit le visage dans ses mains. Ses épaules étaient secouées de sanglots.

— Vous m'avez laissée compter sur vous, éprouver de l'affection pour vous, vous désirer. Vous vous êtes servi de moi.

Le cœur de Duncan se serra, mais il méritait ce qui lui arrivait.

— Oui, au début c'était cela. Mais plus maintenant. J'en voulais à toute votre famille, à cause de ce que votre père avait fait. Je voulais vous mépriser, parce que vous étiez une aristocrate arrogante, qui ignorait les souffrances que mon clan endurait. Mais alors, j'ai découvert une femme qui traitait tout le monde avec la même douceur, qui compatissait à la douleur des autres, qui essayait d'aider tous ceux qu'elle rencontrait.

Les yeux brillants de larmes contenues, elle le gifla brutalement. Il reçut le coup sans broncher.

— Vous avez fait en sorte que je sois une créature docile, naïve, dépendante, si effrayée par le monde extérieur que je ne quitterais jamais votre repaire.

— Ce n'est pas ainsi que je voyais les choses, protesta-t-il. Je vous trouvais courageuse et optimiste. À votre place, une autre femme se serait peut-être laissé terrasser par la peur. Mais pas vous.

— Non, je ne suis pas comme cela. Je suis le genre de femme qui n'oublie jamais le mal qu'on lui a fait, ou qu'on a fait à sa famille.

— À votre famille ? Ne croyez-vous pas que votre père méritait bien pire que le sort qui fut le sien ? Ce criminel est mort vieux, riche, et dans son lit !

— Oui, vous m'avez ouvert les yeux, admit-elle. Vous m'avez montré quel genre d'homme était mon père. Je le savais cruel, mais découvrir qu'il était un monstre…

Elle frissonna. Il aurait aimé la réconforter, mais il n'en avait plus le droit. L'avait-il jamais eu ?

Catriona se ressaisit, ignorant une larme qui roulait sur sa joue.

— Cependant, vous aviez besoin de vous venger, dit-elle, sarcastique.

Il ne pouvait le nier, c'était la vérité.

— Quel était votre plan ? Allons, expliquez-moi. Est-ce la broche qui vous a fait comprendre que j'étais la fille de votre ennemi ?

— Je vous avais déjà vue, une fois à Édimbourg. Vous passiez à cheval, parée de tous vos atours.

— Oh ! bien sûr, je méritais d'être punie pour cela.

— Non, je n'ai jamais eu ce genre de pensée. En revanche, votre père… Oui, il méritait d'être châtié. Il devait connaître la douleur de perdre un enfant. Sa fille était cependant en parfaite sécurité. Elle n'avait pas été vendue à des brigands décidés à la faire trimer jusqu'à ce que mort s'ensuive.

Elle blêmit, mais sa voix demeura froide.

— Donc, j'ai été trahie par celui que je considérais comme mon sauveur, qui m'a utilisée pour punir un homme qui était déjà mort. Au fait, quand avez-vous découvert ce détail ?

— Lorsque je me suis rendu au château de Kinlochard.

— Vous avez vu mon frère ? s'exclama-t-elle, le souffle court. Est-il inquiet pour moi ? Sa femme est-elle anxieuse ? Dans son état, il ne faut pas qu'elle se tourmente. C'est mauvais pour le bébé qu'elle porte.

— Ils ne sont pas inquiets du tout. Apparemment, ils savent que lorsque vous êtes happée par le tourbillon des mondanités vous oubliez de donner de vos nouvelles.

— Au moins, ils ne souffrent pas à cause de moi. Pas encore…

— En effet. Et je sais qu'ils ne méritent pas de souffrir. À partir du moment où j'ai découvert tout cela, ma vengeance n'avait plus d'importance. Mais maintenant, vous savez où vit mon clan, où se cachent mes fidèles guerriers. Vous en savez trop.

— Et donc… Allez-vous me tuer à cause de ce que je sais ?

Elle redressa fièrement les épaules et leva le menton.

— Allez-vous me jeter de cette falaise ?

Elle fit un geste brusque en direction du vallon, et il sentit son estomac se contracter comme sous l'effet du vertige.

— Vous tuer ? Avez-vous eu l'impression que j'étais un meurtrier ?

— D'accord, vous n'en êtes pas un. Mais vous n'avez cessé de me mentir, et particulièrement à mon sujet. Vous m'avez laissée croire…

Sa voix se brisa. Son chagrin était si flagrant qu'il eut honte de lui.

Elle se ressaisit.

— Vous m'avez fait croire que j'avais peut-être un époux, quelque part… Alors que vous me faisiez éprouver…

Elle s'interrompit un instant, la gorge serrée par le chagrin et le mépris.

— J'avais si peur de trahir un homme que j'aimais, avec vous. Cela m'empêchait de dormir la nuit. J'avais des maux de tête à force d'essayer de me rappeler ma vie, alors que l'homme qui prétendait me protéger aurait pu m'épargner cette torture.

— Je regrette d'avoir dû vous cacher la vérité, mais je ne pouvais rien…

— Vous ne pouviez rien y faire ? acheva-t-elle avec un rire bref.

— Non, je devais protéger mon clan, qui souffre déjà de l'enlèvement de ces enfants. Sans compter que leur chef, qui devrait être là pour résoudre leurs problèmes, a été banni.

Il y eut un long silence. Catriona se tourna vers le vallon et croisa les bras.

— Mon père est mort, et mon frère ignore tout des crimes qu'il a commis.

— Êtes-vous sûre de votre frère ?

Elle se tourna vers lui comme une furie, et il leva la main en signe d'apaisement.

— Je devais vous poser la question. Bien que j'aie pu constater de mes yeux que votre clan vit paisiblement, et que votre frère et son épouse semblent justes et heureux.

— Mon frère est un homme bon. Il ne tolérerait jamais que des enfants soient…

Elle pressa les lèvres, comme pour se maîtriser.

— Quant à la contrebande de whisky, je ne sais rien. Il vient juste d'hériter du titre, il y a quelques mois. Cela ne vous donne pas le droit de voler ces tonneaux.

— Non. Les crimes de votre père justifiaient mes actions. Je devais protéger mon clan par tous les moyens.

Ils se dévisagèrent un moment.

— Cette discussion n'a pas de sens, déclara Duncan avec raideur. Vous savez tout, à présent. Que voulez-vous faire ?

— Je veux partir ! s'écria-t-elle. Aussi loin de vous que possible. Je veux reprendre ma vie normale.

Ses lèvres se mirent à trembler, et elle darda sur lui un regard noir.

— Allez-vous dire à mon clan ce qui s'est passé ?

— Pas du tout. Vos gens vous adorent, répondit-elle, narquoise. Ils ne voudront jamais croire que vous avez délibérément agi ainsi. Je suis une Duff et je sais comment ils me regarderont lorsqu'ils l'apprendront. Je représente leur ennemi.

— Non, ils ne vous haïront pas.

— Non ? Pourtant, vous me haïssiez, vous. Il fallait me détester pour me faire ce que vous avez fait.

— C'est votre père que je haïssais.

— Croyez ce que vous voulez, tant que cela ne vous empêche pas de dormir.

— Vous ne pouvez pas partir sans escorte. Vous êtes une femme et vous êtes vulnérable.

— Comme si je ne le savais pas, après la façon dont vous m'avez trahie.

— J'ai regretté de vous avoir gardée ici dès que j'ai compris que vous n'étiez pas une espionne. Mais je ne pouvais plus agir autrement.

— Une espionne ? Que voulez-vous dire ?

— Je n'avais jamais entendu parler d'une telle perte de mémoire. Vous auriez pu avoir été envoyée ici pour vous renseigner sur nous, pour révéler à votre père où nous nous cachions. Je ne sais pas…

— Mon père n'aurait jamais…

Elle se tut brusquement et ajouta d'un ton plus calme :

— Je veux partir. Maintenant. Donnez-moi un cheval et quelques provisions.

— Non, je ne le permettrai pas.

— Et moi, je ne vous laisserai plus jamais décider de ce que je dois faire !

— Je n'ai pas l'intention de vous contrôler. Mais je ne peux vous laisser vous mettre en danger parce que vous m'en voulez. Je vous ramènerai moi-même chez vous. Mais pas tout de suite. Selon les rumeurs, un autre enfant aurait été kidnappé, mais je n'ai encore aucun renseignement précis. Je ne peux pas m'absenter.

Catriona inspira longuement, comme pour protester avec véhémence. Mais elle n'en fit rien.

— Je ne veux pas rester ici, chuchota-t-elle en fermant les yeux. Je veux rentrer chez moi.

Duncan garda le silence. Il espéra que le bon sens reprendrait le dessus chez la jeune femme et qu'il ne serait pas obligé de la retenir contre son gré.

— Très bien, finit-elle par dire. Mais je n'attendrai pas longtemps.

— Je comprends. Et que ferez-vous, quand vous serez au château de Kinlochard ?

— En quoi est-ce que cela vous regarde ?

— Dois-je me préparer à faire évacuer le village et la grotte, et à mettre mes gens en lieu sûr avant que vous rameniez votre frère dans le vallon ?

— Croyez-vous que je sois comme vous ? Prête à utiliser de pauvres innocents pour prendre ma revanche ?

— Je pense que vous êtes mille fois meilleure que moi, dit-il doucement. Mais je dois tout prévoir.

— Mon frère saura ce que vous avez fait. Mais j'aurai les idées trop confuses pour retrouver le chemin qui mène à votre grotte. Cela vous satisfait ?

— Oui. C'est plus que je ne l'espérais.

Un silence s'installa, pendant lequel ils se dévisagèrent.

— Pourquoi êtes-vous encore ici ? demanda-t-elle.

Il hésita une seconde, avant de répondre :

— Je veux m'excuser pour ce qui s'est passé dans le bois.

— Je ne vais tout de même pas vous remercier d'avoir eu la décence de vous arrêter à temps ?

— Mon intention n'était pas de vous effrayer, ni de vous forcer.

— Ne vous approchez plus jamais de moi. Sinon, je crierai tant que tout le monde saura quel genre d'homme vous êtes.

Au moment où il avait succombé à son désir, il avait su que cela ne pourrait pas durer. Mais, maintenant qu'il l'avait touchée, embrassée, et qu'elle avait vibré entre ses bras, ces souvenirs ne pourraient plus jamais s'effacer.

— Puis-je vous escorter jusqu'à la grotte ?

— C'est-à-dire me ramener dans ma prison ? Je n'étais pas

consciente d'être prisonnière, jusqu'à ce que je suive Ivor et les autres à l'extérieur.

— Je voulais que vous vous sentiez en sécurité, et non pas prise au piège.

— En sécurité ? C'est risible. Moi qui croyais avoir une chance incroyable d'avoir trouvé quelqu'un pour me protéger, un homme qui ne cherchait pas à profiter de l'état de confusion de mon esprit ! J'étais complètement idiote.

Les mots le transpercèrent comme une épée.

Elle lui tourna le dos et s'éloigna. Duncan regarda encore une fois au bas de la falaise, dans le vallon qui s'étendait entre les montagnes.

Peut-être était-il aussi monstrueux que le père de Catriona.

Chapitre 15

Quand Duncan la laissa avec les femmes, Cat serra les poings pour empêcher ses mains de trembler. Sheena se rendit compte qu'elle réprimait ses émotions et sembla s'en réjouir. Néanmoins, elle se détourna rapidement quand Cat jeta un coup d'œil de son côté. Mais Cat n'en avait cure. Sheena pouvait avoir Duncan, cela lui était égal.

Elle se sentait seule, prise au piège avec la vérité. Impossible de se confier à ces femmes, qui lui avaient pourtant tenu compagnie pendant des semaines. Si tout le monde apprenait qu'elle appartenait au clan des Duff, elle perdrait leur amitié et sans doute aussi leur respect. Or, si elle devait passer encore plusieurs jours dans le clan Carlyle, elle ne voulait pas surprendre des regards de méfiance ou de dédain.

Quand elle était montée sur la falaise et qu'elle avait revu Duncan pour la première fois depuis qu'elle avait retrouvé la mémoire, diverses émotions avaient surgi en elle. Le chagrin et la colère l'avaient presque étouffée. Mais ensuite, la déception s'était attardée, comme un arrière-goût désagréable. Elle avait eu confiance en Duncan, elle avait été vulnérable, perdue, seule, sans souvenirs… et il l'avait trahie. Délibérément, froidement. Avec cruauté. Certes, il agissait pour de bonnes causes, mais ses méthodes ternissaient ses motifs. Dire qu'elle s'était presque persuadée qu'elle l'aimait, songea-t-elle en frémissant.

Tout en faisant tourner un long bâton dans un des chaudrons, Cat laissa ses pensées divaguer. Au début, elle était si bouleversée qu'elle avait envisagé de voler un cheval pour s'enfuir. Mais le voyage était long. Il lui faudrait une journée entière, peut-être même deux, pour atteindre le château de Kinlochard. Sans escorte et sans provisions, elle prendrait de grands risques.

En outre, prendre la fuite lui paraissait lâche, et aussi une issue trop facile pour Duncan. Celui-ci méritait de savoir ce qu'elle pensait de lui et de sa trahison. De plus, il aurait tout de suite compris qu'elle s'était enfuie et se serait lancé à sa poursuite. Et ensuite, qu'aurait-il fait ? L'aurait-il attachée pour la retenir ?

Elle avait aussi envisagé de se venger. Dans ce cas, elle se serait tenue tranquille, aurait compris comment ils s'y prenaient pour dérober les tonneaux de whisky et aurait ensuite tout révélé à son frère pour qu'il leur tende un piège. Mais à quoi cela aurait-il abouti ? Ces gens avaient besoin des revenus dont son père et ses acolytes avaient privé le clan Carlyle en bannissant leur chef. À présent, elle connaissait les Carlyle et elle ne pouvait pas leur faire de mal. Les membres du clan étaient aussi innocents qu'elle-même.

Néanmoins, elle avait terriblement envie de partir. Duncan avait insisté pour qu'elle ne parte pas sans escorte, comme s'il ne pensait qu'à la protéger. *Ah !* ce n'était pas elle qu'il voulait protéger, mais ses propres secrets. Il voulait s'assurer qu'elle tiendrait sa langue et ne dirait rien qui puisse faire du tort à son peuple.

Quand Owen découvrirait l'ampleur des fautes commises par leur père, il se sentirait terriblement coupable. Comme s'il avait été de son devoir d'empêcher des crimes dont il ignorait l'existence ! Mais, en dépit de toute logique, Cat éprouvait la même culpabilité.

Duncan avait-il honte de ce qu'il lui avait fait ? Après tout ce qu'ils avaient partagé… Elle se détourna, pour que les autres femmes ne puissent pas voir son expression. Elle pouvait expliquer la rougeur de ses joues par la chaleur des chaudrons, mais elle aurait du mal à justifier ses larmes.

Elle ne pouvait oublier l'intimité qu'elle avait partagée avec Duncan. Elle lui avait même demandé de coucher avec elle ! Cette idée la fit frémir. Par chance, il avait eu la décence de refuser. Mais peut-être l'aurait-il oubliée dans quelque temps. Cat avait toujours entendu dire, dans son enfance, que les hommes se transformaient en bêtes sauvages lorsque leurs passions étaient exacerbées. Mais elle n'avait pas cru sa mère, qui faisait mine d'ignorer les écarts de conduite de son père, afin de continuer à mener une vie d'insouciance et de plaisirs. En outre, elle ne croyait pas qu'un homme tel que son frère, Owen, qui contrôlait aussi parfaitement ses émotions, se laisserait submerger par une passion débridée. Néanmoins, elle avait surpris un jour un regard enflammé entre lui et Maggie. Mais elle avait détourné les yeux en rougissant. Owen était son frère.

Mais, si la passion pouvait consumer un homme comme Owen, elle se demandait quel effet elle aurait sur Duncan. Et elle ne voulait pas le découvrir. Impossible de passer une nuit de plus seule, dans cette chambre. Que ferait-elle s'il s'introduisait ici et tentait… quelque chose ? Il pouvait la maîtriser sans difficulté et…

Pire encore, ses caresses auraient peut-être raison de sa propre résistance. Elle était capable de se soumettre à son désir. Cat avait honte d'admettre une telle faiblesse, mais elle ne pouvait se mentir.

Elle détestait Duncan car il l'avait trompée, s'était servi d'elle, avait profité de sa perte de mémoire, l'avait regardée lutter pour recouvrer ses souvenirs, sans jamais lui dire la vérité.

Et cependant, quand il était venu la rejoindre dans les ruines du château, posant sur elle un regard aussi intense que si elle était la seule femme au monde, elle avait songé à la façon dont son corps s'était embrasé sous ses caresses, au volcan de passion qu'il avait fait surgir en elle. Son corps vibrait encore, brûlait de désir pour lui. Si quelqu'un lui avait dit qu'un jour elle serait submergée par de tels sentiments, elle ne l'aurait pas cru.

Pas question d'occuper sa chambre plus longtemps. Elle avait besoin de la protection des femmes. Ces femmes, auxquelles elle allait devoir mentir, songea-t-elle, la gorge nouée.

Lorsqu'elles servirent le repas de midi, Cat attira Maeve à l'écart tandis que les autres remplissaient les chopes de bière.

— J'aimerais dormir dans le hall avec les autres femmes, lui dit-elle en s'humectant les lèvres.

Maeve battit des paupières, interloquée.

— Il y a un problème ?

— Je ne veux pas être traitée différemment des autres.

— Laird Carlyle vous laisse volontiers sa chambre.

— Je sais. Il me l'a dit et répété, mais cela me met de plus en plus mal à l'aise. J'ai l'impression d'avoir droit à un traitement spécial, et cela donne l'impression qu'il y a… un accord entre nous.

Elle n'avait pas l'intention d'en révéler autant, mais avec sa compassion Maeve l'encourageait toujours à parler.

— Est-ce le cas ? demanda-t-elle tranquillement.

Cat laissa échapper un long soupir.

— C'est impossible, à cause de ma… situation. Et, comme je suis seule, je crains que certains ne se fassent des idées.

— Très bien, dit Maeve en hochant la tête. Vous êtes notre invitée.

Non. Cat était leur prisonnière, mais Maeve ignorait cela. Que penserait-elle de leur chef de clan, si elle apprenait ce qu'il avait fait ? Mais Cat était leur ennemie, donc, quoi qu'elle dise, les membres du clan ne la croiraient pas, de toute façon.

— Merci, répondit-elle avec gratitude. Après dîner, je rassemblerai mes affaires.

— Je vous donnerai le lit que Sa Seigneurie utilisait jusqu'à présent, et il retrouvera le sien.

Cat réprima un grognement. Merveilleux. Elle allait de nouveau dormir dans son lit. Elle préférait ne pas y penser.

La corvée de lessive continua dans l'après-midi. Cat parvint à rapporter la sacoche de Duncan dans la grotte sans se faire remarquer et laissa la broche au fond du sac. C'était la meilleure cachette possible. Ensuite, les femmes parlèrent d'une fête des moissons qui devait avoir lieu au village le lendemain. Cat dressa l'oreille. Les femmes souhaitaient y participer, mais elles devaient prendre toutes les précautions pour ne pas laisser deviner d'où elles venaient. Elles parlaient de Duncan avec adoration. D'après elles, il avait sauvé le village en achetant de l'orge et d'autres graines, au printemps.

Cat devina qu'il avait pu faire ces achats grâce à la revente du whisky des Duff. Elle souhaitait qu'il soit innocenté, afin qu'il puisse aider son peuple en restant dans la légalité. Elle n'allait certainement pas condamner le clan à cause des méthodes de leur chef.

Mais une fête des moissons était une bonne occasion de sortir de la grotte, même pour une brève période. Cela lui rappellerait son ancienne vie, quand elle était libre d'assister aux bals et réceptions, et que les hommes la saluaient avec respect. Mais aucun de ces hommes n'avait retenu son attention, et elle n'avait pas de maison à elle, pas de vrai foyer. Il fallait qu'elle construise sa vie, et pour cela elle devait rentrer au château.

En attendant, la fête des moissons lui offrirait une distraction. Il fallait qu'elle trouve un moyen de se faire inviter, puis de convaincre Duncan qu'elle pouvait y assister sans danger.

Cat profita de l'absence de Duncan pour enlever ses affaires de la chambre. Puis elle suspendit ses vêtements aux crochets fixés dans la paroi de la grotte, comme le lui indiqua Maeve. Sheena la regarda un moment bouche bée, puis prit un air triomphant.

Cat l'ignora et partit à la recherche de Finn. Elle le trouva au moment où il allait sortir et écarta les bras pour lui barrer le passage.

— La fête des moissons a lieu demain. Tu ne pourras y aller que si tu t'es lavé.

Le garçon croisa les bras d'un air rebelle.

— Pas question. L'eau du bassin est glacée.

— Tu ne peux pas le savoir, il y a trop longtemps que tu n'y es pas entré.

Il fronça les sourcils sans répondre.

— Très bien. Je dirai au laird que tu as décidé de rester ici demain.

Sur ces mots, elle tourna les talons. La réaction du garçon ne se fit pas attendre.

— C'est bon, j'y vais.

Cat dissimula un sourire. Mais celui-ci se dissipa lorsqu'elle vit Duncan entrer dans la grotte.

— Je t'accompagne, murmura-t-elle en se retournant.

— Je n'ai pas besoin d'une nounou.

— Je veux être sûre que tu prends vraiment ton bain et que

tu ne te fais pas une toilette de chat. Va chercher des vêtements propres, je vais t'apporter du savon et des serviettes.

Finn s'éloigna d'un pas lourd, et elle sourit malgré elle. En temps normal, c'était un garçon adorable, aux manières douces. Aussi, son attitude récalcitrante la surprenait. Il semblait effrayé.

Son intuition ne la trompait pas. Finn la rejoignit dans la petite grotte et déposa prudemment une chaussure dans le passage.

— Vous êtes sûre que personne ne viendra ? répéta-t-il plusieurs fois, les yeux fixés sur le bassin.

— Personne n'est jamais venu quand je me lavais, répondit-elle patiemment. Tu ne trouves pas que la cascade est magnifique ?

Mais Finn ne quittait pas des yeux l'eau sombre du bassin.

— Je n'entrerai pas là-dedans, déclara-t-il en croisant les bras.

— Il le faut, Finn. Tu ne sens pas bon. Cela te donnera une chance d'être remarqué par une gentille famille.

Elle crut que cette remarque allait le révolter, mais il n'y fit pas attention.

— Je ne sais pas nager. Je vais me noyer !

— Non, tu as pied, je te le promets. Veux-tu que j'entre dans l'eau pour te le prouver ?

— Vous feriez cela ?

— Oui, si cela t'est égal de me voir en chemise.

— C'est quoi, une chemise ?

— Le vêtement que je porte sous ma robe. C'est un tissu épais et solide.

Finn hocha la tête d'un air soupçonneux. L'idée qu'il cherchait un moyen de retarder le moment de se laver effleura Cat, mais elle décida de tenter cette chance. Tournant le dos à l'enfant, elle délaça le corsage de sa robe et le fit passer par-dessus sa tête. Puis elle détacha sa jupe, qui tomba sur le sol. Son corset s'attachait sur la poitrine, et elle poussa un soupir quand elle fut débarrassée de ce carcan.

Lorsqu'elle se retourna, Finn l'observa avec stupéfaction.

— Pourquoi portez-vous tous ces vêtements ? Ce doit être très inconfortable.

— Toutes les femmes portent la même chose. J'ai été habillée comme cela toute ma vie, dit-elle en souriant.

— Vous vous rappelez ? demanda-t-il aussitôt.

Le sourire de Cat s'effaça. Elle savait qu'elle allait être obligée de mentir à tous ses amis du clan Carlyle. Mais elle imaginait leur réaction, s'ils apprenaient qui était son père. Ce monstre qui bénéficiait de la vente des enfants et se moquait de faire du mal à un petit garçon comme Finn. Elle se trouvait lâche, de vouloir se protéger. Mais peut-être aussi évitait-elle des conflits au sein du clan en cachant son identité. Certains prendraient parti pour elle, d'autres non. Tout cela à cause de Duncan Carlyle et de son comportement inconvenant envers elle.

L'espace d'un instant, elle songea à se venger en révélant aux gens du clan qu'il savait depuis le début qui elle était. Il méritait qu'elle prenne sa revanche, de n'importe quelle façon.

Mais alors, elle regarda le visage adorable, bien qu'incrusté de crasse, de Finn et sut qu'elle ne pouvait pas détruire le clan Carlyle. Car c'est ce qui arriverait s'ils apprenaient la vérité et perdaient tout respect pour leur chef. Ce dernier avait de la chance qu'elle soit plus honnête que lui.

Elle souleva le menton de Finn.

— Je n'ai pas de nouveaux souvenirs, malheureusement.

Ce n'était pas faux. Seuls les plus anciens lui étaient revenus en mémoire, pendant qu'elle lavait les vêtements dans les chaudrons. Elle avait revu sa mère lui expliquant ce que les hommes exigeaient lors de la nuit de noces. Puis le bal à Londres, quand elle avait compris qu'elle était assez séduisante pour trouver un mari un jour. Maintenant que ses souvenirs s'étaient libérés, ils se bousculaient dans sa tête pour remonter à la surface.

Finn soupira.

— Vous êtes tellement courageuse. Racontez-moi encore, quand vous vous êtes réveillée et que vous ne saviez plus qui vous étiez.

— Tu repousses sans cesse l'inévitable. Tu dois entrer dans ce bassin. Je descends avant toi.

Elle posa le pied sur la première marche. L'eau était glaciale. Entraînée par le petit courant à la base de la cascade, sa chemise s'enroula autour d'elle. Avançant le pied avec prudence, elle descendit sur la deuxième marche. L'eau lui arrivait aux genoux. Une autre marche, et elle fut dans l'eau jusqu'à la taille, se mordant les lèvres pour ne pas claquer des dents. Pendant quelques secondes, elle songea au tub rempli d'eau chaude que les domestiques lui montaient dans sa chambre. Elle se rappela les servantes transportant les seaux d'eau, les piles de serviettes raffinées, les savons parfumés.

— Tu vois ? Ce n'est pas si difficile.

Elle se retourna et vit Finn entrer à toute vitesse dans l'eau tout habillé, s'accroupir pour se tremper jusqu'au cou dans le bassin, puis se frotter énergiquement le visage, avant de ressortir, dégoulinant.

Elle le contempla bouche bée, tout frissonnant, l'air fier de lui. Puis elle grimpa les marches, jusqu'à se retrouver à sa hauteur.

— Finn, je comprends que tu ne veuilles pas te déshabiller devant moi. Mais il faut que tu enlèves ces affreux vêtements pour en mettre des propres. Je peux me retourner.

Puis, fronçant les sourcils, elle observa son petit visage pâle. Il écarquilla les yeux, affolé, et voulut se détourner, mais elle l'en empêcha en lui prenant le menton.

— Finn, ton nom est un diminutif, n'est-ce pas ? dit-elle d'une voix douce.

L'enfant ne répondit pas.

— Tu t'appelles Fiona ?

— Non, non, ne dites rien ! s'exclama l'enfant, dont les yeux bleus s'emplirent de larmes.

— Dis-moi. Je ne le répéterai à personne.

— Finola, bredouilla l'enfant dans un filet de voix. Vous allez le dire au laird et au reste du clan, je le sais !

— Non, je ne dirai rien.

Après tout, Cat aussi avait ses secrets. Le cœur serré, elle contempla la fillette. Être orphelin et seul dans les rues de Glasgow était déjà un sort terrible. Mais, pour une petite fille, c'était encore pire.

— Tu devais avoir une bonne raison de te faire passer pour un garçon ?

Au début, Finn ne dit rien. Cat garda le silence. Puis les épaules de l'enfant s'affaissèrent.

— Ma maman est morte. C'était son idée, car après elle je n'avais plus personne.

— Cela fait combien de temps ?

— Des années, répondit Finn en haussant les épaules.

Cat lui posa gentiment la main sur l'épaule.

— Tu n'es plus seule, à présent.

Finn hésita, puis se dégagea.

— De cette façon, j'étais en sécurité.

— Tu t'es montrée très courageuse et pleine d'énergie. Je suis désolée que tu aies perdu ta maman.

— Je… Je ne me souviens plus très bien de son visage, avoua Finn, dont la voix se brisa.

— Notre mémoire nous joue des tours, parfois.

Finn scruta les traits de Cat, qui se sentit rougir.

— Tu n'as pas besoin de te rappeler le visage de ta mère pour ressentir son amour, dit-elle doucement. Et tu n'es plus à Glasgow. Ici, tu es avec des gens qui prennent soin de toi.

Finn se raidit.

— Ils veulent me donner à une famille.

— Ils te trouveront de gentils parents adoptifs.

— Je veux rester ici. Dites-leur. Sa seigneurie écoute ce que vous dites.

— Ce n'est pas vrai. C'est Maeve qui…

— Il ne regarde pas Maeve comme il vous regarde, vous.

Les joues de Cat s'enflammèrent. Qu'avait vu la petite fille ? Et que supposaient les autres ?

— Finn, Duncan voudrait que tu aies un père et une mère. Pas un groupe de gens autour de toi menant une vie dangereuse.

— S'il faut que je parte pour avoir un père et une mère, je ne veux pas.

Les lèvres de la fillette se mirent à trembler. Cat regarda ses vêtements trempés.

— Inutile d'en discuter pour le moment. Il faut que tu te laves et que tu te changes, sinon tu vas attraper la mort.

Finn battit des paupières.

— Ma maman employait toujours cette expression.

Un souvenir revint soudain à l'esprit de Cat. Sa mère avait demandé pardon à Riona pour n'avoir rien dit quand son mari l'avait fait enlever. Elle était obsédée par l'aristocratie anglaise et voulait une nouvelle vie pour ses enfants. Cat était reconnaissante, elle croyait que les choses pouvaient évoluer.

— Les gens changent, dit-elle, pensivement.

Finn fronça les sourcils, désarçonnée par le changement de sujet.

— Non, les gens ne changent pas.

L'expérience de la vie dans les rues l'avait rendue amère. Il faudrait du temps pour apaiser cela.

— Mais ils peuvent changer de vêtements. Alors, tu vas le faire. Mais avant, tu dois te laver.

La petite fille alla vers la pile de vêtements propres. Mais le regard apeuré qu'elle lança à Cat brisa le cœur de celle-ci. Elle lui tourna le dos, par discrétion, pendant qu'elle se lavait.

Quand Duncan traversa le grand hall pour aller vers la passerelle, il vit Maeve lui lancer un coup d'œil inquiet. Il voulut la rejoindre, mais elle l'éloigna d'un geste de la main et retourna à son ouvrage en secouant la tête.

Il ne comprenait pas ce qui se passait. Mais, si elle n'avait pas envie de parler, il ne voyait pas d'inconvénient à cela. À moins que Catriona ne lui ait révélé ce qu'il avait fait. Elle lui avait promis de ne pas le faire, mais Maeve était son amie la plus proche ici. Il ne pouvait lui reprocher d'avoir besoin de parler. Mais il pensait qu'elle tiendrait parole.

Quand il entra dans sa chambre, qui était maintenant celle de Catriona, il se figea. Les vêtements de femme, les chaussures et les épingles à cheveux, qui d'ordinaire étaient éparpillés partout, avaient disparu. Le livre qu'elle lisait était fermé et posé sur le coffre. Il retourna aussitôt dans le hall, où Maeve semblait l'attendre. Elle lui montra les crochets dans le mur, et il reconnut les vêtements de Catriona. Maeve haussa les épaules, en signe d'ignorance. Duncan fit un signe de tête et retourna dans la chambre.

Donc, Catriona avait renoncé à occuper celle-ci, mais elle n'avait pas donné d'explication à Maeve. Il aurait dû être soulagé d'avoir retrouvé un peu d'intimité. Mais l'idée qu'elle avait peut-être peur de lui le tourmentait. Craignait-elle qu'il ne tente de la séduire ? Il ne pouvait la blâmer.

Il y eut du mouvement dans le passage, et Finn déboula à toute allure. Duncan se pencha et le vit courir dans le hall avec un paquet de vêtements trempés. De l'eau dégoulinait sur le sol. Une lueur lui parvint du bassin, et il décida d'aller voir ce qui se passait. Il s'immobilisa à l'entrée, en voyant Catriona vêtue d'une chemise trempée jusqu'à la taille. Elle se figea, et il demeura campé là, à la regarder, fasciné. La chemise était faite de toile, alors qu'elle devait être habituée à porter de la soie. Mais le tissu mouillé était plaqué contre ses cuisses et ses mollets. Sans les volants des jupons qui dissimulaient son corps, elle paraissait fine et délicate, si belle et en même temps si hors d'atteinte qu'il en éprouva une vive douleur. Il songea à tout ce qu'il avait envie de dénuder, de toucher, d'embrasser. Loin de paraître embarrassée, elle le regarda sans faire mine de se cacher. Son visage était pâle et dédaigneux.

L'air était lourd, comme lorsque se prépare un orage, ou le genre de violente tempête qui provoque des inondations et altère le sol.

— Maîtresse Catherine, dit-il en hochant la tête.

Comme s'il ne connaissait pas son véritable nom.

Cat demeura un long moment impassible, puis arqua un sourcil.

— Vous vouliez me demander quelque chose ?

Elle ne prononça pas son nom, et il en éprouva du regret. Il aimait l'entendre sur ses lèvres.

— Il n'y avait pas de chaussure dans le passage, et j'ai vu Finn passer avec un paquet de vêtements trempés.

— Je l'ai obligé à se laver pour la fête des moissons, et il n'était pas content, répondit-elle avec froideur.

— Je vois. A-t-il lavé ses vêtements aussi ?

— Non, il a décidé de se baigner tout habillé.

Duncan cligna les paupières.

— C'est une longue histoire, reprit Catriona, et ce n'est pas à moi de la raconter. Finn se sentira mieux pendant le festival.

— Souhaitez-vous aller à la fête ?

— Si vous me le permettez, dit-elle en posant sur lui un regard perçant.

— Vous savez déjà tout sur nous. Et vous m'avez donné votre parole de ne pas révéler où se cachent les gens de mon clan.

— Vous avez donc confiance en moi ?

— Oui.

— Vous pensez bien me connaître ? ajouta-t-elle avec de nouveau cette moue dédaigneuse.

— Je n'ai jamais mis votre parole en doute.

Il regrettait la relation décontractée qu'ils avaient eue naguère. La façon dont ses yeux s'illuminaient lorsqu'ils parlaient ensemble. Mais il ne pouvait s'en prendre qu'à lui-même de ce changement.

— J'imagine qu'il vaudrait mieux pour vous que je reste cachée ici, suggéra Catriona, sans le quitter des yeux.

Duncan croisa les bras.

— Mon peuple est vulnérable, parce que ma tête a été mise à prix. Je préférerais rester moi-même caché, mais ils prétendent avoir besoin de me voir. Je fais donc une apparition de temps à autre, et ils ont décidé qu'une occasion officielle était nécessaire.

— Vous allez donc tenir une audience et prendre des décisions pour votre clan ?

— C'est ce que je compte faire. Mais vous n'aurez pas besoin d'y assister. Il y aura des stands avec des objets à vendre et des jeux d'adresse.

— Pourrai-je circuler librement ?

— Pas seule, non. Il faudra que quelqu'un vous accompagne.

Comprenez-moi, mes gens sont vulnérables. Je ne leur ai pas dit à tous où se trouvait notre campement. Ils savent pour les enfants, mais ils ignorent le trafic de whisky. Je les protège. Il ne faut pas qu'ils souffrent encore plus, à cause de ce que je suis obligé de faire pour eux.

Il l'avait gardée enfermée si longtemps dans cette grotte que ce serait un soulagement de sortir et de voir de nouveau des gens.

— Que leur avez-vous dit sur moi ?

— Très peu de chose. Je ne voulais pas qu'ils pensent que vous êtes ma…

— Votre courtisane ? lança-t-elle d'un ton abrupt.

— Vous ne serez jamais ce genre de femme, répliqua-t-il, les dents serrées. Comme les hommes savent que vous avez perdu la mémoire, je les ai autorisés à le dire à leur famille. Cela devrait préserver votre réputation.

— Ma réputation ? Je vis dans une grotte avec des douzaines d'hommes. Je suppose que quand les gens apprendront la vérité ma réputation sera anéantie.

C'était encore un tort qu'il lui avait fait, dans son désir de vengeance. Elle avait le droit de le haïr pour cela.

— Je suis désolé, dit-il gauchement.

Le silence se prolongea. Il ne pouvait s'empêcher de la regarder.

— Je veux m'habiller, fit-elle en détournant les yeux.

— Bien sûr.

Sur le seuil, il s'arrêta et ajouta :

— Vous n'étiez pas obligée de quitter la chambre. Je ne vous aurais jamais contrainte à vous trouver en tête à tête avec moi.

— Je ne peux pas prendre ce risque.

Quand elle se retourna, il vit de l'anxiété dans son regard.

Il sortit, pour la laisser s'habiller tranquillement. Elle avait apporté de la grâce et de la douceur dans sa vie. À son contact, il avait retrouvé une partie de lui-même qu'il croyait morte depuis longtemps.

Mais ce n'était qu'une cruelle illusion.

Chapitre 16

Cat parvint à se changer les idées pendant le reste de la journée. Mais le soir, recroquevillée sur son lit de fortune, incapable de dormir à cause des ronflements des douzaines d'hommes couchés derrière les paravents, elle ne put s'empêcher de repenser au moment où Duncan l'avait surprise dans la grotte, vêtue uniquement de sa chemise. Elle s'était efforcée d'afficher une calme indifférence, mais en réalité elle était effarée. Son corps s'était enflammé, comme si Duncan ne l'avait jamais trahie. Sa peau était brûlante, elle se sentait oppressée, ses seins étaient gonflés de désir, et entre ses jambes… Oh ! elle préférait ne pas songer à ce qu'elle avait ressenti. Comment s'avouer qu'elle rêvait de connaître de nouveau un tel moment de plaisir ?

Elle essaya de penser à autre chose. Elle se revit en train de remuer l'eau chaude dans les chaudrons, de pétrir la pâte pour les banniques, d'arracher les mauvaises herbes dans le jardin potager. Toutes corvées qu'elle n'avait jamais eues à accomplir avant de venir dans le clan Carlyle.

Elle n'avait jamais couché avec un homme, non plus.

C'était donc à cela que faisaient allusion ses amies, en gloussant. Être attirée par un homme qui n'était pas pour vous. L'esprit refusait de suivre la voie de la raison, et votre cœur n'entendait que ses propres battements affolés.

Elle roula sur le dos et posa le bras sur son front.

Le matin, par chance, elle eut d'autres pensées sur lesquelles se concentrer. Elle était plus excitée qu'elle ne l'aurait voulu, à l'idée de la fête. Le fait d'être redevable à Duncan l'agaçait, car elle aurait dû être libre depuis longtemps. Mais sa curiosité était plus forte que sa colère.

Bien qu'elle ait passé une mauvaise nuit, elle se leva en pleine forme, emplie d'énergie. Elle prit son cheval et essaya d'éviter Duncan, mais il vint se placer à sa hauteur, avec Finn en croupe derrière lui. Sheena les suivait, sur sa monture. Les autres se dispersèrent et disparurent dans les bois alentour.

Voyant Cat se rembrunir, intriguée, Duncan lui expliqua :

— Les gens du peuple ne savent pas où se trouve le campement. Nous faisons en sorte de ne pas être vus venant tous de la même direction.

Cat hocha la tête et fit un signe de connivence à Finn.

— Nous ne soufflerons pas un mot.

Finn acquiesça en silence, d'un air solennel. Sheena leva les yeux au ciel, comme s'ils avaient perdu tout bon sens.

— Finn, tu tiens une chance d'être vu, dit Duncan par-dessus son épaule. Je sais que certaines familles envisagent de te prendre chez elles. Alors, ne perds pas une occasion de leur montrer que tu es un bon garçon.

Le regard déterminé de Finn inquiéta un peu Cat, mais la fillette garda le silence. Elle se retourna et vit Maeve leur faire un signe de la main, depuis l'entrée de la grotte.

— Pourquoi ne vient-elle pas avec nous ? Des hommes vont se relayer pour monter la garde, elle n'a pas besoin de rester.

— Elle viendra. Quand elle l'aura décidé.

— Mais…

— C'est son choix, Catherine.

Cat hocha la tête, mais elle n'était pas convaincue. Avec un dernier signe de la main, Maeve rentra dans la grotte. Cat lança un coup d'œil de côté à Duncan, en songeant qu'ils avaient quelque chose en commun. Une culpabilité qu'ils n'auraient pas dû éprouver, mais qu'ils ne pouvaient contrôler. Chaque jour, Duncan se rappelait que sa mère avait défiguré Maeve pour punir son mari. Cat vivrait toute sa vie en sachant que son père avait fait enlever Riona, alors que les choses auraient pu très mal tourner pour elle. Et maintenant, elle savait qu'il avait aussi fait kidnapper des enfants, que ceux-ci avaient été arrachés pour toujours à leur famille.

Au bout d'une heure de route, ils contournèrent une colline, et le vallon apparut devant eux. Les rouges et les ors de l'automne constituaient un tableau splendide. Le village était plus petit que tous ceux que Cat connaissait. Il était constitué d'une douzaine de cottages aux toits de chaume, serrés les uns contre les autres au bas de la colline. Des champs cultivés entouraient les maisonnettes, et au loin quelques bêtes paissaient dans la campagne.

Des douzaines de personnes étaient regroupées, nullement gênées par la boue ni par le ciel chargé de lourds nuages. Cet exemple de vie simple, dénuée de luxe, mit Catherine un peu mal à l'aise. Elle eut conscience d'être privilégiée.

De la musique leur parvint, ainsi que des rires et des chants. Des stands avaient été dressés, protégés de la pluie par de petits toits en pente. Un jeune homme jonglait, et une femme appelait les villageois en vantant ses petits pâtés à la viande.

Une première personne remarqua la présence de Cat. Puis toutes les têtes se tournèrent vers elle et la dévisagèrent avec curiosité. Elle jeta un coup d'œil à Duncan, mais celui-ci ne semblait pas inquiet. Il savait que ces villageois, qui vivaient dans une partie reculée des Highlands, ne pouvaient l'avoir déjà vue.

Elle éprouva une drôle de sensation à l'idée d'être regardée parce qu'elle était une étrangère, et non parce qu'elle était la fille du comte. Partout où elle s'était rendue autrefois, tout le monde la connaissait. Son père et toute sa famille étaient connus et admirés. Même en Angleterre, leur titre et leur fortune faisaient d'eux des gens recherchés, invités dans tous les salons et toutes les réceptions. Ici, dans les Highlands, c'était Duncan qui était admiré, car il avait protégé et sauvé son peuple. Sans doute se moquaient-ils de savoir jusqu'où il était allé pour leur éviter la famine. Le whisky de contrebande, le bétail volé… Tout cela n'était qu'une façon de remettre les pendules à l'heure avec leurs mauvais voisins et de leur rendre la monnaie de leur pièce pour les outrages subis au fil des siècles.

Duncan arborait une allure grave. C'était un homme sérieux, qui portait le poids de ses responsabilités sur les épaules et acceptait avec une force morale inébranlable les joies et les épreuves qui incombaient à un chef de clan.

En tant que fille du comte, Cat avait été tenue à l'écart du peuple de son clan, des pauvres gens qui parvenaient à peine à survivre dans les montagnes arides.

Et maintenant, alors qu'ils passaient devant les cottages, elle se sentait aussi mal à l'aise que si elle portait les soies les plus fines, et non une simple robe de laine. Elle avait l'impression d'incarner une imposture.

Sheena aperçut quelqu'un qu'elle connaissait et s'éloigna. Cat suivit Duncan dans un petit chemin bordé de fleurs, qui menait à un manoir. Derrière la demeure, elle vit un vaste jardin, où des rangées de légumes voisinaient avec des massifs fleuris. La porte s'ouvrit et Muriel, la sœur de Duncan, apparut, tenant un bébé dans les bras et un petit garçon par la main.

Cat fut heureuse de la voir, mais elle comprit que Muriel était chargée de lui tenir compagnie pendant la journée, et donc de la tenir à l'œil. Cat, Duncan et Finn mirent pied à terre. Un garçon un peu plus âgé que Finn vint prendre les rênes de leurs montures.

Duncan lui posa une main sur l'épaule.

— Voici Logan, le fils aîné de Muriel. Il s'y connaît en chevaux et il va veiller sur les nôtres.

Le garçon s'empourpra, mais le regard qu'il lança à son oncle était empreint de gratitude. Puis il dévisagea Finn, qui soutint son regard.

— Tu veux voir les écuries ?

— Oui, répliqua Finn, sans la moindre hésitation.

Elle suivit le garçon, sans se retourner.

Duncan paraissait préoccupé, mais Muriel s'avança et déposa tout naturellement le bébé dans les bras de Cat.

— Oh ! ne t'inquiète pas, Duncan, tout ira bien. Je vous présente Alice.

Cat, qui n'avait pas l'habitude des bébés, réprima une petite exclamation et un mouvement de recul. Mais Muriel se tourna vers son frère, sans s'occuper d'elle. En revanche, sa réaction n'avait pas échappé à Duncan, qui pressa les lèvres pour ne pas sourire.

— Soutenez-lui la tête. C'est le plus important, dit-il.

Elle se rappela que cet homme ne souriait jamais. Il n'avait pas mené le genre de vie qui encourageait à sourire. Mais elle étouffa tout élan de compassion. C'était un kidnappeur, qui ne valait pas mieux que les scélérats qu'il pourchassait.

Enfin, ce jugement était sans doute un peu dur…

Et il savait comment s'occuper d'un bébé. Cat ne pouvait pas en dire autant. Cependant, sa cousine et sa belle-sœur étant toutes les deux enceintes, elle aurait bientôt un peu plus d'expérience dans ce domaine.

Quand elle serait rentrée chez elle.

— Elle se débrouillera très bien avec Alice, dit Muriel.

— Vraiment ? Mais je…

— Vous allez passer la journée avec ma sœur, déclara Duncan.

Cat aurait dû être satisfaite. Elle n'aurait su dire pourquoi la nouvelle l'agaçait. Peut-être parce qu'elle était trop soupçonneuse ? Elle avait l'impression que Duncan la confiait à sa sœur, pour se livrer à des activités secrètes.

Soudain, Alice se cambra dans ses bras, et Cat étouffa un cri de surprise. Toujours endormi, le bébé posa ses poings minuscules sur ses tempes.

— Vous la tenez très bien, dit Duncan.

Elle s'aperçut qu'il contemplait sa nièce avec une expression attendrie.

— Elle est très énergique, ajouta-t-il en se penchant vers l'enfant.

Ce qui eut pour effet de rapprocher son visage de celui de Cat.

— Je viens voir mes neveux le plus souvent possible. Ils seront peut-être les seuls descendants de notre lignée.

— Voulez-vous dire que vous ne vous marierez jamais ? Pourquoi cela ? Vous êtes le chef du clan.

Il l'effleura d'un regard lointain.

— Ma tête est mise à prix. Je n'oserai jamais demander le une femme en mariage et lui faire courir un tel danger.

— Vous ignorez ce que l'avenir vous réserve.

Essayait-elle de le consoler, de l'encourager, ou d'alléger la culpabilité de sa propre famille ? Son sentiment de culpabilité s'intensifia quand elle se rappela qu'elle mentait en ce moment même.

Leurs regards se croisèrent. C'était lui qui l'avait obligée à mentir.

— Je pense qu'Alice ne va pas tarder à vouloir téter, dit Muriel en s'agenouillant pour essuyer une trace de terre sur la joue du petit garçon, qui se débattit. Mais nous avons le temps de faire un tour.

— Ne sors pas du village, recommanda Duncan, comme si Cat n'était pas concernée.

— C'est le festival, non ? répliqua Muriel en levant les yeux au ciel.

Duncan lui tendit une petite bourse de cuir.

— Voici quelques pièces à dépenser, pour vous deux.

L'argent provenait de la vente du whisky de sa famille, songea Cat.

— J'ai aussi des pièces, annonça-t-elle. Elles étaient cachées dans mes vêtements, quand vous m'avez trouvée.

Duncan toussota. Alice s'accrochait au cou de la jeune femme, qui jeta un regard affolé à Muriel. Cette dernière sourit avec indulgence.

— J'ai l'impression qu'elle ne voudra pas attendre. Viens ici, ma douce, dit-elle en reprenant l'enfant, pour rentrer dans la maison. Je n'en ai pas pour longtemps, Catherine !

Duncan et Cat restèrent seuls avec le bambin de quatre ans, qui la dévisagea d'un air intrigué.

— Robby, dit Duncan en se baissant, est-ce que tu as trouvé des vers de terre, aujourd'hui ?

Cat grimaça. Des vers ? Quelle drôle d'idée ! Mais Robby brandit une petite main crasseuse, dans laquelle quelque chose de sombre se tortillait. Choquée, elle vit Duncan sourire tranquillement à son neveu.

Elle ne lui avait jamais vu cette expression pleine de sincérité et d'affection. Cela le transformait. Il était beau, mais sans cette allure dangereuse qu'il avait d'ordinaire. S'ils s'étaient trouvés dans une salle de bal, elle aurait été instantanément conquise.

Il désigna la main de l'enfant d'un geste du menton.

— Tu ferais mieux de le laisser rentrer chez lui, tu ne crois pas ?

— Papa dit que j'en aurai besoin pour pêcher. Les poissons mangent les vers.

— C'est vrai. Mais les vers servent aussi à d'autres choses. Ils sont utiles dans les jardins. Remets-le dans la terre pour aujourd'hui. Tu n'iras pas à la pêche pendant le festival.

Duncan et son neveu déposèrent le ver dans la terre, sous les dernières roses d'automne. Après s'être lavé les mains dans un baquet d'eau claire posé près du puits, ils s'assirent côte à côte pour parler des différents poissons fréquentant les rivières de la région. Cat eut la sensation d'être indiscrète, mais elle ne pouvait s'empêcher d'observer cet homme, qui était son ennemi.

Mais là, il discutait avec un garçon de quatre ans de la meilleure manière d'attraper du poisson pour nourrir sa famille. Elle songea aux parents de Duncan, prisonniers de querelles qui avaient fini par les séparer de leurs enfants. Duncan avait connu peu de douceur dans sa vie, et cependant il savait consacrer du temps et de l'attention à son neveu.

La confusion, la colère et la déception se disputaient son cœur, et elle ne savait plus ce qu'elle devait penser.

Muriel réapparut avec le bébé endormi.

— Elle est tranquille à présent. Allons rejoindre les autres à la fête.

Robby se leva d'un bond et écarta les mains, sur lesquelles ne demeurait plus une trace de terre.

— Oncle Duncan a dit qu'il fallait mettre le ver avec les fleurs.

— Ton oncle sait ce qu'il dit, répondit Muriel en souriant.

— Pourquoi ne venez-vous pas avec nous ? demanda Cat en se tournant vers Duncan.

— Je dois préparer l'assemblée.

— Pourrons-nous y assister ?

— Ce n'est pas la peine. Vous vous amuserez davantage avec Muriel et les enfants. Je vous retrouverai plus tard, au moment de partir.

Il salua sa sœur d'un signe de tête et franchit le petit portail.

— Peux-tu donner la main à Maîtresse Catherine ? demanda Muriel à Robby. Il y aura du monde au village, beaucoup de chevaux et d'agitation. Il ne faut pas te perdre.

Robby agrippa la main de Cat d'un air excédé et se mit en route d'un bon pas. Cat s'adapta à son rythme. Muriel les rattrapa, le bébé calé contre l'épaule. Ils empruntèrent le petit chemin qui menait au pré, au centre des cottages de pierre. Cat se sentait timide et mal à l'aise, à cause de tout ce qu'elle savait et ne pouvait pas dire à Muriel. Mais très vite, elle goûta aux préparations des cuisinières du village, admira les bougies de cire et les vêtements, regarda les concours d'archers, écouta les joueurs de cornemuse. Tour à tour, les deux femmes portaient le bébé ou couraient derrière le petit Robby.

Peu à peu, les villageois s'habituèrent à sa présence, sans doute parce qu'elle était accompagnée de Muriel. Le scepticisme et la méfiance se muèrent en simple curiosité. On lui posa des questions sur ce qu'elle éprouvait depuis qu'elle avait perdu la mémoire. Certains lui parlaient lentement, à voix haute, comme si elle n'avait plus toute sa tête. Muriel feignit plus d'une fois la quinte de toux pour dissimuler un sourire, et Cat devina qu'elle avait de plus en plus de mal à contenir son fou rire.

De temps à autre elle apercevait Duncan, un peu à l'écart de la foule. En tant que chef, il pensait sans doute qu'il ne pouvait devenir trop familier avec les gens du clan. Elle savait comme il était important pour lui de donner une impression de force, après les malheureux échecs de son père.

Maeve était comme son chef, une sorte de fantôme se tenant

en dehors du groupe, son plaid enroulé comme un capuchon sur la tête, afin de dissimuler ses cicatrices.

Quand elle la vit, Cat lui fit un signe de la main.

— Elle craint toujours d'effrayer les enfants avec ses brûlures, remarqua Muriel. J'ai beau lui dire que si les miens se sont habitués à elle les autres en feront autant, elle ne veut rien entendre.

— N'inspire-t-elle pas encore plus de crainte, en se mettant à l'écart ?

— En effet, répondit Muriel avec un soupir.

— Pourtant, elle paraît toujours si sûre d'elle, dans la grotte ! Je n'aurais jamais pensé…

— Qu'elle éprouvait les mêmes incertitudes que nous tous ?

— Oh non, pas vous ! protesta Cat, incrédule.

— Je suis comme tout le monde. Winifred, notre sœur aînée, est plus sociable et plus sûre d'elle que moi. Lorsque père a tué notre mère…

Cat s'efforça de demeurer impassible en entendant ces mots.

— J'ai cru que je ne pourrais plus jamais être une personne normale, poursuivit Muriel. Winifred a redoublé d'efforts pour trouver un mari, mais j'étais trop jeune, et aussi trop accablée, pour faire comme elle. Mon chagrin et mon sentiment de culpabilité ont failli détruire mon amitié avec Maeve, mais celle-ci a tenu bon. Alors qu'elle s'était éloignée des étrangers ou des vagues connaissances de notre famille, elle est demeurée farouchement loyale envers ses amis.

— Elle m'a prise sous son aile.

— Oui, car vous étiez un oiseau blessé, n'est-ce pas ? Elle n'a jamais pu résister à quelqu'un qui avait besoin de son aide.

Cat et Muriel s'assirent sur un muret de pierre, pour regarder Robby jouer avec les autres garçons. Muriel se remit à allaiter Alice, et Cat la regarda avec envie. La famille de Muriel n'avait pas de fortune ni de château, mais elle était plus heureuse et sereine que Cat ne l'avait jamais été. Peut-être étaient-ce l'amour des hommes qui l'entouraient et celui de ses enfants, qui lui donnaient cette plénitude. Cat avait voulu fuir les Highlands et ses parentes enceintes, afin de trouver le monde qui lui convenait. Et maintenant, elle regardait une autre femme, comblée par ce qui lui manquait, à elle.

Des sentiments contradictoires s'agitaient dans son cœur.

— Soyez patiente, dit Muriel, de but en blanc.

Cat lui lança un regard de surprise.

— Je n'ai pas dit…

— Lorsque j'ai l'impression que les choses vont mal, je pense à ce qui est bon et je me dis que ce pourrait être bien pire.

— Oui, j'aurais pu être gravement blessée en tombant de cheval et rester invalide, reconnut Cat.

— Et, si vous ne recouvrez jamais la mémoire, vous aurez la possibilité de tout recommencer.

— Mais où ? J'ignore où est ma place.

Ce n'était pas un mensonge. Elle ne voulait pas passer le reste de sa vie dans la maison de son frère, à regarder sa petite famille s'agrandir. Elle pourrait se marier. Mais comment expliquer son attirance pour Duncan ?

— Vous ne serez jamais seule au monde, dit Muriel. Duncan y veillera.

— Non, je refuse d'être un fardeau pour lui.

— Il est le chef des Carlyle. C'est son devoir.

— Je ne veux pas qu'un homme s'occupe de moi par devoir, répliqua Cat d'une voix irritée.

Robby, à quatre pattes dans la terre, se retourna et la regarda en écarquillant les yeux. Elle avait dû hausser la voix sans s'en rendre compte.

— Je suis désolée, dit-elle, penaude. Je sais que Duncan

est un bon chef et qu'il a de bonnes intentions. Je me sens juste… frustrée.

Muriel lui posa une main sur le bras pour la réconforter. Cat eut la nausée à la pensée de lui mentir sur son état de santé. Duncan avait commencé ces mensonges, mais elle continuait dans son sillage.

Par bonheur, elle fut distraite de ses pensées par la vue d'un manoir, situé au-delà des cottages. Elle se leva pour mieux voir, mais les maisonnettes dérobaient la demeure à sa vue.

— Est-ce un autre de vos manoirs ?

Muriel ne leva même pas les yeux.

— Oh ! oui. C'est la maison dans laquelle nous avons grandi.

— C'est donc le manoir de Duncan ?

— Celui dans lequel il ne vivra jamais ? Oui, c'est bien lui. Pour l'instant, il préfère habiter dans la grotte, pour les raisons que vous connaissez. Mais un jour… j'espère qu'il pourra de nouveau mener une vie normale.

— Oui, j'en suis sûre, répondit Cat d'une voix rassurante. Quand tout cela sera fini.

Muriel hocha la tête d'un air triste, puis contempla la petite Alice, qui lui sourit. Cat s'aperçut soudain que la foule était moins dense. Presque tous les hommes étaient partis. L'assemblée du clan allait avoir lieu. Elle voulait y assister.

Elle dit à Muriel qu'elle avait besoin d'être seule quelques minutes, puis se faufila entre les cottages jusqu'à ce qu'elle ait trouvé le plus grand. Les hommes du clan y entraient par groupes de deux ou trois. Elle attendit que presque tous soient entrés, pour aller s'installer, au fond de la salle. Melville la regarda en fronçant les sourcils, mais il ne la fit pas ressortir.

Duncan était assis derrière une table, des documents et des registres étalés devant lui. Ivor se tenait sur le côté, imposant avec son épée et ses deux pistolets accrochés à la ceinture. De jeunes hommes du clan s'étaient postés derrière lui, ou assis au premier rang. Les autres bancs étaient occupés par les villageois, hommes et femmes.

Pendant un long moment, Duncan régla les affaires du clan, négociant avec les *tacksmen* qui cultivaient les terres louées par le clan et décidant des échanges de parcelles afin que chacun ait à son tour les meilleures cultures. Ensuite, les hommes se mirent en ligne, et Duncan leur distribua des pièces, pendant qu'Ivor notait tout méticuleusement dans un registre.

Tout à coup, elle comprit ce qui se passait. Duncan partageait entre les villageois l'argent obtenu grâce au whisky de contrebande. C'est-à-dire l'argent du clan de Catriona. Elle demeura assise, sous le choc. Le clan des Duff avait trimé pour obtenir cet argent, mais le travail avait été payé par son père. L'argent ne sortait pas de la poche des travailleurs du clan, mais de celle de son frère. Owen savait-il que leur whisky était passé en contrebande ou bien quelqu'un gérait-il ce trafic à son insu ?

Ici, dans le clan Carlyle, les gens constataient par eux-mêmes que leur laird subvenait aux besoins du clan, bien que sa tête fût mise à prix. Comment le blâmer d'aider son peuple ? On ne pouvait qu'admirer un homme capable de sacrifier son propre confort, pour aider les pauvres et les indigents.

Non, elle refusait de l'admirer. Mais elle devait admettre, à contrecœur, qu'il était meilleur qu'elle ne l'avait cru.

Ensuite, quand il fallut régler les désaccords, Duncan prouva qu'il était sévère mais juste. Elle se souvint de ce qu'on lui avait raconté, sur son comportement impétueux dans sa jeunesse. Eh bien, cet homme avait grandi. Il écoutait la version des deux partis, consultait ses conseillers et prononçait le verdict le plus juste possible. Tout le monde ne repartait pas heureux, mais de toute évidence il gagnait le respect de tous.

Elle se demanda ce qui se passerait, si elle portait son

propre cas devant l'assemblée. Qui oserait punir le chef d'avoir kidnappé une femme innocente ? Après tout, elle appartenait au clan des Duff, le clan ennemi.

Serait-il traité comme l'avait été son père ? Comme si son verdict était de nature divine et qu'il tenait son pouvoir des générations de chefs qui l'avaient précédé ? Duncan ne voyait-il pas qu'il se comportait de la même façon que son père ? Il avait décidé lui-même de la punition de celui de Cat et il se moquait des gens qu'il blessait en exécutant sa vengeance. Son aveuglement était exaspérant.

À ce moment, leurs regards se croisèrent par hasard. Cat se raidit. Avait-il conscience de l'ironie de la situation ?

Elle ressortit, le laissant à ses responsabilités de noble.

Dans le chemin, elle était tellement plongée dans ses pensées qu'elle se heurta à Finn, qui courait en sens inverse. Elle lui agrippa les épaules.

— Finn ? Que...

— Reviens ici, petit démon ! cria quelqu'un.

Avec un sourire, Finn repoussa Cat et se remit à courir. Cat se rendit compte qu'elle suivait Logan. Muriel et Maeve étaient à leur poursuite, derrière une vieille femme au visage rouge de colère.

— Catherine ! s'exclama Muriel. Prenez Alice, s'il vous plaît.

Cat se retrouva une fois de plus avec le bébé dans les bras, et cette fois la fillette ne dormait pas paisiblement. Elle avait été secouée par la course de sa mère, et son petit visage se crispa, avant de devenir rouge comme une tomate. Elle se mit à hurler.

Cat la berça doucement de bas en haut, comme elle avait vu certaines mères le faire.

— Tout va bien, petite Alice, prends patience.

Elle regarda autour d'elle, mais ne vit pas les deux enfants et les adultes qui les poursuivaient. Le bébé se mit à hurler plus fort, et elle ne savait plus comment faire.

— Posez-la contre votre épaule, dit une voix grave.

Elle pivota sur elle-même et vit Duncan se redresser après être passé sous une porte basse.

— Sur mon épaule ? répéta-t-elle, abasourdie.

Duncan lui prit le bébé des bras et le cala contre sa poitrine, laissant juste la petite tête dépasser de son épaule. Alice se calma aussitôt, mit son petit poing dans sa bouche et téta ses doigts.

— Elle vous aime plus que moi, admit Cat, soulagée.

Duncan arqua les sourcils.

— Plus que vous ne m'aimez ?

Elle sentit une vague de chaleur envahir sa poitrine, puis ses joues.

— Plus qu'elle ne m'aime, moi, précisa-t-elle. Vous savez ce que je ressens pour vous. Les gens de votre clan sont peut-être conquis par votre performance à l'assemblée, mais moi je sais de quoi vous êtes capable.

— Je les ai conquis ? demanda-t-il, ignorant le reste de la remarque.

— Ne me demandez pas de vous faire un compliment.

— Non, je pensais que vous étiez disposée à le faire spontanément.

— Vous pouvez croire ce que vous voulez.

Il continua de caresser le dos du bébé, l'air absorbé par ses pensées.

— Je faisais mon devoir. Mon clan mérite que je leur donne tout ce que je peux.

Peu importe qui en souffre par ailleurs, ajouta-t-elle en elle-même.

Il était là, tenant un enfant aussi naturellement que s'il avait tenu une épée. Il semblait réussir dans tout ce qu'il faisait. Hormis dans les tractations avec son père, et elle.

Soudain, un nouveau souvenir apparut. Les lettres qu'elle avait trouvées quelques semaines plus tôt, dans le coffre de Duncan. Elle se rappela le A tracé d'une main ferme par l'homme qui menaçait Laird Carlyle. Elle reconnaissait l'écriture, à présent. Ce A signifiait-il Aberfoyle ? Si ces lettres avaient bien été rédigées par son père, elles constituaient des preuves.

Tout ce qu'elle avait appris sur le père de Duncan lui revint en esprit. Duncan n'avait pas de respect pour lui… Mais, s'il avait lu ces lettres, il savait que son père avait également essayé de mettre fin au trafic d'enfants. Il fallait absolument qu'elle relise ces missives !

Duncan regarda autour de lui.

— Comment se fait-il que vous ayez encore le bébé avec vous ?

Cat tressaillit et reprit pied dans le présent.

— Oh ! c'est à cause de Finn. Il s'est passé quelque chose avec Logan et une femme du clan. Il faut que je sache ce qu'il a fait.

— Catherine…

Se désintéressant de Duncan, elle souleva sa jupe et se mit à courir dans la même direction que Finn et les autres femmes. Elle ne les vit pas tout de suite et passa devant un deuxième cottage. En entendant des éclats de voix, elle tourna dans une allée de terre et trouva un groupe rassemblé autour de Finn. Celle-ci avait les bras croisés, les épaules relevées, comme une tortue qui veut rentrer dans sa coquille. Logan se tenait à côté de la fillette, l'air éberlué.

D'un air patient, Maeve expliqua quelque chose à la vieille femme en colère. Cat approcha et entendit sa réponse.

— Ces garçons méritent d'être fouettés, et c'est ce que je

vais faire, déclara la femme en s'avançant d'un air menaçant vers Finn et Logan.

Finn, coincée contre le mur du cottage, alla se placer devant Logan d'un air protecteur. Muriel se crispa, visiblement tentée de l'imiter.

— Maîtresse MacFarlane, ce n'était qu'une farce ridicule, dit Maeve d'une voix posée.

— Quelle farce ridicule ? demanda Cat.

La vieille femme se retourna.

— Vous êtes qui, vous ?

— Mon nom est Catherine. Je m'occupe de Finn depuis que nous l'avons secouru.

— Ah, vous êtes la belle de notre laird, pas vrai ?

Cat se raidit. Ce n'était pas un compliment. Finn la dévisagea, sans cacher sa curiosité.

— J'ai aussi été secourue par Laird Carlyle, comme Finn.

La vieille femme ricana et se retourna vers Maeve.

— Ces garçons doivent être corrigés.

— Qu'ont-ils fait ? demanda Cat.

Muriel soupira lourdement.

— Ils lançaient de la boue contre une clôture, mais ils ont manqué leur but… À plusieurs reprises.

— La boue a taché mes beaux tissus, que j'avais passé des jours à tisser ! cria la vieille femme. Personne ne voudra les acheter, à présent.

Cat plissa le front.

— Je suis désolée de leur maladresse.

Mais était-ce vraiment une maladresse ? Elle avait souvent vu Finn lancer des fers à chevaux sur la clôture de l'enclos, et elle ne manquait jamais son but.

Une lueur rusée passa dans le regard de la fillette qui reprit tout de suite son expression innocente.

— Les garçons ne savaient pas que ces tissus étaient aussi précieux, Maîtresse MacFarlane, reprit Cat. Finn et Logan vont les nettoyer pour vous, ainsi que tout ce qu'ils ont sali.

Finn se renfrogna, mais ne dit rien.

— N'est-ce pas, Finn ? lança Cat d'un ton sévère.

Logan déglutit et hocha la tête.

— Oui, Maîtresse, chuchota-t-il, penaud.

Mais Finn eut soudain l'air effrayé, et Cat se retourna. Duncan apparut et vint se mêler à la discussion, le bébé toujours calé sur l'épaule. Muriel alla prendre l'enfant, et Duncan, retrouvant son autorité de chef, croisa les bras.

— Nous réparons toujours nos erreurs, déclara-t-il.

Logan et Finn hochèrent docilement la tête.

L'expression de Maîtresse MacFarlane s'adoucit.

— J'apprécie votre aide, Laird Carlyle.

Mais pas celle de votre Belle, songea Cat avec amertume.

— Suivez-moi, les garçons, ordonna Maeve. Nous allons voir ce que vous devez faire pour Maîtresse MacFarlane.

Rajustant son écharpe sur sa tête, elle poussa les enfants devant elle. Maîtresse MacFarlane et Muriel suivirent. Cat voulut en faire autant, mais Duncan la retint par le bras. Elle se dégagea.

— Ne me touchez pas, dit-elle en levant les yeux.

— Très bien. Mais de toute évidence vous ne pensez pas que cette pluie de boue était un accident ?

— Non, répondit-elle, désarçonnée par sa perspicacité.

— Pourquoi Finn et mon neveu chercheraient-ils à gâcher la fête des moissons ?

— Ils ne veulent pas gâcher la fête, juste attirer l'attention sur eux. Du moins, c'est le cas de Finn. Logan est probablement innocent.

— Finn est pourtant un bon garçon. Que se passe-t-il ?

Cat hésita un moment. Devait-elle révéler les confidences de l'enfant ? De toute manière, tôt ou tard la vérité se saurait.

— Vous voulez le confier à une nouvelle famille, mais cela ne lui plaît pas. Il doit se dire que si tout le village le considère comme un mauvais garçon personne ne voudra le prendre.

— Mais…

— Vous ne comprenez pas ? Il nous connaît tous, à présent. C'est la première fois de sa vie qu'il se sent en sécurité. Pour lui, partir dans une nouvelle famille serait aussi effrayant que d'être vendu comme esclave par des brigands.

— J'ai toujours trouvé de bonnes maisons aux garçons orphelins que nous sauvions.

— Il ne le sait pas, et cela lui est égal. Ce garçon vit seul depuis des années.

C'était une petite fille, qui n'avait jamais été protégée par quiconque. Cat ne pensait pas qu'elle aurait compris à quel point une femme pouvait se sentir seule et sans défense, avant d'avoir elle-même perdu la mémoire et été manipulée par Duncan. À présent, elle se sentait solidaire de Finn.

Duncan se massa pensivement la nuque.

— Je ne peux pas passer l'éponge sur ce qu'il a fait.

— Bien sûr. Nos actes doivent avoir des conséquences.

Il détourna les yeux, mais son expression demeura impénétrable.

— Allons assister à la punition, dit-il en soupirant.

Finn et Logan furent condamnés à aller chercher de l'eau dans le puits, puis à la faire bouillir dans un chaudron qu'ils durent hisser eux-mêmes sur le feu. Pendant ce temps, ils se servirent de chiffons pour nettoyer la boue qui avait éclaboussé non seulement le stand de Maîtresse MacFarlane, mais aussi plusieurs autres. L'après-midi avançait, les garçons faisaient l'objet de nombreuses moqueries, et Cat se dit que Logan avait compris la leçon. Elle n'était pas sûre que ce fût le cas de Finn. La fillette paraissait enchantée d'être publiquement traitée de galopin.

Comme si les deux enfants constituaient la distraction de la soirée, les hommes apportèrent un tonneau de whisky, et la gaieté ne fit qu'augmenter. *Le whisky des Duff*, songea Cat avec lassitude. Duncan demeura stoïque pendant la distribution du breuvage. Il savait que cela lui rappelait la soirée au cours de laquelle elle avait trop bu et lui avait ensuite permis de l'embrasser.

Elle accepta le verre qu'il lui offrit. Comme la première fois, l'alcool lui brûla la gorge. Un homme se mit à rire et la poussa vers Duncan.

Après tout, elle était sa « belle » et elle ne pouvait s'échapper.

Bizarrement, en dépit de ce qu'elle aurait souhaité, elle n'éprouva aucune répulsion quand elle entra en contact avec les muscles puissants de son bras.

Chapitre 17

Ils firent le chemin du retour à la nuit tombée, mais le cheval connaissait la route aussi bien que Duncan. Finn s'était endormi contre son dos, et Duncan éprouva un pincement de compassion. Le garçon avait travaillé dur pour réparer sa faute.

Que devait-il faire de Finn ?

C'était la première fois qu'il rencontrait ce problème. Les enfants qu'ils secouraient étaient toujours reconnaissants, et s'ils étaient orphelins ils étaient heureux de trouver une famille. Plus Finn resterait dans la grotte, plus il s'y sentirait chez lui. Mais ce n'était pas juste. Un petit garçon ne devait pas vivre comme un fugitif.

Duncan transporta l'enfant dans le grand hall, où les hommes se reposaient de la fatigue de la journée et de trop de boisson. Il ne vit nulle part Catriona, qui avait fait la route en tête avec Maeve. Elles étaient probablement en train de préparer les lits, songea-t-il en grimaçant à la pensée qu'elle dormait à même le sol, dans une pièce occupée par des douzaines d'hommes.

Il déposa Finn sur son lit et ramena la couverture sur lui.

Ce soir, devant les membres du clan, Catriona s'était comportée comme si rien ne les séparait. Assise à côté de lui, elle avait siroté son whisky, tandis que la douce brise de septembre transportait les odeurs de cuisine et le rire des hommes. Son bras avait brièvement effleuré le sien, et il avait dû faire appel à tout son contrôle sur lui-même pour ne pas passer un bras sur ses épaules et la serrer contre lui.

Mais elle n'était pas son épouse, ni une femme qu'il pouvait courtiser. Ni même « sa belle ». Légèrement enivrée par l'alcool, elle lui avait rapporté les paroles de Maîtresse MacFarlane. Cela l'avait rendu furieux. Mais elle lui avait rappelé d'un regard noir qu'il était entièrement fautif.

Toutes ses pensées étaient fixées sur Catriona, et teintées d'un mélange de culpabilité et de désir. Dans peu de temps, il la ramènerait chez elle et alors il la perdrait complètement. *Tu es ivre*, se dit-il avec amertume.

Plongé dans ses pensées, il quitta le grand hall et s'engagea dans le passage. Des bottes dans le couloir signalaient que le bassin était occupé. Des rires et des bruits d'éclaboussures lui parvinrent, et il espéra que personne n'était assez ivre pour tenter de nager.

Parvenu devant sa chambre, il écarta le rideau… et se figea.

Catriona, penchée au-dessus du coffre, se redressa prestement. Ses joues étaient roses dans la lueur de la lanterne. Ils étaient seuls, et il ne put s'empêcher de laisser le regard glisser sur son corps. Il avait passé la journée à éviter de la regarder, à ne pas prêter attention à la façon dont son corset soulevait ses seins bombés et les mettait en valeur. La peau crémeuse de son décolleté laissait deviner la beauté de son corps. Sa taille était délicate, et le gonflement de sa jupe soulignait la rondeur de ses hanches.

— Je ne voulais pas vous déranger, dit-elle avec raideur.

Leurs regards se croisèrent, et il referma le rideau. La jeune femme élargit les yeux.

— Vous ne voudriez pas que les autres nous voient seuls, ensemble dans cette chambre ? fit-il remarquer.

Elle fit non de la tête.

— Que faites-vous ici ? demanda-t-il d'une voix rude.

Il avait envie d'elle. En proie à une irritante frustration, il fit un pas vers elle. Elle leva le menton et ne fit pas mine de reculer.

— Je pensais avoir oublié quelque chose dans le coffre, mais… je ne le trouve pas.

— Qu'est-ce que c'était ?

Un nouveau pas en avant. Il aurait pu la toucher en tendant la main. C'était un jeu dangereux, auquel il jouait avec lui-même. La toucher ou non, tester ses capacités de résistance.

Elle sentait tellement bon. Le savon rustique qu'utilisaient les autres femmes semblait répandre une fragrance spéciale sur sa peau. Il avait envie d'enfouir la tête au creux de son cou pour inhaler son parfum.

— Cela ne vous regarde pas, rétorqua-t-elle. Vous avez trop bu.

— Et vous rougissez.

Sans réfléchir, il prit sa joue au creux de la main.

Ils semblèrent tous deux retenir leur souffle. Puis elle repoussa sa main, mais elle ne pouvait pas reculer.

— C'est juste une chemise, répondit-elle, exaspérée.

Duncan pencha la tête de côté.

— Je ne me souviens pas avoir vu de vêtement féminin dans mon coffre, après que vous avez quitté cette chambre.

— Elle n'est pas là. Laissez-moi sortir.

Mais il ne s'effaça pas, et elle ne fit pas mine de le pousser. Des mots lui échappèrent, malgré lui.

— Je sais ce que je vous ai fait. J'ai demandé votre pardon, mais vous ne me l'avez pas accordé. C'est votre droit. Cependant, je ne peux oublier les moments où je vous ai tenue dans mes bras. Je n'avais jamais eu autant envie d'embrasser une femme et de la toucher.

À chaque mot, les yeux de Cat s'élargissaient un peu plus. Pendant un instant, il fut incapable de deviner ce qu'elle pensait de lui. Et tout à coup, sans dire un mot, elle le poussa et s'enfuit.

Pendant quelque temps, Duncan avait voulu croire qu'elle lui appartiendrait un jour. Il était tombé sous son charme et n'avait plus été capable de penser à autre chose. Mais, maintenant qu'elle savait ce qu'il avait fait, le pardon était devenu impossible.

Il tapa du poing contre la paroi de rochers. Du sang jaillit de ses doigts, mais cela le fit moins souffrir que de savoir qu'il l'avait perdue alors qu'il était désespérément amoureux d'elle.

Il fallait la ramener chez elle dès que possible. Après l'assemblée, il avait envoyé plusieurs hommes à la recherche de l'enfant disparu. Le shérif était peut-être déjà à court d'hommes pour accomplir ses affreuses besognes. Dans ce cas, il était possible qu'il effectue lui-même les enlèvements. L'appât du gain était trop fort pour lui, il ne parvenait pas à ralentir son odieux trafic.

Quand ses hommes reviendraient, le moment serait venu de raccompagner Catriona et d'accepter le châtiment que son frère lui infligerait.

Cat demeura dans le passage, s'efforçant de contrôler les battements de son cœur et sa respiration saccadée. Elle était horrifiée. Pendant un court instant, elle s'était laissé tenter par les paroles de Duncan. Elle avait été sur le point de mettre de côté tout ce qu'il avait fait et d'explorer le monde de plaisir qu'il lui avait laissé entrevoir. Comment pouvait-elle oublier aussi vite sa trahison ? Elle avait cru pouvoir contrôler ses réactions, résister aux sensations étourdissantes qu'il faisait surgir en elle… Mais ce n'était qu'une illusion. Elle le désirait toujours, en dépit de ses actes.

Mais elle devait laisser sa faiblesse de côté et penser à ce qu'elle avait découvert dans le coffre. Les preuves de la culpabilité de son père. Ce n'était pas tout. Il y avait aussi une révélation sur le père de Duncan. Après tout ce que ce dernier avait dit des erreurs et des faiblesses de l'ancien Laird Carlyle, elle ne pensait pas qu'il avait lu ces lettres. Dans un sens, si elle était captive ici, c'était aussi parce que Duncan s'était toujours efforcé de ne pas prendre modèle sur son père. Et la curiosité de la jeune femme se trouvait aiguisée. Elle voulait en savoir davantage sur le précédent chef du clan.

Le lendemain matin, quand Duncan partit avec Ivor et plusieurs autres hommes, Cat se glissa de nouveau dans sa chambre. S'agenouillant près du coffre, elle retira soigneusement les vêtements et s'empara des lettres qu'elle enveloppa d'un morceau de toile. Ensuite, elle retourna dans le passage avec sa lanterne, posa une chaussure dans le couloir et entra dans la petite grotte. Personne ne viendrait la déranger ici. Elle devait reconnaître que Duncan savait imposer à ses hommes une conduite honorable. Assise sur le sol près du bassin, le dos calé contre la paroi, elle trouva la lettre qui l'intéressait.

Elle reconnut tout de suite l'écriture de son père. L'homme, qui avait signé d'un *A*, écrivait des menaces à peine voilées contre Laird Carlyle et les enfants innocents du clan. Naturellement, il n'employait pas de mots susceptibles de l'incriminer. Il était bien trop malin pour cela.

Duncan avait affirmé que son père était une mauviette. Mais si son père avait enquêté sur les disparitions d'enfants, qu'il avait fait le lien avec le comte d'Aberfoyle mais qu'il était mort avant d'avoir pu terminer son travail, alors il était loin d'être le chef pitoyable que croyait Duncan.

Le père de Duncan avait poursuivi le même but que lui.

Duncan le savait-il ? Ce n'était pas l'affaire de Cat, mais elle ne pouvait s'empêcher de se poser la question.

Et puis il y avait son propre père. Son écriture aux lignes arachnéennes évoquait de terribles souvenirs. Le malheur s'abattait sur tous ceux qu'il approchait. Des larmes lui brûlèrent les yeux, et elle les essuya du revers de la main. Duncan avait peut-être fait de mauvais choix, mais son seul but était de sauver son peuple, rendu malheureux par le chef des Duff.

Cat leva la tête et se figea en entendant de l'agitation dans le passage. Mais personne ne l'appela, et la chaussure qu'elle avait posée à l'entrée était toujours là. Elle rassembla les lettres, s'engagea discrètement dans le corridor, alla les déposer dans le coffre et revint dans le grand hall en prenant un air naturel.

Duncan et Ivor, face à face, se défiaient du regard. Les autres hommes les observaient avec curiosité et même, pour certains, avec inquiétude.

— Je dois y aller, dit froidement Duncan. Ma sœur a besoin de moi.

— Muriel ? s'exclama Cat, malgré elle.

Les hommes l'ignorèrent, mais Maeve vint se placer à côté d'elle.

— Muriel ? répéta Cat, dans un chuchotement anxieux.

Maeve secoua la tête.

— Non, ce n'est pas Muriel, mais l'autre sœur du laird, Winifred. Elle a envoyé un message nous informant qu'elle avait été interrogée par Sir Brendan Welcker, le shérif de Glasgow, sur les allées et venues de Sa Seigneurie.

Cat sentit la respiration lui manquer. Si sa sœur avait été blessée, Duncan ne se le pardonnerait jamais.

— Est-elle…

— Elle dit qu'elle va bien. Elle a déclaré au shérif qu'elle ne voyait plus du tout Sa Seigneurie, et il a fini par la croire. Elle veut que son frère continue d'aider les enfants. Mais il…

Maeve s'interrompit, l'air accablé.

— Il se sent responsable et veut aller la voir ? suggéra Cat.

Maeve acquiesça.

Duncan passa devant elle sans la regarder, traversa la passerelle et s'engouffra dans le passage. Personne ne le suivit. Cat lui emboîta le pas. Elle n'aurait su dire pourquoi, ce n'était pas son rôle, mais…

Elle le trouva en train de fourrer des affaires pêle-mêle dans une sacoche de voyage.

— Duncan…

Il ne leva pas les yeux. Ses mouvements étaient si brusques qu'elle crut qu'il allait finir par déchirer le sac.

Elle répéta son nom d'une voix un peu plus ferme et lui posa une main sur le bras. Il se figea. Cat percevait la tension de ses muscles et comprit qu'il faisait un effort immense pour se contenir.

— Welcker l'a frappée, dit-il, les mâchoires serrées.

— Winifred ? C'est elle qui vous l'a dit ?

— Non, bien sûr que non. Elle croit devoir me protéger. Mais sa servante m'a avoué qu'elle avait des bleus au visage.

Il crispa les doigts sur le sac, comme s'il avait besoin de s'accrocher à quelque chose.

— Je dois aller la voir, marmonna-t-il, fixant le sac sans le voir.

— Et son courage n'aura donc servi à rien, puisque vous serez capturé. C'est exactement ce que veut le shérif.

Elle fut elle-même surprise de s'entendre donner ces conseils de prudence. Duncan baissa la tête en frissonnant.

— Je ne peux continuer de me cacher, alors que des gens se mettent en danger pour me protéger.

— Vous risquez votre vie pour sauver leurs enfants. Croyez-vous que cela ne compte pas pour eux ?

Elle lui prit le sac des mains et le poussa dans un fauteuil. Il ne lui opposa aucune résistance. Mais, maintenant qu'elle voyait son visage, il ne pouvait plus lui cacher la souffrance qui transparaissait dans ses yeux. Duncan n'avait jamais connu un moment de paix dans sa vie. Il avait hérité de terribles problèmes en devenant chef de clan et il était alors sans doute trop jeune pour les résoudre avec sagesse. Il avait commis des erreurs et avait appris peu à peu, avec l'expérience, à emprunter les chemins les plus sûrs. Il souffrait, à cause de ce que ces erreurs avaient coûté à sa famille et à ses amis. Elle aurait éprouvé de l'admiration pour n'importe quel autre homme à sa place. Mais elle ne pouvait lui pardonner de s'être servi d'elle.

Posant les coudes sur les genoux, Duncan enfouit la tête entre ses mains et demeura un instant sans bouger. Elle imagina ce qu'elle éprouverait si quelqu'un faisait du mal à son frère à cause d'elle.

Elle lui posa une main sur l'épaule. Duncan était raide et crispé, mais au bout d'un moment il laissa échapper un soupir. Cat n'aurait su dire combien de temps ils restèrent ainsi, mais elle était partagée entre la pitié et la colère qu'il lui inspirait.

Enfin, il se redressa, et elle laissa sa main retomber.

— Le shérif n'a rien appris, par Winifred ?

— Il semble que non.

— Son mari est-il assez fort pour la protéger ?

— Il est notaire et siège au conseil municipal. Il détient donc un certain pouvoir.

— Il faut donc vous concentrer sur votre mission. Winifred veut vous protéger.

— Si seulement les enfants n'avaient plus rien à craindre ! Alors, nous pourrions vivre en paix.

— Cela finira par arriver. Que ferez-vous quand vous aurez pris le shérif sur le fait ?

— Je le traînerai au tribunal d'Édimbourg, où il n'a aucune influence et ne peut compter sur la protection des magistrats. J'ai beaucoup de témoins, et même des enfants prêts à raconter leur histoire. Mais en attendant, je ne peux arrêter…

— Winifred ne veut pas que vous arrêtiez.

— Les enfants sont terrifiés, je le sais. Et je sais ce que c'est, de penser que personne ne peut vous venir en aide. Moi au moins, j'étais nourri et j'avais un toit. Mais être enlevé à ceux que vous aimez, être affamé, avec la peur constante de ce qui va vous arriver… Non, je ne peux pas arrêter. J'y passerai toute ma vie s'il le faut, mais les enfants de mon clan seront en sécurité.

Cat savait qu'il ne s'autoriserait pas de répit tant qu'il n'aurait pas atteint son but. Mais, s'il la ramenait au château et qu'elle racontait à son frère ce qui s'était passé, Duncan risquait d'être accusé d'un autre crime. Non, elle ne tolérerait pas qu'il soit jeté en prison. Mais elle n'accepterait pas non plus qu'il ne soit pas puni pour ce qu'il lui avait fait.

— Qu'allez-vous faire, pour Winifred ?

Ses mâchoires se contractèrent, mais quand il parla sa voix était contenue, presque douce.

— Je vais lui écrire et la remercier pour son courage. Mais je ne prendrai pas de risques pour elle et pour moi en allant la voir. Je vous remercie de vos sages conseils.

— Je ne vous ai rien dit de plus qu'Ivor. Et rien que vous ne sachiez déjà.

Elle était mal à l'aise à l'idée que son opinion pouvait le faire changer d'avis. Gênée, elle songea qu'elle avait elle aussi commis une indiscrétion, en regardant les papiers de son père. Elle aurait aimé savoir s'il connaissait le contenu de ces lettres et s'il était conscient de posséder une preuve, si vague fût-elle, contre le comte, son père. Mais elle n'avait pas le droit de lui poser une question aussi personnelle. Ils n'avaient pas le genre de relation qui conduisait à une telle intimité. Hésitante, incertaine, elle finit par le laisser seul.

Elle était toujours perdue dans ses pensées quand elle pénétra dans le hall. Maeve vint à sa rencontre, comme si elle avait attendu son retour avec impatience.

— Alors ? L'avez-vous convaincu de rester ?

Cat cligna les paupières, déconcertée.

— Je ne pense pas que j'avais le pouvoir de le faire. Il a compris de lui-même que ce n'était pas raisonnable.

Maeve poussa un soupir de soulagement.

— Nous avons de la chance de vous avoir.

— Je ne comprends pas.

— Je ne l'avais jamais vu réagir avec quelqu'un comme avec vous.

Cat sentit ses joues s'enflammer.

— Je crois que vous exagérez.

— Non, pas du tout. Promettez-moi seulement que si votre mémoire revient, ou si vous pensez devoir partir, vous l'épargnerez autant que possible.

Sans le savoir, Maeve était étrangement proche de la vérité. Cat ne put soutenir le regard franc et direct qu'elle darda sur elle. Une fois de plus, elle éprouva de la culpabilité à l'idée de mentir à une personne aussi bonne.

Mais elle pouvait lui confier au moins une chose qu'elle avait sur le cœur.

— Je dois vous avouer quelque chose, Maeve. J'ai besoin d'un conseil.

— M'avouer quelque chose ? répéta la jeune femme en plissant le front.

— Lorsque j'ai rangé mes vêtements dans le coffre du laird, j'ai trouvé des lettres adressées à son père.

Maeve se détendit.

— Ah, oui. Sa Seigneurie avait une relation… compliquée avec son père. Cela le chagrine, quand il y pense. Je l'ai incité à se débarrasser de ces lettres…

— Mais par chance, il ne l'a pas fait. Maeve, elles contiennent la preuve que le comte d'Aberfoyle était impliqué dans le trafic d'enfants. Le père de Duncan savait que des enfants du clan disparaissaient, et il essayait, à sa façon, d'obtenir justice. Il est mort avant d'avoir pu mettre fin aux kidnappings, mais… Duncan devrait savoir que son père n'était pas aussi faible qu'il le croyait.

Maeve l'observa attentivement.

— Vous vous souciez beaucoup de notre laird.

Cat aurait voulu nier, mais cela aurait éveillé les soupçons de son amie. Aussi garda-t-elle le silence, pour cette raison.

— Pourquoi ne le lui avez-vous pas dit vous-même ? poursuivit Maeve d'un ton un peu taquin. Vous étiez seule avec lui, à l'instant.

— Nous avons décidé de ne pas donner suite à l'attirance que nous éprouvons, avoua-t-elle en rougissant. Et lui dire une chose aussi personnelle… Admettre que j'ai lu ces lettres…

— Très bien, déclara Maeve avec douceur. J'attendrai le moment propice pour lui en parler. Je prétendrai que par curiosité je vous ai demandé de me lire ces missives. En fait, je ne sais pas lire, vous comprenez, ajouta-t-elle.

— Non, je ne vous obligerai pas à mentir pour moi ! protesta Cat.

— Ce n'est pas un gros mensonge. J'ai toujours été curieuse. Laissez donc, je m'en occupe.

— Maeve…

Mais la jeune femme s'éloigna en lui faisant un signe de la main.

Et Cat la laissa faire, car son esprit était bien trop confus pour qu'elle puisse prendre une décision.

Chapitre 18

La pensée d'avoir été réconforté par une femme, à qui il avait fait du tort par-dessus le marché, irrita Duncan et le plongea dans une confusion encore plus grande. Certes, Cat avait prononcé des paroles de sagesse. Mais il était perturbé de constater qu'il était prêt à retomber dans ses anciens travers, en agissant sans prendre le temps de réfléchir aux conséquences de ses actes. Il croyait avoir surmonté cet aspect de sa personnalité, mais apparemment il suffisait d'une menace contre sa sœur pour que sa nature impétueuse reprenne le dessus.

Catriona était venue vers lui, lui avait prodigué ses conseils, l'avait écouté et apaisé. Était-ce la preuve de sa propre faiblesse ? La femme qu'il aimait avait donc un tel ascendant sur lui ? Quoi qu'il en soit, il ne devait pas s'habituer à sa présence. Il allait la ramener chez elle, et sa famille ferait en sorte qu'il ne puisse plus jamais l'approcher.

Quand il traversa le grand hall, plusieurs de ses hommes le dévisagèrent avec circonspection, mais aucun ne fit mine de l'aborder. Finn n'était pas dans la grotte. Il trouva le garçon dans l'enclos. Pensif, l'enfant regardait les chevaux brouter.

Duncan s'accouda à la clôture à côté de lui, mais ne dit rien. La journée était froide et brumeuse, et les ruines au sommet de la colline disparaissaient sous un épais brouillard.

— Je vous ai déçu, finit par lâcher l'enfant d'une toute petite voix.

— Est-ce que tu regrettes ce qui s'est passé ?

Le garçon hésita un bref instant.

— Vous voulez que je sois sincère ?

— Oui, s'il te plaît.

— Eh bien, je regrette de vous avoir déçu, mais si c'était à refaire je n'agirais pas autrement.

— C'est-à-dire que tu empêcherais cette pauvre Maîtresse MacFarlane de gagner quelques sous à la fête ?

Finn était de profil, mais Duncan vit qu'il plissait le front.

— Non. Je voulais causer des problèmes, mais pas faire du tort à une pauvre vieille femme, avoua Finn d'une voix si basse que Duncan l'entendit à peine.

— Que veux-tu vraiment, Finn ?

— Je ne veux pas être placé chez des gens qui seront fâchés de devoir vous rendre ce service.

— Tu crois que je ne sais pas ce que je fais ? Que je n'ai encore jamais trouvé de bonnes familles pour des orphelins ? Il y a des gens qui ne peuvent pas avoir d'enfants, ou qui n'en ont qu'un, et qui ont beaucoup d'amour à donner.

— Est-ce vraiment une question d'amour, Laird Carlyle ? N'ont-ils pas plutôt besoin d'un travailleur de plus pour cultiver les terres ?

— Dans une famille, tout le monde travaille, Finn. Je t'ai moi-même fait travailler ici.

— Ce n'est pas pareil. Je veux rester.

— Tu n'as pas envie d'avoir une nouvelle maman ?

— Personne ne pourra remplacer ma maman ! s'exclama brusquement l'enfant d'une voix brisée.

— Lorsque tu te fais un nouvel ami, cela ne veut pas dire que tu oublies ceux qui l'ont précédé, fit doucement remarquer

Duncan. C'est la même chose pour les parents. Tu les aimeras différemment, mais ils deviendront importants pour toi.

— Non, pas pour moi. Je ne suis pas comme les autres garçons.

— Pourquoi donc ?

Finn se garda de répondre.

— Tu aimes Maîtresse Catherine, n'est-ce pas ?

L'enfant hocha la tête, sans prononcer un mot.

— Et tu aimes aussi Maîtresse Maeve. Tu les aimes toutes les deux de la même façon.

Au lieu de répondre, Finn posa une main sur son front, cachant ses yeux, et retourna en courant dans la grotte.

Adossé à la clôture, Duncan le suivit des yeux. Il n'avait jamais eu affaire à un garçon aussi compliqué. Allait-il devoir le placer par force dans une famille, pour son bien ?

Cela signifiait qu'il devait trouver la famille idéale pour lui. Il avait envisagé de le confier à un couple de sa connaissance, mais ils avaient déjà quatre enfants, et la supposition de Finn risquait de se révéler juste. Ils avaient besoin de bras supplémentaires pour le travail aux champs.

Il y avait quelque chose de spécial chez Finn. Avec lui, Duncan se sentait encore plus protecteur qu'avec les autres rescapés. C'était sans doute parce que Catriona s'était prise d'affection pour le garçon et qu'il ne voulait pas la décevoir.

Pendant qu'elle aidait à servir le repas de midi, Cat remarqua la tristesse de Finn, accroupie près du ruisseau, cachée en partie par la passerelle. Cette position semblait lui donner un sentiment de sécurité, et Cat se rappela qu'elle avait grandi sous les ponts de Glasgow. Depuis que les autres enfants étaient partis, Finn s'amusait à construire de petits villages avec les pierres qu'elle ramassait dans le minuscule cours d'eau. Les pierres plates représentaient les maisons, elle utilisait des bâtonnets pour les gens et des galets ronds pour les animaux. Cat la voyait souvent remuer les lèvres, comme si elle donnait vie à ses petites créations et régnait sur leur monde.

Lorsqu'elle s'approcha, Finn fit un bond.

— Je t'ai vue arriver en courant, dit Cat en hésitant un peu. Tu te sens bien ?

Finn détourna les yeux sans répondre.

— Un moment avant, j'avais vu Laird Carlyle sortir. Vous avez discuté ?

— Je ne veux pas parler de lui. Il croit qu'il sait tout et que je n'ai pas mon mot à dire.

Cat se garda de renchérir, mais le jugement de la fillette était juste. Elle s'assit sur une pierre à côté de Finn.

— Tu aurais plus de chances de t'entendre avec lui si tu lui disais la vérité, tu ne crois pas ?

Finn se pencha sur son petit village de pierre, en remontant les épaules.

— Je ne peux pas. Il se mettra en colère et me fera partir.

— Il sera peut-être triste que tu ne lui aies pas parlé plus tôt.

— Vous allez lui dire ? Vous m'aviez promis ! s'exclama Finn d'un ton accusateur.

Son regard noir brisa le cœur de la jeune femme.

— Non, je tiendrai ma promesse. Mais ce mensonge doit te ronger, et tu as de plus en plus de mal à cacher que tu es une fille. Tu ne peux pas faire pipi contre un arbre, comme les garçons.

— J'ai passé des années à me débrouiller comme ça, répliqua Finn d'un ton de mépris.

— Quand l'été viendra, ils iront tous se baigner sans leurs vêtements, et tu ne pourras pas aller avec eux.

— Je ne sais même pas nager.

— Tu as réponse à tout, dit Cat en soupirant. Mais crois-moi, j'ai un secret moi aussi, et cela me déchire à l'intérieur.

Finn la regarda en écarquillant les yeux.

— Vous ?

— Oui, moi. Je vais te le dire. Je ne te demande pas de jurer le secret, mais j'aimerais que tu tiennes ta langue, comme je l'ai fait pour toi.

— Bien sûr, répondit Finn en s'asseyant face à elle.

La fillette voulait absolument connaître quelqu'un qui soit aussi empêtré dans une situation impossible. Ceci la soulagerait. Peut-être Cat commettait-elle une erreur, mais sa confession aiderait sans doute l'enfant à comprendre que les mensonges ne servaient qu'à vous rendre prisonnier, comme dans une toile d'araignée.

— Il y a deux jours, mes souvenirs ont commencé à revenir.

Finn se pencha vers elle, bouche bée.

— Vous vous rappelez votre vie d'avant !

Cat acquiesça d'un signe de tête.

— Mais vous ne l'avez dit à personne ?

— Je l'ai dit à Laird Carlyle.

— Il doit être content pour vous.

— Ce n'est pas si simple, répondit Cat en haussant les épaules. Si les autres découvraient qui je suis, il pourrait y avoir… des disputes.

— Mais… Vous êtes juste une femme seule.

— Oui, mais j'appartiens au clan des Duff, Finn. Et nous sommes les ennemis des Carlyle.

— Oh…

Finn avait certes vécu en ville, mais elle avait entendu parler de la rivalité entre les clans et des querelles qui pouvaient durer pendant des siècles.

— Sa Seigneurie vous protège, c'est quelqu'un de bon.

— Il n'y a pas que cela. Tout le monde ici rend service aux autres, aide son prochain. Et je suis le genre de femme qui a toujours vécu grâce à la fortune de sa famille. Je n'ai rien fait, à part m'amuser et aller au bal, alors que les autres doivent lutter pour survivre ou bien risquent leur vie pour sauver des enfants.

— Comme Sa Seigneurie, murmura Finn dans un souffle.

— J'ai honte de moi, murmura Cat en baissant la tête.

Finn lui posa une petite main sale sur les genoux.

— Ce n'est pas votre faute, c'est celle de votre père, qui vous a choyée.

— Je sais, mais… Je suis triste de ne pas m'en être aperçue. Quand je regardais par la fenêtre de mon carrosse, je voyais bien que les autres ne vivaient pas comme moi. J'aidais ma mère pour ses œuvres de charité, mais cela n'a rien de comparable avec les sacrifices que les gens d'ici font tous les jours.

Finn ne répondit pas. Cat se demanda si elle avait eu raison de lui révéler son secret. La petite fille réfléchissait, en déplaçant les pierres de son village.

— Je l'ai dit au laird, et il ne me déteste pas. Tu pourrais lui avouer ton secret, toi aussi.

Finn lui lança un regard perçant.

— Je ne sais pas, dit-elle tristement. Alors, je serai une fille… faible.

— Réfléchis.

Cat posa les mains sur ses genoux et se releva.

— Il semble parfois plus facile de croire que tout va bien que de regarder la réalité en face. Nous le savons toutes les deux.

Elle s'éloigna du ruisseau, un peu désorientée. Les autres femmes travaillaient ensemble, et elle n'eut pas le courage de faire comme si de rien n'était. Elle prit son manteau et sortit. Le brouillard ne s'était pas dissipé, et elle resserra les pans du vêtement pour se protéger de l'humidité. Comme chaque fois qu'elle avait besoin d'être seule pour réfléchir, elle se dirigea vers l'enclos. Mais, avant qu'elle ait atteint la clôture, elle entendit dans les bois un piétinement de sabots, des chevaux lancés au galop. Deux hommes du clan déboulèrent dans la clairière et s'arrêtèrent dès qu'ils virent Duncan. Cat ne s'était même pas rendu compte qu'il était là. Elle s'enfonça dans le bois pour ne pas les déranger par sa présence. Mais la voix haletante d'Angus attira son attention.

— Laird Carlyle, nous avons besoin de vous. Une nouvelle cargaison vient d'arriver.

Cat se figea.

— Du whisky ? demanda doucement Duncan.

Les deux hommes acquiescèrent.

— J'y vais. Allez manger et vous reposer.

Duncan sella son cheval, l'enfourcha et partit sans être retourné dans la grotte. Cat devina que les cargaisons de whisky ne devaient pas être cachées très loin, puisqu'il ne prenait même pas la peine d'emporter des provisions pour le voyage. Dans un élan d'audace, elle sella rapidement sa jument habituelle et s'élança à sa poursuite.

Duncan avança pendant plusieurs heures, plongé dans ses pensées. Il songeait à Catriona, à Finn, aux décisions qu'il avait tant de mal à prendre. Mais il était conscient qu'un cavalier le suivait.

Au fur et à mesure qu'il approchait du loch Lomond, le sol devenait plus plat et la forêt plus touffue. Il attirait l'homme qui était à ses trousses loin de sa destination réelle et attendait de trouver un endroit propice pour l'affronter. En approchant du loch, le bois devenait si dense que ce serait facile. Monté sur Arran, il se cacha derrière un arbre et tira son épée afin de surprendre le scélérat par-derrière.

Le cheval passa devant lui, sur le sentier. Visiblement, le cavalier, penché en avant, le cherchait. Puis il distingua les boucles sombres d'une femme, le manteau rejeté sur ses épaules couvrant les flancs du cheval. Ses jupes légèrement relevées laissaient voir ses mollets ronds.

Catriona.

Elle s'immobilisa au milieu de la clairière et regarda autour d'elle, perplexe.

— Vous me cherchez ? lança Duncan en avançant.

Elle se retourna, les yeux élargis de surprise.

— Pourquoi me suivez-vous depuis des heures sans vous montrer ?

— Parce que je n'étais pas certaine que ce soit bien vous, répliqua-t-elle d'un air grave.

— Trouvez une autre excuse.

— Duncan, murmura-t-elle en s'humectant les lèvres.

— Mettez pied à terre.

— Quoi ?

— Descendez de cheval.

— Nous sommes arrivés ? questionna-t-elle en regardant autour d'elle.

Ils pouvaient apercevoir la surface lisse et scintillante du loch Lomond à travers les arbres.

— Arrivés où ? Où pensiez-vous que je me rendais ?

Sans répondre, elle se laissa glisser de la selle. Ses jupes remontèrent un peu, mais ne révélèrent qu'une cheville couverte de laine. Il trouva néanmoins cela aussi tentant qu'une cheville nue.

Il fit avancer son cheval, la toisant de toute sa hauteur, et jeta un coup d'œil à la jument.

— Vous n'avez pas emporté de provisions, même pas de l'eau !

— Pourquoi l'aurais-je fait ? Je pensais que vous partiez juste faire un peu d'exercice.

Il mit pied à terre et s'approcha d'un pas lourd.

— Ne soyez pas ridicule, Catriona.

Elle tressaillit en l'entendant prononcer son prénom.

— Dites-moi pourquoi vous m'avez suivi.

— Parce que j'avais quelque chose à vous dire, et j'espérais pouvoir le faire en privé. Nous ne sommes jamais seuls.

Les mains sur les hanches, il la regarda de la tête aux pieds.

— Eh bien, si vous avez besoin d'être seule avec moi, venez par là, dit-il en lui prenant le coude.

— Où allons-nous ?

— Vous m'avez suivi dans la forêt, seule. Vous avez pris des risques. Donc, je suis certain que vous devez être folle de curiosité pour faire cela. Et, comme vous l'avez souligné, nous avons besoin d'un peu d'intimité.

— Duncan…

— Taisez-vous ! C'est une question de vie ou de mort.

Cat pinça les lèvres. Duncan saisit les rênes des deux montures et les fit avancer avec eux.

— Je peux marcher seule ! protesta-t-elle.

Mais il ne la lâcha pas et lui prit la main. Ils avancèrent encore, puis il les fit passer sous un bouquet de fougères, et ils empruntèrent un sentier qui descendait vers le lac. Il l'entendit étouffer une exclamation de surprise. Les chevaux suivirent sans difficulté, de toute évidence ils connaissaient le chemin. Le sentier devint boueux, et leurs pas firent naître des ondulations à la surface de l'eau. Cat glissa une fois, et il la retint en lui passant un bras autour de la taille. Les mains posées à plat sur son torse, elle le dévisagea avec stupeur.

— Je n'aurais pas dû vous toucher, *milady* ? dit-il en accentuant le titre de noblesse.

— Vous êtes un Carlyle.

Ils savaient tous les deux que ce n'était pas la raison pour laquelle elle était choquée. Cependant, elle avait de nouveau son accent écossais et il s'en réjouit, même si cela ne voulait rien dire. Si ce n'est qu'elle était une fille des Highlands, et qu'il avait l'impression de pouvoir la garder toujours avec lui.

Une petite sonnette d'alarme résonna quelque part, très loin, dans sa tête, mais il préféra l'ignorer.

Elle le poussa, et pendant un très bref instant il laissa son bras autour de sa taille fine, plongeant les yeux dans son regard doré, avec admiration. Au début, elle était calme et douce. Puis peu à peu, elle avait révélé son caractère passionné. Et, bien qu'il soit le chef de ses ennemis, elle n'avait pas peur de dire le fond de sa pensée. Il la désirait encore plus, maintenant qu'il n'y avait plus de mensonges entre eux.

Cependant il ôta son bras, mais continua de lui tenir la main tandis qu'ils progressaient sur le sentier étroit et boueux. Ils étaient cachés par les arbres et par les énormes rochers ronds qui bordaient le lac. Quand ils eurent dépassé le dernier rocher, une minuscule maison construite dans la roche apparut. Cela ressemblait à une modeste habitation de pêcheur, et les gens qui passaient là par hasard devaient la prendre pour telle. Mais ce n'était pas cela du tout.

Arrivé devant la porte, Duncan poussa Catriona sur le côté et posa un doigt sur ses lèvres. Elle hocha énergiquement la tête. C'était une femme courageuse, qui n'avait pas froid aux yeux.

Il frappa à la porte, selon un code convenu, et lorsque le battant s'ouvrit il se trouva face au canon d'un pistolet. Catriona poussa une exclamation de stupeur, et l'arme s'orienta vers elle.

Duncan s'interposa entre la jeune femme et le pistolet.

— C'est moi, dit-il doucement.

L'arme fut abaissée et un homme, petit mais bien découplé,

apparut. À terre, sa démarche était lourde et chaloupée, mais Duncan savait que sur son bateau il était d'une agilité surprenante.

— Carlyle, s'exclama Reid. Vous en avez mis, du temps.

L'homme recula pour les laisser entrer. Duncan attacha les rênes des chevaux à une branche et suivit Catriona dans la cabane. Il n'y faisait pas aussi sombre qu'on aurait pu s'y attendre. Reid alluma une lanterne et ajouta de la tourbe dans le feu de cheminée. Catriona regarda autour d'elle avec curiosité.

L'intérieur de la maisonnette était austère. Un lit clos se trouvait contre le mur, près de l'âtre. Le mobilier était constitué d'une table et de deux vieilles chaises, et d'un placard contenant les instruments de cuisine indispensables. Le long d'un mur, des caisses de bois étaient empilées jusqu'au plafond.

— J'ai fait le plus vite possible, dit Duncan.

Reid enveloppa Catriona d'un regard concupiscent.

— Et toi, qui es-tu ?

— Elle est avec moi, fit Duncan d'un ton glacé. Elle tiendra sa langue. Pourquoi avez-vous insisté pour que je vienne ?

— Mon bateau a été suivi. Je ne peux pas livrer votre cargaison et je ne sais pas quand je reviendrai. Je ne peux pas prendre le risque de naviguer de nuit, car ils me considéreront comme un contrebandier. De toute façon, il se peut que je sois contrôlé en quittant loch Lomond, et je ne veux rien de compromettant à bord.

Duncan se rembrunit.

— Vous n'avez pas chargé la marchandise ?

— Non, elle est à vous. Je vous ferai signe la prochaine fois que je pourrai faire une traversée.

Il lança un coup d'œil insolent à Catriona et tira sur le bord de son chapeau pour la saluer.

— Madame.

— Reid !

L'homme s'immobilisa devant la porte et se retourna.

— Oui ?

— Soyez prudent.

Reid afficha un large sourire édenté.

— Comptez sur moi !

Sur ces mots, il franchit le seuil et referma derrière lui.

Duncan se tourna vers la jeune femme qui contemplait la porte, l'air désappointé.

— S'il vous manque, je peux lui demander de revenir.

— De fait, j'avais des questions à lui poser.

— Il n'aurait pas répondu.

— Cet homme fait passer le whisky de contrebande ?

— Cela ne vous regarde pas.

— Mais… Cette maison est un simple cottage de pêcheur. Où sont les tonneaux ?

— Vous savez très bien que je ne vous le dirai pas. Pour votre sécurité, il vaut mieux que vous l'ignoriez.

— Bien sûr, répondit-elle d'un ton aigre.

— Mais j'ai des questions, moi aussi.

Il s'approcha d'elle, et le volant de sa robe effleura ses mollets. Si elle n'avait pas aussitôt reculé, ils se seraient touchés.

— Avez-vous peur de moi ?

Sa voix était plus dure qu'il ne l'aurait voulu. Il avait passé des semaines à la protéger. L'idée qu'elle avait peur de lui le rendait triste et furieux à la fois.

Elle redressa les épaules et pointa un doigt vers lui.

— Vous ne me faites pas peur ! D'ailleurs, je vous ai suivi, n'est-ce pas ?

— Pourquoi ? Est-ce que cela a un rapport avec ce que vous avez trouvé en fouinant dans mon coffre ?

Malgré le manque de lumière, il la vit rougir.

— Quand vous m'avez donné l'autorisation de ranger mes vêtements dans la malle, j'ai vu les lettres, répondit-elle avec raideur.

— Vous avez donc trouvé les documents de mon père. Je n'ignore pas ce qui se trouve dans ce coffre.

— Avez-vous lu ces lettres ?

— Pourquoi ? Vous les avez lues ? demanda-t-il, sourcils froncés.

— Et vous ?

— J'en ai lu quelques-unes et j'ai constaté qu'elles étaient sans importance. Je n'ai pas besoin d'en savoir davantage sur cet homme. Il m'avait abandonné, comme son clan et sa famille, longtemps avant sa mort.

— C'est vraiment ce que vous croyez ? De toute évidence, vous n'êtes pas allé au bout de votre lecture. Vous ignorez quel homme était votre père.

— Je sais qu'il a tué ma mère.

— Quand cela vous arrange, vous l'appelez votre mère ? Ce n'est plus la femme qui a passé sa vie à vous rendre malheureux, et qui a torturé la pauvre Maeve ?

— *Quand ça m'arrange ?* s'écria-t-il. Vous pensez que parce qu'elle était un monstre elle n'était pas ma mère ?

— Je ne dis pas cela. Il s'agit de votre père. Vous croyez tout savoir sur lui et vous le méprisez. Mais il avait ses secrets, comme vous.

Des secrets ? Duncan inspira pour se calmer et tenta de rassembler ses idées.

— Expliquez-vous, dit-il.

— Votre père savait que des enfants étaient kidnappés, et il s'efforçait de mettre fin à ce trafic.

— Que dites-vous ?

— J'ai lu les lettres, dont certaines étaient écrites par le comte d'Aberfoyle, votre ennemi.

— Votre père.

— Il menaçait le vôtre, parce que ce dernier savait ce qui se passait. Oh ! mon père ne lui adressait pas de menaces directes, mais j'ai compris.

Un peu étourdi, Duncan essaya de se représenter ce nouvel aspect de la personnalité de son père. Catriona reprit en baissant la voix :

— Votre père avait des principes, Duncan. Il se battait à sa façon, pas avec une épée, mais par des lettres.

Duncan, lui, s'était emporté et avait parlé sans réfléchir, ce qui l'avait conduit tout droit en prison. Consterné, il secoua la tête.

— Vous ne m'avez pas suivi pour me dire tout cela. Vous auriez pu me le dire dans le grand hall.

— Je voulais vous parler en tête à tête. J'ignorais que cette chevauchée durerait des heures. Je vous ai perdu de vue un moment, puis par chance je vous ai retrouvé. Mais il était trop tard pour retourner en arrière.

— Vous avez réponse à tout.

— Pardon ? dit-elle doucement.

— Vous ne m'avez pas suivi pour me parler des lettres. Vous auriez pu me rattraper à n'importe quel moment. Mais vous êtes restée en arrière afin de voir où j'allais, où le whisky était entreposé. Avec votre satanée curiosité, vous vous êtes exposée au danger…

En un instant, il vit quelque chose changer en elle, son apparence de calme se fissura.

— Moi ? Moi, je me suis mise en danger ? cria-t-elle en écartant les bras.

— Oui, à chaque instant. Croyez-vous être à l'abri des dangers de la route ? Vous êtes partie pourà Glasgow accompagnée seulement de deux gardes du corps…

— Deux soldats !

— Vous êtes montée dans les ruines du château…

— Il le fallait ! Sinon, je n'aurais jamais quitté cette grotte !

— Et maintenant, vous me suivez dans des chemins dangereux. Des brigands auraient pu être cachés…

— Des hors-la-loi, comme vous !

Ils s'affrontèrent du regard, furieux, les poings sur les hanches.

— Oui, je suis un hors-la-loi, admit-il d'une voix rauque. Et les brigands prennent ce qu'ils veulent.

Sur ces mots, il l'attira vers lui, pressant son corps pulpeux contre le sien, et il l'embrassa.

Chapitre 19

Cat était emplie d'indignation, furieuse qu'il ait rejeté les nouvelles qu'elle lui apportait au sujet de son père et qu'il lui ait reproché d'être imprudente.

Puis il l'embrassa. Et alors, toute son imprudence et sa témérité furent révélées au grand jour. Son esprit cessa momentanément de fonctionner, et sa sensualité, trop longtemps réprimée, prit le dessus. Elle noua les bras autour de son cou, dans un désir désespéré de se rapprocher de lui. Il la souleva, et elle resta suspendue dans ses bras, plaquée contre les muscles puissants de son corps. Leur baiser fut brûlant, passionné. Sa courte barbe lui éraflait les joues. Elle gémit quand leurs lèvres se séparèrent, mais alors il lui renversa la tête en arrière pour lui mordiller le cou. Elle attira son visage vers elle, défit le ruban qui retenait ses cheveux afin d'agripper ses boucles à pleines mains.

Duncan la reposa sur le sol, lui dégrafa son manteau et remonta ses jupes comme il l'avait fait la fois précédente. Elle tira alors sur les lacets qui fermaient son corsage.

Duncan se figea et posa sur elle un regard sombre et ardent. Quand tous les lacets furent défaits, il agrippa les bords de son corsage pour les maintenir.

— Si vous voulez me repousser, Cat, faites-le. Mais faites-le tout de suite.

— Si vous arrêtez maintenant, je crierai pour protester.

Il la relâcha, et elle vacilla. Tout son corps brûlait de désir pour lui. Mais s'il ne voulait pas d'elle…

— Enlevez ce corsage, ordonna-t-il en serrant les poings. Enlevez-le, avant que je vous l'arrache.

Ses paroles firent surgir en elle une sorte de douce folie. Elle ne pensa plus à ce qu'il lui avait fait. Plus rien n'avait d'importance, en dehors de cette pièce sombre et de la passion qui la consumait.

Elle tira sur les manches étroites, et son corsage tomba sur le sol. Puis elle défit les rubans qui retenaient sa jupe et ses jupons, et se débarrassa de ces derniers d'un coup de pied. Elle ne portait plus que ses bas, ses chaussures, son corset et sa chemise. Le corset se fermait devant, et elle se débattit un moment avec les lacets. Mais Duncan attendait patiemment, aussi immobile qu'une statue. Sa poitrine se soulevait au rythme de sa respiration saccadée. Finalement, il repoussa ses doigts et défit lui-même, adroitement, les rubans qui maintenaient le corset. Elle inspira, laissant le vêtement tomber sur le sol et oubliant en même temps le passé. Elle ne voyait pas une seule raison de ne pas faire ce qu'elle faisait en ce moment. Elle voulait goûter à tous les plaisirs qu'elle s'était refusés jusqu'à présent.

— C'est la chemise que vous portiez quand je vous ai trouvée, dit-il d'une voix rauque. De la soie si fine qu'elle ne dissimule ni vos courbes ni la pointe de vos jolis seins.

Tout en parlant, il effleura un mamelon, et elle frissonna.

— Je me suis souvent demandé si sous votre simple robe de laine vous portiez encore ce vêtement si féminin. Laissez-moi vous regarder.

Elle hocha la tête en tremblant, tout en tirant sur les rubans qui retenaient la chemise au bas de son cou. D'un mouvement des épaules, elle fit glisser la soie. Celle-ci resta une seconde accrochée à ses seins, et Duncan poussa un grognement. Soudain, elle se sentit forte, capable de mettre cet homme puissant à ses genoux, par sa sensualité. S'il avait une emprise sur elle, elle en avait aussi une sur lui.

La soie glissa tout le long de son corps, et elle se retrouva entièrement nue.

Duncan la regarda comme s'il n'avait jamais vu de femme avant elle. Ce qui était faux, elle le savait, bien entendu. C'était un homme libre de faire ce qu'il voulait, et qui avait eu une jeunesse dissipée, d'après Maeve. Il posa une main rugueuse sur un de ses seins, et elle ferma les yeux, en proie à un plaisir intense. La sensation se propagea entre ses cuisses, où elle sentit se répandre une délicieuse chaleur. Elle tremblait.

— Je suis brûlante, chuchota-t-elle.

Elle le sentit frissonner.

— Déshabillez-vous, ordonna-t-elle.

Il obéit. Après avoir dégrafé sa ceinture et déposé sur la table son épée et son pistolet, il ôta la broche qui retenait son plaid sur l'épaule. Le tissu retomba sur sa taille. Il enleva sa veste, son gilet et son écharpe si rapidement qu'elle aurait ri, si elle n'avait été aussi troublée et impatiente. Le plaid tomba sur le sol, et il resta en chemise. Il arracha un bouton en voulant ouvrir le col, et elle posa les mains à plat sur son torse pour l'arrêter. Son cœur battait à tout rompre, et elle entendit le rythme accéléré de sa respiration. Son désir était aussi fort que le sien.

Mais elle ne voulait pas que les choses aillent trop vite.

— À mon tour, murmura-t-elle.

Elle fit remonter sa chemise sur ses hanches, comme il l'avait fait avec ses jupes, et glissa les mains sous le tissu.

Le souffle coupé, il se tint immobile. Elle fit glisser les mains sur ses hanches souples et lisses. Le regard fixé sur le sien, elle risqua un sourire et fit passer les mains dans son dos, sur ses reins. Ses muscles étaient durs et tendus, comme ceux d'un cheval s'apprêtant à partir au galop.

S'abandonnant contre lui, elle sentit toute la force de son désir viril, à travers la chemise de lin. Elle était partagée entre l'envie de lui arracher ce vêtement et celle d'explorer son corps sans être intimidée par sa nudité. Leurs regards se soutinrent, et elle continua de le caresser sous la chemise. Son torse musclé était recouvert d'une légère toison. Elle prit son sexe dans les mains et vit son expression changer.

— Je vous fais mal ? demanda-t-elle en desserrant les doigts.

— Seigneur, non !

— Enlevez cette chemise.

Il la fit passer par-dessus sa tête, tandis qu'elle tenait toujours son sexe viril entre ses doigts. Ils étaient maintenant entièrement nus et se faisaient face, éclairés seulement par les flammes dans l'âtre. Duncan ôta doucement les épingles qui retenaient ses cheveux. Les longues boucles retombèrent sur ses épaules, effleurant ses seins.

— Tu es tellement belle, murmura-t-il. J'ai eu envie de toi, dès l'instant où je t'ai vue.

Elle se mit à explorer son corps du bout des doigts, délicatement au début, puis avec de plus en plus d'assurance.

— Si ta curiosité est satisfaite, je vais t'emmener dans le lit, d'accord ?

Elle aurait pu changer d'avis à ce moment. Mais c'était trop tard. Elle voulait ce qu'il lui proposait, sa seule envie était de satisfaire son désir charnel. Elle voulait à tout prix vivre ce moment, cette expérience, garder ces souvenirs. Car peut-être ne vivrait-elle plus jamais rien de tel.

Sans le lâcher, elle l'attira vers le lit et s'assit. Il se dressa au-dessus d'elle, et elle se laissa tomber en arrière. Ses cheveux se répandirent autour d'elle, et il la contempla avec admiration.

Puis il se pencha et lui embrassa les lèvres, le nez, le menton, descendant sur sa poitrine et entre ses seins.

Il déposa une série de baisers sur ses seins bombés, sans toucher aux mamelons. Frissonnante, n'y tenant plus, elle faillit le supplier de la toucher.

Comme s'il avait lu dans ses pensées, il effleura une pointe du bout de la langue, et elle gémit de plaisir. Puis il fit de même avec l'autre sein, attirant le mamelon tout entier dans sa bouche.

— N'arrête pas, supplia-t-elle dans un gémissement.

Mais il finit par cesser, et elle éprouva une intense déception. Cependant, ses lèvres glissèrent alors plus bas. Il s'allongea sur elle, et ses cuisses s'écartèrent instinctivement. Il s'attarda un moment sur son ventre, et elle eut l'impression de ne plus pouvoir respirer.

— Duncan…

— Veux-tu que j'arrête ? Ou bien que je te donne du plaisir ? murmura-t-il, les lèvres posées sur son intimité.

Elle n'avait pas imaginé qu'il serait aussi audacieux. Elle l'encouragea d'un hochement de tête, et il se servit de sa langue pour lui donner du plaisir. Une sensation intense déferla en elle, et la jouissance la submergea.

Alors seulement, il vint sur elle. Son corps était chaud, puissant. Il l'embrassa avec ferveur. Elle l'attira contre elle, entourant ses épaules de ses bras, nouant les jambes autour de ses hanches. Son sexe tendu de désir se pressa contre sa chair moite.

— Tu n'auras pas mal, cela passera très vite, murmura-t-il contre ses lèvres.

Il plongea en elle, et elle poussa une légère exclamation. Il s'immobilisa.

— Tout va bien ?

Elle acquiesça d'un hochement de tête.

— Je m'attendais à pire.

Il sourit. Un de ces rares sourires qui laissaient entrevoir ce qu'il aurait pu être si sa vie avait été plus facile. Mais il n'avait jamais cru avoir droit au bonheur.

— Et cela va devenir encore meilleur, promit-il.

Il se retira légèrement, puis pénétra de nouveau en elle, faisant resurgir un tourbillon de sensations.

Alors, il accentua ses mouvements, et elle apprit à s'accorder à son rythme. Dans la pénombre du lit clos, isolés du monde, ils n'existaient que l'un pour l'autre. Son corps était fait pour lui donner du plaisir, et elle représentait tout ce qu'il désirait. La jouissance la submergea tout à coup, et elle s'abandonna.

Soudain, il se retira et plaqua son sexe contre son ventre, continuant ses mouvements. Cat ne comprit pas ce que cela signifiait. Il s'immobilisa, haletant, s'appuyant sur les coudes pour ne pas l'écraser.

— Que fais-tu ?

— Je prends des précautions.

Elle élargit les yeux de surprise, mais il s'allongea sur le dos, posant le bras sur son front. Des précautions pour éviter un bébé ? Il avait pensé à la protéger d'un éventuel scandale. Mais elle n'avait songé qu'à son propre désir, si puissant qu'à l'instant même elle aurait voulu recommencer.

Elle se sentit régénérée, consciente des merveilleux secrets que son corps renfermait. Les flammes de l'âtre se reflétaient sur le torse musclé de Duncan.

— Oui ? fit-il en lui jetant un coup d'œil sous son bras.

Elle éprouva une brusque timidité à l'idée qu'ils étaient nus tous les deux. Elle avait cédé à la passion, perdu sa virginité. Elle aurait dû se sentir bouleversée, coupable. Mais ce n'était pas le cas. Que se passerait-il quand ils quitteraient ce cottage ? Elle l'ignorait et elle ne voulait pas y penser.

— Tu dois avoir froid, dit-il en se levant pour attiser les braises.

C'est alors qu'elle vit les longues cicatrices qui couvraient son dos. Elle étouffa une exclamation mais, accroupi devant le feu, il ne l'entendit pas. Cat regarda ses gestes souples et élégants. Il savait contrôler sa force. Elle n'aurait jamais cru que le corps d'un homme pourrait lui paraître aussi beau.

Mais ces cicatrices… On avait dû le fouetter, en prison. Et c'était à cause de son père qu'il s'était retrouvé dans un cachot ! Que ressentirait-elle, si quelqu'un lui avait fait autant de mal ? Et qu'il ait de surcroît fait souffrir des enfants innocents, détruit un clan ?

Le sourire de Duncan s'effaça quand il revint se coucher et qu'il vit son expression.

— Ton dos, chuchota-t-elle.

Il s'allongea et l'attira au creux de son épaule.

— C'est du passé, dit-il à voix basse. Cela n'a rien à voir avec nous.

— Tout a de l'importance, Duncan.

Elle percevait les battements réguliers de son cœur, sous sa main.

— La première fois que j'ai tenté de m'évader, expliqua-t-il, ils m'ont rattrapé. Mais ce n'est pas le moment de parler de cela. Raconte-moi ton enfance.

— Quoi ? fit-elle en inclinant la tête de côté. Tu veux parler de quelque chose d'aussi futile ?

L'air grave, il lui passa les doigts dans les cheveux. Ce geste empreint de douceur était réconfortant.

— Je sais qui est mon père, dit-elle à mi-voix. C'était sans doute un monstre pour les autres, mais pas pour moi.

— J'en suis heureux.

— Vraiment ? Je me sens… gâtée, inutile, comme un bibelot précieux posé sur une étagère.

— Je suis content de savoir que tu as été heureuse, que ton père t'a donné ce qu'il avait de meilleur.

La gorge de Cat se noua.

— Je n'ai jamais compris comment il traitait les gens qui ne faisaient pas partie de notre famille. Il était brusque avec les domestiques, mais mère m'assurait que cela s'expliquait car il était préoccupé par de lourdes charges et des affaires importantes. Je voyageais dans de beaux carrosses, j'avais de superbes robes, des relations à Londres et à Édimbourg, et je croyais pouvoir choisir le mari qui me convenait.

Elle eut un rire triste et poursuivit :

— En réalité, père me manipulait depuis toujours. J'avais été promise à l'héritier du clan des McCallum, dès ma naissance. Mais il ne me l'a jamais dit.

— Tu es fiancée ?

— Non, la promesse a été rompue l'été dernier.

Duncan laissa échapper un soupir de soulagement.

— Crois-tu que j'aurais fait cela avec toi, si j'avais été fiancée avec un autre ?

— Non, répondit-il en soutenant son regard. Je pense que si cela avait été le cas tu me l'aurais révélé dès que tu as recouvré la mémoire. Mais d'entendre ces mots sur tes lèvres…

Elle lui mordilla gentiment l'épaule.

— Tu le méritais.

— Ton père était un homme cruel et irréfléchi. De telles fiançailles sont souvent arrangées pour réparer les relations entre deux clans. Mais ne t'avoir rien dit…

— Sais-tu comment je l'ai appris ? chuchota-t-elle. Lorsque mon fiancé, Hugh McCallum est venu me voir à York, père a refusé de le recevoir. Il m'a renvoyée chez nous, a mis ma chère cousine Riona à ma place et a persuadé Hugh de l'enlever. Et ses manigances ont abouti.

— Je suis désolé pour toi.

— La pauvre Riona ! Comme elle a dû avoir peur ! Hugh croyait bien agir, poussé par mon père. Riona a le même prénom que moi. Catriona. Hugh l'a prise pour moi et a cru que je voulais échapper au mariage.

— Je n'ai pas entendu parler d'un tel scandale.

— Non, car finalement ils sont tombés amoureux et se sont mariés. Mon frère a alors accepté d'épouser une McCallum, afin d'honorer le contrat qui avait été passé entre nos deux familles. Maggie, la sœur de Hugh, est devenue sa femme, et ils ont eu la chance de tomber amoureux, eux aussi. Ils sont mariés tous les quatre à présent, et chaque couple attend un enfant. Je me suis dit que c'était mon tour, maintenant. Je voulais trouver le bonheur, construire ma vie. C'est pourquoi je suis partie pour Glasgow.

— Et c'est alors que je t'ai kidnappée, conclut-il d'un ton plat.

Cat le regarda d'un air grave.

— Oui, c'était affreux de te servir de moi pour punir mon père. Je ne sais pas si je pourrai te pardonner un jour.

C'était une étrange conversation. Ils étaient entièrement nus, les jambes entrecroisées. Mais après un acte aussi intime il n'y avait plus de barrière entre eux, ils pouvaient aborder un sujet aussi délicat.

— J'avais confiance en toi, Duncan. Tu m'avais sauvée. Je te trouvais tellement noble.

— Je ne prétends pas être noble. Au début, je pensais que ce que je faisais était justifié. J'invoquais le tort qui avait été fait à mon clan pour m'en persuader, pour ignorer le fait que tu n'étais pas ton père et que je te punissais à sa place.

— Mais quand tu as découvert que mon père était mort ?

Et que ton plan n'avait plus de raison d'être ? Tu ne m'as pas ramenée chez moi.

— Je ne pouvais pas me séparer de toi. Tu étais devenue trop importante pour moi. Et dans mon égoïsme j'ai continué à te cacher la vérité. Comme si j'allais trouver une potion magique me permettant de tout arranger.

— Mais au lieu de cela tu m'avais perdue, Duncan, annonça-t-elle d'un ton solennel.

— Je le savais. Mais cela ne m'a pas empêché de te séduire. Un autre tort que je t'ai fait.

Cat se raidit.

— Non, ne crois pas cela. Je le voulais autant que toi.

Duncan s'assit au bord du lit, l'air sombre.

— J'ai kidnappé la sœur d'un comte et je lui ai volé son innocence. L'honneur exigerait que je t'épouse, mais je n'ai rien à t'offrir, hormis de vivre dans une grotte avec un paria.

Elle s'écarta légèrement.

— Je ne veux pas t'épouser, Duncan. Je cherchais un homme en qui je pouvais avoir confiance. Et tu ne seras jamais cet homme-là.

Duncan garda le silence. C'était à Catriona qu'il revenait de choisir. Pas à lui.

— Quant à la raison pour laquelle je me suis offerte à toi… J'étais poussée par la passion, et non par l'amour. C'est une étincelle qui surgit vite et s'éteint encore plus vite.

Il hocha la tête en silence.

— Mais Duncan… Ce trafic de whisky. Il faut que cela s'arrête, dans l'intérêt de nos deux clans. Sinon, les querelles ne feront que resurgir.

Il se tourna enfin vers elle.

— Quand les enfants n'auront plus rien à redouter, et que

mon peuple pourra vivre normalement, alors j'arrêterai. Mais pas avant.

— Nous allons devoir tout faire pour cela. Il faudra capturer le shérif et le faire comparaître devant mon frère, qui veillera à ce que justice soit faite.

— Nous ? s'exclama-t-il, interloqué. Je viens d'avoir une conversation avec toi, pour t'expliquer que tu ne devais pas t'exposer au danger !

— C'était donc une simple conversation ? remarqua-t-elle d'un ton guindé. J'ai plutôt eu l'impression d'être réprimandée.

Ils se dévisagèrent longuement. Le regard de Duncan s'enflamma et glissa sur son corps nu…

Et brusquement, il se leva.

— Je vais chercher de l'eau pour que tu puisses te laver avant de partir.

— Tu sors sans vêtements ? lança-t-elle, alors qu'il s'apprêtait à ouvrir la porte.

— Il n'y a personne. Et j'en profiterai pour faire un plongeon.

— Un plongeon ? Duncan, il fait un froid glacial !

— C'est bien.

Déconcertée, elle regarda la porte se refermer derrière lui.

Chapitre 20

Ils effectuèrent le trajet de retour en silence. Duncan pensait aux paroles qu'elle avait prononcées pour le condamner. « Je cherchais un homme en qui je pouvais avoir confiance… Et tu ne seras jamais cet homme-là. » Elle avait raison.

Chaque fois qu'il la regarda du coin de l'œil, pendant le voyage, il lui trouva une expression parfaitement calme. Et même sereine.

Des sentiments qui lui resteraient à jamais inconnus. Il devait tout d'abord mettre fin à l'injustice qui frappait son peuple. Et ensuite… Il ramènerait Cat chez son frère et assumerait les conséquences de ses actes. Aucun châtiment ne serait plus douloureux que le fait de la perdre. Sans s'en rendre compte, il avait fini par trouver naturel de la voir chaque jour, de la regarder parler et travailler avec les gens du clan, sans jamais paraître hautaine. Et puis il y avait son attitude envers Finn. Elle ferait une mère merveilleuse, et son époux pourrait être fier d'elle.

Mais ce ne serait pas lui.

Ils atteignirent la grotte après le coucher du soleil. Les hommes s'étaient rassemblés autour des feux pour se reposer. Maeve se précipita à leur rencontre, l'air soulagé.

— Tout le monde était si inquiet, Catherine, dit-elle en

prenant les mains de la jeune femme. Mais quand nous avons vu que vous aviez pris votre cheval préféré nous avons été rassurés.

— J'ai suivi Sa Seigneurie et je n'ai pas pensé à vous avertir avant de partir. Pardonnez-moi.

Maeve balaya ses excuses d'un geste de la main.

— Vous avez bien fait de sortir de cette vieille grotte humide et enfumée. Venez, je vous ai gardé de quoi manger.

Duncan s'effaça devant Cat en entrant dans le grand hall. Sheena les observa de loin. Ses épaules s'affaissèrent, et elle leur tourna le dos. Duncan savait que Cat ne révélerait jamais l'intimité qui était la leur, mais il était bon que Sheena comprenne qu'elle ne l'attirait pas.

La nervosité de Cat, à leur retour, fut évidente. Elle prit place de l'autre côté de la table, et assez loin de lui, bien qu'ils fussent seuls à dîner. Elle évita son regard et s'adressa uniquement à Maeve, tandis que celle-ci leur apportait des volailles rôties, des carottes et du fromage. Duncan respecta sa discrétion. Il ne voulait pas la mettre mal à l'aise ou lui faire éprouver des regrets. Il en éprouvait bien suffisamment pour deux.

Ivor l'aida à se changer les idées, quand il vint lui faire un rapport sur les mouvements des patrouilles dans le sud-ouest des Highlands. Un autre enfant avait disparu. Son instinct lui disait que le shérif allait tenter un nouveau voyage sur la côte, avec moins d'enfants que les autres fois, dans l'espoir de passer entre les mailles du filet. Duncan avait éliminé les hommes du shérif les uns après les autres, et il ne restait presque plus personne à ce scélérat pour exécuter ses ordres maléfiques. Les gens de la campagne avaient également formé des troupes pour rechercher les enfants disparus. Il approchait du but. Il allait mettre fin à cette calamité qui touchait son peuple et prouver enfin qu'il était apte à protéger les siens. Notamment en prenant le shérif sur le fait.

Après le repas, il se retira dans sa chambre. Quand il regardait Catriona, il éprouvait un mélange de plaisir et de souffrance. Sentiments qui devaient rester dissimulés sous son apparence impassible. Il n'avait jamais trouvé difficile de donner à son peuple une impression de force et d'autorité. En tant que chef, il était de son devoir de paraître sûr de lui. Quant à ses sentiments contradictoires, il avait appris depuis l'enfance à les tenir cachés.

Ce n'était pas le cas de Catriona. Dès le moment de son arrivée, tous ses sentiments s'étaient inscrits spontanément sur son doux visage. Tout d'abord la peur, puis la gratitude, le contentement. Et même le bonheur d'aider de pauvres enfants en détresse. Aujourd'hui, quand elle s'était trouvée allongée avec lui dans le lit, son visage avait reflété son désir, son émerveillement, sa plénitude.

Mais pas l'amour. Elle ne l'aimerait jamais. Donc, il n'aurait pas trouvé juste de la mettre mal à l'aise ce soir, en l'obligeant à contenir et à dissimuler ce qu'elle ressentait. La honte, la culpabilité, et peut-être même le regret. Elle avait beau prétendre qu'elle avait fait un choix en s'offrant à lui, il se pouvait qu'elle éprouve des remords à présent.

Duncan se passa une main dans les cheveux, en se demandant comment il devait agir. Il avait cru qu'en faisant l'amour avec elle, il se débarrasserait de l'envie qui lui brûlait les reins. Mais c'était pire encore, maintenant qu'il savait à quoi il devait renoncer définitivement. Chaque fois qu'il fermait les yeux, il la revoyait rejeter la tête en arrière, éperdue, ses cheveux sombres retombant en cascade dans son dos. Il revivait les instants où elle l'avait touché, croyait sentir sa peau soyeuse sous ses lèvres, ses petits mamelons durs, les pétales doux et humides de sa féminité.

Avec un grognement sourd, il quitta son lit, celui-là même

dans lequel elle avait passé tant de nuits, et son regard se posa sur son coffre. Cat lui avait parlé des lettres de son père, et il sauta sur cette occasion de donner un autre cours à ses pensées. Il avait déjà lu les premières et n'y avait vu que les préoccupations d'un chef de clan réglant des problèmes de loyers, de taxes et de cultures. Duncan n'était pas allé plus loin. Il pensait que son père avait cherché refuge dans ces tâches prosaïques, pour éviter de devenir le chef de clan et le guerrier dont son peuple avait besoin.

Cette fois, il poursuivit sa lecture et découvrit avec stupeur que son père était averti des kidnappings. N'étant pas un guerrier, il n'avait pu espérer mettre fin à ce trafic par l'épée. Donc, il s'était servi de son intelligence et de sa plume. Des armes qui étaient restées totalement inefficaces contre le shérif, fort du soutien du comte d'Aberfoyle.

Mais il avait fait son possible.

Pour la première fois de sa vie, Duncan parvint à surmonter son amertume et à trouver une certaine force chez son père. L'homme avait plus de valeur que Duncan ne l'avait cru, dans sa jeunesse. Comme son père, Duncan avait commis des actes dont il n'était pas fier. Mais jamais il n'aurait abandonné son peuple. Son père ne l'avait pas fait non plus. Jusqu'à ce qu'il fût terrassé par une explosion de colère, puis par la honte et la culpabilité.

Duncan s'était laissé submerger par l'idée de vengeance. Cette idée l'avait tellement aveuglé qu'il avait cru nécessaire, et même impératif, de retenir captive une femme blessée et innocente. Quel imbécile ! Il avait beau être chef de clan, il n'était pas Dieu et n'avait pas à juger le monde. S'il voulait obtenir le respect de son clan, il devait le mériter. Cat avait raison. Le whisky de contrebande apportait peut-être une aide momentanée à son clan, mais ce trafic finirait par entraîner d'autres problèmes. Il y mettrait fin dès que possible.

Mais il ne pouvait imaginer qu'un jour il deviendrait un homme normal, dirigeant son clan, cherchant une épouse. Ce ne serait pas Cat, elle avait été claire sur ce point. Il ne la méritait pas, mais il voulait obtenir son respect.

Cependant, parviendrait-il un jour à courtiser une autre femme ?

— Laird Carlyle ?

Duncan se figea. Il alla pousser le rideau et découvrit Finn devant la porte, les doigts croisés sous sa veste, les yeux baissés.

— Oui, Finn ?

— Puis-je parler avec vous, Laird Carlyle ?

— Naturellement.

Duncan recula, puis s'assit pour paraître moins intimidant et regarda l'enfant.

— Que puis-je faire pour toi, mon garçon ?

Finn prit une profonde inspiration, puis débita à toute vitesse :

— Maîtresse Catherine pense que je devrais vous dire toute la vérité, alors, je suis là pour ça.

Duncan eut l'impression qu'un poignard lui transperçait le cœur, quand il pensa à son propre sentiment de culpabilité. Il observa le visage sale de l'enfant et fronça les sourcils.

— Et pourquoi m'aurais-tu caché quelque chose ?

— Je suis seule au monde, depuis la mort de ma maman. Et si les autres dans la rue avaient su la vérité… Les choses auraient mal tourné pour moi.

— Je suis content que tu me fasses confiance, Finn. Je te promets que tu ne le regretteras pas.

— Je l'espère, monsieur. Le fait est…

Finn ne parvint pas à finir sa phrase. Puis, fermant les yeux, il dit d'une voix précipitée :

— Je ne suis pas un garçon, je suis une fille.

Les yeux mi-clos, l'enfant observa Duncan d'un air inquiet.

Duncan cligna les paupières comme pour remettre de l'ordre dans ses idées et s'adapter à la nouvelle.

— Je comprends pourquoi tu ne voulais pas que cela se sache dans les rues de Glasgow.

— Maîtresse Catherine… m'a dit que vous saviez la vérité sur elle et que ce serait bien que je vous la dise, pour moi aussi. C'est vrai, monsieur ?

— Je suis très honoré que tu m'aies confié ton secret, Finn. Que t'a dit Maîtresse Catherine, au sujet du sien ?

— Depuis que sa mémoire est revenue, elle se demande ce que les autres vont penser d'elle, parce que c'est une vraie dame, riche et noble. Je crois qu'elle était malheureuse, avant, mais elle ne me l'a pas dit. Elle est plus heureuse ici, affirma Finn avec assurance.

— Une grotte n'est pas un lieu convenable pour une dame, déclara Duncan d'un ton grave. Ni pour une jeune fille.

— Il y a d'autres femmes, ici.

— Avec leur famille, leur mari.

Finn soupira.

— Je pensais que quand vous sauriez la vérité vous renonceriez à me trouver une nouvelle famille.

— Finn… Est-ce le diminutif de Fiona ?

— Finola, rectifia l'enfant d'une voix morne.

— Et quel est ton nom de famille ?

— Hume.

— Finn, j'espère qu'un jour tu seras fière de ton nom et que tu pourras le porter. Je ne t'obligerai pas à le faire ici. Et je ne révélerai pas ton secret, tant que tu ne seras pas décidée.

— Merci, monsieur.

— Mais je suis content que tu m'aies dit la vérité. Fais-moi confiance et sois certaine que je ferai tout ce que je peux pour toi.

Finn hocha la tête, en évitant de croiser le regard de Duncan. Lorsqu'elle fut partie, il éprouva de la tristesse de la voir aussi découragée. Il se promit de ne pas la décevoir.

Cat passa une soirée difficile, à ressasser tout ce qu'elle avait fait. Une fois de plus, elle avait foncé tête baissée au lieu de réfléchir. Elle s'était lancée à la poursuite de Duncan, sans penser aux conséquences de ses actes. Si bien qu'elle avait perdu sa virginité. Certes, elle avait elle-même pris cette décision, mais… Cela signifiait-il qu'elle avait confiance en lui ? Non, il ne fallait pas s'engager dans cette voie.

Elle avait partagé un moment d'intimité avec lui, mais c'était fini. Elle ne mettrait pas sa vie entre ses mains.

Une autre conséquence de ce choix, c'était que tout le monde savait qu'ils avaient passé plusieurs heures en tête à tête. Et qu'ils la soupçonnaient de s'être offerte à leur chef.

Sheena le savait. Elle se morfondait, aidait les autres à laver les plats, allait s'asseoir près de son père, Melville, qui lui tapotait l'épaule en lançant à Cat des regards noirs.

Celle-ci avait les joues brûlantes. Elle se pencha au-dessus du chaudron d'eau chaude, afin de détourner les soupçons.

Et puis il y avait Finn, qui semblait aussi déprimée qu'elle. Quand Cat parvint enfin à lui parler, la fillette lui dit qu'elle avait avoué la vérité à Duncan. Le chef s'était montré compréhensif, mais il comptait toujours la placer dans une famille. Finn se coucha, ramena la couverture sur sa tête et s'endormit de bonne heure. Dormait-elle vraiment ? Cat n'en aurait pas juré.

Peu après, elle alla elle-même se coucher et regretta de ne pas pouvoir rabattre également la couverture sur son visage.

Elle imagina que les autres la regardaient et la traitaient entre eux de courtisane.

De fait, elle était devenue la maîtresse de Duncan. Elle avait même tout fait pour cela. Tandis qu'elle sombrait dans une demi-somnolence, des images de l'après-midi lui revinrent à l'esprit. Ses seins étaient sensibles, et entre ses jambes… Oh ! elle rougissait encore en pensant à ce qu'il lui avait fait. Elle n'était plus vierge, elle n'aurait rien à offrir à son époux le soir de ses noces.

Mais un doute s'insinuait en elle. Elle n'avait encore jamais rencontré un homme pour lequel elle avait voulu risquer sa réputation. Oh ! il lui était arrivé de s'éclipser pendant un bal, et même de se laisser embrasser. Et cela ne lui avait pas déplu.

Mais seul Duncan, un hors-la-loi écossais qui l'avait trahie et retenue captive, avait pu l'inciter à ôter ses vêtements en toute hâte pour se donner à lui.

Et elle ne l'avait pas regretté.

Que devait-elle penser de cela ?

Elle finit par s'endormir. Et il lui sembla que peu de temps s'était écoulé, lorsqu'elle fut éveillée par un bruit étrange. Elle roula sur le dos et entendit les ronflements des hommes qui étaient restés dans la grotte, tandis que les autres étaient partis en patrouille à la poursuite des kidnappeurs. Quelques torches accrochées aux parois répandaient un peu de lumière, mais les feux n'étaient plus que des braises. Elle souleva la tête en tendant l'oreille et distingua entre les paravents un mouvement à l'entrée de la grotte. Quelqu'un passa devant Melville, profondément endormi.

Une toute petite personne.

Finn.

Cat mit ses chaussures, resserra les lacets de sa robe et

suivit la fillette. Vraisemblablement, celle-ci allait voir les chevaux dans l'enclos. Depuis qu'elle avait appris à travailler avec eux, elle semblait trouver un certain apaisement auprès des animaux.

Melville tressaillit quand Cat passa devant lui.

— Je vais voir les chevaux, dit-elle doucement en prenant une torche.

L'homme hocha la tête et se rendormit.

Les chevaux s'approchèrent dès qu'ils la virent, mais Finn n'était pas avec eux. Cat leur tapota les naseaux en regardant autour d'elle, mais un silence total régnait dans l'enclos. Finn ne voulait pas être retrouvée. En proie à une sensation de malaise, Cat frissonna. L'aube apparaissait, formant une tache pâle à l'horizon. Un des gardes passa à sa hauteur et la salua. Cat posa la torche dans un seau et alla explorer les environs de la grotte. Les bois, puis l'espace entre l'enclos et le ruisseau où Duncan allait se baigner. Finalement, elle leva les yeux vers le château des Carlyle, sur la falaise. Finn avait-elle osé y monter, alors que cela lui avait été expressément interdit ?

Cat soupira et s'engagea dans le sentier. Par bonheur, la lumière augmentait de minute en minute. Ses jupes s'accrochèrent aux buissons, elle trébucha contre une pierre, mais à chaque pas elle se sentait plus sûre d'elle. Elle parvint enfin devant l'entrée du château. Elle souleva le bord de sa jupe, bien décidée à attraper Finn par la peau du cou pour la ramener, de gré ou de force…

C'est alors qu'elle la vit, courant vers elle dans le sentier. La terreur se lisait sur le visage blême de la fillette. Le cœur de Cat se mit à battre à grands coups. En un éclair, elle se rendit compte qu'elle protégerait l'adorable petite Finn jusqu'au jour du jugement dernier.

Puis le danger lui apparut. Un cavalier était lancé au galop derrière l'enfant. Son manteau virevoltait dans le vent, sa tête était penchée sur l'encolure de son cheval.

Il tendit le bras pour attraper sa proie.

Chapitre 21

Quand Duncan apparut dans la grotte pour le petit déjeuner, Cat ne s'y trouvait pas. Melville vint l'avertir qu'elle était sortie un peu plus tôt pour aller retrouver Finn dans l'enclos aux chevaux.

— Il fait à peine jour, répondit Duncan, intrigué. À quel moment est-elle sortie ?

Melville déglutit.

— Il faisait encore nuit, monsieur. Et… J'avais dû fermer les yeux un instant.

Plus vraisemblablement, l'homme n'avait pas prêté attention à Cat. Pour lui, celle-ci n'était qu'une rivale dangereuse pour sa fille, dont il encourageait les rêves ridicules.

— Que cela ne se reproduise plus, dit Duncan, les mâchoires serrées.

Melville hocha vigoureusement la tête, et Duncan sortit. Le garde de nuit lui confirma qu'il avait vu Cat se diriger vers l'enclos. Mais elle ne s'y trouvait plus, et aucun des chevaux ne manquait. Était-elle allée se promener à pied, malgré le danger ? Duncan fit le tour du campement, en vain. Quelque chose avait dû lui échapper.

Il retourna dans la grotte et se rendit au bassin, où il trouva

Torcall flottant complètement nu, sur le dos, dans l'eau froide. Quand il vit Duncan, il disparut sous la surface.

Mais Cat n'était nulle part. Maeve l'attendait dans le grand hall, et il alla vers elle.

— Je ne trouve pas Finn non plus, avoua-t-elle en se tordant les mains. Ce n'est pas la première fois que Maîtresse Catherine disparaît, Laird Carlyle.

— Oui, mais d'ordinaire elle est avec moi ou avec nos hommes. Tous les chevaux sont là. Je ne pense pas qu'elle se soit rendue au village à pied.

Et soudain, il se figea.

— Le château !

Il se précipita dans le chemin escarpé et franchit l'entrée de la cour.

— Catherine ? cria-t-il. Finn ?

Pas de réponse. Seul le sifflement du vent dans les roseaux se fit entendre. Cat et Finn avaient disparu.

Il repassa par la grande entrée et remarqua des traces fraîches de sabots. Impossible de se rappeler quand il était venu ici à cheval pour la dernière fois, et personne d'autre que lui ne s'aventurait dans ce chemin accidenté. Les empreintes de sabots se dirigeaient vers le sentier… C'est alors qu'il vit une chaussure de femme dans la boue.

La peur le paralysa. La chaussure de Cat ! Il la ramassa et descendit le sentier en courant, sautant par-dessus les buissons, escaladant les rochers, glissant dans les éboulis pour ne pas perdre de temps. Il déboula dans la grotte en brandissant la chaussure.

— Maeve !

Tout le monde sursauta et se figea.

— Cette chaussure est bien une de celles que tu as données à Catherine ?

Maeve confirma d'un hochement de tête.

— Où l'avez-vous trouvée ?

— Au château. Finn et Catherine ont disparu. Torcall, Angus, préparez des provisions pour un voyage de plusieurs jours. Je vais m'occuper des chevaux.

— Laird Carlyle ! lança Maeve, alors qu'il sortait. Vous pensez que quelqu'un les a enlevés ?

— Oui, je le crois.

Le regard effrayé de Maeve fit écho à ses propres craintes. Était-il possible que quelqu'un ait deviné la véritable identité de Cat et l'ait enlevée pour demander une rançon ? Si ses ravisseurs ne l'avaient pas tuée sur-le-champ, cela signifiait qu'ils n'avaient pas l'intention de le faire. Mais, comme Finn avait disparu aussi, il était possible que le shérif Welcker et ses hommes aient réussi à kidnapper un autre enfant sous son nez.

Ses guerriers et lui se mirent en route. Il n'y avait qu'un seul chemin que des chevaux pouvaient emprunter en partant du château. Les kidnappeurs n'avaient pas beaucoup d'avance sur eux, et ils étaient ralentis par deux prisonnières peu dociles.

Cat n'aurait jamais été exposée à un tel danger, s'il l'avait tout de suite ramenée chez elle. Par son désir égoïste de vengeance, il l'avait mise sur le chemin d'un homme assoiffé de sang, qui se moquait du sort des enfants enlevés tant que l'or emplissait ses poches.

Et il y avait Finn… Cette petite fille à qui le monde faisait si peur qu'elle avait dû se faire passer pour un garçon. Duncan ne l'avait pas mise en sécurité, et ses pires craintes s'étaient réalisées.

Duncan savait que les hommes du shérif faisaient parfois des incursions dans les ruines du château pour le chercher, et il s'était toujours tenu sur ses gardes. Mais le raid de cette nuit était une nouvelle tactique, et une femme et une enfant avaient été enlevées à sa place. Par chance pour lui, le shérif se sentait si supérieur aux « sauvages » des Highlands qu'il ne prenait jamais la peine d'effacer ses traces. Duncan atteignit une piste plus large, où de nombreuses empreintes de sabots se rejoignaient. Il devait prendre une décision.

Le shérif ne s'enfoncerait pas davantage dans les Highlands, et il y avait très peu de chances qu'ils se rendent à Glasgow. Si on pouvait se fier aux rumeurs, il tenait au moins trois enfants prisonniers à présent, plus une femme. Donc, il allait se diriger vers la côte. Deux chemins menaient au loch Lomond, mais Duncan n'avait que deux hommes avec lui. L'un d'eux devrait jouer le rôle de messager entre les deux autres.

Où les brigands allaient-ils faire halte, avant la prochaine étape du voyage ?

Et qu'arriverait-il à Cat, pendant ce temps ?

Son estomac se contracta, et il dut lutter contre la peur. Celle-ci n'arrangerait rien et ne ferait que le ralentir. Il avait passé des années à maîtriser ses émotions, le moment était venu de s'appuyer sur cette expérience.

Finalement, ses deux hommes repérèrent les kidnappeurs avant lui, et l'un d'eux revint sur ses pas pour l'avertir.

Lorsque les trois hommes eurent suivi le groupe de brigands jusqu'à l'anse cachée du loch Lomond où ils avaient fait halte, il devint évident qu'ils ne pourraient pas facilement libérer les victimes. Duncan, Torcall et Angus se frayèrent un chemin à pied dans les bois, puis durent se mettre à ramper, afin d'observer la côte rocheuse sans être vus. Le shérif Welcker était bien là, mais cinq hommes l'accompagnaient. À en juger par les armes qu'ils portaient à la ceinture et par leur allure, ces guerriers n'étaient pas des hommes du clan de Welcker mais des mercenaires. Duncan ne craignait pas de s'attaquer à six hommes avec ses deux compagnons, mais il y avait de grandes chances qu'ils perdent le combat et que des captifs soient tués. Il ne pouvait prendre un tel risque.

Quand il vit Cat, vivante et bien portante, il éprouva un certain soulagement. Mais il ne s'attendait pas à avoir le cœur serré d'angoisse. Elle était assise, trois enfants accrochés à ses jupes, un tout-petit se cramponnant littéralement à elle, bien qu'elle eût les mains liées. Finn était assise à côté d'elle, le dos raide, s'efforçant de faire preuve de courage, bien qu'elle fût aussi attachée. Cat, malgré son visage blême, donnait une impression de calme.

Duncan fit un signe à ses hommes, et ils s'éloignèrent du campement que le shérif avait établi sur la plage. Ils ne parlèrent que lorsqu'ils furent assez loin pour ne pas être surpris.

— Angus, pars à la recherche des patrouilles et ramène-les ici.

— Je connais les pistes, répliqua Angus avec une grimace. Mais il me faudra la nuit pour tous les retrouver.

— Je sais. C'est pourquoi Torcall devra se rendre au château de Kinlochard et avertir le comte d'Aberfoyle que sa sœur, Catriona, est en grand danger.

Les deux hommes le regardèrent bouche bée.

— Lady Catriona ? balbutia Angus. C'est Maîtresse Catherine ?

— Oui. Nous en parlerons plus tard. Dites au comte d'emmener le plus d'hommes possible. Je ferai le maximum pour retenir ces brigands jusqu'à son arrivée.

— Mais comment…

— Nous n'avons pas le temps de discuter. Allez-y !

Les deux hommes regagnèrent leur monture. Une fois seul, Duncan reprit un poste d'observation dans les buissons. Il passa un long moment à évaluer les atouts et les faiblesses de l'ennemi. Le shérif allait et venait, visiblement sur les nerfs, tandis que les mercenaires discutaient calmement entre eux. Le plus jeune des enfants pleurait sur l'épaule de Cat.

Puis, juste avant la tombée de la nuit, un petit bateau de pêche apparut dans la baie, anéantissant les espoirs de Duncan. Il était logique que ces gredins embarquent une cargaison humaine de nuit car, une fois qu'ils auraient atteint le fleuve, il y aurait plus de trafic et plus de risques en naviguant de jour. Un mince croissant de lune s'éleva dans le ciel d'un noir d'encre. Si le manque de lumière était une aubaine pour les kidnappeurs, en revanche il ralentirait l'arrivée des renforts.

Duncan n'avait pas beaucoup de temps pour agir. Lentement, il regagna les buissons, puis il descendit vers une anse du loch, située un peu plus loin que la baie où avait accosté le bateau. Là, il ôta ses vêtements, saisit son poignard et pénétra dans l'eau glacée, nageant discrètement en direction du bateau. La tête tout juste hors de l'eau, les bras sous la surface, il gagna l'arrière de l'embarcation. Les voix des hommes sur le rivage lui parvinrent, et il vit le feu allumé pour le repas. Quelques marins avaient gagné le rivage à bord d'une barque, mais il restait probablement un homme ou deux à bord.

Duncan explora silencieusement la coque et finit par trouver un trou, qui avait été sommairement réparé, juste au-dessus de la surface. Glissant la lame de son poignard entre les deux planches, il les écarta et réussit à agrandir la brèche. De temps à autre, il se reposait en agrippant la chaîne d'amarrage. Mais, au bout d'un moment, il put glisser les doigts entre les planches et constater que l'eau pénétrait dans la coque. Lentement, il ressortit de la baie. Quand il se fut séché à l'aide de son plaid, il se rhabilla et regagna son point d'observation.

*
**

Bien qu'elle n'eût pas le moindre appétit, Cat se força à manger le lapin rôti que lui offrirent ses kidnappeurs. Ceux-ci ne lui détachèrent pas les mains, s'amusant à lui mettre des morceaux de viande dans la bouche, en s'esclaffant.

Elle frissonnait de peur et de dégoût.

La journée, qui avait commencé par l'enlèvement de Finn, avait été longue et terrifiante. Cat avait poursuivi les agresseurs en criant et en agitant les bras. Mais ils n'allaient pas laisser un témoin derrière eux ! Un autre homme l'avait soulevée et emportée sur son cheval, comme si elle n'était pas plus lourde que Finn. Elle avait passé des heures, couchée en travers de la selle de son ravisseur, les côtes meurtries par la chevauchée. Son kidnappeur semblait ravi de la maintenir fermement, une main rude posée sur ses reins. Elle ne put voir où les bandits les emmenaient, car il lui était impossible de relever la tête pour regarder autour d'elle.

Quand ils s'étaient enfin arrêtés derrière un bosquet pour le repas de midi et que l'homme l'avait fait descendre du cheval, elle était tombée en avant, car ses jambes ne la portaient plus. Appuyée sur les coudes, respirant avec difficulté à cause de ses côtes endolories, elle avait alors vu Finn. La fillette était recroquevillée sur elle-même, la tête cachée sous les bras, comme pour échapper à la réalité.

Un homme campé à côté d'elle montait la garde. Mais les deux autres n'avaient cessé de regarder Cat, en parlant entre eux avec un accent anglais grossier. Pendant les heures qu'avait duré le voyage, elle avait réfléchi. Devait-elle leur révéler son identité et tenter de négocier sa libération ou se faire passer pour une simple mère de famille écossaise ? Finalement, elle avait opté pour la seconde solution, en se disant qu'elle pourrait toujours changer d'avis plus tard. Par chance, ses ravisseurs étaient pressés de retrouver leur chef, et ils lui dirent qu'il prendrait lui-même les décisions la concernant.

Mais, quand ils atteignirent les rivages du loch Lomond, le shérif Welcker, un homme maigre et à l'allure nerveuse, parut soulagé de voir qu'elle pouvait calmer les enfants et les contrôler. Finn était la plus âgée, et c'était la seule fille. Un des garçons ne devait pas avoir plus de trois ans. Il passa le reste de la journée agrippé à Cat, secoué de crises de sanglots qui se transformaient en longs gémissements quand Cat tentait de le réconforter. Les hommes ne prirent pas la peine d'attacher le bambin. L'autre, âgé de six ou sept ans, restait assis, raide comme un piquet, les yeux écarquillés, et ne semblait même pas voir la nourriture qu'elle essayait de mettre dans ses mains. Le tout-petit dit s'appeler Adam, mais le plus grand était trop choqué pour articuler un mot.

Lorsque Cat avait vu le bateau de pêche entrer dans la baie, elle avait perdu son dernier espoir d'être retrouvée et secourue.

— Laisse-moi la garder, répéta un des mercenaires.

Cat frémit. La discussion avait duré toute la journée. Elle avait cru que le fait d'être avec les enfants la protégerait un peu. Mais, maintenant qu'ils avaient établi leur camp sur les rives du loch, les hommes pouvaient l'entraîner dans les bois à n'importe quel moment.

— Non, elle nous rapportera une jolie somme, si nous la vendons à une plantation, rétorqua le shérif.

Ce dernier semblait fasciné par l'idée qu'elle lui rapporterait plus d'argent que les enfants, comme s'il envisageait soudain d'étendre son trafic d'êtres humains à la vente de femmes. Frémissante de dégoût, elle s'était efforcée de cacher son visage quand d'autres hommes avaient débarqué du bateau de pêche.

Puis un cri avait retenti sur le bateau, et le capitaine avait regagné l'embarcation, dans sa petite barque. Cat entendit des jurons, sur le rivage. Le shérif attendait, se tordant le cou pour essayer de voir ce qui se passait à bord du bateau. Mais il faisait trop sombre.

La barque revint, et le capitaine en descendit en jurant.

— Il y a une brèche dans la coque. Nous ne pourrons pas repartir tant qu'elle ne sera pas réparée. Il va falloir passer la nuit à écoper pour empêcher le bateau de couler.

Le shérif jura, les enfants gémirent, et les mercenaires se tournèrent vers Cat, comme s'ils cherchaient quelque chose pour se distraire.

Elle frissonna, mais le shérif parvint à les contrôler, et ils se rassemblèrent autour du feu en marmonnant. Il n'y avait pas de couvertures pour Cat et les enfants, et ceux-ci se serrèrent les uns contre les autres pour se tenir chaud et se protéger de la bise d'automne, qui soufflait sur le lac et s'enroulait autour d'eux. Le petit Adam vint se nicher entre ses bras, Finn se coucha d'un côté, et l'autre garçon ne protesta pas quand elle passa ses poignets liés au-dessus de lui et l'attira contre elle.

— Maîtresse ? chuchota Finn.

— Oui ?

— Je peux me sauver pour aller chercher de l'aide ?

— Non ! répliqua-t-elle d'une voix sifflante. Je ne veux pas que tu risques ta vie dans ces bois. Tu ne sais même pas où nous sommes.

— Mais…

— Ne perds pas espoir, nous allons être retrouvés.

Finn garda le silence, mais elle vit son expression à la lueur des flammes et comprit qu'elle avait peu d'espoir.

Quand le jour se leva, le bateau n'avait pas coulé, et les marins essayaient de réparer la coque. Des heures passèrent. Chaque minute la rapprochait du moment où elle quitterait l'Écosse et les Highlands pour toujours. Quand le capitaine apparut sur le pont et fit un joyeux signe de la main, le shérif Welcker se leva d'un bond.

C'était le moment où jamais. Cat avait espéré toute la nuit que les hommes du clan Carlyle allaient les trouver. Mais cela ne s'était pas produit, et c'était sa faute. Il fallait qu'elle fasse tout ce qui était en son pouvoir pour sauver les enfants.

— Shérif, je voudrais discuter avec vous du versement d'une rançon, déclara-t-elle avec les intonations hautaines d'une aristocrate anglaise.

Le shérif se raidit, se tourna lentement vers elle et l'observa en haussant les sourcils. Les trois mercenaires qui n'étaient pas partis en patrouille l'imitèrent.

— Une rançon ? répéta le shérif.

Le ton de sa voix était moqueur, mais elle savait qu'elle l'avait appâté.

— Oui. Je suis Lady Catriona Duff, sœur du comte d'Aberfoyle.

Le shérif fronça les sourcils, incrédule.

— Que ferait la sœur d'un comte dans les ruines du château des Carlyle ?

— J'ai fait une chute de cheval. Ma tête a heurté une pierre, et j'ai été assommée par le coup. Quand j'ai repris conscience, je n'ai pu regagner la maison de mon frère. Mais je suis bien Lady Catriona. Posez-moi les questions que vous voudrez, je vous répondrai pour le prouver.

Pendant plusieurs minutes, il la questionna sur son père, sur ses domaines, les châteaux et les propriétés terriennes du clan. Elle n'eut aucun mal à répondre. Les mercenaires la regardaient avec un air d'ennui. Le petit garçon blotti entre ses bras lui jeta un regard curieux. Finn elle-même la considéra avec stupéfaction.

Le shérif, de plus en plus intrigué, plissa les yeux d'un air calculateur. Alors qu'elle lui fournissait des détails sur la maison de son frère à Édimbourg, il la fit taire d'un geste de la main.

— C'est bon, je vous crois.

— Donc, vous devez vous douter que mon frère sera prêt à débourser une somme importante pour me récupérer saine et sauve.

— Oui, sans doute. Mais alors, il saura tout sur mes activités.

La peur de Cat resurgit, et elle s'efforça de contrôler sa voix pour ne pas se trahir.

— Je ne lui dirai rien, si vous me ramenez chez lui, avec les enfants.

— Vous êtes une femme, vous ne saurez pas tenir votre langue, dit-il avec un sourire rusé. Je ne perdrai pas l'occasion de faire un profit avec les enfants, pour une éventuelle rançon. Ce qui me ferait par la même occasion repérer par Aberfoyle. Votre père, lui, était un homme qui connaissait la valeur de l'argent.

— Mon père se croyait tout-puissant, répondit-elle avec mépris. Mon frère a plus de sens pratique, c'est un homme de sciences, et non un guerrier. Il négociera…

— Assez. Je ne veux pas de cela. Le jeu n'en vaut pas la chandelle.

— Mais…

L'homme vint se camper devant elle et leva la main, comme pour la frapper. Les enfants poussèrent des cris stridents. Finn essaya de se lever, mais Cat la retint par le bras.

— Si tu la touches, tu es un homme mort.

La voix puissante et froide résonna sur le rivage.

Chapitre 22

Catherine ferma les yeux et prononça une courte prière de remerciement en reconnaissant la voix de Duncan.

Puis elle se rendit compte qu'il ne se montrait pas. Ce qui signifiait sans doute qu'il n'était pas accompagné par un groupe d'hommes assez important. À moins que ce ne soit une ruse ? Elle ne pouvait le savoir… et le shérif non plus. Les deux mercenaires qui étaient restés au campement tirèrent leur épée et brandirent leur pistolet.

Un sourire se dessina lentement sur les lèvres du shérif Welcker.

— Alors, Carlyle, tu te décides enfin à venir me voir ? Je n'aurai pas enlevé cette femme pour rien.

— Laisse-la partir avec les enfants, et je te laisserai la vie sauve, lança Duncan, toujours invisible.

Le shérif émit un petit rire.

— Montre-toi, et nous discuterons entre gentlemen.

Finn glissa la main dans celle de Cat, et elles échangèrent un regard inquiet.

— Jette tes pistolets sur le sol, ordonna Duncan. Je ne veux pas qu'une balle perdue blesse un de tes prisonniers.

Le shérif éclata de rire, mais un coup de feu partit, si près qu'il baissa instinctivement la tête.

— Ou qu'un de mes hommes risque de te blesser par mégarde, ajouta Duncan.

Le shérif jeta de côté ses pistolets et fit signe aux mercenaires, qui l'imitèrent à contrecœur.

Duncan apparut entre deux arbres, son glaive à la main. Le shérif tira son épée.

Cat croisa le regard du chef de clan, et son cœur s'emplit d'un sentiment de gratitude. Il ne portait que son plaid retenu par une ceinture et sa chemise, comme s'il n'avait pas voulu s'encombrer d'une veste. Le vent soulevait les pans du plaid et gonflait les manches de la chemise, mais il paraissait solide comme un roc, grand, viril, déterminé. Cat sut qu'il ne les abandonnerait jamais, ni elle ni les enfants. Il lui jeta un regard bref et dénué d'émotion, mais quelque chose passa entre eux.

Puis il reporta son attention sur le shérif.

— Depuis le temps que j'espérais te prendre sur le fait. Cela arrive enfin.

Le shérif écarta les bras d'un air innocent.

— Sur le fait ? Je suis simplement sur une plage déserte, avec mes hommes.

— En train de commettre un abominable forfait. Tu as kidnappé ces enfants.

— Un forfait ? C'est faux. En réalité je les ai sauvés.

— Sauvés ? répéta Duncan. Essayes-tu de faire oublier ta cupidité ?

— L'argent est toujours le bienvenu, et je mérite bien d'en avoir un peu après l'enfance pauvre que j'ai vécue. Mais qui peut savoir mieux que moi quelles terribles souffrances ces enfants endurent en Écosse ? En Amérique, ils ne serviront que pendant sept ans dans les plantations. Ils apprendront un métier et auront plus de chances de grimper dans l'échelle sociale qu'en restant dans les Highlands. Tu crois qu'il vaut mieux pour eux retourner dans leurs misérables familles ?

— Tu es fou, déclara Duncan d'un ton sec. Des témoins m'avaient rapporté l'étendue de tes méfaits. Mais maintenant, tu m'apportes toi-même la confirmation de tes activités criminelles.

— Tu ne vivras pas assez longtemps pour me faire du tort.

— Quoi ? Tu penses pouvoir me tuer ? rétorqua Duncan, méprisant. Sans ton pistolet, tu n'es rien.

Le shérif brandit son épée.

— Je saurai battre un lâche qui se cache dans les broussailles.

— Ah, c'est ce que tu crois, répondit Duncan d'une voix posée. Voyons ce que tu sais faire.

Cat aurait voulu l'appeler, le mettre en garde. Des marins se trouvaient à bord du bateau, des mercenaires dans les bois alentour. C'était de la folie. Duncan était probablement seul, et le shérif l'avait deviné. Il s'amusait avec lui. Elle aurait voulu croire que Duncan menait le jeu, mais c'était peu vraisemblable. Les enfants eux-mêmes regardaient la scène dans un silence accablé.

Le shérif repoussa ses hommes d'un geste impatient, tout en se dirigeant vers Duncan. Les mercenaires ne quittèrent pas une seconde Cat et les enfants, empêchant la jeune femme d'entraîner ses protégés dans la forêt, comme elle aurait aimé le faire. Frustrée, elle regarda le shérif et Duncan se défier du regard. Le shérif était maigre et nerveux, mais il émanait de lui une impression de force. Un tel homme, dépourvu de conscience et de sens de l'honneur, pouvait être un adversaire redoutable.

Mais Duncan était un Highlander. Un guerrier qui plaçait la défense de son peuple au-dessus de tout. Quand il avait été banni, il aurait pu partir sur le continent, se vendre comme mercenaire et mener une vie plus agréable qu'ici. Mais il avait choisi de se cacher dans une grotte, pour rester près de son peuple et le protéger. En dépit de ce qu'il lui avait fait, Cat savait reconnaître et apprécier sa force de caractère.

Le shérif lança un coup d'épée, Duncan l'esquiva, glissant sur le côté avec la grâce et la souplesse d'un danseur. Cat retint son souffle. Pendant un long moment, elle n'entendit plus que le bruit des lames qui s'entrechoquaient et les grognements du shérif s'efforçant de parer les coups de Duncan. Ce dernier se concentrait sur les mouvements de son épée qu'il maniait avec précision. Le shérif céda peu à peu du terrain. Lorsqu'il s'effondra sur un genou, Duncan attendit. L'homme se releva avec une grimace de colère et se jeta en avant. Duncan bondit par-dessus la lame et lança son épée sur le côté. Le shérif eut à peine le temps de reculer, pour éviter d'avoir le bras sectionné.

Et tout à coup, un autre bruit détourna l'attention de Cat du combat auquel se livraient les deux hommes. Celui des épées que les mercenaires tirèrent de leur fourreau en s'approchant d'elle et des enfants. Elle n'osa pas crier, de peur de briser la concentration de Duncan. Mais les enfants se pressèrent contre elle. Avec ses mains liées, elle ne put que serrer contre sa poitrine le petit Adam tremblant de peur.

Puis, comme dans un rêve, des hommes surgirent un à un de la forêt et s'alignèrent tout le long du rivage rocheux. Cinq, puis dix, puis une douzaine. Plus qu'elle ne pouvait en compter. Finn lui prit le bras, et elles échangèrent un regard plein d'espoir. Sur le lac, le bateau de pêche leva l'ancre, une de ses voiles se déploya, et le capitaine s'apprêta à abandonner Welcker à son triste sort.

Quand elle vit son frère, Cat eut les larmes aux yeux. Elle avait l'impression de l'avoir quitté des années auparavant. Les mercenaires laissèrent tomber leurs épées et s'écartèrent du groupe de prisonniers.

Mais le combat entre Duncan et le shérif se poursuivit. Pourquoi Welcker ne se rendait-il pas ? Il avait pourtant vu la troupe que formaient ses ennemis et il savait qu'il ne pourrait jamais s'échapper. Ses bras tremblaient d'épuisement, il avait du mal à soulever son épée. Mais il continuait ce combat désespéré. Duncan restait calme, impassible, malgré son visage trempé de sueur.

Enfin, il parvint à tromper la défense de son adversaire et enfonça son épée dans la poitrine du shérif. L'espace d'un instant les deux hommes se dévisagèrent, et le silence s'abattit sur le rivage. Welcker parut choqué, comme s'il n'avait jamais encore connu de défaite. Puis, avec un cri, il s'écroula sur le sol.

Le petit Adam se remit à pleurer, et l'autre garçon contempla la scène sans un mot, les yeux écarquillés. Mais Finn leva le poing dans un geste de triomphe. Cat aurait voulu leur épargner un spectacle aussi horrible. Mais elle ne pouvait qu'espérer que la défaite de leur ravisseur les aiderait à dormir paisiblement.

— Tout va bien, maintenant, dit-elle d'un ton rassurant. Nous sommes en sécurité et nous allons pouvoir rentrer chez nous.

Ensuite, tout alla très vite. Les hommes des clans Duff et Carlyle envahirent la plage de rochers, et les mercenaires se rendirent, en clamant qu'ils venaient à peine d'être engagés et qu'ils n'avaient fait de mal à personne. Tremblant au souvenir de leurs regards graveleux, Cat se leva en chancelant, sans lâcher le petit Adam. Owen vint à sa rencontre, et elle lui aurait sauté au cou si ses mains n'avaient été liées. Mais son frère l'attira contre sa poitrine.

— J'ai eu si peur, chuchota-t-il. Je n'avais pas de nouvelles et je croyais naïvement que tu t'amusais à Glasgow. Et quand j'ai eu ce message…

Il frémit, incapable d'en dire davantage.

— Tout va bien. Mais je n'arrive plus à respirer.

Elle sourit, et il desserra aussitôt son étreinte. Mais Owen ne souriait pas. À l'aide de son poignard, il coupa les liens de la jeune femme et ceux des enfants.

— Où étais-tu ? Comment tout cela est-il arrivé ? demanda-t-il en désignant d'un geste large l'ensemble du rivage.

Cat se rappela qu'il ne savait rien des événements qui s'étaient succédé depuis son départ. Hormis le fait qu'elle avait été enlevée par le shérif. Elle jeta un coup d'œil à Duncan, qui essuya la lame de son épée sur le plaid du shérif, avant de rabattre les pans du vêtement sur son visage figé dans une contorsion de rage.

Puis le chef des Carlyle croisa son regard. Il remit l'épée dans son fourreau et vint vers eux. Une terrible angoisse s'empara de Cat. Elle avait souhaité que Duncan paye pour ce qu'il lui avait fait. Mais soudain, elle ne voulait plus du tout en entendre parler. Il venait juste d'abattre le shérif, risquant sa vie pour elle et pour les enfants. La personnalité de Duncan avait de multiples facettes. Et elle craignait de toutes les aimer. Une telle confusion régnait dans son esprit !

Duncan s'inclina devant Owen, comme l'exigeaient les règles.

— Lord Aberfoyle, je suis Duncan Carlyle, chef du clan Carlyle.

— C'est vous qui m'avez fait prévenir. Vous avez sauvé la vie de ma sœur.

— Ce n'est pas aussi simple. Je vais tout vous expliquer.

Troublée et inquiète, Cat confia Adam à Finn.

— Emmène les enfants auprès des hommes de mon frère. Ils vous donneront de quoi manger.

Finn hésita. Mais le plus grand des deux garçons déglutit, comme s'il sortait enfin de son état de torpeur. Adam commença à s'agiter dans ses bras.

Le regard de Finn passa de Cat à Duncan. Ce dernier lui fit un signe de tête.

— Vas-y, Finn, dit-il gentiment. Je viendrai te voir une fois que j'aurai fini de parler avec le comte. Tu as été très courageuse, ajouta-t-il en lui posant une main sur l'épaule.

Finn s'empourpra, mais hocha la tête. Lançant un dernier coup d'œil inquiet à Cat, elle s'éloigna avec les deux autres enfants. Cat, son frère et Duncan restèrent seuls sur la plage. La tension semblait à son comble entre eux trois.

Croisant les bras, Owen toisa Duncan.

— Dites-moi tout ce que je dois savoir.

— C'est à moi de parler, déclara Cat, bien qu'elle n'eût aucune idée de ce qu'elle allait dire.

Elle éprouvait seulement un besoin désespéré de désamorcer le conflit qui se préparait.

— Non, cette responsabilité m'incombe entièrement, protesta Duncan.

Il défit sa ceinture et la déposa avec son épée et son pistolet aux pieds du comte.

— Votre sœur vit depuis trois semaines avec mon clan.

Owen se tourna brusquement vers Cat.

— Mais tu étais partie pour Glasgow ! Mes hommes t'escortaient…

Des larmes surgirent dans les yeux de Catriona.

— Un terrible orage a éclaté pendant le voyage, et nous sommes tombés dans un ravin. Lorsque j'ai repris conscience, j'ai vu que les deux hommes étaient morts. Paix à leur âme. Mais je… Je ne me rappelais plus qui j'étais.

Le visage d'Owen se crispa.

— Que dis-tu ?

— Je n'avais plus aucun souvenir. Je ne savais pas mon nom, d'où je venais, ni même si j'avais une famille. J'étais blessée à la tête et je serais probablement morte seule dans la forêt si… Si Duncan ne m'avait pas trouvée.

— Je savais qui elle était, avoua Duncan d'une voix claire. Et je ne lui ai rien dit.

Owen se raidit.

— Je ne cherche pas d'excuse, poursuivit Duncan. Mais vous devez savoir la vérité. Votre père était mon pire ennemi. Il tolérait que des enfants de notre clan soient enlevés à leur famille et vendus dans les colonies. Ces enfants, ajouta-t-il en montrant Finn et les deux garçons, qui étaient maintenant assis avec les soldats et mangeaient.

Cat vit Owen ouvrir la bouche, mais il sembla ne pas trouver ses mots.

— Welcker, le shérif de Glasgow, m'a fait jeter en prison alors que j'essayais de mettre un terme à ce trafic. Mes hommes et moi avons secouru les enfants chaque fois que c'était possible, mais nous ne parvenions pas à atteindre le shérif qui organisait ces crimes, avec le soutien de votre père et de certains magistrats. Ces deux hommes sont enfin morts, et les magistrats ont perdu leur protection. Je suis soulagé de savoir que mon peuple ne souffrira plus. Mais, lorsque j'ai trouvé Lady Catriona dans la montagne, je croyais que votre père était toujours vivant et qu'elle faisait peut-être partie d'un plan pour nous tendre un piège. Cependant, il est devenu évident qu'elle avait réellement perdu la mémoire. Alors, je décidai de montrer à votre père ce que cela représentait d'avoir perdu un enfant. Je me suis donc servi de votre sœur dans ce but. C'est ainsi que je lui ai fait courir ce terrible danger.

Pendant un long moment, personne ne prononça un mot. Owen, d'ordinaire si logique et imperturbable, était en proie à une myriade d'émotions qui transparaissaient sur son visage comme s'il ne savait à laquelle il devait céder. La confusion, la souffrance, la colère. Cat avait aussi éprouvé tout cela, depuis qu'elle avait fait la connaissance de Duncan Carlyle.

— Vous avez tenu ma sœur prisonnière, dit Owen d'un ton glacial. Mais toi, Cat, tu ne le savais donc pas ?

Catriona secoua la tête.

— J'ai toujours été très bien traitée par le chef et par son peuple.

— Vous prépariez les repas et aidiez à faire la lessive, répliqua Duncan. Est-ce ainsi que l'on doit traiter la sœur d'un comte ?

Avant qu'Owen ait pu prononcer un mot, Cat se retourna vers Duncan.

— Qu'aurais-je pu faire d'autre ? Je voulais participer et vous aider, car j'étais nourrie, habillée et logée par votre clan.

— Logée dans une grotte !

Owen élargit les yeux de surprise, mais Cat balaya cet argument d'un geste.

— Nous vivions tous dans la grotte. Même si j'avais connu mon identité, j'aurais insisté pour vous aider. Auriez-vous préféré que je reste assise, à broder toute la journée ?

— J'aurais pu vous révéler la vérité. Au lieu de cela, je vous ai laissée dans l'inquiétude pour votre famille. Je vous ai refusé la tranquillité d'esprit.

Ayant dit cela, il se tourna vers Owen et poursuivit :

— Lady Catriona pourra vous assurer que les gens de mon clan ignoraient tout cela. Pour eux, elle n'était qu'une femme blessée et vulnérable qui avait besoin d'aide. Faites de moi ce que vous voulez, mais ne faites pas rejaillir mes fautes sur ces pauvres gens.

Owen l'observa un long moment en fronçant les sourcils.

— Quand as-tu recouvré la mémoire ? demanda-t-il à sa sœur.

— Il y a quatre jours. Duncan m'avait promis de me ramener

dès que ce serait possible. Mais alors j'ai assisté à l'enlèvement de Finn. J'ai essayé de l'aider et je me suis retrouvée prise au piège avec elle.

— Je pense que tu ne me dis pas tout, dans cette histoire, déclara son frère. Mais tout cela n'a pas d'importance, quand on pense à ce que vous avez fait à ma sœur. Vous devrez répondre de ces crimes.

Il fit signe à l'un de ses hommes d'approcher.

— Emmenez-le. Mais laissez-le monter son cheval. S'il fait des difficultés, ligotez-le à la selle.

Cat voulut protester, mais se retint, en proie à la plus totale confusion. Certes, Duncan avait commis des fautes envers elle. Elle ne pouvait le nier.

Mais il s'éloigna calmement, sans protester, alors qu'il risquait une fois de plus la prison. Pourtant, il avait permis aux enfants de son clan de vivre librement, sans crainte. Et à présent, il semblait se moquer de ce qui allait lui arriver.

Se débarrasserait-elle un jour de ce terrible sentiment de frustration, de chagrin et de regret ?

Chapitre 23

Le voyage de retour jusqu'au château du comte d'Aberfoyle dura toute la journée.

Cat savait que Duncan se trouvait quelque part parmi les soldats, mais elle ne le vit pas une seule fois. Il avait renvoyé ses hommes à la grotte, et ils avaient obéi, en dépit de leur confusion. Cat avait gardé Finn avec elle.

Elle passa presque tout son temps à réconforter les enfants. Owen avait fait prévenir leurs parents, avec l'aide de Duncan. Elle savait que son frère était frustré, indigné et choqué de n'avoir rien su de ces kidnappings et qu'il était triste que leur père ait pu commettre de tels forfaits.

Mais ils ne pouvaient en parler devant les enfants, ce qui la satisfaisait pour l'instant. Elle ne voulait pas répondre aux questions d'Owen. Elle avait encore du mal à admettre qu'elle ne retournerait pas à la grotte, qu'elle ne reverrait sans doute jamais Maeve et les autres. Maeve et Muriel étaient devenues pour elle des amies proches. Elle n'avait jamais connu de liens aussi forts, sauf avec sa cousine Riona.

Certes, elle pourrait rendre visite à Maeve, et elle espérait que celle-ci regagnerait sa maison, maintenant que le shérif était mort et que ses actions maléfiques allaient être révélées au grand jour. Malgré la culpabilité qu'Owen ressentirait forcément, il ne cacherait pas ce que leur père avait fait.

Mais que deviendrait le clan des Carlyle, si une fois de plus Duncan devait moisir en prison ? Est-ce que le *tanist*, c'est-à-dire son successeur éventuel, chercherait à le faire destituer ? Elle ne connaissait pas l'homme qui deviendrait chef, au cas où Duncan mourrait sans héritier. Elle avait posé des questions un jour à son sujet, mais on lui avait répondu qu'il était occupé par le changement de pâturage du bétail, qui avait lieu à la fin de l'été.

Elle devait avoir l'air préoccupée, car Owen ne cessait de lui lancer des coups d'œil de côté. Elle faisait semblant de ne pas le voir et embrassait la tête du petit Adam endormi contre elle, ou se penchait pour parler à Finn et à Calum, qui voyageaient à côté d'elle sur un autre cheval. Calum avait finalement réussi à surmonter sa peur et lui avait dit son nom.

Elle fut si heureuse en revoyant le château de Kinlochard que des larmes lui piquèrent les yeux. Finn ne cessait de lui lancer des regards terrifiés, comme si elle craignait qu'elle n'ait complètement changé d'avis sur elle. Quand ils eurent franchi le pont en arc au-dessus des douves, ils parvinrent dans la cour d'honneur, où les hommes mettaient pied à terre. Cat vit l'expression de Finn quand la fillette aperçut Duncan encadré par deux hommes qui le tenaient solidement. Comme s'ils craignaient qu'il ne s'enfuie, alors qu'il était venu de son plein gré.

Entre Adam qui s'accrochait à son cou, Finn qui lui agrippait la main et sa propre inquiétude pour Duncan, elle se sentit tiraillée dans toutes les directions et éprouva un peu de panique.

— Je vais chercher Mme Robertson pour t'aider, déclara Owen.

— Non, ce n'est pas la peine. Les enfants ont peur, mais

ce n'est rien. La gouvernante pourra venir nous retrouver à l'heure du souper et nous montrer leur chambre.

Elle hésita, puis demanda dans un souffle :

— Et Duncan ?

— Je vais l'installer dans une chambre, avec des gardes.

Cat poussa un soupir de soulagement, et ses épaules s'affaissèrent.

— Tu parais soulagée, pour une femme qui a subi un tel tort. Je pourrais le faire enfermer dans une cellule.

— Non. Nous en parlerons plus tard, ajouta-t-elle en croisant le regard effaré de Finn.

Ils pénétrèrent dans le grand hall. Maggie, la femme d'Owen, vint à leur rencontre et noua les bras autour du cou de Cat. Puis elle recula, surprise par le petit garçon endormi, qui s'agitait. Ses beaux yeux vairons s'étrécirent de curiosité.

— C'est une longue histoire, expliqua Cat en souriant.

— Mais tu es en sécurité. Je suis soulagée. Le messager nous a dit que tu avais été kidnappée. Tu dois avoir faim. Mme Robertson et moi avons tout préparé en prévision de votre arrivée.

Puis elle ouvrit la bouche de surprise, en voyant passer Duncan, encadré par les gardes.

— Ce… Cet homme est déjà venu ici ! Owen, tu te souviens de ce voyageur, la semaine dernière ?

Les traits d'Owen s'assombrirent.

— J'étais si préoccupé quand j'ai retrouvé Cat que je ne me suis pas souvenu de l'avoir déjà vu au château. Je pensais l'avoir croisé dans une assemblée des Highlands ou lors d'un festival. C'est Duncan Carlyle, le chef du clan Carlyle. Il a détenu Cat pendant des jours. Y compris quand il est venu ici nous espionner.

Cat réprima une grimace.

— Oui, il m'a dit qu'il était venu.

— Alors, j'avais raison ! s'exclama Maggie d'un ton triomphant.

— À quel sujet ?

Maggie se pencha vers sa belle-sœur.

— Je t'ai vue avec lui, dans mes rêves, et vous étiez tellement heureux, tous les deux !

Cat la regarda, bouche bée. Elle savait que Maggie avait parfois des rêves prémonitoires. Owen observa sa femme d'un air réprobateur.

— Oui, eh bien, nous avons très faim, grommela-t-il.

Maggie s'occupa des enfants avec calme et bienveillance, et leur fit préparer un bain pendant qu'ils mangeaient. Elle allait elle-même être mère bientôt, et cela se voyait à ses manières tendres avec Calum et Adam. Ce dernier accepta de s'asseoir sur ses genoux et somnola en suçant son pouce.

Finalement, Mme Robertson vint les avertir que les chambres des enfants étaient prêtes, et les trois femmes les emmenèrent.

— Attends-moi là, lança Cat à son frère, par-dessus son épaule. Je n'en ai pas pour longtemps, nous devons discuter.

Tout en aidant à coucher les enfants, elle ne cessa de penser au rêve de Maggie, dans lequel celle-ci voyait Duncan heureux. Cat n'avait vu qu'une seule fois le bonheur s'inscrire dans ses yeux. C'était après qu'ils avaient fait l'amour. Mais cela n'avait duré qu'un moment, car rien n'était décidé entre eux. Duncan n'avait jamais eu droit au bonheur, enfant, et ne l'avait jamais connu non plus pendant sa vie d'adulte.

Mais Duncan n'avait pas été heureux seulement dans le rêve de Maggie. Il l'avait été aussi avec Catriona.

*
* *

Duncan fut étonné d'être laissé seul dans la chambre, avec juste un homme montant la garde devant sa porte, dans le couloir. On lui apporta un repas sur un plateau, après quoi il resta de nouveau seul. Au soleil couchant, il se campa devant la fenêtre et regarda l'activité ralentir, dans la grande cour du château. Il vit la flamme diminuer dans l'atelier du maréchal-ferrant, et les chevaux rentrer à l'écurie avant le crépuscule. Ce château était l'un de ceux où Catriona avait vécu. Il allait pouvoir l'imaginer ici, heureuse, entourée. Il s'appliquait à mémoriser chaque détail de son entourage.

Mais il l'avait déjà perdue.

Il était sincèrement soulagé qu'elle soit enfin en sécurité chez elle. Quand il l'avait vue tenter de négocier avec le shérif, il s'était avancé pour la défendre, sans même savoir qu'Aberfoyle et ses hommes approchaient. Sa seule pensée était de la mettre hors de danger.

Et tout allait bien, maintenant. Posant les mains sur l'encadrement de la fenêtre, il poussa un long soupir. Quoi qu'il arrive ensuite, les enfants et elle n'auraient plus rien à craindre. Son frère poursuivrait la mission de Duncan et empêcherait qu'il y ait encore des kidnappings.

Quelqu'un frappa à la porte et entra, avant qu'il ait pu répondre.

— Vous devez descendre dans le grand hall, dit un garde.

Duncan hocha la tête. Plus vite son sort serait réglé, mieux cela vaudrait. Tant qu'il serait retenu ici, Catriona en souffrirait. Ce n'était pas ce qu'il voulait.

Les gardes ne lui lièrent pas les mains et l'escortèrent à travers le château, jusque dans un couloir situé derrière le grand hall.

— Attendez ici, lui ordonna un des deux hommes.

C'est alors qu'il entendit la voix d'Aberfoyle.

— Cat, tu dois tout nous dire.

La voix résonna dans le hall, mais Duncan ne perçut pas de chuchotements ni de mouvements. Peu de personnes allaient donc assister au jugement. Aberfoyle ne devait pas vouloir que les gens apprennent ce qui était arrivé à Cat. Duncan lui avait fait du tort, mais il ferait tout ce qu'il pourrait pour que sa réputation soit préservée.

— Je t'ai raconté mon accident, commença Cat à voix basse. Puis j'ai appris l'implication de père dans les enlèvements, sans même savoir qu'il était mon père.

— Comment sais-tu qu'il était complice du shérif ? Tu crois sur parole ce que dit un hors-la-loi ?

— Au début, oui, je n'avais que sa parole. Et de fait, il fallait que quelqu'un de puissant agisse dans les coulisses pour qu'on laisse un tel crime se produire et qu'on essaye de le dissimuler en faisant emprisonner un chef de clan. Ce qui n'est pas une chose facile. Mais ensuite, j'ai lu les lettres que notre père avait envoyées au père de Duncan, lorsque le vieux chef avait voulu enquêter sur les disparitions d'enfants. Elles contenaient des menaces, Owen. Notre père savait parfaitement ce qui se passait.

Il y eut un long silence, puis Aberfoyle reprit :

— J'ai toujours su qu'il était cruel. Pour t'avoir fiancée à la naissance, sans jamais nous le dire, puis avoir essayé de rompre le contrat d'une façon aussi peu honorable... Tout cela ne laissait rien prévoir de bon. Mais tolérer que des enfants soient vendus et encourager ce trafic... Savoir qu'une partie de ma fortune provient de ces actes abominables... Non, je ne peux supporter cette idée. Je soutiendrai ces pauvres familles et je tenterai de retrouver leurs enfants, de faire en sorte qu'ils leur soient rendus... Dussé-je les racheter à leurs ravisseurs.

Duncan renversa la tête en arrière et ferma les yeux. Il n'avait pas eu les moyens de racheter les enfants, et avait seulement espéré mettre fin à ces pratiques. Mais Aberfoyle avait le pouvoir et l'argent nécessaires pour rétablir l'ordre.

— À présent, je dois m'entretenir avec Laird Carlyle, continua le comte d'une voix dure. Certes, il a essayé d'aider ces enfants, mais…

— Owen, je t'en prie, fais abstraction de ce qui m'est arrivé.

— Impossible.

— Écoute-moi, au moins. Duncan a voulu mettre fin aux enlèvements d'enfants. Le shérif et ses complices l'ont jeté en prison pour couvrir leurs crimes. Si tu voyais les cicatrices sur son dos, Owen…

— Parce que tu as vu son dos ?

Duncan se crispa, en espérant qu'elle allait trouver une excuse qui ne mettrait pas sa réputation en danger. Il passa les mains dans ses cheveux, pressant les doigts sur ses tempes. C'était lui le responsable de tout cela. Il fit mine d'entrer dans le hall, mais les deux gardes l'en empêchèrent.

— Nous vivions tous entassés dans la grotte, expliqua Cat. Les hommes se baignaient dehors ou dans un bassin à l'intérieur de la grotte. J'ai vu plusieurs d'entre eux passer torse nu.

Duncan était admiratif. Cat avait l'habileté de se servir de la vérité pour s'expliquer, sans réellement mentir. Ce qui rendait son récit parfaitement crédible.

— Tu vivais dans une grotte, au milieu d'un groupe d'hommes ? interrogea Lady Aberfoyle avec curiosité.

— Et des femmes aussi, ajouta aussitôt Cat. Duncan m'avait cédé sa chambre.

— Une chambre ? Tu veux dire une grotte, rectifia Owen d'un ton plat.

— J'avais un lit, une table et un coffre. Il y avait des meubles.

Duncan fut un peu étonné de l'entendre prendre sa défense.

— Pourquoi vivaient-ils tous dans cette grotte ? demanda la comtesse.

— Parce que Duncan est hors la loi. Il devait se cacher pour pouvoir secourir les enfants. Sinon, il aurait été remis en prison. Plusieurs hommes de son clan restaient avec lui, car ils étaient conscients de l'importance de cette mission. Une douzaine d'enfants ont été secourus pendant que j'étais là. Ils ont été rendus à leurs parents, et les orphelins confiés à des familles. Owen, notre père a joué un rôle dans cet horrible trafic. Le seul crime de Duncan a été d'essayer de mettre un terme à ces combines. C'est à cause de cela qu'il a été banni, et son peuple tenu à l'écart. Le seul village des Carlyle que j'ai visité était dans une extrême pauvreté.

— Tu oublies qu'il a commis un crime en te kidnappant, rétorqua Aberfoyle, furieux.

— Non, je ne l'oublie pas. Mais je ne veux pas que son clan continue de souffrir. Le père de Duncan était un faible, qui s'est laissé déborder par les autres chefs. Mais Duncan est un chef de clan honorable. Ses gens lui font confiance, ils ont besoin de lui.

— Que veux-tu que je fasse ?

— Je veux que tu lèves la sanction qui pèse sur lui.

Duncan n'en crut pas ses oreilles. Après tout ce qu'il avait fait à Cat, celle-ci désirait tout de même l'aider ! Apparemment, son frère était aussi incrédule que lui.

— Cat, je ne peux oublier ce qu'il t'a fait !

— Je ne te demande pas d'oublier. Je ne l'oublierai pas non plus. Mais son peuple a besoin de lui. Il a noblement sacrifié sa liberté pour eux. Il m'a défendue contre le shérif et ses hommes. J'ai besoin que tu rétablisses l'ordre. Que les crimes du shérif soient révélés et que Duncan redevienne un homme libre. Tu peux le faire, Owen, je le sais.

Sa voix était douce mais pressante.

Duncan ne méritait pas une telle indulgence. Il avait l'impression d'être un monstre. Comment cette femme qu'il avait trahie pouvait-elle être assez généreuse pour prendre sa défense, alors qu'il lui avait pris son innocence ?

— Allez chercher Carlyle, ordonna Aberfoyle d'une voix sonore.

Les gardes le poussèrent alors dans le corridor et le firent entrer dans le grand hall. Trois personnes étaient assises sur l'estrade : Aberfoyle, sa femme et Catriona.

Aberfoyle haussa les sourcils.

— Comment se fait-il que vous soyez déjà ici ?

— Je me suis dit qu'il valait mieux l'avoir sous la main, déclara Lady Aberfoyle avec assurance.

Duncan croisa le regard de Cat, et celle-ci s'empourpra en comprenant qu'il avait tout entendu. Il s'attendait à ce qu'elle détourne les yeux, mais elle n'en fit rien. Ses prunelles ambrées étincelèrent à la lueur des torches, et elle cacha son embarras sous une expression hautaine. Réprimant un sourire, il s'inclina devant elle.

Aberfoyle se leva lentement, comme dans une tentative pour mettre de l'ordre dans ses idées.

— Carlyle, vous avez subi beaucoup de torts et vous avez bien agi en protégeant votre clan et en mettant fin à ces crimes horribles. Pour ces raisons, je veillerai à ce que la sanction qui vous frappe soit levée et à ce que vous puissiez mener de nouveau une vie normale. En revanche, après ce que vous avez fait à ma sœur, je veux que vous disparaissiez. Que je ne vous revoie jamais dans ce château ou dans l'une de mes propriétés. Je vous autorise à passer la nuit ici, mais à l'aube vous partirez avec vos armes et votre cheval.

Duncan hocha la tête.

— Merci, Lord Aberfoyle.

La sentence était plus indulgente qu'il ne le méritait. Grâce à Cat. Son regard s'attarda un peu trop longtemps sur elle. Son teint était pâle, son regard grave. Il essaya d'imprimer ses traits dans sa mémoire. Ses yeux avaient la couleur ambrée du whisky, ses lèvres étaient douces et sensuelles. Il ne goûterait plus jamais à sa bouche, ne contemplerait plus son sourire. C'était sa pire punition.

— Lady Catriona, dit-il en s'inclinant devant elle, le plus grand regret de ma vie est de vous avoir menti. Je ne mérite ni votre pardon ni la générosité dont vous avez fait preuve envers moi. Je vous promets que vous ne me verrez plus, ni n'entendrez parler de moi. Je vous demande sincèrement pardon.

Il s'inclina de nouveau, tourna les talons et sortit. Un garde lui emboîta le pas et se posta devant la porte de sa chambre, mais cela n'avait rien d'étonnant.

Duncan avait gardé Cat prisonnière à son insu, à présent le moment était venu de lui rendre l'existence à laquelle elle avait droit. Même s'il ne pouvait plus imaginer la vie sans elle. Il n'avait jamais cru pouvoir connaître un mariage heureux et paisible, comme tant d'autres.

Mais le plus dur, c'était d'avoir entrevu le paradis avec Cat et de savoir qu'il ne pourrait jamais obtenir ce bonheur.

Chapitre 24

Cat passa encore une nuit sans sommeil à cause de Duncan Carlyle. Sa belle-sœur s'était arrangée pour que Duncan entende tout ce que Cat disait de lui.

Elle roula sur le matelas et donna un coup de poing dans son oreiller, en essayant de se rappeler ses propres paroles.

Oh ! et puis quelle importance ? Elle avait été convaincante, non ? Son frère s'était finalement laissé convaincre de libérer Duncan, et même de le soutenir dans ses démêlés avec la justice. Cat ne regrettait rien. Elle avait clairement fait comprendre à Duncan qu'il n'y aurait plus rien entre eux. Il l'avait trahie, et cela, elle ne l'oublierait jamais. Même s'il était un merveilleux chef de clan, adulé par son peuple. Même si elle avait eu un pincement au cœur, en le voyant parler à des bambins de quatre ans pour les rassurer. Et même si elle aurait aimé le voir sourire encore une fois.

Il faudrait qu'elle lui dise tout cela, quand il viendrait la voir. Car il ne partirait sûrement pas sans lui avoir parlé, n'est-ce pas ?

Mais, bien qu'elle ne dormît que d'un œil, elle n'entendit personne frapper à sa porte. Personne ne se faufila dans la chambre et ne lui plaqua une main sur la bouche pour l'empêcher de crier. Personne ne lui demanda un dernier baiser. Elle se sentit comme une princesse dans sa tour d'ivoire, seule et délaissée.

À l'aube, debout derrière sa fenêtre, elle vit Duncan enfourcher son cheval dans la cour boueuse du château. Il fit monter Finn derrière lui. La fillette était venue voir Cat une heure plus tôt, en pleurant et en lui expliquant que ses amis de la grotte lui manquaient trop et qu'elle ne pouvait pas laisser Duncan repartir seul.

Ses paroles contenaient un reproche muet : Cat laissait Duncan s'en aller.

Mais il n'était rien pour elle ! Elle avait seulement été sa prisonnière et elle ne l'avait compris que lorsqu'il était trop tard. Lorsqu'elle avait éprouvé des sentiments pour lui. Ce qui avait abouti à une étreinte passionnée qu'elle n'oublierait jamais.

Mais elle ne pourrait rien avoir de plus avec lui. Car la chose la plus importante dans un mariage, c'était la confiance. Or, comment pourrait-elle lui faire de nouveau confiance ?

Pendant des semaines, elle s'efforça de retrouver son ancienne vie. Il lui semblait étrange d'avoir autant d'espace pour elle, une chambre aussi vaste que la grotte, et un grand hall tellement immense que chaque soir une centaine d'hommes du clan s'y regroupaient. Aucun d'eux ne savait ce qu'elle avait vécu avec le clan Carlyle. Owen croyait sans doute la protéger, mais en réalité elle se sentait encore plus différente et solitaire.

Maintenant qu'elle savait ce que c'était que de vivre dans le dénuement, Cat se fixa comme but de visiter le plus de villages possible, apportant aux habitants des paniers de victuailles, prêtant l'oreille aux doléances des membres du clan, pour attirer l'attention d'Owen sur les problèmes éventuels.

Maggie, qu'elle connaissait à peine avant son accident, devint proche d'elle. Elle voulait tout savoir sur l'aventure que Cat avait vécue et lui posait inlassablement des questions. Lorsque Cat ne parvenait pas à dormir, elle semblait le deviner et venait dans sa chambre. Alors, elles bavardaient, pelotonnées devant la cheminée.

Trois semaines après son retour, alors que Cat se tenait devant la fenêtre sombre de sa chambre, les yeux dans le vague, Maggie toqua à sa porte de sa façon caractéristique. Deux petits coups rapprochés.

Passant la tête dans l'embrasure, elle sourit gentiment.

— Je n'arrive pas à dormir, dit-elle en posant une main sur son ventre. Il remue trop.

— Alors, viens t'asseoir avec moi.

Deux fauteuils étaient disposés devant la cheminée, et elles y prirent place, des couvertures sur les genoux. Les nuits d'automne dans les Highlands annonçaient la froidure de l'hiver.

— Tu sembles… lointaine, fit remarquer Maggie.

Cat se mordilla les lèvres, souriant d'un air embarrassé.

— Je pensais aux Carlyle et je me disais que j'étais contente qu'ils ne soient plus obligés de vivre dans une grotte. Tu es sûre qu'Owen a tout arrangé ?

— Oui. Certains hommes du shérif lui ont même proposé de témoigner, en échange de sa clémence, pour qu'il puisse proclamer l'innocence de Duncan et lui rendre sa liberté de mouvement. Ce dernier est de nouveau avec les gens de son clan, et son nom a été blanchi.

Cat laissa échapper un soupir.

— Tant mieux. Je me sens coupable de vivre au chaud dans ma chambre, en sachant que l'hiver va arriver et le gel envahir ces grottes. Maintenant, il pourra devenir le chef qu'il a toujours voulu être.

— C'est-à-dire ?

— Tu sais, répondit Cat en haussant les épaules. Habiter dans le manoir de sa famille, aider son peuple à vivre décemment…

— Et trouver une épouse ?

Cat tressaillit malgré elle.

— C'est ce que font les gens, n'est-ce pas ? rétorqua-t-elle avec un rire forcé.

— Ce n'est pas ce que tu fais. Tu sais, Owen te laisserait aller où tu veux si tu décidais de partir pour trouver un époux, à Londres ou ailleurs. Avec plusieurs hommes pour t'escorter, cette fois.

— Peu importe le nombre de gardes qui m'accompagnent... Je ne sais pas si je suis prête à avouer à un homme ce qui m'est arrivé récemment.

— C'est tout ce qui te tourmente ? demanda gentiment Maggie.

Cat se mordit les lèvres et sentit des larmes lui piquer les paupières. Elle les essuya avec le coin de la couverture.

— Je suis sotte. Je devrais être heureuse d'être de retour chez moi, d'avoir retrouvé mon ancienne vie. Mais... J'ai toujours eu l'impression d'être une poupée fragile posée sur une étagère, de n'exister que pour être jolie au bal, de briller pour que mon père soit fier de moi, et enfin pour trouver un époux parfait. Mais... Je n'ai jamais eu de vrai but... là, dit-elle en posant une main sur sa poitrine.

— Et les Carlyle t'ont donné un but ?

Cat hocha la tête, d'un air désolé.

— Les Carlyle ou... Duncan ?

Cat fondit en larmes. Les yeux élargis de stupeur, elle plaqua une main devant ses lèvres et regarda Maggie.

— Oh ! pardonne-moi, cela ne m'arrive jamais.

— Quoi donc ? De pleurer pour un homme ? Tu crois que ton frère ne m'a jamais fait pleurer ?

Cat sentit un rire monter dans sa gorge. Comment pouvait-on rire et pleurer à la fois ? Ce n'était pas... désagréable.

— Tu es très gentille avec moi, murmura-t-elle.

— Pourquoi ne le serais-je pas ? Ton frère s'inquiète pour toi, il dit que tu n'es plus comme avant. Chaque fois que nous sommes en tête à tête, il s'en prend à Carlyle. Comme si un seul homme pouvait être la cause de tous nos problèmes.

— C'est bien le cas, cette fois. Un homme est à l'origine de mes tourments.

Elles gardèrent le silence quelques minutes, Cat fixant les flammes.

— Je suis triste de penser qu'alors que je lui faisais confiance, alors que je m'attachais à lui… il m'utilisait pour d'autres raisons.

— Cela a peut-être commencé comme cela, mais les choses ont changé, n'est-ce pas ?

— Bien sûr, admit Cat en haussant les épaules. Il ne m'a pas dit qui j'étais, jusqu'à ce que je découvre ma broche… qu'il avait cachée dans ses affaires ! C'est en voyant un objet familier, qui m'appartenait, que j'ai recouvré la mémoire. Tous mes souvenirs sont revenus d'un coup.

— Il ne savait peut-être pas comment te dire ce qu'il avait fait… une fois que vous vous étiez attachés l'un à l'autre ?

Cat s'empourpra.

— C'est possible. Je ne sais pas.

Mais elle s'était donnée à Duncan, alors qu'elle savait la vérité. Elle ne pouvait dire cela à Maggie. Cependant celle-ci était très perspicace.

— Tu as dit que tu nous avais vus en rêve, commença Cat, en hésitant. Et que nous étions heureux.

— Très heureux.

— Est-ce qu'il… souriait ?

— Oui, beaucoup.

— J'ai toujours eu envie de le voir heureux.

— Il n'est pas trop tard pour cela.

— Mais… Comment pourrais-je lui faire confiance ?

— Comment peut-on faire confiance à quelqu'un ?

Soudain, Cat se rappela qu'elle parlait à une femme qui avait accepté de se marier pour préserver la paix entre leurs clans.

— Oh ! pardonne-moi. Je me comporte comme si j'étais la seule femme à avoir…

— N'y pense plus. Je connaissais ton frère depuis longtemps. Bien que nous ne nous soyons pas quittés en bons termes lors de notre dernière rencontre, j'ai décidé de lui accorder ma confiance. Et cette confiance n'a fait que croître entre nous. Je pense qu'il en est ainsi dans tous les mariages. Nous ne savons pas ce qu'il y a dans la tête d'une personne, mais nous devons croire que l'amour entre nous ne fera que grandir et se renforcer. Est-ce que tu l'aimes ?

— Lorsque je ne savais pas qui j'étais, je pensais… peut-être l'aimer. Maintenant, je ne sais plus.

— Tu étais toujours la même personne, même sans tes souvenirs. Peut-être faut-il que tu te fasses confiance avant tout.

Quand Finn arriva au château de Kinlochard le lendemain, Cat était en train de panser son cheval à l'écurie. Elle vit la petite fille et se précipita dans la cour, s'attendant à trouver Duncan derrière elle. Mais Finn était seule.

La fillette fit passer la jambe par-dessus la selle et glissa souplement à terre, puis se mit à courir vers Cat. Elles se retrouvèrent au milieu de la cour et s'embrassèrent.

— Oh ! Finn ! Tu es venue seule ? Tu sais bien que la campagne peut être dangereuse.

— J'ai fait attention.

Cat repoussa les cheveux qui retombaient sur son visage.

— Comme tes cheveux ont poussé !

— C'est plus commode, pour faire une queue-de-cheval, répliqua Finn en souriant.

— Je vois que tu portes toujours des habits de garçon.

— Mais j'ai dit la vérité à Maeve. J'habite avec elle.

— Cela me fait plaisir. Mais je pensais que tu resterais avec Laird Carlyle, jusqu'à ce qu'il t'ait trouvé une famille ?

— Il semble avoir oublié cela, grâce au ciel.

— Non, il ne peut pas t'avoir oubliée.

— Ah, peut-être que si.

Elles traversèrent lentement la cour, pour gagner le grand hall.

— Eh bien… Comment va Laird Carlyle ? s'enquit Cat.

— Pas très bien.

Cat se crispa.

— Je suis désolée de l'apprendre.

— Il ne veut pas aller vivre dans son manoir.

— Pourquoi ?

— Personne ne le sait. Il reste dans la grotte et parfois il monte au château. Je sais qu'il a commencé à y faire des réparations. Il dit qu'il a le temps, à présent.

— Je ne suis pas contente de savoir qu'il reste à l'écart des gens du clan.

— Parfois, il vient avec nous. Il tient à faire son devoir pour le clan. Je voudrais habiter avec lui, mais il prétend que ce n'est pas convenable. Encore une raison pour laquelle je n'aime pas être une fille ! Est-ce que… je vous manque, milady ?

— Oui, répondit Cat. Oui, tu me manques.

Finn ne posa pas d'autres questions et gambada joyeusement à côté de Cat.

Après le repas, Cat attendit que les domestiques se soient retirés. Owen et Maggie parlaient à voix basse, penchés l'un vers l'autre. Cat vit son frère poser la main avec douceur sur le ventre arrondi de Maggie, et son cœur se serra.

— Puis-je vous parler ? demanda-t-elle.

Finn, toujours assise à table, finissait une côtelette de mouton. Mais elle les dévisagea avec intérêt, comme s'ils étaient les acteurs d'une pièce qui se jouait sous ses yeux.

Owen dévisagea sa sœur d'un air circonspect, mais fit oui de la tête.

— Je veux que vous sachiez que j'ai essayé de reprendre le cours de mon ancienne vie, dit-elle. Mais… Je ne suis pas heureuse.

— Bien sûr que non, déclara son frère d'un ton un peu trop emphatique. Il faut que tu ailles à Édimbourg ou à Londres, pour rencontrer des jeunes gens à marier. Tu as besoin de voir du monde, d'aller dans des réceptions.

Maggie leva discrètement les yeux au ciel.

— Je n'ai pas besoin de cela, répondit doucement Cat, consciente que son frère n'allait pas aimer ce qu'elle avait à dire. J'ai fréquenté la haute société et je suis contente. Mais je voudrais que quelqu'un ait besoin de moi, Owen. Et je me sens bien avec les Carlyle… avec Duncan.

— Ce hors-la-loi ?

— Il ne l'est plus, n'est-ce pas ?

— Catriona.

Il ne l'appelait ainsi que lorsqu'il endossait son rôle de chef de clan. Mais elle n'était pas disposée à se laisser faire.

— Owen, ma vie avait un sens quand j'étais avec eux. Leur clan est pauvre, et je peux leur apporter beaucoup.

— Particulièrement ta dot. Carlyle te l'a-t-il demandée ?

Elle contint sa colère. Son frère était simplement inquiet pour elle.

— Il ne sait pas que j'ai une dot.

— Mais il n'est pas stupide, il s'en doute, je suppose. Tout le monde sait que c'est la dot la plus importante de toute l'Écosse. Et peut-être même de toute l'Angleterre.

— J'en doute. Mais qui pourrait en faire meilleur usage que les Carlyle ? D'autant plus qu'ils ont contribué, à leur corps défendant, à accumuler cette fortune.

Owen ne put la contredire. Il sembla s'affaisser légèrement dans son fauteuil.

— Carlyle n'a pas demandé ta main.

— Non, mais comment aurait-il pu penser qu'il en avait le droit ?

— T'en a-t-il parlé ?

— Jamais.

— Alors comment sais-tu qu'il voudrait t'épouser ?

— J'ai confiance.

Cat et Maggie échangèrent un coup d'œil, et elle crut voir les yeux de sa belle-sœur s'embuer de larmes. Owen suivit son regard.

— Encore ce rêve, dit-il à mi-voix.

— Je l'aime, Owen. En dépit de ce qu'il m'a fait. J'ai vu quel homme il était pour son clan, je sais qu'il regrette ses erreurs passées. Et je pense qu'il m'aime. Il s'est sacrifié pour me sauver.

— Il a peut-être été poussé par la culpabilité.

— Peut-être. Mais il faut que je le sache. Je partirai demain matin avec Finn. Je voudrais convaincre Duncan que l'amour est plus important que les erreurs que nous avons commises.

Finn poussa un cri de joie et se tassa sur son siège lorsque Owen lui lança un regard noir.

— Je suis inquiet pour toi, Cat, dit-il d'un ton bourru. Maintenant, tout son clan sait qui tu es. Ils risquent de te tenir responsable des mauvaises actions de notre père. Les souffrances qu'ils ont endurées ne sont pas de celles qu'on oublie.

— Je sais. Mais ensemble, Duncan et moi pourrons peut-être réconcilier les Duff et les Carlyle. De la même façon que tu as établi la paix avec les McCallum grâce à Maggie. Laisse-moi partir, Owen.

— Très bien, concéda-t-il en soupirant. Tu peux partir, avec ma bénédiction. Mais si tu le regrettes, si tu crois t'être trompée, sache que tu pourras toujours revenir chez toi. Tu seras la bienvenue.

Elle se pencha pour l'embrasser sur la joue.

— Merci.

Mais elle ne se sentait plus chez elle à Kinlochard. Ce château était celui de Maggie et d'Owen. Elle voulait une maison à elle. Avec Duncan.

Duncan avait passé toute la journée à faire le tour des fermes. Il pouvait enfin se montrer en plein jour, rendre visite aux fermiers du clan. Il aurait dû s'en réjouir.

Mais il était malheureux. Quand il était dans cet état d'esprit, il se rendait au château où il travaillait en silence. Cela valait mieux que d'infliger sa tristesse aux autres. Il avait déblayé le grand hall et il allait avoir besoin d'un équipement plus important pour enlever les plus grosses pierres. Il lui faudrait vraisemblablement des années pour rendre le château de nouveau habitable. Sa vie entière n'y suffirait sans doute pas, mais il voulait essayer, pour les enfants de sa sœur. Peut-être pour les siens s'il parvenait un jour à faire son devoir de chef et à se marier afin d'avoir un héritier. Mais il n'imaginait même pas que ce soit possible.

— Laird Carlyle !

Il se redressa en entendant la voix de Finn et s'essuya le front du revers de la main. Cette satanée fillette. Maeve l'avait prévenu qu'elle était allée rendre visite à Cat, sans même lui demander la permission.

Duncan alla vers la porte. Il allait devoir lui expliquer qu'il fallait laisser Cat tranquille, à présent qu'elle était redevenue Lady Catriona et…

Sa gorge se serra, ses pensées s'envolèrent. Lady Catriona, toute vêtue de soie, approchait sur son cheval. Elle montait en amazone, comme le faisaient les dames élégantes de l'aristocratie. Le souffle coupé, il eut conscience que son cœur se brisait à l'instant en mille morceaux. Les regrets et un sentiment de perte insupportable le submergèrent. Finn l'accompagnait à cheval, avec un sourire éclatant. Cat avait l'allure d'une reine. Ses vêtements soulignaient sa taille fine, et des volants de dentelle vaporeuse l'enveloppaient. Il n'y avait plus de fichu pour dissimuler ses seins bombés et son décolleté délicat.

— Auriez-vous l'amabilité d'aider une dame à descendre de cheval ? demanda-t-elle en souriant.

Il alla à sa rencontre, ébloui. Il voulut lui prendre la main, mais elle se laissa glisser contre lui, et il dut lui encercler la taille de ses mains pour l'aider à mettre pied à terre. Elle lui lança un regard très doux, sous le rebord de son chapeau.

Duncan vacilla, la douleur était trop intense. Il recula d'un pas.

— Milady, quelle surprise de vous voir au château de Carlyle !

— Finn m'a dit que vous aviez commencé à effectuer quelques travaux. Montrez-moi ce que vous avez fait.

— Peu de choses à vrai dire. Il faudra du temps.

— Oui. Montrez-moi tout de même.

Elle tendit la main dans un geste féminin, qu'il se rappelait avoir vu autrefois dans la haute société. Comme par un automatisme, il lui offrit le bras pour l'escorter à l'intérieur.

Finn ne les suivit pas.

— Ah, je vois déjà une différence, s'exclama Cat.

Il essaya de voir le hall avec les yeux de la jeune femme. Les débris avaient été emportés, le sol balayé. Mais il n'y avait pas de feu dans les cheminées, et les murs autrefois couverts de tapisseries étaient nus.

— Vous dites cela par pure politesse, milady.

Elle se tourna brusquement vers lui.

— Cessez donc cette comédie ridicule !

— Quelle comédie ?

— Vous me donnez du « milady », comme si vous ne me connaissiez pas ! Comme si je n'étais pas Cat, comme si nous n'avions pas…

Elle s'interrompit et jeta un coup d'œil à la porte, pour voir si Finn était dans les parages.

Mais la fillette s'était discrètement éclipsée.

— Le fait de vous donner votre titre m'aide à me rappeler que vous ne pourrez jamais être Cat, pour moi.

— Pourtant, je voudrais l'être, chuchota-t-elle d'une voix si basse qu'il ne fut pas sûr d'avoir bien entendu.

— Que dites-vous ?

— Je veux être Cat, pour vous. Votre Cat. J'aimais ce que j'étais lorsque je vivais avec vous.

Il ne trouva rien à répondre. Pendant un long moment, les mots lui échappèrent. Il réprima une émotion étrange qui tentait de remonter à la surface.

— C'est ce que vous pensez en ce moment, dit-il enfin. Quand vous retournerez à Édimbourg…

— Je suis déjà allée dans ces endroits, j'ai vu les salons les plus raffinés. C'est très joli, mais… ce n'est pas ici.

— Ici ? répéta-t-il, éberlué.

— Oui, ici. Dans votre château. Ou votre manoir, près du village.

Il s'approcha d'elle, en fronçant les sourcils.

— Cat, attendez-vous un enfant ? Est-ce la raison de votre visite ? Je n'ai jamais souhaité engendrer un enfant qui se sente aussi peu désiré que moi, dans un mariage sans amour.

— Non ! cria-t-elle en lui posant les mains sur la poitrine, comme pour le pousser en arrière. Pourquoi ne pourrait-il y avoir d'amour entre nous ? Est-ce que vous m'aimez, Duncan ?

Il ouvrit la bouche, mais une fois encore ne trouva pas ses mots.

— J'ai promis à votre frère de ne plus vous revoir, lâcha-t-il enfin avec raideur. Ce n'est pas à moi de…

Elle fit remonter les mains sur son visage, l'obligeant à la regarder.

— Est-ce que vous m'aimez ? répéta-t-elle, dans un murmure.

Il lui agrippa les poignets pour la repousser, mais n'eut pas le courage de le faire.

— Oui, je vous aime. Je vous aime depuis l'instant où vous avez ouvert les yeux et m'avez regardé comme si j'étais votre sauveur. Et ensuite j'ai trahi votre confiance. Alors, quelle importance mon amour a-t-il pour vous ?

Elle ferma les yeux et parut se détendre. Un sourire s'épanouit sur ses lèvres, et quand elle le regarda de nouveau il fut frappé par la tendresse de son regard.

— Je vous aime aussi, Duncan.

Il la relâcha et recula. Il ne supporterait pas de croire tenir enfin son amour contre lui, pour se le voir arracher une nouvelle fois.

— Ne dites pas cela. Nous savons tous les deux que c'est impossible. Retournez à la réalité, reprenez le cours de votre vie.

— Ma vraie vie est peut-être à vos côtés.

— Vous ne savez pas ce que vous dites ! Regardez cette

salle. Elle est en ruine, tout comme moi. Vous pourriez avoir n'importe quel gentleman, n'importe quel lord fortuné.

— Mais c'est le chef des Carlyle que je veux.

— Arrêtez, Cat. Ne faites pas cela. Vous nous faites du mal…

Elle s'approcha, et il vit la trace d'une larme sur sa joue.

— Vous ne pourrez jamais avoir confiance en moi, murmura-t-il, désespéré.

Elle s'immobilisa face à lui et lui prit les mains. Ses doigts s'étaient réchauffés tandis qu'elle chevauchait, mais les mains de Duncan étaient froides comme la pierre sur laquelle il travaillait.

— Je redoutais cette réaction, avoua-t-elle. Mais je me suis donnée à vous, Duncan. Comment n'ai-je pas compris alors que c'était une preuve de confiance ? Comment apprend-on à faire confiance, sinon par l'amour ? Combien d'hommes risqueraient la prison ou la mort, jour après jour, pour sauver des enfants inconnus ?

— Ne me faites pas meilleur que je ne le suis en réalité. Je voulais réparer des actes criminels. N'importe qui…

— Non, n'importe qui n'en aurait pas fait autant, protesta-t-elle d'un ton ferme. Je ne connais pas beaucoup d'hommes qui accepteraient de vivre dans une grotte pour ne pas mettre leur peuple en danger. J'ai décidé que je vous connaissais suffisamment pour vous épouser. Alors, allez-vous enfin me faire votre demande, Duncan ?

Ils se tenaient toujours les mains. Il lui embrassa délicatement les doigts.

— Cat, voulez-vous être ma femme ?

Une autre larme roula sur sa joue soyeuse, mais son sourire s'élargit.

— Oui, Duncan, je le veux.

Elle avait eu un peu de mal à lui faire prononcer sa demande. Mais elle n'eut pas besoin de le forcer à l'embrasser.

Épilogue

— Ils arrivent !

Finn déboula dans le grand hall du château de Carlyle, en retenant ses jupes pour ne pas trébucher.

Maeve, leur gouvernante au château comme au manoir, tenta de la retenir, puis y renonça en riant.

Cat contempla sa petite fille avec tendresse. La fillette commençait à s'habituer à porter des robes, mais elle avait encore un peu de mal à ne pas se comporter comme un garnement.

— Rien n'est encore fini, grommela Duncan.

— Ce ne sera jamais fini, répondit Cat. Mais ce n'est pas grave. Mon frère, tes sœurs et tous les autres seront contents quand ils verront que le grand hall a retrouvé sa splendeur d'antan.

Les murs de pierre avaient été réparés, ainsi que le plafond avec ses larges poutres en ogive. Des bannières et des tapisseries étaient accrochées aux parois, encadrant les armes anciennes du clan Carlyle.

Les mains posées sur le berceau où dormait leur fils, elle admira le résultat de leurs efforts. La plus grande partie de sa dot avait servi à aider les gens du clan, à acheter du bétail, des chevaux et des graines, et à remettre en état le vieux manoir dans lequel Duncan avait grandi.

Mais c'était le majestueux château de Carlyle qui rattachait Duncan à sa famille et à son passé. Bientôt, le château deviendrait leur principale résidence. En attendant, Cat se sentait chez elle où qu'ils soient, tant qu'elle était entourée de son homme, de leur fille et de leur fils.

Duncan s'approcha et posa sa main rude sur la chevelure brune et soyeuse du bébé. Et, quand il leva les yeux vers elle, son visage exprimait un tel bonheur qu'elle dut une fois de plus retenir ses larmes.

Cet homme avait le pouvoir de la faire pleurer. De lui faire verser des larmes de bonheur, de plénitude et de confiance.

Vous avez aimé ce roman ?
Retrouvez les premiers tomes
de la série « Noces écossaises » :

1) *La méprise du Highlander*
2) *Le serment maudit*

disponibles dès à présent sur harlequin.fr

Retrouvez en juillet,
dans votre collection

Victoria

Stephanie Laurens
Au service d'une lady
Série : Intrigues à Carrick Manor - tome 2

Depuis qu'elle a été élue à la tête du clan Carrick, Niniver ne s'est jamais sentie aussi vulnérable. Attirés par son rang, les prétendants se bousculent à sa porte, et leur cour devient de plus en plus pressante, presque invasive. Alors, pour assurer sa sécurité, Niniver engage Marcus Cynster : un homme protecteur, à la carrure dissuasive, qui lui avait offert son aide deux ans plus tôt, ce qu'elle n'a jamais oublié. D'abord réticent, Marcus finit par accepter et emménage au manoir. Juste à temps, car il devient bientôt clair que Niniver est victime d'un véritable complot...

Ellie MacDonald
Le club des gouvernantes : Sara
Série : Le club des gouvernantes - tome 3

Dans la communauté de Taft, la rumeur s'est répandue en quelques jours : le vaste domaine de Winden Hall accueille un nouveau propriétaire. Un homme riche, séduisant et – surtout – célibataire, venu fuir l'agitation citadine. Seule Sara, qui n'a d'yeux que pour le pasteur du village, se moque de cette nouvelle. En digne fille de pasteur, elle s'imaginait reproduire à l'identique la vie raisonnable et pieuse qu'elle a toujours connue. Mais lorsqu'elle rencontre ce nouveau voisin, un aristocrate odieux dont le seul regard suffit à la troubler, son existence bien réglée commence peu à peu à basculer...

La romance historique n'a jamais été aussi moderne.

Composé et édité par HarperCollins France.

Achevé d'imprimer en avril 2018.

CPI
BLACK PRINT

Barcelone

Dépôt légal : mai 2018.

Pour limiter l'empreinte environnementale de ses livres, HarperCollins France s'engage à n'utiliser que du papier fabriqué à partir de bois provenant de forêts gérées durablement et de manière responsable.

Imprimé en Espagne.